U0908093

如果奔跑是我的宿命

纪静蓉 | 著

江苏凤凰文艺出版社
JIANGSU PHOENIX LITERATURE AND ART PUBLISHING, LTD

图书在版编目（CIP）数据

如果奔跑是我的宿命 / 纪静蓉著 . — 南京 : 江苏凤凰文艺出版社 , 2020.6
ISBN 978-7-5594-4727-2

Ⅰ . ①如… Ⅱ . ①纪… Ⅲ . ①长篇小说 – 中国 – 当代
Ⅳ . ① I247.5

中国版本图书馆 CIP 数据核字 (2020) 第 052641 号

如果奔跑是我的宿命

纪静蓉　著

出　　品　九志天达
责任编辑　刘洲原　白　涵
责任印制　刘　巍
出版发行　江苏凤凰文艺出版社
　　　　　南京市中央路 165 号，邮编：210009
网　　址　http://www.jswenyi.com
印　　刷　三河市京兰印务有限公司
开　　本　880mm × 1230mm　1/32
印　　张　10
字　　数　260 千字
版　　次　2020 年 6 月第 1 版　2020 年 6 月第 1 次印刷
书　　号　ISBN 978 - 7 - 5594 - 4727 - 2
定　　价　45.00 元

目 录
Contents

目 录
Contents

第一章　人生马拉松的终点，有什么等着我们

五十五岁之前，赵秀芳的日子一直不太好过。

十岁的冬天，她负责洗全家九口人的衣服。挑两筐脏衣服在赵家村冰冷刺骨的河边洗，如果不留神，特别容易一头栽进水里。可惜那样的不留神，一次也没有发生过。只喝了碗薄粥的身子前胸贴后背。她特别想一头栽进水里，一了百了。

十八岁，她满脸痘，头发枯黄，眯缝眼儿，营养不良使她身材干瘦得像只猴。都说十八岁没有丑姑娘，秀芳却丑得连母亲都替她发愁。少女的心敏感得像剥了皮的血肉那样风吹都痛，那段时间一照镜子她就想，还不如死了拉倒。

二十五岁，秀芳在化肥厂当临时工。手里有了钱，人也吃得舒展些，痘下去了，工友程志国看上她了。娘家要程志国出五百块钱彩礼，程志国出不起。她站在包肥车间里，把如雪的氮肥装进水绿色的塑料袋里。机器沉重地轰轰响着，化肥的臭味太狰狞，扎得太阳穴突突地疼。要是她能突然被熏晕，从此人事不省该多好？就不可以面对这么艰难的选择了。

二十九岁，她和程志国结婚三年了，肚皮一直没有动静。程志国

的脸色越来越难看，有传言说他和脱硫车间的女工好上了。秀芳和程志国吵架，被他一拳打倒在地上，眼冒金星，半天起不来。后来其实是她不想起，躺在地上挺安逸的。

三十二岁，女儿程安心两岁。程志国死于氮罐泄漏事故。设备老化固然有错，程志国违反操作章程也要自己担责。抚恤金厂里开始扯皮。从火葬场回来，秀芳抱着安心走在街上，口袋里只剩十块钱。天高云淡。天太高了，高远得让她没有力气。这人间熙熙攘攘，可孤儿寡母茕茕孑立。一辆大货气急败坏地呼啸而过，卷起一阵尘土。安心睁着明亮的眼睛指着它说："妈妈，大车车。"一生还那么长，她们怎么过？

艰难的时刻不止那些时候，包括母亲因为她执意要零彩礼嫁程志国对着她的脸啐口水、骂她贱货时，程志国家暴她时，四岁的安心半夜发着高烧哇哇哭着、光着脚跑到车间来找上夜班的她时，工厂倒闭后一时找不到出路时……那时她对存在这件事产生了强烈的怀疑，怀疑自己被生下来到底是为什么，难道就是来经受风刀霜剑，饱尝贫穷困苦的吗？她不信教，也没有修行的兴趣。到底是怎么回事？她莫名其妙地被生下来，被某种力量鞭挞着，非得踏踏实实地服完人生这场苦役才算了事？

想去死，是对这种无理安排的愤怒反抗，是对不知身在何处的敌人最致命的一击。既然它动不动就要出招，她不如先了结自己，以无招胜有招。不能安排生，还不能安排死？

想去死，更是想叫停人生苦役，得到终极的休息。她累极了，想眼一闭，再也不用睁开。可惜路途遥远，这一梦想不知何时才能实现。

妹妹赵秀丽一直笑话她，都说心宽体胖，你这么胖，可见你这些多愁善感都是假的。秀芳自己也纳闷，这一生胆小如鼠，提心吊胆，生怕哪天老天爷在头上又响个炸雷，却为何偏偏吃嘛嘛香，头一沾枕头就睡着从不失眠？年轻时枯瘦的身板在中年生活稳定后极速扩张，五十五岁后，秀芳成了个一脸佛相、珠圆玉润的老太太。

程志国死了，靠着工厂的那份工资和微薄的抚恤金，秀芳得以把程安心的师大舞蹈系四年本科供完。五十岁那年化肥厂倒闭，秀芳打了一阵零工，后来盘了个炸鸡的小店，起早贪黑，累到手成鸡爪，握不住夹炸鸡的长筷子。小店生意还行，却终于把她累倒了。病好了之后女儿让她别干了，挣的全是小钱，不够药钱。也不知道是不是炸鸡的油气太大，这以后秀芳就一天比一天胖。店不开了，她也胖到了200斤。秀芳总结，因为活儿太累，本来胃口就好的她吃得更多了，卖不掉的炸鸡和蒸腾的油气悉数吃进肚里，化成身上的坨坨肥油。她从饥馑的年代过来，拼命攫取能量是一种本能。浪费粮食都可耻，更何况肉？

毕业后，安心在一家名为“翱翔”的艺术培训学校当舞蹈老师，彼时这家培训学校在一个居民楼的复式三居里办公。安心二十八岁时，认识了在银行工作的秦峰。秦峰高大英俊，家境良好；二十九岁，俩人结婚；三十岁，安心开始备孕。这时培训学校已经扩大到在市里各个区都有分点，总部租了两层楼，业务蒸蒸日上。郑校长答应元老安心，等她生完孩子，就给她开个人舞蹈工作室。这是校长的一盘大棋：向新东方这类培训行业的翘楚看齐，打造旗下的明星老师，把蛋糕做得更大。舞艺精湛、得奖无数的女神级舞蹈老师安心会是他打造的第一位名师。他野心勃勃，准备把培训学校做上市。现在培训行业如火如荼，经济越不景气，人们越爱在孩子身上投资。他的蓝图完全有可能实现。

现在是秀芳生命中最辉煌、富足的时刻。青春固然流逝了，但前半生的坎坷总算有了回报。五年前她卖了旧平房，用这钱和炸鸡店挣的钱，以及安心上班挣的钱，买了个市区的二手两居。这房是妹妹秀丽给牵的线，和秀丽家就隔了两幢楼。五十五岁这年，秀芳终于告别平房，住上了楼房。如今母女俩生活稳定，她也退休五年了。这五年，她的幸福指数一天天攀升，在六十岁这一年和体重一起到达巅峰。安心参加工作后，她们终于摆脱了计算着一分一厘过日子的习惯。穷人的日子多危险，稍不留神就会滑过温饱线，跌进饥寒的深渊，但这五年她们居然踏实地待在岁月静好这道红线里！

她们买的房所在地现在是新兴的商业区，房价噌噌往上涨。女婿秦峰是家中的独子，父母在建材城开门店，家境富裕，对安心很好。小两口的单位离秀芳家比较近，平常下了班他们就回她这里，周六才回婆家。秀芳不但没有失去女儿，反而多了个儿子。秦峰很大方，家里的肉菜水果等都是他买的，买的全是最好最贵的。原切牛排一块是一块，顶级红富士苹果个个相貌堂堂。秀芳一天变着花样儿地做菜，等着他们下班，自己愈发吃得整个人滚圆，粒粒脂肪都往外鼓胀。安心搞舞蹈的，很不能忍受母亲这样肥胖，隔三岔五数落她，要她减肥。但秀芳兵来将挡，水来土掩。

安心说，太胖了对身体不好。秀芳就说几次体检，除了血脂高一点，还查出什么大问题来没有？

安心说，等你岁数再大了，严重后果就会显现出来。秀芳说人老了才不能太瘦呢。老年人癌症高发，胖人扛造，瘦人化疗两次就去半条命了。五号楼的那谁谁谁，平时瘦成那样，得了癌症一次化疗就死了。

安心说你这么胖，一件体面衣服都买不到。这个世界先敬罗衣后敬人，你就不嫌丢人？秀芳嗤之以鼻，年轻时我都没有体面过，老了还怕人嫌弃？再说了，我有这么漂亮的女儿，这么帅气的女婿，这已经足够体面了。秀芳说着，笑嘻嘻地抱住安心，叭的一声在她脸上亲了一下，好像她还是她的小宝宝。

这样的对话随时有，最后像是生活乐趣，成了母女交流的一种方式。安心有时也觉得自己不是真心要母亲减肥，因为她也起劲地给母亲买她爱吃的东西：牛排、无籽红提、三文鱼、活虾。真要母亲减肥，应该吃蔬菜沙拉、水煮鸡胸肉之类寡淡无味的东西才对，哪能啥好吃吃啥？安心明白，她不忍心看着母亲受罪。大学毕业前孤儿寡母的凄风苦雨还历历在目，母亲此生没有别的享受，也只有吃这一项了。

安心没有很坚持，秀芳也就心安理得地胖下去。服装店基本买不到她能穿的衣服，得上胖人专柜，或者小店定做。秀芳懒得折腾，翻来覆去穿那几件廉价的涤纶碎花衫。这种衣服倒是好脾气，耐洗免熨，穿坏了也不心疼。就是不好看，兜头一套，紧紧地勒在身上，勾勒出她胸部、腹部、腰部三圈起伏的肥肉。一米五六的个头在她这岁数的老太太当中本不算矮，但因为胖，显得矮墩墩的一团。从远处走过来，咣咣咣，像是地面也会颤似的，一堵花花绿绿的肉墙走过来了。秀芳并不自惭形秽，她对穿本也不讲究，且已过了在意容貌的年纪。再说了，她有个骨肉停匀、容貌秀丽的女儿就行了。她是她体面的背书，优秀的证据。俗话说，娘矬矬一窝。女儿这么漂亮，证明……证明娘曾经也不差！有女儿替她活，够了。

光看安心的做派，无人相信她是秀芳的女儿。秀芳不修边幅，安心却连倒个垃圾也要涂防晒霜。秀芳都不知道女儿从什么时候起，对自己的容貌与身材管理到了苛刻的地步。为了体重能达到报考师大舞蹈系的目标，安心曾连续半年只吃水煮青菜与鸡蛋，每天长跑五千米。艺术院校是漂亮女孩扎堆的地方，更是烧钱之处。来自下岗单亲家庭的安心在此立足的本钱：一是出众的颜值，二是极度的克制与勤勉。她会忍住消费的欲望，攒很久的钱，耐心等到商场的名牌衣物大打折的时候，然后用在校外打工的钱，狠狠地用一千块钱买一条连衣裙，三千块钱买一件外套。当安心穿着Burberry米黄风衣，表情淡漠，细长的两条腿踩着不慢不紧的步伐，穿行于舞蹈系的莺莺燕燕中时，她看起来比任何一个女孩都耀眼。秀芳曾为女儿的虚荣心而微微感到不安，后来又想，女儿不偷不抢，不傍大款，那钱是她在培训机构教舞蹈攒下来的，该自豪才对。

一开始，秀芳偶尔会有不踏实的感觉。她已经很久没有遇到什么痛苦了。这不正常。她不相信命运会放过她，屏息，侧耳倾听，仔细观察，像丛林战中的游击队员一样机警。可敌人一直没出现，她更惶恐了。如此平静，必有更大的灾祸隐藏在后面。不可能！怎么这辈子居然能过上这样神仙般的日子？腹中不饥，不再哭泣。冰箱里有肉，粮袋里有米。身体健康，还能和女儿、女婿一起旅行。窗外小区绿草如茵，枝头小鸟叫声清脆，对门传来孩子练琴的声音。每晚上床前秀芳都在想，也许明天就会有什么不好的事情发生呢，可是来不及细想，五秒钟之后她就睡着了，发出如雷的鼾声。

秀芳渐渐放松，习惯了这样的岁月静好。后来她甚至有点厌倦，觉得日子安逸得太无聊了。白天那么长，就是准备晚上三个人的晚餐，也耗不完这么多时间。上午吃过早餐，她瘫倒在沙发上，有一搭没一搭地看着古装剧，很快睡着了。醒来后电视还在聒噪，里面正演宫廷杀戮，刀剑相击，铮铮作响，令人疲惫。悠闲比奔波更令她疲惫，这很奇怪。

秀芳的六十大寿即将到来，女儿、女婿在大酒店定了宴席。办完这件事，安心就打算备孕。秀芳本来摩拳擦掌地准备带孩子，但秦峰的父母显得比她还要积极，尤其是他母亲，盼抱孙辈盼得眼发直，早早地买了一大堆婴儿衣物。考虑到他家比她家房子大得多，秀芳也就怏怏地同意了。秦峰也说，这些年一直在安心娘家住，等孩子出生，也该轮到去他家住了，这并不能算不公平。她是独女，他还是独子呢。都有父母，都要膝前尽孝的嘛。安心只好承认，并安慰母亲说，你累了这些年，正好休息一下，顺便减减肥。

这么说来，等六十大寿过后，安心孩子出生后，她的家就会渐渐冷清起来？秀芳这样的人，要不与坎坷的命运斗，要不与繁重的劳动斗。斗天斗地，总有得斗。但现在对手居然消失了？明天的宴席过后，她的战争将画一个句号，落下帷幕。她一个人的独角戏怎么唱呢？六十岁，说老不算老，却又什么都干不了。创业，再就业，都不适合她，可一时半会儿也死不了。她最后只好叮嘱安心，你一定要生二胎。一嘛，夫妻俩都是独生子女，生二胎是题中应有之义；二嘛，大孩子给亲家带，二胎当然轮到自己带了。叫她闲下来混吃等死，不可能的！最好能在她六十五岁之前把二胎生了，再晚她就老了，带不动了。

安心听了，哭笑不得。母亲和公婆对这还没到来的两个孙辈已想入非非太久。“别人家老太太都去跳广场舞，打麻将，种种花，或者结伴旅游。你就不能找点事情做吗？”

秀芳打了个呵欠，无动于衷：“那有什么意思？旅游不和你们一起，也没劲。”

她的确没有什么爱好。多年生活贫困，她没那个资本去养成任何爱好。如果有时间，有块地，她就会全种上皮实爱长的木耳菜，种什么花？她是寡妇，寡妇门前是非多。她除了远离男性，也远离女性群体——有几个女人不爱嚼舌根的呢？除了住在同小区的妹妹，她没有朋友。

安心只得先应承下来，再一次要求母亲减肥，并略带嫌恶地说：“转了一个月，都没买到你寿宴上要穿的衣服，这还不够严重吗？”

秀芳嘿嘿一笑，敷衍道：“行，行。”说着倒在沙发上，抓起桌上的萨其马吃了起来。安心为了让她减肥，买了刮油的普洱茶。秀芳苦着脸说那玩意儿跟中药似的，喝了胃受不了，须得甜食来配一下，对冲一下才好。于是买了高油、高糖的萨其马。茶没见下去多少，萨其马倒吃了好多包。安心放弃改造母亲的念头，她此生还从未见过比母亲更固执的人。想改变她？除非天塌下来。

六十大寿宴席在五星级酒店小宴会厅举办。寿宴交给活动公司来办，一切不用自己操心，这都是秦峰安排的。晚上六点，准时开席。到时安心会提前下班，顺道去取给母亲定做的寿宴礼服。她们转遍全市，都没有找到适合秀芳的衣服，有合适尺寸的，安心又嫌颜色面料不好。想来想去，就上商场顶层的裁缝区定做了。

这天秀芳早早来到宴席现场，活动公司已布置得差不多了，大红舞台中间的大LED屏滚动着“祝赵秀芳女士福如东海寿比南山”等吉祥字样，还有一家三口的老照片。秀芳坐在台下，看着这些照片，感慨万千。

妹妹秀丽来了，带着正在上大四的女儿陈若华坐到了她的身边，一起欣赏着。秀芳兄弟姐妹七个，其他人要不在外省，要不在外市，父母死后便很少往来。只有秀丽和她住在同一个小区，渐成了彼此除老公孩子外最亲密的人。

四十九岁的秀丽与秀芳是两个极端。秀芳性格爽快，说话高声大气。秀丽心思重，说话轻声细语。秀芳胖，秀丽瘦，前年老公癌症死了，她顺水推舟落下了神经衰弱的毛病，人越发干瘦。秀芳见人笑眯眯，秀丽却是言语刻薄，嘴上不饶人。

“哟，瞧你和从前真是胖若两人。姐啊，你这些年都是吃了什么饲料啊？长势太喜人了。”

秀芳白了她一眼：“日子好，人就胖。这不是很正常嘛！”

这话细琢磨大有深意。陈若华本来嫌母亲说话难听，一听大姨这话也厉害，暗笑母亲没占到便宜。秀丽讪讪地笑着，转头打量着这厅里为了祝寿点缀的各种装饰：舞台左侧是一棵高大的花树，足有三米高，由康乃馨、玫瑰、马蹄莲、鲁冰花、百合、萱草、薰衣草层层混扎而成，五彩缤纷，香气扑鼻。靠背椅一律系上淡粉色绸带蝴蝶结，每张桌上都放着精致花球做点缀，擦得锃亮的小推车上放着五层的生日蛋糕。所有的一切，营造出十足奢华的气息。加之这是女婿一手操办，更有面子。

人都喜欢和身边的人比。哪怕是亲姐妹——不，尤其是亲姐妹，更暗自怀了比较的心。年轻的时候秀丽过得幸福，老公开水产店，虽然只是个小小摊位，收入着实不错。秀丽在市邮局包裹处收发包裹。他们家是赵家子女中最早一批买商品房的，着实令人羡慕。从前秀丽看不上秀芳的生活，但人生到了后半程，形势渐渐起了变化。在大女儿陈若华出生后，秀丽两口子打算要个儿子。秀丽流了三次胎之后，终于生了儿子陈若轩，两口子悲喜交加，但福祸相依，一年后单位优化，秀丽被调到了后勤岗位，工资大减。秀丽非常生气，猜到是因为生二胎的原因，找领导理论，说自己和老公都是农村户口，第一胎是女儿，凭什么不可以生二胎？领导告诉她，你虽然没有违反计划生育，但是为了追生儿子频繁怀孕、流产、请假，耽误了本职工作不说，社会影响也恶劣，不开除你已属手下留情。

秀丽灰头土脸，索性从此在单位混日子，家里收入减少了，又多了一张口，四十五岁这一年她办了内退，日子更加拮据了。这时秀丽倒过来羡慕起姐姐了，脾气暴躁的姐夫知趣地死去，姐姐有房，无男人，实在舒心。丈夫在她内退两年后死了，秀丽和姐姐一样成了寡妇。但她没有秀芳过得好，因为第一她内退领的钱实在微薄，而秀芳是正式退休，钱比她多；第二安心已经上班了，而她的儿子还小，正是需要花钱的时候。

秀丽看着这满堂的富贵，心里和谁争辩似的想，是，外甥女安心打小就是美人胚子，外甥女婿秦峰也是高大英挺，两个人堪称金童玉女，事业也都顺遂。但是，第一，姐姐只有一个孩子，而她有两个；第二，女儿考上了全国重点大学，而安心只上了个本省的普通师范大学；第三，姐姐没有儿子，而她有。她，压倒性胜出！

一想到十五岁的儿子陈若轩，秀丽的心尖儿欢喜得发疼。不枉她流产三次、失去工作，上天赐给了她俊秀、聪明、乖巧的陈若轩，他就是她生活的全部意义所在。女儿陈若华……若华当然也懂事识大体，大一就勤工俭学，年年得奖学金，几乎没有管家里要过生活费，爸爸去世后她还隔三岔五地贴补家用。陈若轩在上奥数补习班，钱是若华掏的。她儿女双全，而且都很优秀。这是她人生成功的标志！

秀丽在心里前后左右地掂量比较，终于找到心理优势，刚才的些许不适下去了，可以心平气和地看着大屏幕上秦峰和安心令人目眩的结婚照。那是去马尔代夫拍的，安心笑得灿烂，手上的大钻戒熠熠生辉。

亲友陆续到齐，席上坐满了，安心和若轩却还没到。若轩在安心舞蹈学校的楼下上奥数班，要搭她的车一起来。秀芳心里有点莫名地发慌，那种消失已久的不安突然又活了过来：敌人出现了，就是不知道埋伏在哪个角落里呢。老天爷不会让她这么顺利地划下人生这圆满的句点。

她问秦峰安心到哪儿了。秦峰说正是晚高峰，堵车，十五分钟前已经催过了。

“再催催呀，十五分钟了，不会出事了吧？”秀芳说。

“呸呸呸。今天是大日子，你可太会说话了。”秀丽嗔怪。

“妈，没事的，今天正好是周五，交通会更堵。我会让酒店晚点开席，大家伙儿也都能理解。”秦峰安慰道。

六点二十，安心还没到，秀芳坐立不安，给她打电话。安心说堵在酒店对面的街道上，原本两分钟就能开过来，可车太多，红灯太长，掉头费劲。六点半，秀芳心惊肉跳，在酒店门口张望。六点四十，秀芳又回到席上，冷汗淋漓，湿了后背。秀丽烦她神经质地拼命催，早早坐到了别的桌去聊天，一转头不见秀芳，又有点担心，吩咐女儿去找找她。

若华在休息室找到秀芳，见她靠在沙发上睡着了。若华还来不及说话，秀芳突然一个激灵惊醒了，怔怔地看着她，额头冒汗。

若华递给她一沓厚纸巾，让她擦汗：“大姨，你没事吧？”

秀芳道："我怎么觉得要出事呢？心慌，一个劲儿出汗。"

冷气开得那么足，但她衣服已经湿透了。若华帮她扯开后脖领，把手伸进后背，用纸巾吸着汗。

"你不会是身体有什么问题吧？早跟你讲减肥了，太胖了不健康。"

秀芳有气无力道："我身体没问题。"

若华摸摸她的手，体温正常，又见她脸色也无异样，稍微放了心，笑道："能出什么事呢？"

秀芳道："我刚才打了个盹，梦见你姐出车祸了，撞死了。"

若华一惊，旋即又觉得好笑："姐夫十分钟前不是才打过电话嘛？再说了，姐的车就在对面那条街，又不在高速上。市里车速度再快也出不了大事，您快别瞎想了。"

秀芳稍感安慰，掩饰道："唉，人老了就是糊涂。要我说做什么衣服呀，平时的衣服穿穿得了，安心非得要定做。要不是去拿那破衣服，这会儿早到了。"

秀芳说着，却莫名地流下了眼泪。若华哭笑不得，又为大姨对表姐的爱而感动，端了杯水给她。秀芳正喝着，安心提着用无纺布袋套着的寿宴礼服和陈若轩进来了。秀芳一个箭步上前，搂住她哭了起来。大家吓了一跳。

秀芳捶着安心哭骂："你个死丫头，怎么迟到了这么长时间？吓死人了。"

安心早被她的电话催得心浮气躁："堵车我有什么办法？还不是为了去拿你这衣服？这点事也值得哭？"

若华暗示表姐不要责备秀芳。想想今天是母亲的大寿，安心也就止住了。秀芳收了泪，接过新衣服，走到屏风后去换衣服，安心还特地给秀丽化了淡妆。

宴会厅灯火辉煌，一切准备停当，秀芳穿上簇新的暗红色绸缎中式礼服，由女儿女婿左右搀扶着，三人喜气洋洋地亮相。秀丽坐在台下，半嫉妒半喜悦，不无感慨地想，谁能想到姐姐能有今天这辉煌的晚年呢。人生啊，就是长跑，笑到最后的才是赢家。台上的姐姐虽然胖到没脖子、没眼睛，但胸前的珍珠项链颗颗圆润饱满，花白的头发烫成大卷，整个人竟然有种雍容华贵的气度。安心一袭淡粉的长裙，明艳优雅。她正值女人最美的时候，褪去了青春的稚嫩，熟女的丰韵似有若无，如一朵刚刚绽放的花朵。秦峰一身灰西装，星眉剑目。这安心太会挑男人了，外貌学历家境脾气样样好。若华要是有她一半的眼光就好了。

照例是寿宴的那些俗招，活动公司请来的司仪舌绽莲花，把秀芳的一生夸得德艺双馨、感人肺腑，吉祥话一套一套的，乐得她合不拢嘴。活动公司本来安排了助兴的歌舞节目，但安心说不想要那些常见的套路，自己本身就是搞舞蹈的，这样的日子更要亲自为母亲跳上一曲，其实也含有让亲友们，尤其是公婆开开眼的意思。

果然，安心一曲歌颂母亲的蒙古族舞蹈《敬天地与你》，把全场都震住了。音乐响起时，一袭蒙古族蓝色舞衣的安心袅袅地从台侧舞出，舞姿多变，忽而抖肩下腰，忽而曲腕抬眉，与这首蒙古族长调特有的婉转深情融合无间，催人泪下。台下都看呆了，歌舞就有着这样的魅力，它是最原始的语言，哪怕不懂艺术的人，也会为它蕴含的情感与活力所感染。秦峰的父母看着台上判若两人的儿媳妇，又佩服又自豪。音乐响彻全场，安心的舞姿曼妙如行云流水，矫健如雄鹰展翅，一个又一个高难度的旋转、跳跃，把全场情绪带到了高潮。

接下来，翱翔学校的街舞老师张天宇带着他的学员们跳了街舞，音乐是周杰伦的《听妈妈的话》。换了街舞服的安心跟着他们跳了起来，帅气酷炫的律动带出四射的青春活力，与方才的民族舞比，又是另一番味道。秀芳不懂舞，身子竟也不自觉地跟着节奏摇摆起来。阳光俊朗的张天宇一身红色的嘻哈舞服，头上倒扣着黑色鸭舌帽，朝气蓬勃，与安心对跳着，眉眼间全是笑意。看上去他们非常默契，对于这场表演乐在其中。全场人的表情是一种自惭形秽、无能为力的崇拜。这样花朵一般的青春，这样专业的舞姿，门槛太高了。观众除了仰望，极尽所能地鼓掌，还能做什么？

深情的音乐与喝彩声中，秀芳无声地哭了又笑，笑了又哭。值了，一切都值了。一生的含辛茹苦，都在今天有了答案，坐实了它的意义。原来上天就是为了赐给她台上这如小鹿般轻盈灵动、如精灵般美丽优雅的女儿，才用那些心力交瘁、走投无路的往昔来考验自己……

表演落幕，宴席结束。亲友们赞叹着告别。秀芳特地向张天宇道谢，她很喜欢这个在台上野性十足、台下温和有礼的大男孩。张天宇忙不迭表示这没什么，他带的学员正愁没有展示的机会。不管是什么样的场合，临场表演是最好的检验机会，也是让学员增加成就感、产生压力的有效手段。若轩在一旁嚷嚷着要报张老师的街舞课，马上就报，周末就上课。

天宇笑道："下周正好有个六人集体课开班，让安心姐给你报上？"

安心道："没问题，明天上班我就给你报上名。"

秀丽爱怜地看着正在抽条、显得清瘦的儿子，随口道："哪有钱？奥数班还是你姐掏的钱呢。"

她眼角余光看向若华。若华笑笑，母亲一贯用这种说反话的方式让她做事。奥数有助于升学，街舞不是必须。再说了，奖学金和当家教的钱除了供自己活命、贴补家用、给弟弟交奥数班之外，已经所剩无几了。

秀芳知道妹妹的德行，也知道外甥女尴尬，赶忙岔开话题。她要把宴席上剩下的东西，凡是能拿走的都拿走。安心反对，秀芳理直气壮。那五层蛋糕还剩最底下一层，那么老大一圈儿，上面还铺满了猕猴桃切片，平时买至少也要两三百。难道就扔了吗？花树上的切花那么新鲜，薅下来足足能扎十几捧大大的花束，就这么便宜了活动公司？各桌上的东坡肉、蒸虾、樟茶鸭，冷盘里的酱牛肉、金钱肚……这么多好菜，没有一桌吃光的，有的盘甚至只动了几筷子。不是味道不好，是现在人们的生活实在太好了，吃不动肉了。怕啥口水？又不是汤水、炒菜。把没动的那些扒拉下来，装进塑料袋里，带回家，这两天的肉菜就有了。

秀丽在一旁连声附和，安心无奈，只得任由母亲和小姨挨桌把干净的冷盘凉菜、看上去比较完整的东坡肉之类的挑拣分类，倒进不同的塑料袋。秀芳生怕蛋糕被磕碰到，到家不成型没法吃，让酒店给分成若干份，用纸盒装着。等收拾完一看，剩菜足足有十袋，蛋糕三大盒，鲜花用酒店提供的白色大提袋装了五大袋，还有赴宴宾客们送的寿礼一大堆。安心看着这么多东西，有点崩溃。秀芳分给秀丽一部分，见安心一脸的嫌弃，拈起旁边桌上盘中残留的一片卤水大肠送进嘴中嚼着，环视着各张桌，恋恋不舍："这么多好肉，全浪费了。这是在犯罪啊。"

秦峰送父母回家，先走了。天宇要搭安心的车顺路回家。安心抱怨着老妈，什么剩菜剩饭都往自己胃里倒，能不胖吗？天宇笑着帮她把东西放进后备厢和车前座，若轩见天宇上了安心的车，也跟着挤了上去，在车上追问着关于街舞的问题。秀丽母女和秀芳打一辆车，离开酒店。

寿宴像是马拉松长跑尽头的终点线。撞破了它，大功告成，可也失去了目标。这段日子为了迎接寿宴，秀芳一直比较亢奋。而今晚那些回忆引发的伤感，美满的现状带来的自豪，哭哭笑笑，情绪上的大起大落，已经耗尽了她的精力，因此一上车就睡着了。秀丽正在训诫女儿，向安心看齐，大学毕业就赶紧回到本市，找个家境良好、工作稳定的帅老公，嫁人就是女人的第二次投胎啊。她正说着，听到身边传来鼾声，一看秀芳已经睡着了，不由失笑：“瞧你大姨，在哪儿都能睡着，能不胖吗？说起来，她投胎没投好，可是女儿在这方面倒是脑子很灵光。”

秀芳耳朵里隐约听到秀丽絮絮叨叨，如极为细微的针在捅着她密不透风的梦。由此睡得并不踏实，却又累极，醒不过来。她清醒地意识到自己半梦半醒，这很奇怪，像是由她一手打造、设计出这多层梦境，指挥着每层梦境里的自己该体现出什么状态来一般。她挣扎着想脱离这混沌、胶着的梦境，却怎么也逃不出。直到突然一声巨大的撞击声，她从第一层梦境里醒来。紧接着司机急速踩刹车，她往前撞了一下，撞到了司机驾驶座后的铁栏杆，头部的疼痛让她彻底醒了过来。

“师傅，你怎么开的车？”秀丽的头也在副驾的椅背上磕了一下，她很恼火。

“前面出车祸了。好像是有辆大货车逆行，把辆小车给压扁了。咱们要不绕道吧。”司机说。

三人抬头望去，见前面果然不少车停了下来，一辆拉着钢筋的大货车侧翻在地，它身下是辆白色的车。大家吓了一跳，接着啧啧惊叹那情状的惨烈，以及命运之无常。好好地开着车在路上走，没想到天降横祸。也不知道是谁倒霉了。

正感叹着，秀芳突然打了个冷战，脑子里嗡的一声，下意识拉开车门，走向前方。秀丽喊她，她听若未闻，只是直挺挺地往前走。秀丽和若华似是感受到了什么似的，也急急地跟着下了车。

已经晚上十点，这条街比较偏僻，人和车都不多。夜深了，起雾了，路灯下的一切像是笼了层轻烟般。再往前走一点，秀芳意识到，那不是夜雾，是急刹车时轮胎与地面摩擦起的烟。这一幕似曾相识，好像几个小时前在酒店休息厅打盹儿时做的那个梦里，就有过这样的场景。

秀芳走到大货车前，钢筋散落一地。她看着它身下的车残留的半边车牌号，没错，不用再确认了，那就是安心的1.6排量的雪佛兰。整个右半边已经被大货车压扁，车头碎了，车顶被几捆钢筋砸得塌陷，几根钢筋在巨大的惯性下散落，穿过车头，戳碎了后座的窗玻璃，戳出来的顶端带着血。地面散落着轿车各种零部件的碎片，机油和水箱的水混着鲜红的血，从车底下流了出来，在地上蜿蜒，爬到她的脚下。现场弥漫着一股胶皮糊了伴着机油的味道，也许还有腥味。

一个人对着秀芳大声地说着话，神情惊慌，不知道是谁，也许是司机。还有几个人围了上来，不知道是看热闹，还是处理此事。他们都在对着秀芳说话，秀芳耳朵里嗡嗡的，光见他们张嘴，就是听不清。直到一声凄厉的尖叫刺破耳膜，那是秀丽的惨叫。秀丽扑到轿车边，徒劳地用颤抖的双手拍打着轿车已经扁成铁皮的部位。她已经说不出话来了，嘴张着，喉咙里啊啊地叫着，声音短促。她也被这巨大的梦魇困住了，连哭都哭不出来。

秀芳只觉得死神看不见的黑网兜头罩下，无处可逃。她双膝一软，跪倒在车前。

第二章　天塌了

这一生，赵秀芳想过很多种死法。无论是哪一种，她都以为死是一次性的，电光石火间就完成。她没有想到，死还能是漫长的进行时。更没有想到，死降临到女儿身上，居然带给她比自己亲身经历强百倍的恐惧。她在命运的丛林战中躲闪腾挪，但六十岁这一年，敌人终于没有饶过她，且以更加惨烈的方式，直接把她打入地狱。

若轩坐在后座的右侧，被货车当场压死。安心没有死，但其状也惨不忍睹。那逆行的货车先是撞上车头，接着又侧翻压在车顶。巨大的撞击使气囊弹了出来，几捆钢筋迅速压塌车顶，气囊与车顶把安心挤在中间，令她瞬间昏了过去。她的双腿血肉模糊，嵌满了碎掉的车头碎片，肋骨断了三根。穿车而过的钢筋，一根在她右脸颊上刨开一道长长的刨口，一根刺穿她的子宫。

安心被紧急送到医院，手术做了十个小时，钢筋从她身体中被取出。右脸颊留下十三厘米的伤疤，毁了容。万幸钢筋擦着眼角而过，否则左眼就瞎了。然而最糟糕的还是她的双腿，医生看着那血肉模糊，一筹莫展，最后只能跟秦峰和赵秀芳说得做小腿截肢，不然发生感染还会危及生命。

秀芳舔舔干裂的嘴唇，问道：“截了肢之后，她能活吗？”

医生谨慎措辞："至少小腿的伤不会感染扩散。但是——"

"还有什么其他的危险？"

"她脑部受到重击，虽然颅压正常，CT显示没有血块，现在的昏迷也许是剧痛之下的自我保护，又或者是脑震荡。但也有一些病例，脑部出血是在撞击之后的几天之内出现，所以目前不敢说脑部一定没有问题，必须密切观察。另外她腹部的伤也要度过感染期才行。"

秀芳和秦峰对视，都看到彼此惨白的脸上满满的无助。医生同情地看着他俩，即使他见惯生死，送来的这具身体所承受的摧残仍令他震惊。但他没有办法，只能做他该做的，说他该说的："当然，如果你们不同意截肢，想转院寻找其他的机会，保住她的腿。这也是一种办法。"伤者已如散架的旧家具，每折腾一次，拼凑成型的可能就减少一分。但太多的医疗纠纷令他不得不狠下心肠。

秀芳的眼泪流了下来："她是个舞蹈老师，才三十岁。"她站不住了，抓住医生的手，小声地哭了起来："请你保住她的腿。"

医生诚恳："阿姨，你要相信我们。但凡有一丝机会，我们都不会给出这样的建议。"

母亲的意见固然重要，但第一监护人是丈夫。医生看向秦峰。秦峰眼圈红红，却看向秀芳。很明显，这么重要的时刻，他要让她来做主。

安心从车里被掏出来时的样子秀芳看到了，当时她就有一种不祥的预感：女儿的命即便保住了，那双腿也可能废了。她看出此刻的秦峰比她更没主张。他是丈夫，安心下半辈子要依靠的人，和安心携手共度余生的人是他。可他哀怨的眼光躲躲闪闪，像是在说：这么重大的决定，我可担不了责任……秀芳擦了擦淌到嘴角的眼泪，认命了："截肢吧。"

秦峰一下子靠在墙上，像是释然，又像是承受不住。秀芳心一软，又原谅了女婿。他是在父母悉心呵护下长大的独生子，学习工作顺风顺水的乖宝宝。这一切对他而言，超纲了。

秦峰父母接到消息，匆匆来到医院。秦峰母亲看到秀芳，眼泪夺眶而出，抱着她哭了起来。秦峰父亲小声训道："好了，你就不要给亲家母压力啦。"

秦峰打电话给学校请假，全单位都知道安心出了重大车祸，生死未卜。郑校长带着几个和安心相熟的同事包括天宇来到医院，大家见面，都唏嘘不已。天宇早早下了车去坐地铁，逃过一劫，听到这消息后毛骨悚然，仿佛自己是《死神来了》系列里那些侥幸活下来的小角色。大家在手术室外，轻声开导秦家人和秀芳，车毁成那样，人还活下来了，可见吉人自有天相。秦家人和秀芳应和着。此刻这种话再多也不嫌烦，一遍遍地听着，好像它就会变成事实一样。

事故责任百分百归逆行还超载的大货车。可是那司机只是个勉强混温饱的穷人。他想着逆行一小段能抢出时间来，没想到酿成大祸。虽然有交强险，但也赔不了太多的钱。安心是非工作时间出的车祸，不算工伤。郑校长个人掏了五万元钱给秀芳，就当捐款，已是仁至义尽。司机进了看守所，一副破罐子破摔的模样。他老婆带着三个年幼的孩子，分别跑到秀芳和秀丽家跪下，把头磕得砰砰响，想博取她们的同情和谅解。秀丽已经崩溃了，陷入歇斯底里的状态。若华不得不把她送进医院，打了安定针，又打点滴，目前暂住在医院。后续一大堆要扯皮的事，医疗费只能自己先垫付。秦峰爱妻心切，把小家的存款全取了出来。秦家父母也安慰秀芳，放心吧，她是我们的儿媳妇，多少钱也要抢回她的命。儿子的钱不够，我们老两口还有。这让秀芳多少宽慰了些。

手术第四天，重症监护室里的安心终于醒过来了。她缓缓睁开眼睛，大脑里一片空白，意识仍处在混沌的状态。她看着天花板，头痛欲裂，过了很久，涣散的神智才一点一点聚拢，某些片段回到脑中。那辆失控的大货车，那失去意识之前灭顶的恐惧与随之而来无法承受的疼痛……安心战栗起来，控制不住地想尖叫，可是嗓子干得冒烟，身上没有力气，竟叫不出来。她挣扎了一下，浑身剧痛，终于发出嘶哑的一声“啊”。

护士发现她醒了，惊喜不已，上前道：“你醒啦？”

安心虚弱道：“我怎么了？”

护士道：“你出车祸了，被送到这里做手术。手术很顺利，你也度过了危险期，目前没有什么大的问题了。”

安心说话，扯着脸颊上的伤作痛。她抬手一摸，摸到上面纵横交错的缝合线，那道疤很长一条，从颧骨一直延到下巴。她心中的疑惧一点点扩大。护士见状，放柔嗓子道：“你脸上有道伤口，医生帮你缝合了。你放心，我们张医生手艺可好了。”

安心大惊，下意识想起身，去找面镜子，可是稍一用力就浑身痛。护士赶紧阻止道：“你的腹部受了重伤，肋骨也断了，千万别动，小心伤口崩了。”

天哪，自己到底受了多少伤？安心更加惊慌了，有气无力地恳求护士给她找面镜子来。护士迟疑着，安心眼泪流了下来，护士只好答应，匆匆出门去找镜子。

镜子这类东西就是这样，平时不用时总能看见，想用了却怎么也找不到。护士找了几个病房，谁也没有小镜子。护士忽然想起，手机自拍不就可以当镜子用吗？她暗笑自己糊涂，到护士站抽屉里取出手机，往回走的时候，迎面碰到了回家洗澡后刚刚回来医院的秀芳。护士连忙向她报喜，秀芳非常激动。俩人快步往重症监护室走去，一进门就见安心居然从病床上坐起来了。

秀芳惊叫着：“安心。”

安心想下床，但她根本不知道自己已经被截肢，还想像平常一样下床，结果一下踩空，重重地摔在地上。三人全傻眼了。护士和秀芳快步上前，凑向地上的安心。

安心坐在地上，来不及顾及摔跤的疼痛，看着自己光秃秃还裹着纱布的残肢，脸上是梦游般的表情：“我的腿呢？”

秀芳张口结舌，护士一脸沉重的同情和无奈。

安心等护士等得太心焦，忽然想起卫生间也许有镜子，于是迫不及待地想去照。肋骨骨折，腹部受创，都不及毁容让她这么恐惧。她是从小就容貌出挑的班花，优雅灵动的舞蹈仙子，谁见过顶着一张毁容脸的仙子？可是她一下地就摔倒了，这才发现，自己两条小腿已经被截掉了。

安心发出一声怪异的号叫声，哭喊起来。那哭太锥心，不像哭，是不成调的嘶喊。她双手颤抖着，摸向两条残肢，想碰又不敢碰。残肢端由于碰撞已经出血了，渗出在洁白的纱布上。秀芳看着在地上挣扎的女儿，发出如在炼狱时被烈火焚烧那样痛楚的声音，犹如万箭穿心。她一直在想，女儿醒来后，要怎么告诉她截肢的事。想得肝肠寸断也没想出妥当的办法，没想到这么快女儿自己就知道了。这倒好，这也好，长痛不如短痛。

医生赶到，大家合力把安心抬上病床。她痛哭不止，激烈地翻腾，大喊大叫，把手能够得着的一切都扫到地上，又把枕头、被子扔了，暴躁地伸手乱打任何靠近她的人，腹部和断肢处的创口又渗出血来。没想到一个刚从死亡线上回来的人能有这么大的力气，医生不得不让护士按住她，给她打了针安定。安心这才沉沉睡去。

第七天，安心的伤情稳定，她被转移到普通病房，秦峰给她要了单间。安心大闹过一阵之后，情绪低落。秦峰紧紧抱着她，在她耳边低喃着，坚定地表着态，就算天塌下来，还有我顶着。无论你变成什么样子，我永远爱你……安心听着丈夫的话，眼神凄楚，眼泪从眼角一颗颗滚下，灼着脸颊上未愈的疤痕火辣辣的痛。秀芳看着这一幕，又难过又欣慰，走出去，悄悄地把门带上。秦峰帮安心用纸巾一点点吸干泪，那紫黑色的疤在纸巾下硬邦邦的一条，让他产生轻微的不适。

秦峰请了一个月假，处理完与肇事司机的官司之后，一直在医院守着。假快用完了，秀芳让他回去上班，有自己在就行了。现在小家全指望他撑着呢，这份工作是夫妻俩的经济命脉，他再不能出一点差错了。秦峰父母也轮流来探望，送来各式营养炖品。

手术一个月，安心各处伤口都在慢慢愈合。但她意志极为消沉，一天说不了几句话。她的手机在车祸中被碾碎了，秦峰给她买了新手机，把家里的笔记本电脑带来，依着她的喜好事先下载了许多热播电视剧，但她从不打开。婆婆带来的营养炖品也是象征性吃两口就不吃了，剩下的秀芳舍不得扔，全都进了她的肚里。一开始安心会忘了自己已经截肢了，还想像正常人那样行动。有一次她要上厕所，一起身才想起自己已经没有腿了，怔在那里。秀芳见她起身，忙上前帮忙，还没开口，看到她那愕然的眼神，秀芳犹如被人当胸狠狠打了一拳般一阵窒息。她强忍着，温言道："你要去厕所吗？妈妈帮你。"安心摇摇头，坐了回去。接下来她就很少喝水，一整天都靠在病床上发呆。秀芳找各种话和她说，她基本没有回应。不得已要上洗手间时，护工和秀芳两个人架着安心坐到马桶上。她吃力地退下裤子，又因腿部没有支撑，使不上劲，差点从上面摔下来，脸上现出绝望的羞愧。每每这个时候，秀芳都但愿自己能立刻死掉，或者替女儿断腿。

可秀芳绝不表现出来任何难过之情，而是装得若无其事，轻描淡写、东拉西扯，企图用充满烟火气的家常话营造一种一切没有发生过的气氛。

"这甲鱼炖红参味道真好，你说你婆婆怎么这么讲究呢？咱家一辈子没吃过这么特别的菜，没事谁能想到买甲鱼呢？"秀芳吃着甲鱼肉，呼噜呼噜喝着汤。

"天宇这孩子太热心了，昨天教会我用手机网购。你瞧，我给自己网购了这个连在手机上的小风扇。哎，别看它这么小，劲儿还挺足，这风呼呼的，多好玩啊。”秀芳太胖了，怕热，天宇建议她可以买这种小风扇，热了就吹吹。她兴高采烈地把连着手机的迷你风扇举到安心的面前，安心的发丝被风拂起，沾到脸上，但仍面无表情，一声不吭。秀芳讪讪地放下手。

“这叫手指黑提，提子的一种。长得还真像手指头。可甜了，你尝尝。”秀芳把黑提举到安心嘴边。安心的头微微往后一倾，散发着无言的抗拒。秀芳只得把提子扔进嘴里大嚼起来，啧啧称赞。安心眼珠一转，瞥了她一眼，眼神中带了轻微的厌恶。

出事以来，安心的睡眠就一直不好，各种痛困住她，让她不得安宁。首先是头痛，医生没有查出病因，最后说可能是创伤后应激障碍。然后是身上各伤处，边愈合边一丝一丝抽痛。脸上的疤痕因为增生而紧绷，又痛又痒。月经停了一个月，这个月终于来了，只流了一点点经血，腹部的剧痛却如电流般传到周身，令她冒冷汗，恶心欲呕。医生说因为严重的躯体损伤和精神上的极度受惊吓会干扰月经周期，毕竟身体激素要有个调整和修复的过程。然而最严重的是幻肢痛。那两条不存在的小腿总是在深夜突然以刀割般的疼痛出现，让安心频频重回车祸发生的那一刻：大货车的十吨重力挤压她的小腿，无数碎铁片冷酷地刺进柔软、富有弹性的皮肤中，扎进骨头里，将那血肉搅至粉碎。就像牛羊进了屠宰场，肉块塞进绞肉机。每到这个时候，安心就像掉进烈火熊熊的海洋里，每一个细胞都在被吞噬，每一丝纤维都在呐喊：痛，痛，痛！她一次次抓向小腿处，一次次抓住虚空。

如果只是肢体的残缺，伤者又怎么会那么害怕？残缺的过程一次次被回忆放大，绝境中的恐惧被一次次咀嚼品味，让当事人意识到自己在命运的掌心里什么也不是。太渺小了，太无情了。正是这样的无力感使伤者坠入地狱。

安心用手机查幻肢痛，网上说，它的根本原因是中枢神经系统和心理上的障碍，尤其后者更主要。幻肢痛患者多伴有抑郁、焦虑、失眠、多疑多虑、食欲不振等心理障碍。这才叫福无双至，祸不单行呢。截肢，毁容，再来个精神病，她就是全医院最横的病人了。安心扯扯嘴角，现如今，谁能比她惨?！这时又一阵剧痛袭来，她身体痉挛，咬紧牙关，极力抵制这痛的海浪铺天盖地的侵袭。如果病房里没有人，她就要哭出声来。海浪退去，她已是冷汗淋漓。该死的护工这时偏偏醒来，翻了个身，睁开眼坐起身，口齿不清地问道："你还没睡？喝水吗？"

安心摇摇头。护工穿上拖鞋，踢踢踏踏地进了洗手间。安心恨她这样健康带出来的随意感：翻身，坐起，走向洗手间，再走回来，重新进入香甜的梦乡。每一个动作都毋庸思考，像呼吸空气一样自然，每一个动作都在嘲弄着她。

因为失眠，夜显得很长，但安心并不渴望天亮。白天属于正常的社会人，他们上班，贡献聪明才智，挥洒汗水，奔赴前程。只有黑夜才属于她这样的废人，可以理直气壮地待着，什么也不干。她现在日夜颠倒，要睁着眼睛到天蒙蒙亮才昏昏睡去，一觉睡到中午。

这天午饭的时候秦峰从单位跑来，他定购的电动轮椅送到了。快递把东西送到病房，秦峰拿掉外面套着的罩子，调试着。安心刚刚醒来，面部浮肿，两眼无神，形容枯槁，靠在床头发呆。秦峰对照着说明书调着轮椅，用轻松的语调介绍着这轮椅：现在的技术真先进，这轮椅可以定位移动、站立移动、遥控移动，还可以通过互联网增加一些辅助功能……

他把轮椅调好了，走到床边，与秀芳一起想架起她放到轮椅上试试，但安心一动不动。秀芳双手环抱住安心的腰时，一阵心悸，女儿身上的肉都瘦干了，只剩一排骨架。这场车祸榨干了她的精血，吸尽了她的元神。再不打起精神康复，接下来她恐怕会衰竭而死。

秦峰再唤，声音温柔。安心不吭声，身子一扭，甩开他们的手。

秦峰看着秀芳，秀芳劝安心："试试吧，有了这个，你行动就方便多了。"

安心呆坐如一尊泥像。秀芳无奈，让秦峰先走，别耽误工作。秦峰怏怏地走了。秀芳坐到床边，道："安心，对你老公好一点。你出事以来，他东奔西跑，没睡过一天安稳觉。今天人家特地跑回来，给你弄这个东西。你要领情，至少给个笑脸。"

安心仍不动。

"你总是要面对现实的。先用轮椅，等出院了我们再去买假肢。现在东西做得都好，据说那假肢戴上之后，就跟真的一样。"

安心听到假肢两字，枯白的嘴唇微弯了弯，扭过头来看着母亲，眼睛直勾勾的，许久又缓缓闭上眼，靠在墙上，重回老僧坐定状态。秀芳看着她那样子，一阵苦痛升上心头。她抗争了一辈子，难道命运就给了这个结果吗？这不是她要的晚年！她不由自主提高嗓门："这么久了，你不说话，不吃饭，不动弹，到底想怎么样？想一辈子躺在这张床上吗？"

安心睁开眼，斜着看了她一眼。

秀芳豁出去了，气愤地站起身："当年你爸死的时候你才两岁，我一个寡妇，一个月挣一百二十块钱，要养大你，要给你姥姥生活费，逢年过节还要给你奶奶寄一点钱。风里来雨里去，你妈我叫过一声苦，喊过一声怕吗？人活在这世上，谁不经点磨难？"

她逼近安心的脸，大声道："你腿没了！没了！没啦！这就是事实。你要面对事实，不能逃避。摔倒了，重新站起来，这才配叫作人，否则就是一摊烂泥。懂吗？"

她抱起安心，气喘吁吁，强行把她往轮椅上放："你给我过来，给我坐上去！"

安心哭了，挣扎着，忽然爆发，使出浑身的力气猛推母亲，咆哮道："都是你，你这个贪吃的大胖子。要不是你非得打包那些该死的剩菜，我就不会遇到那辆大货车，也就不会出车祸。是你害了我！”

秀芳抱不住安心，两个人一起摔在地上。秀芳僵坐在地上，安心这番话，自打车祸后就反复在她脑海里萦绕：是她害了女儿！是啊，如果她们在宴席一结束就走，而不是坚持要打包，甚至再往前推一推，要不是她太胖了，买不到衣服，安心就不用给她定做礼服，寿宴就能准时开始，安心就会错过那辆大货车。那样，安心现在仍然好好地在上着班，脸蛋光洁美丽，用她那双匀称的大长腿旋转、跳跃。跳啊跳，在众人倾慕的目光中，矫健轻盈地奔向她光明的人生……

安心痛哭着，指着秀芳骂道：“说得容易，摔倒了重新站起来？我跟你说了多少年，叫你减肥，你做到了吗？你连减肥这么简单的事都做不到，你叫我一个没腿的人重新站起来？敢情断腿的不是你，毁容的不是你，痛的不是你！”

她四下张望，向茶几爬去，把上面放着的炖罐、一次性饭盒、水果盘全扫到地上，然后一把将滚掉在地上的饺子、提子全握在手心攥烂了，咬牙切齿地攥，眼中射出疯狂的光，神经质地嚷道：“我叫你吃，吃，吃成一堆肥肉，一头猪站起来似的，谁看了谁讨厌你。我叫你说便宜话，我叫你害我。”

秀芳的血往头上涌，往前凑去，一把紧紧捏住安心的手腕：“我要是能减下来肥怎么办？”

安心吼道：“你别吹牛啦。”

秀芳一字一顿：“三个月之内，我要减到一百斤。我做到了，你给我站起来。”

第三章　谁是谁的妈？

若华正在收拾返校的行李箱，忽然感觉面前的光线暗了，一抬头，秀丽站在门口看着她。若华起身，踌躇着，道：“妈，我得返校了。”

秀丽的脸上，是留守儿童看到父母要走时的表情。

若华心软了一下：“我已经请一周的假了。再不去，功课跟不上不说，我那些家教工作也该没了。”

秀丽声音低低：“那我怎么办？”

她环视着屋里，最后目光落到五斗柜上的那张全家福，那上面的家是完整的，老公、儿子、女儿、她。“你要走了，这个家只剩我一个，真是活不下去了。”

她可怜巴巴地看着女儿：“我要和你一起去。”

若华吃了一惊：“你去干吗？”

“我们租房，住在一起。我陪读。现在只有你一个亲人了，我不能再失去你。”

母亲凸出的肩胛骨如此瘦弱，前两年还乌黑油亮的头发，现在已布满霜花，她才四十九岁。全家福上的父亲表情有点忧郁，拍这张照片时他已经得癌症了，不过没有告诉家人。所以弟弟笑容天真，眼睛明亮，还是幸福的模样。若华耳边响起车祸现场消防员铁铲刮过铁皮的声音，心一紧，只得说：“好。”

返校前，要和大姨打个招呼。出事之后，秀芳来看秀丽，秀丽痛骂秀芳母女害死了自己的儿子，是她非要打包剩菜，是安心不好好开车，总之她的幸福被她们毁了。秀芳一来体恤秀丽丧子，二来安心生死未卜，也不多纠缠，匆匆离开。若华只在微信上简单和秀芳聊两句，断续得知安心的状况。要走了，总是见一面的好。肉嘟嘟的大姨在若华心目中比自己瘦瘦的母亲更亲切，她总是笑嘻嘻的、好脾气，厚实的胸膛可以包容一切，理解一切。每当母亲向自己耍脾气，提无理要求时，如果大姨刚好也在，若华总能收到她深切的眼神，那眼神像是在说：若华，辛苦你了。

晚上十点，秀芳不在医院，在小区广场。若华到了地方，广场的大灯已熄，借着外围的路灯，若华见黑暗中有个身影在笨拙地跑动。跑到近前时，她见是秀芳，身上的肉都在颤动，胖脸涨得通红，汗出如浆。她刚叫了声“大姨”，秀芳上气不接下气道：“我再跑两圈。”

若华在广场边的长椅坐下。两圈后秀芳跑到她面前，停下来，俯下身双手撑着膝盖，看样子是累坏了。一股胖人流汗后特有的体味扑鼻而来。若华赶紧扶住她，那手臂上全是黏腻的汗。衣服像是从水里捞出来的一样，湿透了。若华并不嫌弃，见她腿发软，把她搀得更紧了，边走边说：“刚跑完不能马上歇下来，得走一走，缓一缓。”

走了一圈，秀芳渐渐缓过劲儿来。若华问她干吗呢，秀芳说减肥。

若华笑道：“你早该减肥了，不过现在表姐正需要你照顾，为啥赶在现在减呢？”秀芳想把自己跟安心的争吵和誓言说出来，一想又觉得那天的话太伤心了，于是道：“反正要减，医院有护工，晚上你姐也不怎么起夜，用不着我。”

若华说自己要走了，母亲跟着一起走。秀芳吃惊："那住哪儿啊？"

"我妈说租房。她不能自己一个人待在家里，会发疯的。"

秀芳想起妹妹毛毛虫一样懒洋洋软塌塌的做派，为懂事的外甥女叹息。

若华又为那天母亲对大姨无理的话道歉，让她别放在心上。秀芳说她根本不会和自己的妹妹计较，她好歹女儿还活着，妹妹却失去了儿子。说到这里，两个人都沉默了一会儿，黑暗中各自伤心。过了一会儿，若华道："减肥不能太着急，不然反而对健康有害。"

秀芳感激地点点头，想了想，说："若华，你妈妈毕竟是大人。你虽然从小懂事，但还是个学生，还没有参加工作。凡事要先考虑自己，紧着学习，别影响毕业。"她没把话说得太明白，但若华理解她的意思，领情笑了笑，点点头。

既是要长住，秀丽便收拾了一大堆行李，恨不得连锅和调料都带去。若华说如果租房，房东肯定会配这些东西。即使如此，她们还是打包了三大箱。临走时，秀丽站在门口，眷恋地看着家。她舍不得锁门，好像锁上门，就把丈夫和儿子孤零零地抛在屋里，甜蜜的往昔就被彻底封存了一样。从前的日子有多幸福，以后就有多凄凉。从此她和女儿没有家，蹒跚转向飘零的未知……若华从她身侧伸出手，拉住门把手一撞，锁上，拉着行李箱，头也不回地下了楼。秀丽抹着泪，低着头跟在后面。

秀丽舍不得快递行李，母女俩吭哧吭哧、大包小包地赶到了火车站，凹出背井离乡的造型。在卧铺车厢好不容易安顿下来，收拾完，若华正打算睡觉，却见母亲拿着那个全家福水晶相框在看。原来她把这个东西带上了。

若华柔声道："妈，这个东西就不要再看了，何必伤心呢？"

秀丽："现在他们俩只剩下相片了，再不看，我还有什么？我死的那天，你把这照片和我一起烧了。我们一家人永远在一起。”她抚摸着相片上的丈夫和儿子，眼泪滴落在上面。

夜深了，铁轨发出有节奏的咔嗒咔嗒声。错车而过的火车鸣起笛来，声音飘荡着，久久不散，增加了离愁。以前若华离家从未有漂泊之感，因为有父母、有弟弟、有家乡的那套三居室在，自己就像是风筝有线。但现在家没了，连母亲都随身携带着，这感觉便像是流浪。这离愁不只是对故乡的离别，更是对从前日子的诀别。若华看着正在垂泪的母亲，一股沉重的窒息感伴着爱怜，还有厌恶，随之还有内疚，多种滋味混杂在一起，涌上心头，化成长长的一声叹息，只能托腮怅然地看着车窗外。

夜色中，不同的城市、乡镇匆匆在眼前掠过。灯火星星点点，每一盏灯下都有一个家。人海茫茫，陌生的人们啊，你们都在过什么样的日子，悲欢离合可与我相似?

到了学校，秀丽先和若华在宿舍挤一张小床，凑合几个晚上。等若华腾出工夫来再去找房。这房太难找了，要在学校附近，要价格便宜，条件还不能太差。找了一周，愣是没有合适的。秀丽说要不然和若华在宿舍一直住下去得了，反正母女俩都瘦，一张小床睡得下，而且挤在一起，她反而心里踏实，居然比在家里一个人睡时睡得香。若华为难，这是违反学校规定的，这次让妈妈凑合几天，还是和学校打了招呼的。学校知道了她家出的这档子惨剧，本着人道精神，特地批准。可要长期住，怎么也不可能。

丧夫之后，秀丽一直沉浸在悲伤的情绪里，丧子之后更了无生趣。不过远离家乡，换了个新环境，她的心情也好了一点。加上从未体验过大学的宿舍生活，每天跟着女生们一同起床、洗漱，上食堂吃饭，这种新奇感让她精神振作了些。重点大学不是盖的，食堂连早饭都琳琅满目，光粥就有五六种，还有小馄饨、包子、面条、煎饼，各色小菜，用饭卡买还特别便宜。这食堂能容五千人同时就餐，饭点满座，全是年轻人，青春气息爆棚，看着就让人喜悦。

若华很忙碌，她正在找实习单位，吃完饭匆匆离去。秀丽一个人逛校园。这是什么神仙地方？一幢幢历史悠久的教学楼庄严气派，树木葱茏，绿草如茵，整洁的道路两侧开满了蔷薇花，粉色、红色、鹅黄色、白色，花开如瀑，形成自然的花墙，美不胜收。来往的人都打扮得体，谈吐有礼。不远处居然有个很大的人工湖，里面有几只野鸭子悠然自得地划着水。

女儿是她生的，她培养的，她花钱让她进了这样的好地方上学。虽然若华只有第一年是用家里的钱交的学费，后面全是凭助学贷款、奖学金和家教自给自足。但没有父母打下的坚实基础，女儿能有这样的能力吗？自豪感慢慢鼓胀，秀丽挺起胸，神清气爽，心情前所未有得好，不过立刻又有一种遗憾浮上心头。一个女人，有什么必要读这么好的学校？女儿迟早是要和自己回乡的，对付十八线的家乡，一个普通本科足矣。顺理成章，她想起若轩，心中一痛，若轩要是不死，再过几年也能到这么好的校园里读书吧？这里才是男儿大展拳脚之地。儿子没了，十五岁的花样年华，被生生折断、揉碎，化为一缕青烟。她这辈子最投入的一件事，就是追生儿子。生完之后，她把全部希望都放在儿子身上。怎么生活跟她开了这么大个玩笑，把她大半辈子的努力一夜之间抹了个干干净净呢？秀丽走到湖边，坐在石头上，哭了起来。

人的命怎么这么脆弱，说死就死，怎么又这么皮实，多么伤心难过也死不了呢？秀丽觉得自己已经痛苦得活不下去了，可是哭了一阵之后，抬头看看四周，风儿轻拂，草木摇曳，清洁工居然有闲心打捞湖里的水草，不远处的篮球场有人进了球，其他人轰然喝彩。世界并没有崩塌，地球还在运转，她不得不活下去。秀丽叹了口气，擦了擦泪，收拾心情想继续散步，一抬头看到不远处女儿抱着课本，正在跟一个男孩散步，一边说着什么。秀丽喊了一声若华，快步走了过去。

若华一愣，秀丽已经走到面前，问道："这是你同学？"

若华还没来得及说话，男孩说："阿姨你好，我叫周凯泽。"

男孩眉清目秀，秀丽道："你好。"

她看着若华，察言观色。若华赶紧说："他是文学社的同学，我们正在说出校刊的事。"

其实若华和周凯泽正在暧昧期，这是男女关系中最迷人的阶段。大学四年，头三年若华忙着打工、学习，心无旁骛，头也不抬地匆匆赶路。第四年上学期，也许是开窍了，若华像是头回睁开眼睛般，注意到文学社里居然有这么一个斯文稳重的周凯泽，普通话字正腔圆，文章写得好，淡蓝色衬衫很干净，指甲剪得短短的。周凯泽也读中文系，隔壁班的，他对别人都淡淡的，对若华却很友好。若华于是积极地参加文学社的各种活动，两个人渐渐走得近了。若华急着返校，也有为他的成分在。周凯泽听说若华的母亲来陪读，而且两个人居然挤在一张床上，觉得匪夷所思。

"这么下去不是个事儿啊。不说学校同不同意，舍友也会有意见呀。太不方便了。"凯泽觉得若华母亲真作妖，哪有这么大岁数陪读的？陪读也不至于陪到同一个宿舍里去。若华也发愁。凯泽说他们班有个同学是本地的，家就在学校附近，可以帮着找房。若华欣喜，又为自己奇怪的处境在喜欢的人面前暴露无遗而觉得尴尬。两个人正说着话，没想到撞上秀丽了。

凯泽见秀丽个子不高，人干瘦，衣服颜色和脸色一样暗沉，法令纹深深，眉头有个川字，与狐疑探究的眼神组成了令人不快的第一印象。他不知道为什么，暗觉她对他有一种扑面而来的敌意，于是不想多逗留，于是对她点点头，又对若华道："那就按照刚才我们说的，你本周把组完的稿子交过来。总之校刊的事，这周最好给它了结了，大家接下来都要忙实习的事了。"

若华道："好。我发你邮箱。"

凯泽走了，秀丽旁敲侧击："这男孩长得挺俊的，哪里人呀？"

若华含糊道："跟我又没什么关系，你管他哪里人？"

秀丽道："我听他口音，不是咱们那里的人，反正我跟你说过了，你不许和外地人谈恋爱，毕业后必须回咱们市里。"

若华试探道："妈，我回老家干什么？考公务员还是打工？公务员每年就招那么几个，我不一定考得上。打工你看咱们市有像样的文化类对口单位吗？"

秀丽不满道："你表姐不就在私企打工？人家那公司都快上市了。你去当个培训班老师，教人怎么写作文、提高语文成绩，多好？你表姐夫不就在银行？那也不是公务员呀。"

若华道："姐夫那是家里有关系，给找的工作。培训学校当老师那得有教师资格证。表姐本身就是师范类学校毕业，又打小不停地参加各种舞蹈比赛，一大堆证书傍身，找这种工作自然容易。我怎么办？"

秀丽脸一沉："你一直在当中文家教，早有经验，考个教师资格证很难吗？你找各种理由东拉西扯，就是想说你毕业了要远走高飞呗。我就只剩下你这么一个亲人了，你走了，我一个人怎么办？"

若华哑然。母亲这阵子不停地把"你走了，我怎么办"挂在嘴上，从前她要求自己毕业返乡，她可以阳奉阴违。但弟弟死了，她最后的屏障也没有了。

母亲的确只剩她一个亲人了！

秀丽带着哭腔："我要是身体好也行，这一身病痛，一宿一宿睡不着觉，谁知道哪天脑子里这根弦就崩了，活不下去了呢？要是若轩在，我也不至于……"

若华叹了口气，挽起母亲的手，安慰道："好了好了，我听你的，毕业了回家。"

凯泽执行力惊人，第三天他们班同学就帮着介绍了自己亲戚的房，就在学校后面的小街，虽然是个平房，但收拾得挺整洁，一进门就是个大开间，厨房是自己搭出来的。一个月四百。若华非常感激他。秀丽恋恋不舍地搬出宿舍，若华松了口气。虽然她也不得不住到平房，但好歹母亲不用像个保镖似的随身紧盯着自己了。但秀丽要求她，中午必须回来吃饭。若华一愣，秀丽说不然她一个人没法儿做饭："我总不能给自己炖汤炒菜的吧？做少了不够费事的，做多了晚上你回来吃剩菜，对身体不好。"

若华勉强道："我可以在学校食堂吃了晚饭再回来。"

秀丽叹道："那我一个人待一整天，也没意思啊。这儿的人我不认识，说的话口音又那么重，烦死了。"

若华只得答应一天三顿都陪她吃。秀丽自言自语："你不想回来吃，是不是嫌弃我呀？可以直说。反正我馒头配榨菜也能算一顿，就自己吃吧。"

若华忙说没有没有，回来吃挺好的，谁不想吃妈妈做的菜呀？

秀丽又高兴起来，道："自己做饭，当然又干净又卫生。有妈在，保准你吃得可口。"

她看着若华，回想了一下，自己的确对女儿一直关心不够。若华小的时候，她还不太懂怎么当妈，工作也忙。等她懂了，若华长大了，若轩出生了，于是一腔母爱又都给了若轩。秀丽有点内疚，摩挲着女儿细细的手臂，道："我明天去买菜，给你炖只鸡吃。你真的太瘦了。"

母亲很少有这样主动表达爱意的时候，若华受宠若惊，笑容都磕磕巴巴。这异乡的陋居里让相依为命显得更有分量了。

母女就这样安顿下来，日子渐渐稳定。这小街上各种小店如花店、水果店、服装店、熟食店应有尽有，街尽头就是物美超市，再拐个弯，就上了主街，很热闹。可是，热闹是别人的，繁华是别人的。越是人多的地方，秀丽越觉得扎心。看到同龄的人夫妻说笑，她就会想起死去的丈夫；看到十五六岁的大男孩，她就会想起若轩；刚会走路的幼儿睁着天真的眼睛看着她笑，她就会想起若轩小的时候也是这样讨人喜欢；看到七八岁的小男孩蹦蹦跳跳，她就想有什么用，谁知道能不能全须全尾地长大成人？总之，欢乐的迟早会悲伤，悲伤的她与他们感同身受。目光所触及之处，无不包藏深意，隐含暗示。她兴味索然，无心逛街，买了菜回到出租屋，把门一关，待在屋里再不出去。

把肉炖上，香气渐渐飘出来，出租屋有了家的气息。秀丽把全家福照片拿出来，四处张望，想找个恰当而又醒目的地方摆。摆上它，家就被复刻了个八九不离十。但屋子太小，找来找去都没有找到合适的地方。秀丽想了想，把厨房放杂物的小桌清理干净，拿来摆在屋角。然后拖出最大的一个行李箱，把衣服都拿出来，底下居然是丈夫和儿子的骨灰盒。原来她背着若华，偷偷把寄存在殡仪馆的骨灰盒拿回家，又带到这里来了。她把全家福照片摆在中间，两个骨灰盒一左一右，面前放上一盘苹果，一把香蕉。

至亲的死亡是一种漫长的告别，需要多次反复才能结束。每一次告别都在强化这个事实：人死了。死了，就是彻底消失，天地间再不会有这个人的意思。那么高大的一个人，这一秒还在说笑行走呢，血肉还是热的，下一秒说没有了就没有了，怎么能这么荒谬?！丈夫从病房被拉到太平间，进火葬场，骨灰盒寄存在殡仪馆。接着又是儿子，原样流程走一遍，只不过省略了太平间。这些节点都在告别，每一次告别都像用是一把大铁锤猛烈地锤着秀丽。每挨一次，秀丽就萎靡一分。布置完这小小的灵堂，可以闲下来欣赏时，秀丽又当头挨了一锤：儿子真的随丈夫去了，她不得不在这异乡的陋屋里以这样的方式纪念他们。

她靠在出租屋的旧木椅上，哭了起来。

若华这日一整天都在外面奔波，她和凯泽以及同班同学这段时间一起找实习单位，终于找到了理想的公司。是一家和省都市报合作的新媒体公司，可以学习怎么写爆款文章，还可以学习拍摄技术和后期视频剪辑。今天去面试谈得也很好，下周就上岗，还有微薄的工资。大家非常高兴，凯泽提议每个人从未来的实习工资里拿出三百块钱，先聚餐，后K歌，就当是开工前的庆祝。众人欣然响应。若华想起母亲一个人在家，踌躇着。凯泽道："去吧。快毕业了，大家以后想聚也没什么机会了。"

他说到这里，微微垂下眼皮。若华心动了一下，硬了硬心肠，跟母亲说有事，要晚点回家。众人高高兴兴地吃了大餐，接着去唱歌。在KTV里，他们喝了不少酒。一想到快毕业，就要正式踏入险恶的成人社会了，这帮年轻人兴奋又伤感，酒精又加倍放大了这种情绪。凯泽微醺，吼着唱完了刺猬乐队的《火车驶向云外，梦安魂于九霄》，放下麦克风，看到若华靠在角落里，喝着酒。她是他见过的最安静的女孩，平时他们在文学社交集不多，但他知道她并不像外表这般柔弱。文学社的人背地里都讲陈若华是个女超人，可以同时干五份家教，大一就不跟家里要钱了，学习还特别好，年年拿国家奖学金，校刊的活儿也完成得漂亮。一个人能同时把这么多事情干得如此出色，必有超强的意志力与超高的智商，她安静的外表下潜伏着可怕的爆发力。

凯泽坐过去，和她碰了一下杯，两个人喝着酒。

凯泽问："毕业之后打算去哪儿呢？"

若华说："我妈叫我回老家。"

凯泽道："她给你找好工作了？"若华摇摇头。

凯泽又喝了一大口酒："你自己呢？有什么想法？"

若华难以回答。毕业后，和母亲一起回乡，她势必要叫自己住在家里。不一起回乡，母亲绝对不会同意的，甚至有可能她去哪里，母亲就跟到哪里。"自己的想法"太奢侈，也许她不配拥有。她沉默许久，抬起眼，正与凯泽的眼睛相对。他的眼神深深，她的心怦然跳了起来。但下一秒钟，若华移开目光。为什么要到即将毕业的时候，才发现这个人的存在呢？凯泽是北京人。毕业季就是分手季，相恋四年的大学情侣都会因为发展目标不一致而分手，她岂能在离别的时候让爱萌芽？何况她根本不知道凯泽心里是怎么想的。他的确比文学社的其他人更关心她，但那些言行理解成同窗情谊或者是男性的仗义，也可以。他从来没有直接表达过爱，她不敢也没必要去问他。

十点半，若华忐忑起来，提议散场。大家怕她一个女孩走夜路不安全，陪着她走回家。秀丽自己一个人待在家里，一直侧耳听着外面的动静，同时对自己的这种等待感到恼火。女儿难道不知道自己在这异乡很无助吗，为何要陷自己于这种状态里？这时她隐约听到几个年轻人说笑的声音，快步拉开门，见若华和同学往家这边走，脚步轻盈，看上去非常开心，不由得妒火中烧，阴沉地瞪着他们。

若华一抬头，见母亲等在门口。她像是玩过头忘了回家被妈妈抓了现行的幼童般，欢快劲儿去了大半。若华赶紧小步跑到家门口，回身与凯泽等人告别。进了屋，秀丽坐在椅子上生闷气，若华想缓和气氛："妈，怎么了？我跟你说了今天要晚回来的。你可以先睡觉嘛。"

秀丽冷笑道："我一个人待在这种人生地不熟的地方，就跟坐牢一样。你倒好，一大帮人，男男女女鬼混到大半夜才回来。你有没有想过我？"

若华啼笑皆非："这都是同学，当然有男有女了。我也不是去鬼混，是去面试实习工作。"

"你哄谁呀？面试需要这么长时间吗？你就不会早点回来吗？"

若华也生气了："那我就不能有点自己的事情？"

秀丽抓住这话中的漏洞："你自己的事情是什么事情？你交男朋友了？是上次那个姓周的男孩儿吧？我看他今天又跟你在一起，你老实说，是不是和他谈恋爱了？”

若华仗着酒劲，高声道：“我和谁谈恋爱是我的自由。妈，我二十二周岁了。”

秀丽一怔，呆在原地。若华见状有点后悔。

半晌秀丽苦笑道：“是，你有自由，你有大好的前途。我呢？我有什么？”

若华难过地坐到椅子上，一扭头看见屋角的小灵堂，不由得崩溃，快要哭出来了：“你把这些东西带到这里做什么？你不知道房东最忌讳这种东西吗？”

秀丽走到骨灰盒面前，珍惜地擦着那上面的一寸照片：“合同上不是说房东不能随便进租客的房吗？再说我现在什么都没有，就只有这个了。反正你马上也要离开我了。”

若华看着母亲高高耸起的肩胛骨，相似的一幕，相似的话，在每年自己返校的时候，父亲死的时候，弟弟死的时候，都要重复一次。她仿佛走进了一个时光隧道，怎么奔跑都会绕回原点。LED灯亮度不是很高，黑白照片和骨灰盒在昏暗的灯下有一种诡异的黯淡。若华不胜恍惚，仿佛自己也死了一般。

第四章　这不是减肥，是战争

上完一对四的街舞集体课，张天宇微微出汗，他靠在窗边，边喝水边发愣。就在三个月前，安心还坐在这个教室的沙发上和他谈季度业务考核的事情。他们说着话，他看着她白皙的耳朵上戴着淡粉色的珍珠耳钉，扎头发的皮筋上碎水晶花坠闪闪烁烁，搅动着他的心神。他想起秀芳描述的安心出事后的惨状，不由悚然。这种残酷的描述不应该用在那么美好的女性身上。

天宇是安心的校友，二十五岁。之前他在一家小的培训学校任职，跳槽来翱翔，舞蹈组组长程安心负责带他，因是学弟，对他分外亲切。刚来时天宇问安心，你业务能力这么出众，古典舞、民族舞、芭蕾舞、现代舞、当代舞、国标舞样样跳得好，长得又漂亮，为什么不去北京、上海闯一闯?

安心笑笑，说："依你这么说，咱们这种地方就不配拥有好的舞者了？"

天宇道："那倒不是，但学艺术的总是向往去这两个城市，毕竟这样的地方才有一鸣惊人的机会。"

"你为什么不去？"

天宇爽快道："我是匠人型舞者。基本功很扎实，但没有灵气。

最好的出路就是当老师，毕业前我就知道了。”

他这样年轻的大男孩，如此坦诚地评价自己，倒是少见。安心暗自欣赏，道：“我们班三十个人，十二个在北京，五个在上海，四个在深圳。你猜怎么着？除了三个在培训学校当老师，一个在当舞蹈替身外，其他的全部改行了。有去保险公司的，有进视频网站当编导的，还有卖理财产品的。我们这样的地方性大学舞蹈系，在北上的艺术圈没有根基，没有人脉，根本比不上北舞那类金牌院校出来的人，倒不如在本地发展的好。宁为鸡头，不当凤尾嘛。”

俩人一聊，都觉得彼此是非常踏实、能客观认知自己的人，由此分外投缘。翱翔是本市最著名的艺术类培训学校，一些比赛常常由它来征集选手，组织活动。两人在工作中渐渐熟悉起来。天宇是独生子，安心在他心目中，就是女神级别的大姐，也许还有点别的意味，但他没有继续琢磨下去。他第一天来就知道，安心已经结婚了。这很安全，同时又更加诱惑。天宇也不明白自己的心情了。也许高墙里的果子更迷人吧？

出事后，天宇和老板郑校长去了一次医院。安心醒来之后，他又单独去了一次，想探望她，但安心拒绝见除母亲和丈夫之外的任何人。他只好在医院门口的甜品店见了秀芳，秀芳连声道谢。天宇加了秀芳的微信，告诉她有什么事可以找他，他是安心的同事，两个人平日里处得如姐弟般。

之后，他和秀芳两个人渐渐在微信上熟络了起来。

端午节，培训学校给员工发了粽子之类的福利。校长没说没有安心的份儿，教务处也就把她的那一份计划在内。可临到发放时主管又踌躇，总不至于亲自送到她家吧？天宇于是自告奋勇地帮安心领了。

下了班，天宇与秀芳在微信上联系，她说她刚好在家，不用去医院。到了小区，天宇在广场上找到秀芳，她正在跑步，要他稍等。已是晚上八点，广场大灯高悬，一堆老太太正在跳舞，孩子们在一旁跑来跑去，气氛热闹祥和，是盛世该有的模样。天宇张望了下，见秀芳正在对面跑步。她慢慢绕过来，跑到他面前停下，嘴唇发白，满脸通红，浑身大汗，喘气费劲得好像下一秒钟就要晕过去一般。相熟的老太太们正在广场上跳扇子舞，手里的扇子甩得啪啪响，喊道："秀芳，悠着点儿，咱们老啦，不能像年轻人一样跑步。"

天宇见秀芳那样子十分难受，忙扶住她。秀芳只觉得太阳穴突突地跳，带得耳朵处一阵一阵地痛，耳朵里嗡嗡的，心跳快得要喘不过来气了。秀芳突然捂着胸口一阵干呕，吓了天宇一跳，她却只呕出几口酸水，天宇赶紧搀着她回了家。

在家里，秀芳瘫倒在沙发上，许久方缓过神来。天宇这才知道她与安心打赌减肥的事。为了实现自己许下的三个月减重一百斤的诺言，秀芳每天跑十公里，白天只喝酸奶，吃两根黄瓜。天宇又感动又好笑，告诉她：第一，三个月绝不可能减掉一百斤，能减三十斤已经算厉害了；第二，短时间内急速减肥对身体极其有害，而且容易反弹。千万别这么干。

秀芳道："是啊，我最近觉得整个人不太得劲儿，这不，正打算去针灸减肥呢。"她从茶几上拿起一张美容院的宣传彩页，上面写着"针灸拔罐减肥，不伤身不反弹，一个月见效"。

天宇拿过彩页，看了看："这种地方，一般要你交一大笔钱，然后一边给你针灸，一边告诉你要节食。最后到底是节食减下来的肥，还是针灸，谁说得清楚呢？"

秀芳讪讪地笑道："唉，那小姑娘告诉我不用节食的。"

节食加长跑实在是太煎熬了，秀芳病急乱投医，路过美容院，接到这广告，不由动了心。那干美容的小姑娘个个不是省油的灯，早看出苗头。一番舌灿莲花，秀芳差点交了一个疗程的钱——五千块。要不是微信里没那么多钱，她早就被套住了。天宇见那茶几上还有不少机构的减肥广告彩页，还有一瓶减肥药。他拿起来一看，上面写着

“立可瘦减肥胶囊”。他看着秀芳，表情渐渐严肃起来。她道：“这药是我跑步时小区一个认识的女人推荐我吃的，说效果特好。我刚吃了几天……”她看着天宇的表情，有点讪讪的，停住不说了。

天宇郑重道：“千万不要再吃了，这种减肥药对肾的伤害非常大。您也不希望肥没减下去，命没了吧？”

秀芳吓一跳：“没那么严重吧？”她最近总觉得头晕眼花、心悸气短。难道就是这个药造成的？

“我身边就有人吃这类减肥药得了尿毒症。”他看着秀芳愕然的表情，摇摇头，继续道，“阿姨，我学舞蹈的，对怎么控制体重有一定经验。如果愿意，我可以带着您减肥。千万不要再乱吃药、瞎锻炼了。”

秀芳自打开始减肥后，才意识到这有多难。她跑了十几天，吃尽苦头，倒是减了几斤，但她疑心那减下去的可能只是水，说不定正常吃饭后立刻就会胖回去。她也知道自己用力过猛，少吃多运动能减肥她知道，可是少吃到什么程度，运动量多大，根本掌握不好。至于那个同小区的女人卖给她的药，她也是抱着吃吃看的想法在尝试的，心里也有点发毛。此刻听天宇这么说，又惊又喜。天宇肩宽腰窄，一双大长腿，合体的白T下胸肌隐约可见，没有严格的饮食控制与健身坚持，也难有如此养眼的身材。有他相助，这事就不愁了。

她很欣慰：“你能帮我就太好了。其实我减肥，除了给女儿当榜样外，也有个考虑，她这身体状况，估计下半辈子都需要人照顾。我得健康和强壮起来，争取活得久一点，好照顾她。”秀芳想起那天抱起安心，却把她摔在地上的那一幕，眼圈红了。小时候的安心瘦瘦的，像只小猫，秀芳把她用大衣兜在怀里，又稳当又暖和。如今女儿重新变回需要人呵护的宝贝了，自己却失去了这种力量。她低头看看自己，身上的三层肥肉随着呼吸起伏，腿粗如大象腿，手指头胖得又圆又短，像小香肠，不由得又羞又懊悔。这身上的每一两赘肉，都代表着自己的放纵、懒散、贪吃，更证明自己不是女儿坚实的依靠。她亟须重新做人。

天宇心里一紧。三个月了，他没有见到安心，到底她现在变成什么样子了？他很想去看她，但她一直拒绝，他也不好再跟秀芳提这个要求，只是叮嘱她，这两天可以稍微放缓一下减肥的脚步，正常饮食。他回去之后研究一下，拿出一套有针对性的减肥健身计划，然后带着她按计划严格执行。

两天之后，他们再次在秀芳家碰面。天宇拿出三页纸，上面的字非常贴心地打成了黑体三号大字。一张写着“饮食篇”，一张写着“运动篇”，另一张是食谱范围。秀芳仔细地看着这三页纸的内容。天宇道：“减肥无非两条，第一管住嘴，第二迈开腿。但这嘴要管到什么程度，腿要迈到什么程度，是有讲究的。”

他一条一条地解释：“第一，远离任何减肥药、减肥偏方，按摩针灸等辅助手段。谨防受骗伤身！第二，远离任何高油、高糖食物，包括甜度高的水果。第三，前两个月，主食只吃平日量的四分之一，精粮搭配粗粮。后续再酌情减量。第四，多摄取高纤维的蔬菜和食材，比如芹菜、花椰菜、芦笋、海带、各类菌菇……”

秀芳一条一条听着，知道那食谱已经写得非常详细了，看上去她平日里爱吃的大部分都不能吃了，还好牛肉和海鲜等优质蛋白能吃少量，这已经比她自己盲目地瞎减舒服太多了，她不由得松了口气。

接着看运动篇。那上面列着每天运动分为三次，每次半小时至一个小时。早起慢跑，下午跳绳、游泳或者爬楼梯均可，晚上快走，就当成饭后消食的运动。她要去医院照顾安心，就根据自己的时间灵活安排。

“对于您这样肥胖又上了年纪的人，选择运动种类要量力而行。一口吃不成胖子，当然一下也减不成瘦子。减肥是持久战，要以身体能负荷为主，循序渐进，一开始少量多次运动，后续逐渐加大运动量。”

天宇说着，从包里翻出一双崭新的护膝给秀芳，又看她跑步的鞋是一双旅游鞋，一脸嫌弃，告诉她最好去买专业的运动鞋，阿迪达斯或者耐克都行，买它们家换季的产品，一双最多五六百，轻便耐磨。人家是专门为跑步设计的，透气舒适、减震防滑。工欲善其事，必先利其器嘛。

秀芳点头如捣蒜。这天宇看着还是个大孩子，没想到做事这么周全，为人又这么仗义。

天宇又道：“如果想更全面地锻炼肢体力量，增强体力，提高耐力，我建议您到健身房办个卡，请健身教练指导。您不是说安心行动不便，往后得照顾她吗？但这要钱，所以您要考虑一下。”

秀芳一听到健身，眼前一亮，却又犹豫：“多少钱？”

天宇道：“和您上美容院针灸办卡的钱差不多。跟我一个健身房就行。我可以跟老板说一说，没准儿打个九折呢。”

秀芳果断：“办。明天你下班我和你一起去。”

夜阑人静，安心毫无睡意，听着病房里行军床上护工轻微的呼噜声。这个女的睡眠极好，每次安心半夜要上厕所都要叫好几声才醒，安心疑心她可能故意不回应。身为一个残疾人，安心已经能捕捉到人们神情和言行举止间那些微妙的细节，既有过分的呵护，也有不经意的轻慢。安心想，她身体残缺了一部分，好像在别人心中，也缺了分量，所以不值得被完整地尊重一样。后来安心宁可穿纸尿裤也不叫护工了。护工就是这样，勤快又脾气好的没几个，总是没干几天就换人。这个女的力气特别大，抱起安心来毫不费力，用了一个月，已经算她们能遇到的最好的人选了，有些事安心也就忍了。秦峰白天上班，晚上再来陪夜不现实。母亲那么胖，躺在行军床上翻身都困难，再加上呼噜打得震天响，吵得睡眠不好的她夜夜失眠，用二十四小时护工反倒省事，虽然一天三百的费用叫她心里焦虑。

她翻看着手机微信，天宇发了好几条问候的消息，她都没有回。何止他？同事、同学、熟人、学员……所有人的消息她一律没回。前一段是刚恢复，来不及看手机；这一段则是没有心情，也不知道怎么回。回“很好”是撒谎，回“不好”又要引来追问，何必呢？反正生活的大门对她来说已经关闭，不需要再社交了。她这样想，还是不由自主地看朋友圈。她不参与生活，就当个旁观者吧。天宇的学员进步很大，已经可以参加区里的街舞比赛了；郑校长天天马不停蹄会见各种高大上的投资人，翱翔在本市又开了个新校点；表妹若华发了张语意模糊的图，是一张城市的夜拍，不知是励志的实习加班夜归，还是彷徨的深夜独白。听说二姨跟着去陪读了，她有得苦头吃了。但无论怎样的苦头，她毕竟还在生活里，不像自己早被抛出轨道了。丈夫秦峰发了两条，一条是励志鸡汤，一条是公婆并肩微笑坐在沙发上，配文是“今天是父母结婚三十周年纪念日。历经风雨恩爱如初，父母就是我的幸福之源”。丈夫是个体面人，又是体制内工作，朋友圈一贯光鲜励志，人畜无害。

安心挨个翻着，翻到母亲的朋友圈时，微微吃了一惊。今天她的朋友圈是一张健身房的会员卡照片，还有她穿上新跑鞋在镜头前的自拍。还是一如既往地胖，但从前慵懒疲沓的眼神却不见了，多了几分锐利。

那天她摔在地上，一时悲愤攻心，对母亲口不择言后，安心也后悔。她知道在母亲的心目中她排第一位，甚至高于母亲自己的生命，她这是无理的迁怒。第三天看到母亲长跑后发的自拍图之后，安心怔了一下，随之感动，同时还有点小小的好奇，减肥是项艰苦卓绝的任务，多少人半途而废，母亲能坚持下来吗？

今天这个卡证明母亲真的下决心要减肥了。想到胖得走路都喘气的母亲一圈一圈地在小区广场上长跑，以及在健身房撸铁这种前所未有的情景，一股热流从后背涌了上来，推着安心坐直了身体，眼睛看向了屋角的轮椅。从前她拒绝坐上它，好像那样的话，她是个残疾人的事实就再也无法回避。她甚至不想见到它，所以叫护工远远地推到角落里。但现在她突然想坐上它，凭她一个人，就在此刻，凌晨三点十五分。

安心不想叫醒护工，她看了下，床太高，无法直接下地，但从床上可以爬到床头的木椅子上，再从椅子上爬到地上，爬至角落，也许可以凭自己坐上轮椅。她开始这样做，从床上翻到椅子上很顺利，但她仰天陷在椅子里了，两截光秃秃的断腿短短地指向上空，像乌龟肚皮朝天般动弹不得，很艰难地才一点点挣扎着倒过身子，用手代脚，一点一点把身体从椅子上挪到地上，再蹭向轮椅。蹭到跟前已是满头大汗，但她非常高兴，为此甚至笑出声来。她喘着气，看着仍在呼呼大睡的护工，心里升出报复似的自豪：原来离了你也不是不行嘛。

休息片刻，安心开始向轮椅进攻，但这一仗遇到了麻烦。从高到低容易一点，从地上往高处爬却是个难事。她的脚使不上劲，只能竭力抓住轮椅的把手，试图仅凭手臂的力量就把自己的身体撑起来，送进椅子里。但她力气太小，轮椅又滑来滑去，如果再把身体直立一点，地面就会触到截肢的断面，令她疼痛不止。最后她一咬牙，一发狠，使出浑身的力量，猛力往上一蹿。结果咣啷一声，轮椅栽倒在地，她也摔倒了，脸还被轮椅把手磕到了，疼得她眼泪都出来了。护工被惊醒了，见状大吃一惊，赶紧起身跑过来，要把她抱起来："你怎么了？怎么大半夜的要坐轮椅啊？"

安心在地上挣着，不让护工抱。护工手足无措，安心看着自己黑乎乎的手掌和手臂，无声地哭了。

第五章　健身房里的老父亲和老母亲

一起床，秀芳先准备给安心的饭。医院有营养餐，但到底不如自家做的好。虽然送过去的饭菜安心吃得很少，可吃就比不吃强。今天她给安心炖鸡汤，焖牛腩。另外用糙米、燕麦、黑米、糯米、红豆、白米给自己打米糊。她把炖鸡汤和牛腩的炖锅、米糊机依次插上电，就去晨跑。四十分钟跑完，汗淋淋地回家。这次长跑倒是比之前轻松多了，穿上新跑鞋也是个省劲儿的因素吧？回到家，第一件事是称体重，192斤，比从前轻了八斤半。

洗完澡之后米糊已熟，开始吃早餐，煎鸡蛋改成白煮鸡蛋，以往每次早餐必要吃一个自家发的大馒头，中午和晚上各两碗米饭，安心总说她是“碳水怪”，要她减，她从来不听，现在早餐改用一碗水煮黄瓜、菠菜、花椰菜替代。水煮蔬菜天宇不让拌沙拉酱，说那里面又是油又是奶和糖的，其实热量更高，教她滴一点醋、生抽，拌一拌就好。不好吃，蔬菜的生腥味很重，让她觉得自己像头牛在吃草。幸亏鸡蛋好吃。这是这段时间以来吃得最饱的一次，肚子舒服了，心里却有点不安。

鸡汤和牛腩已炖好，再拌个黄瓜、木耳、蘑菇，把三样菜装进保温桶和乐扣盒子。秀芳提着盒子，坐上公交车。家到医院三公里，秀芳坐了三站地，下来走一公里，因早餐的饱腹滋生的罪恶感抵消了不少。进了病房，安心正在睡觉，颧骨青紫了一块。秀芳刚要对护工生气，护工叫秀芳小声点，两个人蹑手蹑脚地走出病房。护工告诉秀芳，安心昨儿个半夜自己突然起来要坐轮椅，结果摔了一跤，脸被磕到了。护工看秀芳愣愣的，以为她不信，有点急了。

“大姐，您可得信我，不然一会儿她醒了您自己问一问。”护工说。

秀芳却笑了，道：“我信你。太好了。你帮我继续照顾好她，谢谢你。”

这话让护工一时不知道什么意思，但知道秀芳不怪她，松了口气。秀芳进了病房，把安心换下来的脏衣服放进袋子里，把买来的水果洗好，削好，摆到床头的茶几上。收拾完，她在床头的椅子上坐下，等着女儿醒来。中午秦峰会赶过来一起吃饭，上医院食堂打几两米饭，午餐就齐活儿了。十一点，秦峰发来微信，说最近活儿多，今天就不过来了。十一点半了，安心还没醒来。秀芳不想叫她，刷着微信。刷到昨晚自己那条朋友圈，她看到有许多人点赞，其中居然有安心。她不相信自己的眼睛，特地点开，没错，是安心。这么长时间以来，安心不说话，不笑，不交流，好像要封死在自己的世界里一般，但现在她终于愿意让自己的一部分感官苏醒过来了。太好了，太好了。这证明她的心并没有完全死去，还是存了生的希望。

看着女儿疲惫的睡容，再看看屋角的轮椅，秀芳悲喜交集。难道是自己的减肥和健身卡触动了安心，所以她才愿意去尝试坐轮椅吗？这证明自己的计划在慢慢奏效了。秀芳心中燃起一股豪情。饥寒交迫的童年、丧夫和下岗都没能打倒她，这一次，车祸也不能。她站在生的此岸，与彼岸的瘟神争夺着女儿。走着瞧，看谁能赢，她有的是耐心与勇气！

秀芳把晚上的运动改成了八点到九点去健身房，下午回家做好给女儿的饭菜，送过来一起吃过之后，她正好去健身房。晚饭时间，安心看母亲连着两顿都只吃一盆水煮蔬菜、菌菇，问道：“你只吃这些东西吗？”

这是自那天争吵之后，安心第一次主动与母亲说话，更是车祸之后她第一次对一件事情表现出有兴趣。秀芳惊喜，赶紧回答：“是啊，这是天宇给我配的食谱。”

“天宇？”安心更意外了。

“天宇给我配了食谱，还指导我减肥，给我定了计划。晚上我要和他一起去健身房，他给我找教练了。这孩子真的太仗义了，他提了好几次说来看你，但你不是一直不见人嘛，我就说再等等。怎么样？哪天我叫他来吧？他真的很关心你。”

那阳光俊朗的大男孩，那个开玩笑叫她女神的年轻同事……脸上的瘢痕还在痒，紫黑地蜿蜒着。这样的脸连自己都不想看，怎么能在天宇的眼前出现？安心摇摇头。

晚上八点，“力倍”健身房内热火朝天。这是秀芳第一次来这种地方，大概也是这家健身房第一次出现她这样身材臃肿、头发花白的老妇吧？上次她来办卡以及找私教时，只进了体能测试区，测试了体能。这次才是真正进入了健身房的主区域。那些挥汗如雨、或跑或跳或拉伸的年轻人，男男女女，无不对她投来诧异的眼神，秀芳有点不自在。这时天宇引着一个教练到她面前，那是个身材健硕的年轻男子，一件无袖紧身黑T恤背心勾勒出上身强壮的倒三角。他自我介绍姓吴，因天宇一直在这里健身，两个人早已成了朋友。

吴教练倒是对秀芳来健身一副见怪不怪的模样，径直切入主题：“天宇和我说了你的诉求，综合上次助理帮你做的体能测试结果，我为你量身定制了一个计划。”

吴教练的魔鬼式撸铁计划是这样的：秀芳每周来健身房三次，一次一个半小时。先在跑步机上热身十分钟，然后推杠铃练胸肌，举哑铃练三角肌，倒蹬机推腿练腿部力量，卷腹机练腰腹。鉴于之前秀芳已经有了长跑十五天的底子在，所以也不算仓促上阵。体能测试也显示她承受得起这些训练。一个半小时下来，管叫秀芳练得一佛出世，二佛升天。半年之内，她不但可以减掉五十斤，还能有一身强健的肌肉。

秀芳开始很高兴，听到这里愣了："五十斤？我要减一百斤。"

吴教练严肃道："不可以减太急，否则你的身体受不了。谁敢承诺你半年之内减一百斤，我都会认为他不负责任。"

天宇在一旁拍拍秀芳的肩膀，点着头，意思是他完全赞同吴教练的话。秀芳只好接受了。

说练就练，吴教练引秀芳先在有氧区的跑步机上热身。在健身房锻炼果然和自己一个人默默跑步不一样，每个人都练得那么认真。或戴着耳机在跑步机上无声地跑着步，或大喝着推举杠铃；或青筋暴起，或挥洒自如；或咬牙瞪眼，或埋头苦跑。有人额头流着汗，有人衣服全湿透了。总之，这里散发着生机勃勃的气息，大家就像挨得特别近的小星体，自顾自旋转，但有种奇妙的默契在。

秀芳按照吴教练说的一项项练。吴教练要求每一项都做四组，每组十二次，而且动作都要做到位，并不因为她年纪大就放松要求，态度很严厉。十分钟的跑步机下来，秀芳已经汗湿衣背，又接着到力量区举二十公斤杠铃。刚做完一组，秀芳已经手臂酸痛得无法动弹，胸膛快要爆炸了，坐在地上直喘气。天宇在隔壁跑步机上跑着，看见后过来，看着秀芳的模样，有点担心。吴教练道："既然进了健身房，找了私教，而且定了减肥期限，那就证明她的诉求很强烈。所以我不会因为她是老年人就区别对待。放心吧，我觉得她能跟上。"

秀芳用力捶着胳膊，道："天宇你不用担心，我没问题。"

这一停下再做可不得了，坐上卧推凳举起杠铃时，秀芳觉得它沉重得令她无法负荷，勉强举了三下之后，第四下想往上举，胳膊却酸痛得一点力气也没有，咬牙往上顶时，怎么也推举不上去，手打战，额头青筋暴起，脸憋得通红。已经这么用力了，那杠铃还是稳稳地停留在臂弯里，丝毫不想减轻哪怕一斤重量。她大喝一声，拿出“我跟你拼了”的气势，把杠铃往上一送。双掌撑住杠铃，此时力气突然一泄，全是汗的手心一滑，杠铃重重砸回架子上。她吓了一大跳，左右看看，幸好吴教练此刻不在，没有人注意到她。秀芳羞赧而沮丧地坐起身，走到饮水机旁接了水，回到力量区，坐在旁边的凳子上大口大口地灌着水。

也许是自己操之过急了，也许这样的锻炼方式根本不适合自己这种六十岁的老人。这可真是鬼迷心窍了，一个老太太居然想到进健身房健身？看看同龄老太太都在干吗，最多跳跳广场舞，打打太极拳，小区健身步道走一走，连长跑的都很少。秀芳看着地上那二十公斤的杠铃，想想这才是第一个项目，后面还有哑铃和什么倒蹬机，简直绝望得快哭出来了。

这时旁边坐下一个人，一股汗味儿夹着烟味儿的浑浊气味扑鼻而来，扭头一看，居然是一个和自己差不多岁数的老头。是那种小区里很常见的退休老头，已经湿透的草绿色运动背心卷起至双乳下，坦荡地露出汗津津的大肚子，动作像树懒一样迟缓，秃头，脖子上挂条绿毛巾。他一见秀芳，也感到意外，用脖子上搭着的毛巾擦汗，打招呼道：“哟，老太太进健身房，我还是头一回见。你好啊大妹子。”

秀芳道：“老头儿进健身房我也是头一次听说。你好啊大兄弟。”

俩人攀谈起来，老头介绍他叫王志国，比秀芳大一岁。秀芳赞他有毅力，就像自己一样。

老王愁眉苦脸道：“唉，我哪有这心情啊，是我爸非得拉着我来的。”

秀芳大吃一惊，他爸得多大岁数了？老王朝前面一努嘴，只见一个穿着红色运动衫、须发皆白的老头正在拉力器上唰唰地拉着弹簧，神情轻松。他浑身的肌肉都很结实，肱二头肌正随着拉动一鼓一鼓的。看得秀芳目瞪口呆。

老王说父亲老老王八十二岁了，从前是个工人，退休快三十年了。以前酷爱打篮球，后来找不到同伴一起打球了，因为一起打球的同事和朋友们要不就是死了，要不就在家颐养天年不爱动弹。他就改游泳和长跑，这两年又迷上了健身。老王的老伴儿死了，老妈也不在了，儿子在上海工作，他退休后整天在家无所事事，睡眠也不好，老老王就强拉着他来锻炼。

那边老老王练完拉力器，又开始举哑铃，一抬头见俩人在说话，把哑铃高高举起，声音洪亮地吼道："练起来！"

不知道是休息够了，还是被老王父子给刺激到了，接下来的三组杠铃秀芳居然咬着牙完成了。哑铃她花了半小时也完成了。倒蹬机换了个部位，总算能让可怜的胳膊休息一下了，但又轮到腿遭殃。两组之后，每一下蹬腿都有如千斤重。她瞪着眼，使尽浑身解数蹬。太沉了，沉得每进一寸都那么艰难，肌肉绷直，双腿直打战，实在是蹬不动了。这一刻，过去无数岁月里所遇到的苦难——十岁时洗衣服的饥寒交迫，十八岁时因生得丑的自卑，二十八时被丈夫家暴时的苦痛，三十二岁时成为寡妇时的无助，五十岁那年化肥厂倒闭的惶恐，通通涌上心头，噎得她喘不上气来。它们最后汇成一个主调，与目睹血肉模糊的女儿时的万念俱灰重合。她想放弃了，想躺在地上好好地休息一下，什么也不想。

可是下一刻，她又重新鼓起勇气，过去没放弃，现在她也不会放弃。如果这就是她的宿命，她就要一脚一脚地蹬下去，一脚一脚，像是在抗拒命运般，使劲将它蹬开。这是替安心蹬的，闺女的腿没了，为娘的腿就得派上双倍用场。拼命蹬啊，多蹬一脚，离减肥的目标就近了一步。多蹬一脚，安心就离站起来近了一步。她什么都没有，就仅剩一腔孤勇。这孤勇推着她一步步走到了今天，如果她放弃了，安心也就没有了希望。

吴教练站在一旁，帮秀芳喊着，纠正她的动作，天宇也过来，又钦佩又担心地看着她。她的衣服被汗湿了，全贴在身上，汗水顺着腿流到鞋里，袜子也湿了，汗水大滴大滴地往下跌落，倒蹬机下淌了一圈。老王父子喝着水，站在一旁饶有兴味地看着她。一些健身的人也围过来，看着这胖老太艰难、倔强地一下一下地蹬着，情不自禁地为她数着：一、二、三、四……

四组终于做完，秀芳麻木地从机器上踉跄着下来，在地上瘫成个大字，只觉得天旋地转，视线变得模糊，屋顶的灯变成一团团的光晕，不知道是汗水迷了眼，还是泪水所致。吴教练蹲到她身边，声音温和："卷腹机不做了，今天先这样吧，已经两个小时了。"

老王和天宇搀着秀芳走出健身房，秀芳小腿肚直哆嗦，浑身像是被人用大铁锤猛锤过一般，快散架了，现在是强撑着往前走。大家各自洗了澡，出来后，老王说他晚饭只垫了块蛋糕，得去吃碗面，于是大家又来到一家拉面店。老王父子要了两碗面，天宇要了一碗，加了个卤蛋。菜上来后，他要了个空碗，给秀芳挑了三分之一碗面，放了半个蛋。秀芳洗了澡，舒坦了不少，这时方回过魂来，她六点钟除了一碗水煮蔬菜外，什么都没吃，此刻饿得浑身没有力气，闻着那牛肉拉面的香味，看着面上覆盖着的切得薄薄的带筋酱牛肉和半个卤蛋嫩黄的剖面，不由得舌底生津，却又坚决地把碗推开："我不吃。"

天宇笑了，把碗又推到她面前："吃一点没事。这么大的训练量，营养要跟不上，你很快就会垮了。忘了我说的了？一口吃不成胖子，当然一下也减不成瘦子。"

老老王呼噜呼噜大口吃面，口齿不清地说："吃吧，减肥不在一时。你那么大运动量，很快就能瘦下去。相信我。"

秀芳于是小口小口吃起来。天宇早告诉过她，吃东西要小口嚼，这样也可避免进食过多。

老王心事重重。说要吃面的是他，可面来了，他却一直摆弄着手机，一碗面只吃了几口。秀芳见老王在看照片，问道："这是谁？"

老王来了精神，把手机给她和天宇看，那照片是一个长得挺干净的三十来岁的男子站在树下。还有的是男子带着五岁小男孩在玩，或者是小男孩冲着镜头天真地笑。老王道："我儿子和我孙子。怎么样，帅吧？"

老王期待地看着他们，两个人真心地赞美："都挺帅的。"

老老王三下五除二，连汤带面吃得精光，啪地放下筷子，扯了张餐巾纸擦着嘴，对着儿子道："行啦，一天看八百遍，有意思吗？"

他见两个人不明白："天天想他儿子和孙子，什么事也不干，就等着儿子想起来给他个电话。从前总是每两三天就跟儿子视频一次，终于给儿子惹烦了，规定每周只能周六视频一次，一次只能三十分钟。这老小子就颓了。"

老王看着手机，一脸的哀怨，叹了口气："不能住在一起，连视频都给我规定时间，这小子真的太狠心了。"

老老王训道："人家要上班。大上海，那活儿能简单吗？下了班回到家累成狗，还要跟你视频半小时，鸡毛蒜皮都要汇报，活不活啦？"

天宇道："我妈也总要跟我视频，其实我每周末都回家，没那么多话讲啦。不是每天都有新鲜事发生的。"

老王道："你们年轻人都嫌弃我们老年人，老了就是招人烦。其实就是想见你们，想和你们在一起，哪怕开着镜头不说话，看着这张脸，心里也舒坦。这就是当父母的心，孩子们怎么会懂？懂也装不懂。"

老老王冷笑道："老了就是招人烦？你个龟儿子可别当着和尚骂秃驴。我也是当父母的，我就不这样。咱俩住一个小区，你小子从前一周都想不起来回我那儿一趟，我找你了吗？诉苦了吗？我忙着呢，哪有工夫顾着你？开着镜头让你看，你干吗？监视人家啊？依我看，就是太闲了，把你给闲出屁来了。”

老王被父亲训得有点不好意思，收起手机，认真吃面。秀芳和天宇俩人对视了一下，忍不住笑了。这父子俩太有趣了，儿子比父亲更像老年人，年过八旬的老父亲虎虎生威，反而气场上和天宇这一辈儿的人更接近。四人吃着聊着，渐渐熟络了起来。秀芳说起自己为什么要减肥和健身，说起那场车祸，忍不住流泪。父子俩听着，深深动容。

夜里十一点了，小店外仍有车驶过，仍不时有食客来吃面。秀芳从未想过，原来夜里的街上这么热闹，她也很多年没有跟陌生人成为朋友了。这种感觉很奇妙，此刻身上有着千斤沉重的酸痛，但她心头却无比轻松。

第六章　是陪读？是监视

若华从前认为自己是一个理性大过感性的人，因为实际生活也不允许她感性。七岁，奶奶喜气洋洋地从产房抱出一个婴儿，对她说："若华，你有弟弟了。"若华看着那婴儿粉嫩的脸，意识到自己的童年结束了。这很神奇，若华清晰地记得那一刻的想法。她还是个孩子，却过早地看清了自己的命运。如果太感性，在这个家她是活不下去的。

但此刻，在公司，坐在凯泽的工位旁，听着凯泽配音时那字正腔圆富有磁性的声音，看着他棱角分明的侧颜，若华一再地心动，而这违反了理性。因为马上就要毕业了，这心动必然没有结果。

可是她控制不了自己。平时她就特别喜欢听凯泽的京腔，那种不经意的儿化音带出一种遥远和阔大的想象空间。是的，那就是北京。若华早就想去北京了，不是因为凯泽。她考不上北大中文系，才退而求其次上的本省大学。她不知道去北京干吗，但去总是没错的。每一颗不快乐的灵魂都渴望远方。北京足够远。

她从来不知道凯泽还会标准的播音腔呢。凯泽配完音，摘下耳机，扭头看着身边的若华。若华猝不及防，赶紧低下头，掩饰性地看着配音稿，脸红了。

凯泽问："怎么样，我配得还行吧？"

他们一起去采访，回来若华写的稿，凯泽用电脑软件剪完视频素材，随口就配了音。一条两分钟的新闻，很快就搞定了。俩人合作非常默契，效率极高。

若华含笑点头，问："你学过播音？"

凯泽道："没有，但我考了普通话一级乙等证。要是有哪个地方招主持人，我是有报考资格的。"

若华敬佩地看着他，他道："技多不压身嘛。现在是跨界的时代，我们要敢于当斜杠青年，而且我还挺喜欢播音主持这个职业的。"

他微笑地看着她，她垂下眼帘，阻断了自己爱慕的眼神。他真的太优秀了，独子，家境良好，自律，有才华，勤奋，而且非常有想法。最主要的是他身上有一种漫不经心的无所畏惧。感觉他想做什么，就会去做，而最终也能做成。什么样的家庭才会培养出这种人格呢？她也勤奋，但她的勤奋全是为了谋生、糊口，而他是为了好玩。这就是他们之间最大的区别。

凯泽看着她，她低头时脖颈的线条显得温婉甜美，长长卷曲的睫毛扑闪扑闪的，泄漏了一些慌乱。他决定把一些话说出来："若华……"

若华更紧张了，头简直不敢动，屏息等待着。可是这时手机响了，是母亲来电，问她什么时候回家，已经八点了。若华说自己还在加班，母亲说一直在等她吃晚饭，自己也没吃呢，差不多就回家吧。说完就挂了电话。若华看着手机，凯泽觉得刚才空气中流动着的美妙气氛无影无踪，若华周身都罩上了沉重的气息。

凯泽问："你妈妈要待在这里多久？"

若华道："一直到毕业。"

凯泽道："毕业了你想去哪里，我问的是你想，不是你妈妈想。”

若华道：“我也想回老家，我妈身体不好。”

凯泽道：“她有什么病？”

母亲有什么病？早年频繁流产落下的腰疼、盆腔炎、偏头痛，父亲和弟弟的死令她伤心过度，严重焦虑，这些又引发了长期失眠。很多年的印象里，母亲都是这样一脸的抑郁，窝在沙发里，牢骚满腹，怕冷，怕热，怕风，怕累。要说病，不是病，死不了，却也活不好。若华看着凯泽，竟回答不了，只能无言地笑笑。笑完她意识到，母亲其实没什么病。为什么许多年来她总有母亲体弱多病需要呵护的印象？这印象是怎么形成的？

凯泽送若华回家，夜风习习，两个人慢慢散着步，不时相视而笑。路过一家小火锅店，里面有不少情侣正在吃饭，两个人对坐，中间一个热气腾腾的小锅子，看着很有感觉。凯泽说不然两个人一起去吃饭吧，吃过再回家，给母亲打个电话说活儿多，晚点下班。反正明天是周末，不用上班。这很像约会邀请了，他是要把刚才的欲言又止完成吗？若华重又紧张起来，但下一秒她又泄气了。刚才电话里没有说晚下班，现在说，母亲一定知道自己是在找借口。和爱情的甜蜜比，她更不希望看到母亲的连哭带控诉，多浓的甜蜜也不值得这样的折磨。她突然情绪低落，因为又一次清醒地意识到，连想象都能让她惶恐不安，实在太㞞了。这么㞞的她，哪里配得上无所畏惧的凯泽呢。

她说：“算了，下次吧。”

凯泽不知道她为什么突然变得很冷淡，只好笑笑：“好，下次。”

两个人闷闷地走着，气氛一时转冷。若华想，暧昧期就是这样，进一步两个人就是亲密爱人，退一步就是路人。反正也没可能，就不让它发生吧。走到出租屋街道的拐角，若华让凯泽回去，凯泽说：

“这里黑，我送你到门口吧。”

若华说：“不用。”

她低头走了，凯泽看着她的背影，悟到了她是不想让母亲知道有男孩送她回来。她二十二岁了，却还要处处受制于那个病恹恹的母亲。一瞬间凯泽对若华有点失望，甚至生出一点反感。原来她汪洋恣肆的文笔背后，隐藏了一颗懦弱陈腐的心。所谓文如其人，并不一定对。

他转身怅然走了。可是脑海里总是闪现出与若华相处的片段，她很敏感、聪慧，反应很快，有时语言上暗藏的小机锋要令他半天后才回味过来，失笑之余又赞赏不止。一个有着那样灵动才气的女孩，怎么会是懦弱陈腐的孝女呢？

若华走到门口，赫然见母亲站在门口看着她，周身与黑暗融为一体，只有眼睛闪闪发亮。她吓一跳：“妈，你怎么站在这里？吓死我了。”

秀丽缓缓道：“那个周凯泽送你回来的？”

若华道：“你看见了？”

秀丽道：“既然都来了，为什么不叫他进屋坐坐呢？他是你男朋友，我们俩总得认识一下吧？”

若华不说话，径直进屋。秀丽跟在后面，不依不饶道：“是不是你男朋友，说话啊？”

若华见小灵堂前秀丽不知何时摆了一小碗米，米上插着祭祀用的香烛，烛烟袅袅，屋里一股烟味儿，心底一股无名火直蹿。她牺牲了美妙的爱情，为什么没有换来融洽的亲情？为什么要过这样的生活？她口气不由得变冲了：“是我男朋友，怎么样？跟你有什么关系吗？”

秀丽眼睛眯了一下：“你们到什么程度了？是不是和他睡过了？”

这句话叫若华倒抽一口凉气：“妈，我真没想到你会这样看我。”

秀丽冷笑道："怎么？你们这代人不是很开放吗？你觉得你被睡了不好意思，觉得不值钱了？"

这居然是一个母亲说出的话？！若华挑衅道："不是不好意思，是觉得你真的太过分了。我二十二岁了，我想和谁睡就和谁睡。你管得着吗？"

秀丽的声音尖了起来："这么说你真的和他睡过了？他哪儿人？你要嫁过去当上门媳妇吗？当心未婚先孕不值钱。"

若华再度愕然，坐下倒了杯凉水，大口大口喝着，企图给堵在胸口的那块灼热降降温。

秀丽继续："你脑子清醒一点好不好？我看新闻上都说了，现在有学历能挣钱的独立女性都不流行结婚啦。自己挣钱自己过，不知道有多逍遥。你离开男人会死吗，你就这么喜欢男人吗？你个贱货！"

若华脑子里嗡的一声，啪的一声把手中的玻璃杯重重地放在桌上，暴跳起来："你不叫我有男人，那你自己为什么有老公？你老公死了之后你不知道有多伤心，你儿子死后你更活不了了。是谁离不开男人的？谁是贱货？"

秀丽没想到她居然敢这样反击，愣住了。若华一脚踹开门，愤愤而去。

夜深了，若华在街头徘徊着，心中涌动着一个强烈的念头，她想给凯泽打电话，想对他说，我很喜欢你，凯泽。抱歉离毕业只剩两个月了，我才意识到这一点。我们可以在一起吗？我想和你去北京……她编辑了长长的一段话，又流着泪，一个字一个字地删掉。

第二天早上，凯泽在操场上和同学打篮球，休息的时候忽然手机响了，是个陌生号码，他以为是垃圾电话，挂了之后，那人又不依不饶地打了几遍，他接了，不耐烦地说："喂？！"那头说："我是陈若华的妈妈赵秀丽，我想见你。"凯泽惊了一下。

他们约了在学校的咖啡厅见面。秀丽看着眼前这男孩，身材高挑，肩很宽，牙齿整齐洁白，手机是崭新的苹果，发型透着简洁的设计感，理得短短的，两侧推平，顶上留得长一点，往一侧歪去，打了点摩丝定型，有几绺随意的凌乱，这样的发型要频繁地打理才能保持。他比一般的大学生看着更成熟，也更体面。这小子应该家境不错。

秀丽单刀直入地问：“我女儿昨天晚上没回家，是不是跟你在一起？”

凯泽怔了一下，道：“没有。”

秀丽道：“你别瞒我。”

凯泽不快道：“我们男女生宿舍是分开的，舍管也不允许混住，怎么可能在一起？”

秀丽冷笑一声道：“现在大学生那么开放，你们去开房也方便得很哪。”

凯泽尴尬又生气：“赵阿姨，我和若华只是同学关系，可能因为实习走得近一点，但绝不是你想象的那种关系。”

秀丽锐利的眼神狐疑地看着他，掂量了一下他的话，口气缓了一下：“是这样的，若华毕业后会跟我回老家，和我生活在一起。如果你喜欢若华，也可以，但我是有条件的。我是个寡妇，就剩这么一个女儿，第一，我不允许她外嫁，你要入赘；第二，彩礼也不能少，按我老家的规矩，十八万八千八，这不算彩礼了，算你入赘的嫁妆；第三，孩子跟若华姓。你接受吗？”

凯泽觉得这简直匪夷所思，闻所未闻。他笑了笑：“恐怕若华不会同意你的意见。”

秀丽坐直身体，凯泽觉得她像只好斗的螳螂一样，小小的个子却敌意满满：“这就是若华的意见。她告诉我，她喜欢你，你也对她有意思，你们俩都发生过性关系了。是她让我来找你的，不然我怎么会有你的手机号？我问你，下一步你打算怎么办？真喜欢她，你就叫你父母上门来提亲吧。我女儿不可能叫你这样白睡的。”

凯泽惊呆了，他张了张嘴，半晌才组织出语言来，声音变得又干又冷：“我不爱陈若华，再重申一遍，我们只是同学关系，走得近一点是因为在同一家公司实习。如果她觉得我对她有意思，那是她自作多情了。再过两个月毕业，我会回北京，我们这辈子再也不会有一点点交集。你放心吧。”

凯泽站起身来走开，秀丽不放心地追了一句：“那你就离她远一点，一根手指头也别碰她。否则我会闹到你连毕业证都拿不到。”

凯泽回头看着秀丽，见她的脸在逆光中微笑，他后背微凉。太可怕了，那安静聪颖的女孩怎么会有这样一个疯妈？幸好他什么都没有来得及做。

若华在宿舍给窗台上的绿植浇水，她昨晚回这里住。同宿舍的六个姐妹都在实习，绿萝没人浇，叶子枯黄，连最耐旱的多肉都干瘪了。桌子上一层灰，地也很久没有拖过了，处处显示出离别前的了无心绪。真到了各奔东西那天，姐妹们会不会抱头痛哭？有的人这辈子都不会再见了。不会再见的这种离别，和人死了又有什么区别？

若华正在伤感，舍友进来说看见她母亲和周凯泽在教学楼旁边的小咖啡厅喝咖啡，一脸神秘地问她是不是和他谈恋爱了？且居然到了见家长的地步？若华呆了一下，快步出了门，一路小跑。快到咖啡厅时，迎面遇到了凯泽，若华叫了他一声，他站住。见他脸色难看，若华心中忐忑，刚开口要问，他道：“陈若华，请你如实地告诉你母亲我们的关系，不要添油加醋。”

若华傻眼，嗫嚅着：“这是什么意思？”

凯泽生硬：“如果从前我因为某些话、某些举动让你误会了，那现在我声明一下，我对你没有超出校友的那种感情。你也最好没有，如果有，希望你收敛自己的感情，不要把无谓的事情闹得沸沸扬扬的。”

若华的脸唰的一下变得惨白，她看到母亲正往这边走来，一瞬间明白凯泽承受了什么。不用解释了，毫无必要。她声音微颤，语气凌乱不成章：“我知道了，对不起，不会……”

若华甚至给他微鞠了个躬表示歉意，转身低头匆匆走了，背影带着卑微。凯泽刚才因为秀丽而又惊又怒的情绪一下子全泄了，突然又觉得很心疼，但又立刻觉得她可疑，转而觉得她可恨。这个女孩子，到底是怎样的一个人呢？

秀丽在后面一直喊若华，但若华脚步越走越快。回到出租屋，秀丽喘着气道：“你干吗见了我像见了鬼一样？喊你半天不答应？这就是你对你母亲的态度？”

若华打开一个行李箱，胡乱把衣服连同毛巾、鞋子都扔进去，使劲压住它，把拉链拉上。提起行李箱要走时，秀丽上前，一手死死地抓住她的手，一手指着小灵堂，问道：“你要这样把我和他们丢下吗？”

若华挣开她的手，道：“我见你像见了鬼？妈，你比鬼可怕多了。”

她看着轻烟袅袅的小灵堂，觉得再也不能忍受了，放下行李箱，一个箭步冲过去，抓起插香烛的米碗，狠狠地摔在地上。碗碎了，米粒飞溅，香烛四散。秀丽畏缩了一下，为女儿的暴怒。下一步她也愤怒起来：“你就这样对待你爸和你弟弟？”

若华提起行李箱，头也不回地走出门。秀丽呆立在原地，一股恐惧笼罩住全身，女儿真的要远走高飞了。从今往后，她只剩自己了，丈夫、儿子、女儿，都没有了。若华以后可能只会在节假日给她打电话问候几句，随着她有了自己的家庭和孩子，电话渐少，直到有一天，彻底遗忘她这个母亲，就像她对自己的父母一样。

呆坐了半天，秀丽才勉强起身，把地上的碎碗碴等扫掉。女儿大了，越来越不受控制了。从前她多温顺，但现在居然开始摔东西了，看来她骨子里带着她爸爸的暴躁基因，之前只不过是被压制住了而已。秀丽抽抽噎噎。她死了老公，死了儿子，年老体弱，内退工资微薄，但全世界都不体谅她。街上的物价公然地高，人们公然地快乐，女儿公然嫌弃她。

秀丽一天没吃，一夜没睡。给若华打了好几个电话，她都没接，也许已经被她拉黑了。那个叫周凯泽的男孩是不是撒了谎？他说和若华没关系，那若华现在是住回学校了？再过一个月就毕业了，毕业之后若华可就真如大鹏一般，扑棱扑棱展翅，四海任其遨游了。她该怎么办？

周一上班，主管分配选题，让若华和凯泽做毕业特辑，正好回校采访一下即将离校的大学生，结合省报今日的深度新闻，调查实习及就业签约情况。若华佩服凯泽的情绪管理能力，他看上去丝毫没受周末事件的影响，很正常地接受了此项任务。她想，在他眼里，自己又何尝不是呢？脸上连一丝情绪波动的痕迹都没有。他们俩要不是都如此的理性，又怎么会暧昧了一个学期关系却毫无进展？理性是对的，她只配理性。幸好没有任何事情发生。有这样的一个母亲，任何人和若华扯上关系，都是人生的灾难。

开完会，凯泽叫若华留下来商量一下采访的整体规划。两个人沉默片刻，凯泽向若华道歉，为周末他那些生硬的话。若华道："没关系，你的确有权利生气。不过我想澄清一下，我从来没有想过要和你谈恋爱，我就没有想过在大学交男朋友。是我妈误会了，说出那些话来。好在还有一个月就毕业了，这段时间除了必要的工作交流外，我会注意和你保持距离。这样，我们回去各自写一个采访规划，明天回来碰一下，合成一个文稿，再依样执行，你看可好？"

凯泽释然，却又觉得不是滋味。那天发完火之后，他回宿舍仔细想了想，觉得可能是赵秀丽夸大其词，若华根本不是会撒谎的人，自己太冲动了。他想找若华深谈一次，却又犹豫。若华这个女孩子是很好很好的，好到让他一天天放不下，抗拒离别的到来，但是她这个母亲又实在叫人头疼。而且两个人未来落脚发展的城市不在一地，即使恋爱，也无非增加毕业时的痛苦。罢了罢了，还是断了这桩心事好。

但他仍多余地问了一句：“那你妈怎么会有我的联系方式呢？”

若华道：“她肯定偷翻了我的手机，抄了你的手机号。”若华之前从未想过对母亲设防，所以手机的密码是自己的生日。那天吵完后她就立刻把手机密码改了。这是母亲逼的，从现在开始，她的世界要一点一点对母亲关闭了。

凯泽恍然，此刻若华撤退的态度更让他难受了。若华站起来，客气地对他点头笑笑，走出会议室。凯泽后悔莫及，此时他终于明白若华为什么是这种性格了。赵秀丽看似瘦小柔弱，实则质地坚硬，倔强难缠。柔弱引发子女的保护欲，刚硬把子女的反抗欲消灭掉。刚柔并济的母亲最可怕。

从前中午，几个一起实习的同学都是一起吃饭的。不过今天若华一个人去了沙县小吃，要了一份九块钱的馄饨，坐在角落的位置，却没有心思吃，一上午强撑出来的淡定自如已耗尽了她的体力。她情绪低落，滑着微信，看到大姨昨晚发的朋友圈。大姨坐在健身房的地上，身边是一副杠铃，她对着镜头比着V字手势，身上的衣服都被汗濡湿了，一脸疲惫，笑容却非常灿烂。肉眼可见，她瘦了。配文是：“加油，赵秀芳！加油，我的女儿！加油，每一个人！”

若华的眼泪夺眶而出，立刻明白了大姨为何如此激进地减肥。出事之后，表姐拒绝见人，若华只是听大姨说了她的状况。听完之后她既惊且庆幸，伴着深深的同情。要是自己，恐怕也不想见人了吧。人生就是这样，你越在意什么，命运就越要毁掉什么。命运就是每个人的敌人！表姐是大姨的心头肉，但命运把表姐毁得彻彻底底的。她从小那么渴望父母的爱，可父母眼中永远只有弟弟。她拼命读书，希望摆脱家庭的阴影，弟弟的死亡又把她拖回泥潭。她最在意凯泽，这份秘密的情愫却偏偏以最难堪的方式在他面前被碾碎。

但是，看看大姨。和大姨的遭遇相比，和她绝地反击的勇气相比，自己这算什么？大姨六十岁了，只初中毕业，都有逆天改命的勇气，自己正值青春年华，名牌大学毕业，头脑聪明四肢健全能跑能跳，难道能不如她？失去了男人的暧昧而已，算什么？若华的颓丧心情一扫而空，豪迈之情油然而生。她给大姨的这条朋友圈点了赞，留了言："加油，我最亲爱的大姨。"然后她擦干眼泪，大口大口吃起馄饨来。

自若华走后，秀丽给她微信发了不少信息，但她一条也没回。中午，若华也没有回来。秀丽一个人胡乱啃了点饼，惶惶然坐到小灵堂前，下意识地想做点什么有仪式的事情。比如点上香烛，就着轻烟说话，这样像是找到了与丈夫、儿子沟通的媒介一般，她有好多话要倾吐呢。

她不敢再装碗米插上香烛，怕万一若华回来看见再被惹火，于是翻开行李袋，拿出最底下藏着的一沓纸钱，拿了洗菜的铁盆，一张张烧着纸钱，流着泪，一遍遍用手指轻抚着全家欢福照片和两个骨灰盒上的一寸黑白照片。四十九岁的女人可以再嫁人吗？也许她应该给自己找条出路。可是以她的病弱，又怎么嫁得出去？这个岁数的女人嫁人，只能找六十岁的老头了。老头都是抱着找保姆的心态找二婚老伴儿的，她侍候得动他们吗？可是不嫁人，余生怎么办？让她一个人独自待在那个大三居里，她真的会发疯的。丈夫死了，如果能把儿子给她留下也行啊。若轩初中毕业上高中，高中毕业考大学，结婚，生子，一大堆事情可以忙，人生多充实？

若华正在公司写稿，突然接到一个陌生电话，居然是房东，他咆哮着要她立刻到出租屋来。若华吓了一大跳，不知道又出什么事了，匆匆赶到那里，发现门开着，几个人站在门口看热闹。她进去，见房东老头正在骂自己母亲，屋里一股子烟熏味，一条毯子扔在小灵堂前的地上，一个洗菜盆里烧了一半的纸钱正散发着烟雾。

房东老头指着小灵堂，脸涨得通红，大声骂道："你这个女人，脑子是不是有毛病？居然在别人家的屋子里摆这种东西？还烧纸钱？

你要害我这房子以后租不出去吗？”

原来房东正巧经过自家屋，本想进来看看，一走近却闻到一股烟味，从门缝里看，隐约见到一缕火光。他大惊失色，以为着火了，砰砰砸门。秀丽不意有人来，惊慌失措，四下张望，捞起床上的毯子把小灵堂盖上，方才开门。房东一进门，一下子就看出异样，扯开毯子，两个骨灰盒带全家福照片赫然在目，这可把他气坏了。

“你摆个灵堂给我带晦气也就算了，还烧纸？这里房子这么密，街道这么窄，失火了连消防车都不好开进来。你真神经病，马上给我搬走。”房东暴跳如雷，看热闹的人指指点点，都觉得租客在出租屋里摆灵堂太稀奇了。若华低声下气，赔着笑，不知说了多少好话，房东不依不饶。一会儿凯泽和他同学也来了，这房当初是经他的手租到的，如今出事了，他自然也不能置身事外。凯泽同学叫老头“表叔”，三个年轻人点头哈腰，好话说了一箩筐。老头终于消了气，道：“算了，马上给我搬走。钱我不要了。”

老头在微信上把两个月房租一千四百块退给若华。若华看到收款提示，道：“不是每个月四百吗？”

老头道：“你男朋友怕你嫌贵不租，让我跟你收四百，他补了三百，还不让跟你说呢。”

若华看着凯泽，凯泽窘迫地支吾着：“这个事，一会儿跟你说。先收拾吧。”

大包小包收拾完，凯泽和他同学帮着提出门。秀丽罪人般全程低着头，不言不语。四人站在街头，提着行李，一时不知道去哪里。凯泽提议若华还是先回女生宿舍住，反正还有一个月就毕业了，跟学校再申请一下就是。再找房第一不好找，第二带着骨灰盒万一再让人发现了，惹出事端，不好收拾。若华本来最在意在凯泽面前保持尊严，如今接二连三地在他面前出丑，已经麻木了，顺从地点点头。

与辅导员打过招呼之后，若华和母亲去了女生宿舍，凯泽帮母女俩把行李提进去。快毕业了，宿舍现在只有两个女生在，其他几个要不回老家实习，要不实习单位离学校远，在外租房，所以铺位空出不少。若华与舍友打了招呼，她们都很同情她，连说没关系。若华在微信上与一个舍友沟通过，这一个月就睡她的床铺。这样住的问题算是解决了。

母女俩收拾着，若华把一些垃圾装袋，提出门时才发现，凯泽还在走廊里站着。她掏出手机，把凯泽垫的六百块钱转还给他，并第一百次地道歉。

"谢谢你。对不起。"

凯泽再一次发窘，点了收款，说："我没说你是我女朋友，是老头儿自己误会了。"

若华道："是，你对我没有超出校友的那种感情，我知道。你放心，我没有误会。"

凯泽语塞，若华看着他，他的眼神已经解释了千万句，而他的嘴却是缄默的。天色已晚，不过还没有亮灯，从窗口看进去，凯泽见秀丽坐在若华的铺位上发愣，咄咄逼人、浑身敌意不见了，原来她只是一个头脑混乱、面对这世界无能为力的瘦小女人而已。凯泽知道秀丽丧夫又丧子，不过听着总没有看着那么直观，但刚才那两个骨灰盒令他悚然。骨灰盒上的两张黑白照片提醒了他，这是两个曾经活生生的人。带着骨灰盒远走他乡固然怪诞，却也并非不能理解。此时他对秀丽的讨厌之情消退了不少，滋生出一些同情来，对若华更加怜悯，同时对自己前几天说的话加倍地后悔。这六百块钱暴露了自己的口是心非，几乎算是表白的铁证了。

他觉得自己该走了，于是对若华点点头，转身离去。若华看着他的背影，嘴角微微弯起。他为她找房，替她垫钱，还嘴硬？若华把垃圾扔进垃圾桶，脚步带着弹性，这些天头一次感到轻松。

第七章　疲惫生活的英雄梦想

安心要出院了，秦峰办完手续，来病房接她。他抱起安心，觉得她轻飘飘的。少了两截小腿也不至于这么轻，衣服底下全是骨头才是原因。就这样一路抱到车里也不费力。但是秀芳说："秦峰，把她放轮椅上。"

秀芳说着，把轮椅推了过来。秦峰看着安心，她这回不闹了，眼皮一垂，嘴角却微微下弯，是认命的顺从，还是不服输的郁愤？安心不知道该怎么安置自己，更发现，往后的日子里，"不知道怎么安置自己"是她生活的主要内容。其实她已经觉得自己多余了，这样残缺的自己，在世界的任何一个角落都不应该存在。

秀芳从前觉得女儿有点虚荣心没事，适当的虚荣心是刺激人上进、保持优秀状态的强心剂。瞧瞧她自己，不就是因为没有虚荣心，才凑凑合合地嫁了个穷老公，过了穷日子，胖成了个球吗？但是现在她意识到，安心太在意别人对自己的看法了。那样优雅轻盈、处处计划安排得周密，生怕人生哪里有破绽的完美的生活方式，是需要人一直精神紧绷的。幸亏辛苦和收获成正比，安心能一直保持这样的劲头。但毁容和截肢就像钢针一样，把她这个饱满的气球扎破了。花无百日红，人无千日好。在别人眼里，安心这样天长日久下去，就是一块肉罢了，还是态度冰冷、恶劣讨嫌的肉。往后余生，陪伴安心的恐怕都只能是她这个亲妈了。

秀芳示意着，秦峰小心地把安心放进轮椅，秀芳推起轮椅往病房外走。这感觉好陌生啊，她六十岁了，也许这轮椅从此就要这样推下去了。从今往后她不能生病，不能老，连死的资格也没有了。她抬头，背挺直，昂首迎向面前的亲家公、亲家母。

夜，秦峰洗过澡，坐到床边。从前的夜，两个人洗过澡，靠在床上各自忙活，有时刷手机，有时看书，直到其中一个人累了，或者是有想法了，就会挤挤眼睛，拖着长调，发出只有对方懂得的暗示。于是把台灯调成暧昧的亮度，开始无限的旖旎。此刻秦峰看着妻子，觉得眼前这个躯体既熟悉又陌生。安心无法自己洗头洗澡，乌黑的长发已经剪短，在脑后扎成短短的一把。脸上的长疤愈合了，黑痂也脱落了，鲜红的增生嫩肉形成粗粗的一条，像条可怖的大蠕虫一般趴在脸上，一直蜿蜒至下巴。医生安慰他们，等伤口再愈合一段时间之后，可以到北京找最顶尖的专科医院做医学美容。疤痕不能完全去掉，但淡化是可以做到的。安心却毫无兴致，既不关心何时可以做美容，也不追问哪家医院的水平高。秦峰觉得出事之后的安心已经变成另外一个人了，住在这残缺躯体里的是另一个灵魂，一个昏睡的灵魂。安心躲避着丈夫的眼神，微微侧头，只把完好的左脸亮给他。出事之后她就很少与他眼神对视，她经不起他的观察。

如果只看左脸，安心还是美的。即使遭受了大出血、大手术，五个多月未见阳光，吃得很少，睡眠极差，她的皮肤仍有光泽，鹅蛋脸瘦了下去，五官越发显得立体，下巴尖尖。被子盖住了安心的腿，看不出那残缺。秦峰心头涌出柔情，有一瞬的恍惚，觉得那车祸并没有发生过。

安心道：“把灯关了吧。”任何光亮都会叫她不自在。

秦峰道：“你累了吗？要不再待一会儿？”

他调暗灯光，安心身体僵住。秦峰握住她的手，微往前凑，想亲吻她。安心躲了一下，但秦峰接着进攻，吻着她的左脸，渐渐往脖子下移。他已经五个多月没有过性生活了，出事之前他们性生活非常和谐。出院前医生也与秦峰沟通过，只要安心不抗拒，他们可以过性生活。越早过上正常生活，对安心的整体康复越有利。此刻，安心的脸颊一如既往地柔嫩，嘴唇一如既往地似张非张，欲拒还迎。发丝散发出熟悉的玫瑰香气，那是她用惯了的洗发水的味道，脖颈处是阳光下衣物被暴晒过的清洁的淡淡甜香。秦峰喘息声越来越粗，手滑入安心睡衣的动作幅度也越来越大。安心不再拒绝，微闭上眼，迎合着。但秦峰突然停了，安心睁开眼，见他头微偏，调整了角度，尽量避免碰到她的右脸，只吻着左边的脸。安心的情欲一下子退潮，她感觉秦峰的兴致也突然消退了，因为他要提防不碰到她的右脸。她并不疼，是他在介意，那种硬硬的触感会提醒他发生的种种。当日安心被送进医院时秦峰也在，那样血肉模糊的一团能恢复成今天这样已是万幸。可是惨烈的情景总在眼前，她是个残疾人，他不想弄疼她。这是一种边界感，无关怜爱。总之他败兴了。他仍在亲着她，努力维持着方才的热度，但大势已去，动作越来越慢，原本僵硬炙热的一触即发慢慢软了下去。最后他从她身上下来，叹了口气，笑笑道："你还不太适应吧？没事，咱们慢慢来。"

分明是他不适应，却推到自己身上？安心无声地冷笑了一下。她早就打定主意，不去尝试和乞求什么。她一直是高傲的，因为经不起拒绝，而避免被拒绝最好的办法就是先拒绝别人。比如她舞跳得好，却不敢去北京、上海闯荡，因为她受不了被人挑拣，索性宁为鸡头，不为凤尾。也因此，她很少遇到拒绝。和秦峰在一起也是他主动示爱的。她如此周全地呵护着自尊心，这一秒钟却被自己最爱的人踩碎。为此她恨起母亲来，是母亲不停地要她打起精神来对秦峰示好，才导致她遇到如此羞辱的。

秦峰伸手关了灯，安心知道他毫无睡意。失眠她已经熟悉，却没有试过两个人一起失眠。两个人的失眠，这夜便是双倍的漫长。这才只是开始，以后要怎么度过？

一早秦峰吃过早饭，去上班了。保姆九点到，安心起床吃早饭，见刚跑完五千米的秀芳气喘吁吁、汗流浃背地进了门，去卧室拿了衣服去洗澡，很快冲完之后，她站到电子秤上称体重，抬头欣喜道：“安心，我现在一百七十五斤了。”

母亲健身三个月，减了二十五斤，这成果还是相当可观的，尤其是这种健康的减肥方式。她真的瘦了，肉眼可见的小了一圈。安心哼了一声：“你说了，三个月要减一百斤，现在看来你失败了。”

安心有心情抬杠，秀芳很高兴：“天宇说了，那样减会出人命的，你不知道，幸亏他来咱们家，不然我吃减肥药可能吃出大问题来呢。”

安心一惊，她们搞舞蹈的，也隔三岔五地听到有人减肥心切，吃药吃出毛病来的消息。她忍不住责怪：“你可真是瞎搞，早一天减晚一天减有什么关系？着什么急？”

秀芳笑：“为了你啊。我和你打赌了，我减下来肥，你就重新站起来。”

安心不说话了，小口喝着粥。秀芳心想好不容易和安心恢复了正常的对话，得赶紧抓住这个机会。于是她也坐到桌边吃饭，装作不经意的样子问道：“和秦峰怎么样了？”

安心淡淡道：“不怎么样。”

秀芳道：“问题在你，不在他。”

安心道：“问题当然在我，我就是问题本身。”她的口气不禁惨然。

秀芳道：“你的问题就是，你太把这件事当问题了。安心，既然死不了，就要好好活。活好活不好，自己说了算。”

她弯起胳膊，向安心展示撸铁的效果。安心见那手大臂下原本肥大的“蝴蝶袖”已缩小，肱二头肌上肥厚松散的肉团也小了下去。秀芳道：“每天跑两个五千米，一周进健身房三次，一次一个半小时。怎么样，你没想到你妈能有这么大决心吧？”

保姆拖着地到这里，见状道：“大姐，你在健身房健身？好时髦啊。”

秀芳傲然道：“健身和岁数可没什么关系。”

她跟两个人说起老王和老老王。当听到老老王已经八十二岁了，还能举四十五公斤的杠铃时，两个人忍不住发出哇的一声。秀芳对安心道：“老王父子俩一早总在人民公园锻炼，明天我带你认识一下他们？”

她这是想趁机带安心出门。安心愿意坐轮椅是第一步，第二步得常出门走动走动，恢复正常人的生活。安心摇摇头道：“你要带我见帅哥，我还有点兴趣。见八十多岁的糟老头子，算了吧。”

秀芳道：“老老王可不是糟老头，他是人民公园一枝花。”在人民公园众多晨练的老人堆里，老老王可是风云人物，不光擅长长跑、单双杠、吊环，甚至还会滑轮滑，玩的花样和老年群体不一样。行头也特别，红色T恤加黑短裤，在人群中格外扎眼。

安心撇撇嘴。秀芳又道：“不想见老老王，那有个帅哥你见不见？”

“谁呀？”

“天宇。”

天宇知道安心出院了，说要来看她。秀芳知道安心最介意往日的同事、熟人等看到她这个样子，但不能总不见人啊。能见熟人，也是她心理康复的第一步。

安心沉吟了半晌，居然道：“行，你让他来吧。”

客厅很小，天宇进屋，第一眼就看到安心坐在轮椅上，脸色苍白，右脸上一道长长的疤痕非常醒目，裙子下方露出两条光秃秃的残肢。她瘦小了许多，也许不只因为身体短了一小截，还因为那气势。从前的安心永远是挺拔优雅的，修长的脖颈使她看上去比实际更高。无论上课多累，下了课也是脊背挺直。而今她整个人有种萎缩了的感觉，佝偻着背，一副要把自己窝在轮椅上以寻得保护的模样。车祸是头怪兽，吞噬了她五个月，再吐出来时，她的精气神已被悉数吸尽，只剩个空壳了，看上去是那样地可怜。

安心道："天宇，好久不见。"

天宇嗓子哑了一下："安心姐。"

天宇把带来的鲜花、水果等交给秀芳，拘谨地坐下。两个人相对，一时无话。天宇看着安心，曾经安心的一头长发是最让天宇着迷的，扎起时充满活力，放下时很有女人味。上课时，安心教学员跳爵士舞，甩着长发扭动腰肢时，性感妩媚得叫天宇移不开眼睛。不过眼前的安心头发已剪短，扎成小小的一把，看着微显土气。从前那种略带傲气的美艳没了，倒有点像个学生，带点稚气，却也显得亲切。天宇心中有一种说不清楚的感觉。

安心倒不回避，任由天宇打量。原来认输的感觉没那么糟糕，是的，她就是那个家里非常穷、两岁丧父、妈妈下岗了打零工、学习也不好的小女孩。她曾拼命奔跑，想跑赢命运，她赢过一阵子，但终究被打回尘埃里。原来不再挣扎是这么舒服，能经得起健康的帅哥上下打量。

安心向天宇道谢，为他带着母亲减肥。天宇盛赞秀芳的坚强，说她和老老王父子一起已经成了健身房的明星了。有几个办了卡、却三天打鱼两天晒网的人被他们刺激到，开始认真地对待健身这件事，连自己都受到了鼓舞，把晨跑重新捡了起来。安心看着正在厨房里忙碌的母亲，逆光中她的身影已瘦了下来，连带着动作都敏捷了许多，不复从前的笨拙。

天宇告诉安心，郑校长打算选拔一批优秀的街舞学员，训练后参加省电视台举办的街舞大赛。他们进步都很快。如果能在大赛中得奖，对于翱翔学校二轮融资特别有帮助。

安心道："要不老郑是校长呢，脑子够好使。都是学舞蹈出身的，我们只知道傻跳舞，人家却把这做成大生意。"她想起郑校长曾经对她勾勒的美好蓝图——等她生完孩子回到学校，就给她开设"安心舞蹈工作室"，把她打造成学校的第一位名师，不由黯然。今生今世，她还能有起舞的机会吗？

天宇此番来，除了探望安心，还有一项任务。安心五个月没来上班了，基本工资照发，保险照交，但郑校长也没有明说到底她的工作岗位还保不保留。少了一个骨干老师，学员又越来越多，课排不开，教务处主管有点为难。截肢了的安心无论如何回不来了，可是看样子校长念旧情，也不想主动开除安心，毕竟安心是学校草创之初就加盟的忠心老员工。但学校也没有永远养着她的义务，也许想拖一拖，拖到安心自己不好意思了，主动离职？总之校长丢下一句"你来安排"就走了。真是老狐狸，居然把难题踢给了他。和这样的重残员工开口谈辞退，简直太要命了。教务处主管正琢磨着，看到天宇路过，想起他一贯与安心交好，灵机一动，让他去探望出院的安心，顺便试探一下她接下来的安排。话不能说得太直，避免伤到她，但也要把意思带到。

教务处主管道："说实话，学校主动辞她，法律上没有问题，因为她不是因公受伤，而且脱离工作岗位太久了。她去咨询律师就会明白，学校现在这样对她，已经非常人道了。我是为她着想，她自己辞职比较好，心里会比较舒服。学校会给她点补偿金的。"

明知道安心这状况，单位迟早不要她。校长捐了五万，又帮她留了五个月职位，已属仁义。但这一天来临时，天宇还是心情沉重。此时他踌躇着，问道："安心姐，你以后有什么打算吗？"

安心哈哈两声，道：“我有以后吗？”

这话叫天宇不知道该怎么接了。秀芳从厨房端出沏好的茶和果盘给俩人，道：“你怎么没以后？我早说过，去配个假肢，你不听。现在的假肢做得可好了——”

安心截住母亲的话，懒洋洋地道：“然后呢？去残联申请个残疾证，把它挂在胸前，好一上车就有人给我让座儿？去街道登记失业，等着哪天分我点儿穿珠子织毛衣的活儿干一干？我觉得，给我买辆残摩让我出去兜兜风、散散心更实际一点。”

秀芳、天宇面面相觑。安心似乎觉得把母亲为难住很愉快，嘲弄道：“妈，你总是试图鼓励我，但你怎么就没有看出来？人的命，天注定。一个人有一个人的命，你把自己过好了就行了，少给我打鸡血。”

秀芳道：“孩子过不好，当妈的怎么可能过得好？”

安心冷笑道：“那就对不住了，我不可能为你而活。我的事和你有什么关系？”

秀芳沉声道：“怎么没关系？就说眼下你站不起来，吃喝拉撒谁来侍候你？保姆一个月五千，我退休金才三千五，你的赔偿金能用多久？靠你老公又能维持多久？”

安心脸色已经越来越难看，听到秦峰更火了：“我说了要靠他吗？”

秀芳也生气了，把茶杯用力往桌上一放：“我六十了，迟早死在你前头。你不靠自己站起来，到时候怎么办？”

安心大声说：“该怎么办怎么办。就算你们都嫌弃我，我也不在乎。大不了一死，我死过一回的人我怕什么？本来这次我也没打算活下来，谁叫你抢救我的？”

她撩开裙子，用力拍打着那光秃秃的两条残肢：“我是跳舞的，跳舞的！见过断腿的舞者吗？妈，你为什么要让我活下来？你太残忍了。”她的眼泪唰唰地流了下来。

出门送天宇，秀芳道：“不好意思，让你看到她这么不争气。你别见怪，她和你不见外才这样，这么长时间她只见了你一个人，所有人都没见。”

天宇道：“我知道，我理解她。”

他转头想走，一面咒骂自己为什么要揽下这么棘手的难题，一面踌躇。

秀芳看出端倪：“你还有事？”

天宇咬咬牙：“阿姨，你明天去趟学校，帮安心把离职手续办了吧。自己办，比他们叫安心回去办，对她的打击小一点。”

秀芳像被人当面啐了一口般，脸上热辣辣的：“学校叫你来的？”

天宇似答非答：“毕竟是私企。”

天宇走了，秀芳呆立在楼下，许久才回过神来。她开导自己，郑校长对她们不薄，该知足了，换自己是老板，也未必能处理得更好。这样想着，刚才那种羞耻感下去了不少，但心底一片冰凉。

秀芳去学校，帮安心把离职协议等相关文件带回家，只说是自己主动跟学校提的，郑校长对她们不错，做人要清爽，一码归一码。安心连内容都不看，草草签了字，掷笔，摁动电动轮椅进了卧室。她为自己生造了一个黑夜，门窗紧闭，窗帘低垂，光线便透不进去。秀芳想阻止，却又停下，在这样的夜里安心会更自在一点。白天的世界，每一样存在都是一记又一记的耳光，扇在她脸上。

半夜，安心的幻肢痛发作了。她先是辗转反侧，不敢幅度太大，怕惊动秦峰，只能悄悄地挪动着身体。随着疼痛的加剧，她不得不坐起身来，佝偻着背，手紧紧捏成拳。该拿这不存在的痛怎么办？如果旁边没有人，她就可以抓起枕边大部头的睡前书猛烈地砸打着那本该是小腿的空白，或者哭出来。但是秦峰明天要上班，她不能弄出动静来。安心抱着头，在黑暗中的疼痛海洋里一次次溺水，一次次挣扎，终于发出呻吟的哭声。秦峰醒了，见状赶紧起床开灯，为她找止疼药。秀芳也惊醒了。安心吃了药，疼痛慢慢减轻，秀芳见她脖子和额头都出汗了，一摸她后背，也是薄薄一层汗。这得多疼才会出这么多汗？

秦峰坐在床边，睡眼惺忪，他白天上了一天班，晚上再这么折腾，的确难为他了。秀芳叫他去自己屋睡，一边想，从今晚起，该让夫妻俩分床睡了。

一早起来，秦峰呵欠一个接一个，早饭也显得没有食欲，草草往喉咙里倒了碗粥就走了。秀芳到医院，找给安心做截肢手术的医生咨询。医生谨慎道："幻肢痛是截肢患者普遍存在的现象，有人几个月就消失了，有人则能持续十几年。目前没有什么有效的治疗方法，但临床上常见的是穿戴假肢的患者，幻肢痛发作时间短甚至消失。所以尽早穿戴假肢，尽早磨合适应，让身体神经接受这一事实，值得一试。"

医生告诉秀芳，假肢需要定做，医院的骨科就能做，外观及触感越逼真、功能越接近真腿的假肢越贵。假肢安装上以后，还得进行必要的康复训练，医院的康复中心有专业的康复训练师和训练器材。这是一个漫长烦琐的过程，患者和家属要有极大的耐心才行。

假肢当然是必要的，有了假肢，加上康复训练，安心恢复到生活自理的程度是没有问题的。保姆就可以不用了，一年六万的费用对秀芳来说是笔很大的开销。虽然安心的手术费等有医保，有肇事司机的赔偿，有她与秦峰的积蓄，足以支撑，目前的生活质量也仍维持在出事前的水准，但秀芳考虑的是长久的"以后"。安心怎么可能没有以后？几十年的穷苦生涯，她早已学会对生活察言观色。而目前，她已嗅到一股危险的气息步步逼近。果然，之前的岁月静好是假象而已。生活怎么可能不对她们下手？

秀芳回家，尝试与安心说起假肢的事。安心拒绝，不但如此，她甚至暴躁起来了。母亲总是要她打起精神来，这一点最让她受不了。为什么母亲就是不明白，她要么零，要么一百。中间状态是什么状态？她曾经是凤凰，如今是只落草的鸡。那她承认这个事实便是，为什么非要去抗争？一个套着假肢、拄着拐杖、行动迟缓的女人，带着半边毁掉的脸，再给个盆，往天桥一躺，就可以乞讨了。她在街头见过这样的群体，一想到将与他们为伍，就眼前发黑。不，她不需要。她哪里也不去，就在家待着。轮椅会是她这辈子的归宿。

眼看安心又进了卧室，秀芳心里非常烦闷。她不想再在屋里待下去了，反正有保姆，离开一段时间也没事。于是她穿上跑鞋，一路跑到人民公园。

现在秀芳锻炼上了瘾，一天不跑浑身不自在，每周三次进健身房也成了她的期盼。锻炼完之后的大汗淋漓使她无比酣畅，健身不只强壮身体，还改变心情，甚至改变对世界的看法，这是她慢慢悟到的。最近她有意识地在给自己加码，杠铃由二十公斤加到二十五公斤。从前跑五千米，现在她加到了六千米。有天吴教练说她再这么下去，可以去练半程马拉松了。

此时是黄昏，人民公园已经有很多人在锻炼了，基本都是老年人。有打太极拳的，有跳广场舞的，有抖空竹的。老老王父子也在。老老王这人就是奇怪，别人都甩陀螺，他却在用长鞭子甩一个小煤气罐儿。鞭子比别人的长还粗，啪啪啪，带着哨声，听着气势十足。老王的肚子下去了一点，还是不爱动，背着手踱来踱去，有时坐在角落抽烟，低着头看着脚面儿，周身笼着袅袅轻烟，看上去很苦闷。秀芳和他们打过招呼，沿着湖边的路开始跑。

从前怎么不知道跑步这么好呢？如果知道，丧夫了，下岗了，孩子生病了……所有的痛苦来袭时，就不会傻待在屋里只知道哭了，而会穿上跑鞋，只管往前跑，跑，跑……

一圈又一圈，秀芳不知不觉跑了十五圈。一圈四百米，她已经跑了六千米了，但居然不觉得太累。跑的时候，脑海中像是浮出一个隐喻：跑得足够快，不幸就追不上她。这么想着，她越跑越快。耳边风呼呼的，自己像在御风而行。吴教练说了半马二十一公里，乍一听觉得多，其实也不是不可想象。如果能跑五公里，就能跑十公里。能跑十公里，就能跑二十公里。今天她要尝试看能不能跑十公里。

八公里时，秀芳感觉呼吸紧迫，胸口发堵。九公里，耳膜胀痛，喉咙像呛到了烟雾般辣痛。原来长跑不是简单地增加公里数而已，越到后面，就像爬山要登顶一样，越艰难。最后一公里，她眼睛被汗迷住了，腿如坠了千斤重物般抬不起来，几乎只是凭着本能在移动了。转弯的时候，秀芳不小心脚绊了一下，踉跄几步，差点摔滚在地上。幸好没摔倒，小腿肚却一阵强直，抽筋了，肌肉僵硬，疼痛难忍。幸好只有一百米了，她要坚持着跑完。吴教练说过，跑马拉松要有超强的意志力才能完成。她什么也没有，只剩意志力了。意志力真是好东西，可以让她挺过化工厂大夜班时的疲惫，抱着安心争取亡夫抚恤金时被四处推诿呵斥的屈辱，炸鸡时滚烫的热油飞溅在身上灼起的颗颗血泡。她没钱，没姿色，没文化，没家底，没外援，意志力这玩意儿倒是管够。

最后五十米，秀芳以为自己在跑，但其实在别人看来，她只能算是在蹒跚地挪动，步伐机械，靠本能摆着双臂，脸上是梦游的表情，来一阵风没准儿就能将她吹倒。她的耳朵嗡嗡作响，眼前有点重影，这种感觉人生中只出现过一次，就是生安心的时候。那时她用力挣着，想把这体内的负累挣出来。挣到眼底充血，眼球快要弹出来，耳膜都要破裂。在她觉得灵魂出窍的那一刻，安心终于噗的一声，被娩出体内。此时她觉得这长长的跑道也像产道，她奔跑在这产道上，只要坚持跑到尽头，新的自己就会被娩出。

终于“跑”到尽头的那棵树下了。秀芳长出一口气，抱着树干缓了片刻，接着慢慢滑到地上，靠着树昏昏沉沉，只觉得天地在急速地旋转，心里却是一片宁静的满足，像是生完安心抱起她的那一刻。她才长跑了几个月，居然挑战成功了十公里。简直要为自己骄傲起来啦！

许久，秀芳感觉有人站到自己面前，她睁开眼一看，是老王，背着手，看着她，半怜惜半嘲笑。

“秀芳，当心把命给跑没喽！”

他伸出手来，秀芳拉住他的手，慢慢站起来。两个人走向广场，在旁边的长椅上坐了下来。老老王还在抽着煤气罐儿，长鞭不时一挥，煤气罐儿滴溜溜转。

老王笑道：“我爹嫌陀螺不够带劲儿。你信吗？你要叫他抖空竹，他能抖一捆钢筋。”

秀芳仍在喘息，有气无力地笑道：“我信。有这么一个爹，你不感到自豪吗？”

老王道：“我只担心他哪天嘎嘣一声，突然出事了。人家老了都一身病，他一点毛病也没有。都说这样的人反而容易出事，因为身体一点预警都没有。”

这时老老王收起鞭，提起煤气罐儿往这边走来，走到近前，鞭子一挥，不轻不重地打在儿子的腿上。老王缩了一下，瞪着他。老老王骂道：“你个老小子，我叫你来公园，是让你来聊天的吗？说好了跑半小时，你跑了吗？”

老王道：“我昨天在跑步机上跑啦。”

老老王道：“你上周吃过饭啦，为什么今天又吃？快跑去，不跑你给我去那边吊环，不然跟老牛打羽毛球，跟林大妈她们踢毽子也行。总之你不能待着。”

老王无奈地叹了口气，慢慢站起来，不情愿地跑起步来。老老王直着嗓子冲他的背影喊：“我给你掐着点儿呢。半小时，没跑完不准回来。”

秀芳笑着看着这对父子。

老老王这才发现秀芳满脸是被蒸熟了的通红，衣服都湿了，知道她跑了十公里之后，竖起大拇指直夸她棒，又哀叹老王不上进。

秀芳道：“王大爷，说起来我和王大哥都花甲之年了。要不是我家摊上这事，我也不上进啊。老都老了，干吗那么上进呢？”

不上进是一种资格，她没有。

老老王看着儿子跑得笨拙的身影，道：“都是花甲，看看你这精气神儿，再看看他。唉，我这儿子不争气，在家从母，婚后从妻。老婆死了之后傻眼了，打算从子。可我孙子不让他从呀。”

老老王说，孙子小王大学毕业后就留在了上海，老王有老婆管着，还在上着班，天各一方，日子也算太平。但前年老王老婆死了，老王去年退休了，这两件事一下子让他垮了。老王这个人，一辈子没有什么爱好，因为上面有两个姐姐，下面一个妹妹，家里只他一个儿子，被爷爷奶奶和父母宠坏了，家务都不会干。正好，娶了个老婆很强势能干，管着他钱的同时包揽了全部家务，他也乐得不费脑子。可是家里只剩他一个人时，这个后果就显现出来了。他就像被抽掉了脊梁骨一般，软塌塌的，六神无主，天天抓肝挠心的，不知道干点什么好。

小王是独生子，被老王视如心肝宝贝。可是人家成家了，单独一个小家庭，和老王有什么关系呢？老王年前去上海住了一阵，小王家是个两居老破小，在内环线。孙子一间，小夫妻一间，老王去了只能跟孙子睡。孙子抱怨爷爷打呼噜吵得他第二天上不好学，一身烟臭味儿熏得他难受。奇怪了，老王在上海根本一根烟都不抽，哪来的烟味儿？小王说因为他抽了一辈子烟，体内都是烟油，自然散发出烟味来。老王后来只能睡客厅，睡着睡着就满脸的委屈。小王老婆也不高兴，私下和小王说如果他爸要长住，她也要把自己妈弄过来住。两口子共担首付买的房，凭啥让他爸住而不让她妈住呢？他爸死了老婆，她妈也死了老公呢，都孤苦伶仃，都得照顾。要说起来，老太太对小家庭的贡献还更大呢。老太太能洗衣、做饭、买菜、收拾屋子，老头能干吗？不会做饭，中午得记着给他订外卖不说，连把衣服扔进洗衣机里洗，他都不懂内衣和袜子要分开。家有一老如有一宝，说的是老太太，可不是老头子。只吵得小王不胜其烦，给老老王打了个电话。老老王借口自己闪着腰了，勒令儿子马上回来侍候他，老王这才不情不愿地从上海回来。回来之后老老王训他不知眉眼高低，硬要往人家和美的三口之家插。老王恍然大悟，羞愧难当，自此再不提去儿子家住的事了，却又忍不住，隔三岔五就给儿子打视频电话，要聊天，要见孙子，要关注，要爱……

老老王说着，秀芳不胜唏嘘。她从来没有教导过女儿，长大了必须和自己生活在一起。又或者说，她天然地认为安心不会离开自己。和女儿一辈子生活在一起这件事，就像呼吸空气一样自然，毋庸置疑。这么多年相依为命的生活，母女已是血肉融合，难以分开了。而安心也自觉地把她这个母亲放进人生安排里，比如一毕业就立刻回家找工作，比如婚后长期住娘家，明显整个生活重心都偏向她。如果安心像老王的儿子一样，她的晚年又该怎么过？老老王的话突然让她意识到，原来不是所有人都能天然地，一直到死的那一刻，都拥有自己的孩子。

老老王抬头看着儿子缓慢奔跑的背影，顿了顿，咬咬牙，太阳穴的青筋动了一下，声音低沉地说："小赵，我这个当爹的失职，没有教育好儿子。"

秀芳吃了一惊："大爷，您可别这么说。"

老老王说："我八十二岁了，就算我活到九十五岁，我儿子才七十四岁，一时半会儿也死不了。到时候他怎么办？一个孤老头子没朋友没家人没爱好，身体又不怎么样，日子该怎么过？难道进养老院等死吗？所以我一定要在死前培养他锻炼的习惯。”

秀芳眼圈一红。这就是当父母的心，无论孩子多大，在他们心中，永远是孩子。老老王看着她，会心地笑了。秀芳觉得不好意思，又觉得心酸，又觉得好笑。笑着笑着，眼泪滑了下来。老老王眼睛晶莹，扭过头。老王刚从路尽头掉过头，停下来擦汗。秀芳知道他不是擦汗，其实是倦怠。跑步最难克服的就是单调带来的倦怠，中途跑着跑着老想歇下来休息一下，看看手机，赏赏景色，发个朋友圈什么的。但如果过了这一关，让肌肉和大脑形成习惯，跑步就会成为享受。老王锻炼那么长时间了，还没有过这心理关，可见此人意志力实在薄弱。

老老王见儿子停下来，往地上一甩鞭，大吼道：“跑起来。”

第八章　愿意上神坛的，只有母亲

已经下班了，秦峰却不想关电脑。这段日子他和安心分床睡，是秀芳要求的，说怕他休息不好，影响第二天上班。他如释重负，又觉得有点负罪感。秀芳反而代女儿向他道歉，说她因残情绪喜怒无常，要他多担待。

分床睡，他也失眠。有时上洗手间，看到那屋的灯仍亮着，他知道她们还没睡。安心睡不着，被她折腾的人换成了秀芳。后来安心说晚上睡觉不用陪，身边没有人她反而自在，于是第三天秀芳开始睡客厅的布艺沙发。秦峰不忍，秀芳安慰他说自己头一沾枕头就睡着，睡哪里都不碍事。那沙发是纯沙发，不是沙发床，窄窄的一条。胖大的秀芳躺在上面，连翻身都难。有人长期睡这样的沙发，家便显出仓促凑合的气息来了。他有天想跟母女俩说不然他回父母家住一段，话到嘴边又咽了下去。

每天一下班，秦峰拖着疲惫的步伐上了楼，到了家门口，胸口就开始发堵。晚上七点保姆就离开了，三人吃过饭，秀芳收拾完就去锻炼了，或长跑，或去健身房。家里只剩他和妻子两个人，气氛非常沉重。

说起丈母娘减肥这件事，秦峰倒打心眼儿里佩服。她已经瘦了四十斤，虽然一百六十斤还是胖，但已经和从前大不相同了。她那些宽大得如布袋子的衣服都穿不了了，可以上商场买胖人款了。他跃跃欲试，也想跟着去健身房，但知道没戏。秀芳走了，保姆下班，照顾妻子是他当仁不让的义务。

有天秦峰说，反正人民公园离家就两公里，要不然把安心推过去。安心可以看着他和秀芳长跑，或者跟旁人聊聊天，这也是不错的康复方法。秀芳很高兴，连声附和。但安心毫无兴致，一口回绝。两个人再劝，安心翻了翻白眼："大晚上的，就别让我出去吓人了。换你，夜里看到这样一张脸，不害怕吗？"她那条长疤的确太醒目，最近她索性不扎头发，让头发散下来，遮住那带伤的半边脸，整个人因此显得更无精打采了。秦峰偶尔看一眼，见她嘴唇枯白，披头散发，眼神呆滞，加上那条疤，真像个女鬼啊。他不由得打个寒噤，立刻偏过头去，同时又对自己的反应感到心虚。他是她的丈夫啊。

为了弥补那一瞬间的憎恶，秦峰积极搜集资料，跟安心说，不然他请个长假，去北京中国医学科学院整形外科医院，把那疤做了吧，那可是全国数一数二的整形医院。安心很动心，但是打了半天咨询电话，医院接线员说得非常保守，说再厉害的整形手术，也不可能把疤痕完全做没了，只能是淡化。而且你人没来，没看到伤情，我们更不敢夸海口。安心又颓了。秦峰很烦，言语间不免就带了情绪。她永远想回到出事前的状态，可这是不可能的。安心本来就易被激惹，一下子又暴怒，宣称到死也将带着这伤疤，永不整容。两口子着实冷战了两天。

如果安心能对他温柔一点，脾气别那么冰冷别扭，秦峰会对妻子有更多的怜惜。问题是她对他隐约有种僵持的敌意，一种窥探的态度，叫他很难受。比如她疼，明明他在身边，她一声不吭，要他主动发现，给她拿药倒水，温言软语地安慰。安慰她也没有回应，梗着脖子，像生气一样，最多淡淡地嗯一声。一般的女人难道不是应该含泪点点头，依赖地靠到男人的怀里，紧紧地抱住他，表现出感激之情吗？他高大健康，全须全尾，又不是他的错。

安心是傲气的，相亲的时候介绍人就说过，但她那么漂亮，有傲气的资本。她跳起舞来整个人都在发光，秦峰简直太崇拜了。是他主动追求安心的，鲜花、礼物三天两头送，他是安心的小迷弟，整个培训学校都知道。那会儿他天天到学校等着接她下班。

秦峰知道安心态度背后的心理动机：她接受不了自己与从前的落差。从前被追捧得有多高，现在她就有多痛苦。为此她要以最大的恶意来折腾周围的人，好来考验他们对她的爱。如果得逞，她就会以先知的态度自得：你瞧，我早知道；如果不得逞，她不信，必要加倍恶劣，总之她存心要搞砸一切。

周末秦峰回父母家，父亲问起安心的情况，秦峰只是叹气。母亲小心翼翼地问，她要恢复到何时才能备孕？秦峰沉默着。父母对视了一下，虽不知道内情，也大略猜到那将是遥遥无期。下一次秦峰父母去秀芳家探望儿媳妇，知道秀芳睡沙发后，脱口而出不然让秦峰回家住吧，省得亲家母休息不好。秀芳怔了一下，秦峰立刻拒绝。但已经看到安心的神情黯淡了下来。他私下生气地跟父母说，现在安心非常敏感，任何一点风吹草动，都会引起她的胡思乱想。我搬回家住，你让她怎么想？下一步莫不是要离婚了？那样我成什么人了？抛弃残疾妻子的势利小人？这辈子我还要不要做人了？我不能走，这包袱就是死我也放不下了。

父亲在电话里安静地听着。等儿子发泄完，他道：“我让你离婚了吗？怎么也不能干那种事。我只是觉得，你平时要上班，现在这样下了班回到家还要照顾她，休息不好。莫不如倒一下，周一到周五在咱家住。周末两天全心全意地陪她。”

秦峰道：“我丈母娘晚上要出去锻炼，雷打不动。保姆只能待到七点。她家那么小，根本住不下住家保姆。”

但是秀芳不知怎么的，有天居然跟秦峰说，让他周一到周五在父母家住，周末再回来。秦峰很惶恐，秀芳说是他母亲跟她讲的，为了他的工作着想。她想想也觉得有道理，就同意了。秦峰不同意，秀芳道："你是咱家的经济支柱，确实不能让你白天黑夜地连轴转，影响工作。我晚上就不去锻炼了，都集中在白天，这样问题不就解决了吗？"秦峰恍然，觉得这个理由非常充分，心里一阵轻松，半推半就地同意了。秀芳让他不用担心安心的想法。

秀芳其实是这样想的，秦峰搬走这件事早在她预料之中，再坏的结局她也在脑中过了千百遍，想出应对的种种办法了。秦峰今天不搬走，迟早也会搬走。莫不如尽早走，刺激一下安心，让她有危机感。

秦峰和安心的日子太短了。他追了她半年，恋爱半年，结婚一年，满打满算两年。两年，不足以让一对男女血肉相连。即便是天雷勾地火轰轰烈烈的爱，又有多少能经得起贫穷和疾病的考验？死不了的重残更是爱情的头号杀手了。将心比心，出车祸的是秦峰，安心能全心侍候他一辈子吗？

秦峰进卧室，收拾着一些换洗的衣物。安心靠在床头看书。他坐到床边，跟她解释为什么要回父母家住，一再强调他周末就回来。安心抬眼看着他。没什么心虚的，秦峰想，所以他迎着安心的眼神。两个人对视了几秒，安心移开视线，继续看书，脸上波澜不惊，一句话也没有。秦峰那一大堆话余音袅袅，显出聒噪之后的空虚。他脸上微热，又觉得没意思，抱着衣服走出卧室。

秦峰走了，晚上保姆下班，只剩母女俩。每个屋的灯都亮着，电视里正播着喜气洋洋的歌舞，窗外传来小区广场舞的音乐，但这一切只是让屋里更孤寂。安心坐在轮椅里，微歪着头，对着电视似看非看。秀芳想起二十八年前从火葬场回到家的那一天，也是这样，屋里空空荡荡的，瘦瘦小小的安心坐在沙发上玩着一只塑胶小猪，她看着女儿，心情无比凄惶。兜兜转转，又回到孤儿寡母的境地里了。不，比二十八年前更绝望。那个时候有盼头，因为孩子会长大，而现在有什么？

秀芳把电视关了，安心微动了下，却没有扭头看她。

秀芳问：“你老公走了，你有什么想法？”

安心不说话。秀芳开始骂她天天给秦峰甩脸子，好人也被她赶跑了。安心想，就是因为不想在丈夫面前显出低三下四来，所以她才率先给他冷脸看的。母亲以为她温柔地请求他的怜悯，他就会爱她吗？不，他会更蔑视她。与其被蔑视，不如被反感。这样他最后的记忆，就是她倔强冰冷的拒绝，而不是痛哭流涕的哀求。母亲倒置因果了，枉活这么大岁数，竟看不透人心？此生不求人！绝不求人！永远不求人！

秀芳喋喋不休半天，见女儿一脸的走神，根本没听进去，更加恼怒了。

秀芳把轮椅转向自己：“明天去定做假肢。”

安心简短：“不去。让我走。”

她要回卧室，但秀芳抓住轮椅，想往外推。两个人较劲，安心手紧紧按住轮椅扶手上的控制开关，轮椅刹住不动，秀芳使劲去掰安心的手，安心指关节都发白了。眼看拗不过秀芳，安心急了，用另一只手的指甲狠狠抠了一下秀芳的手，一下子抠掉手背上的一块肉。安心不忍，松开手，看血微微从创口渗出。

“让你走？你能去哪里？”秀芳声音平静，带着哀痛。

安心哽咽。

“人活在这个世界上，只有自己是最可靠的。丈夫会变心，孩子会长大离开，父母会死在你前头。你不学着靠自己活下来，将来怎么办？中国可没有安乐死。”

秀芳系上她平时跑步的腰包，把手机和钥匙装进去。幸亏天宇教会她微信支付，去哪里都不用带钱包。她推着安心走出门。安心问道："你要带我去哪里？"

"人民公园。"

安心又紧紧按住轮椅扶手上的控制开关，秀芳连抱带拉，连拖带拽，气喘吁吁地把轮椅弄进电梯里，咬牙道："我今天非得让你出这个门不可。"她关上电梯门，电梯下行。安心在电梯厢里用力挥动拳头打秀芳。但那拳头落在她厚实的肉上，根本无济于事。又或者说秀芳忍着痛不表现出来。打吧，让女儿打一打，出了气，心情会好一点。

去人民公园只有两公里。如果平时，秀芳就跑过去，两千米现在对她来说只是开胃小菜。不过有了安心，她就只能走着去。这两公里走得无比艰难，安心一路抗议，使劲闹着别扭。她刹住车，秀芳就去抠她的手，倒拉着车前行。她故意猛地往前栽，把秀芳撞倒在地。秀芳站起来，连土都不拍一下，拽着车继续走。车在身边呼啸而过，路人诧异地看着这母女扭打挣扎。有个年轻人停下来问要不要帮忙，秀芳满头大汗，道谢着拒绝。就这么着，耗了一个多小时，秀芳终于把安心带进了人民公园的门。

也许是累了，也许是秀芳手背上被安心抠过的地方仍流着血，在某一瞬间，安心的心软了，总之她不再撒泼，靠在轮椅上任秀芳推着。到公园广场时已经八点多，正是晚上锻炼的高峰。踢毽子的，打羽毛球的，耍剑的，跳舞的，应有尽有，热火朝天。老老王滑着轮滑在人群中穿梭，老王还是背着手东张西望。父子俩见到秀芳，连忙过来。

老老王大声道："小赵，这是你闺女吧？总听你说，今儿算是见到啦。"

老王走到安心面前，友好地打招呼，态度有点像逗小朋友，安心和他儿子差不多大。"你好啊，安心，你妈常提起你。这是我爸。你叫我王大爷，叫他老王大爷，别搞混喽。"

安心经刚才一番折腾，出了一身的汗，头发粘在脸上。她微躲着两个人的视线，点了点头，勉强算是打了个招呼。秀芳从口袋里掏出皮筋，把安心这些天一直散着的头发拢起来。安心一挣，秀芳温和而坚持："扎起来精神。你这疤他们都知道，没必要遮遮掩掩。"

父子俩在明亮的夜灯下，看到安心脸上那长长的一道，心里暗吸了口凉气，升起来强烈的怜悯。老老王道："就是，我觉得还好，没那么严重。你觉得呢？"他转向儿子。老王夸张道："不严重，再说了，谁会盯着别人的伤使劲看呢？你妈说了，过阵子带你去北京做整形。我觉得没问题，能下去。"

秀芳推着安心往人群中去，老王父子俩跟在一旁。他们长期在这里锻炼，熟人不少，不时停下来聊天。每当有人诧异地看着安心，秀芳就会朗声道："我女儿，出了车祸。命大没死，但留疤，还截肢啦。"大家纷纷道："大难不死，必有后福啊。""人活着比什么都强。""没事，配个假肢一样走。"亮出这伤口，就像被当众脱衣一般，安心一开始又惊又怒，狠狠地瞪了母亲一眼，但在人群中不便发作，只能强作镇定。渐渐地，她觉得好像也没有那么不堪，心情平复了一些，因为人们并没有像她想象的那么在意她。偶有人回头看她一眼，嘀咕着，更多的人还是忙着自己的事儿。老老王轮滑滑得飞快，一会儿跑到远远的前面去，一会儿又滑回秀芳母女面前，一个急刹车，炫着技。有人大声冲他喊："老王大爷，你的煤气罐儿呢？不会是拿回家做饭了吧？"他哈哈大笑，张着双手，像飞一样翩然滑远，白胡子在风中飘着。

四人来到凉亭，这里一堆老头老太太正在跳舞，是很老旧的迪斯科舞蹈。音箱里放着歌曲《年轻的朋友来相会》，几个人手里拿着沙锤或手鼓应和着音乐的节奏，居然还有一个人打着快板，各种混在一起，形成滑稽却又和谐的乐声。跳舞的自得其乐，伴奏的也沉醉其中。他们不能叫舞蹈，只是非常本能地扭动身体。安心被这奇特的协调吸引住了。秀芳走到他们中间，跳起舞来。纵然已经减掉那么多斤，她还是胖，跳起来浑身肉都在颤。但她毫不在意，兴高采烈地扭动着肥硕的屁股，对着安心喊道："闺女，看你妈有跳舞的天分吗？"

安心职业病犯了，心里点评着：母亲矮胖，反倒下盘稳定性好，做技巧容易，要是跳街舞倒是一种优势；她左边的黑衣老头，脚步很有弹性，律动挺自然，学桑巴一准儿好看；再过去那老太太，瘦高，脖颈长，气质优雅，跳芭蕾本该合适，无奈同手同脚，肢体僵硬。舞蹈这件事就是看天分。同样的动作，有人跳就是好看，有人跳就说不出的别扭。

老老王滑到她身边，欣赏着，用下巴示意儿子："你也跳去。"

老王手肘靠着轮椅，懒洋洋道："我可不去，太难为情了。"

老老王骂道："你个兔崽子，能躺着绝不坐着，能靠着绝不站着。懒出蛆了。"

老王笑吟吟地说："爸，我一会儿是兔崽子，一会儿是王八蛋、龟儿子、龟孙子，一会儿又是老小子。到底是什么物种，什么辈分，你给个准话。"

安心笑了，父子俩也笑了。秀芳看到女儿笑了，眼睛一亮，脚步更加轻盈，动作幅度更大。黑衣老头似被她感染，突然加速抖动着身体，脚步交错，忽前忽后，围着秀芳转圈。周围的人喝起彩来。夜风袭来，树叶沙沙，草叶的清香扑鼻而来，沾满了头发和衣角，举目四望，灯下，树下，到处都是正在锻炼的人。这是车祸以来，安心第一次到户外，她深吸了口气，闭上眼睛，心中百味杂陈。这火热的生活啊！造物主为什么要赐予人这样敏锐的触觉，使她每一个细胞都能真切地感受到生活的存在呢？

一曲完毕，秀芳微微出汗，向他们走来。老老王脱下轮滑鞋，说今天的长跑还没跑呢。秀芳把安心交给老王，两个人跑向湖边的路。

老王推着安心在广场散着步，两个人看着他们的背影，各自出神。今晚是安心长这么大头一次见母亲运动的场景。母亲为了减肥，长跑又撸铁她知道。但亲眼所见，还是给她不小的震撼。那个胖成一堵墙、步履蹒跚如企鹅的母亲，那个满城买不到一件合适的衣裳、刚入五月就热得满头大汗的母亲，如今跳起舞来率性奔放，在斑驳的树影中步伐矫健，双臂摆动坚定有力，如一匹老兽穿梭在丛林中。

老王说："安心，我这爹，你这妈，真不是一般人。你说呢？"

安心满心欢喜，想笑，不知为什么又难过得想哭，眼睛发热，答："是啊。"

老老王和秀芳并肩跑着，聊着天。老老王道："小赵，我有个主意。"

秀芳道："您说。"

"你应该带安心去健身房看看。"

秀芳扭头看着他，老头的眼睛在微光中亮亮的，坚定地朝她点着头。

第九章　再见，我的爱

若华母亲与自己同住的申请很快得到批准，一是马上要毕业了，二是班主任和辅导员都知道若华的处境。年年得奖学金、品学兼优的若华格外让他们怜爱，秀丽这回终于可以安心地在学校住到毕业了。私底下若华叮嘱母亲："千万别把那俩玩意儿再拿出来了。"

秀丽不满道："什么叫那俩玩意儿？那是你爸和你弟弟。"

若华几乎是哀求了："妈，我快毕业了，不想出任何意外。就算你帮我忙行吗？"

若华拿毕业说事，秀丽就不言语了。这件事的确重要，不能功亏一篑。

一早，若华和秀丽在食堂吃饭。再回到学校住，秀丽心情又好了起来。她一边吃着，一边东张西望，年轻人扎堆的地方就是叫人看着高兴。若华把手机举到她面前，她看到秀芳的朋友圈发了一张照片，是她长跑后在公园的自拍，文字是"跑完十公里之后"，下面一堆点赞。若华评论："大姨，你是我的偶像。"

若华期待地看着母亲，但秀丽撇撇嘴，道："给我看这个干什么？"

若华道："妈，你也开始锻炼吧。"

秀丽道："你大姨胖成那样，所以才需要锻炼。我这么瘦，再锻炼不成人干儿了？"

若华解释道："锻炼既可以减肥，也可以增肌。你这么瘦，睡眠不好，什么偏头痛的一大堆毛病，锻炼绝对能改善这种状况。"其实若华更大的用意是想让母亲不要无所事事，能找点自己的事情干。

秀丽道："你让我锻炼，你怎么不锻炼？"

若华道："我实习那么忙，哪有时间？"

秀丽道："你没有下班时间吗？你大姨整天侍候你表姐，比你忙多了。人家哪来的时间？"

若华想想的确是，想锻炼无论如何都能挤出时间来，她从来没有动过这个念头，是因为压根儿不觉得锻炼是必需。秀丽见把女儿问住了，很得意，阴阳怪气道："还大姨你是我的偶像？你这么崇拜她，就应该向她看齐。等你哪天开始锻炼了，你才有资格说我，明白吧？"

这逻辑无可挑剔，若华快快地剥着蛋。凯泽也来吃早餐，托着托盘路过，望向若华这边。若华低下头，装作没看见。除了工作时间，她不想和他再有半点交集，怪尴尬的。更何况母亲在身边。但他居然走向她这一桌，在若华身边坐下，对着对面的秀丽点了点头："阿姨，早上好。若华你好。"

秀丽勉强点了点头，加快吃饭的速度。

凯泽像是在竭力找着话题，道："阿姨，你来这里好几个月了，还没出去玩玩吧？郊区有个5A景区，那里的大溶洞全国都很出名，改天我和若华带你去玩玩。"

母女诧异地看着他。他很自然地笑着，看着她们，就像从前那种种不愉快不曾发生过一样。秀丽含糊地嗯了一声，三两口把粥喝完，催促地看着若华。若华也匆匆地吃完，对凯泽点点头，起身走了。

到了单位，正常上班，大家都在电脑前奋战。一会儿若华去茶水间接水，接完，一扭头，凯泽也来接水。她问：“你早饭的时候干吗呢？”

凯泽有点磕巴：“嗨，调和一下气氛，没必要在毕业前搞这么僵，对吧。”

若华生气道：“你傻不傻啊？明知道我妈不好惹，非得凑过来做什么？”

凯泽：“她是你妈妈，我不想她对我有意见。”

他觉得这句话有点赤裸，忙加了一句：“我们毕竟是同学嘛。”

若华道：“我对你没意见不就行了吗？她和你有什么关系呀？”

凯泽道：“你对我没意见吗？没意见为什么在单位不跟我说话？”

若华道：“怎么没说话？昨天那稿子开会时不还讨论了半天？”

凯泽道：“以前大家除了工作，还能聊点别的吧？中午吃饭也能一起吃，周末大家也能一起玩。为什么那次之后你总是独来独往？”

若华解释道：“这不是因为我妈在吗？我怕她一个人孤独。”

凯泽道：“撒谎，中午你又不回家和她吃饭。”

若华哑然。她想说，这样下去到底对两个人有什么好处呀？再过半个月就要分别、此生不会再见的人，有必要搞得余韵悠长吗？接着却又想，是因为自己心里想法太多，所以才觉得吃个饭含义深远吧？不然，以前也会和同班同学聚餐，文学社男男女女相邀去爬山之类的活动也有，为什么不介意呢？她想不出得体的回答，只好转身离开。

开选题会，主管说省报的主笔李老师过两天要去北京采访一个网络文学大会，安排凯泽一起去拍视频，他也正好可以回家一趟。凯泽道：“让若华也一起去吧，她的毕业论文就是和网络文学相关的，我知道的。”

若华一愣，看着主管。主管道：“你们俩一组，本来的确应该一起去，但是这次批的经费只有一个人的。”

凯泽道：“我们俩坐高铁去，这样就把一个人的飞机票钱省了下来。去了之后我可以住家里，宾馆开她的房间就行。”

主管若有所思，沉思片刻，同意了这个方案。凯泽很高兴，悄悄对若华比了个胜利的手势。若华也很高兴，感激地对凯泽笑了笑。

快毕业了，舍友们结束了实习，回校做毕业论文，床铺一下紧张起来。秀丽又和若华挤回一张床。离别进入了倒计时，大家晚上都舍不得睡，聊着实习、签约单位、感情等话题。有个舍友因为和男友都分别在各自家乡找到了工作，这两天刚分手，情绪一直不高，大家安慰着她。她嘴里说着当然是工作重要，却抽泣了起来。离别的气氛一下子笼罩了宿舍，大家都沉默了。半晌舍友一道：“你男朋友真是的，真爱你，为什么要和老家的单位签约呢？两个人可以商量着来，不行就一起去北京、上海闯一闯，留省城也可以呀。可见这小子不怎么样。”

女孩黯然神伤：“我也在问自己，真爱他，为什么要和老家的单位签约？说实话，我可能也没有自己想象的那么爱他吧？”

舍友二道：“当然是前途重要，爱情这玩意儿就是骗鬼的。我们都要向男人学习，学习他们的杀伐决断、趋利避害。”她刚被分手，男友出国读研究生，说不想让她等。

舍友三忽然支起身子，认真道：“我决定不和我们老家的学校签约了，我要和我家猪头一起去深圳。他已经接到腾讯的Offer了。”

大家叹气，纷纷劝她慎重。她的工作是回老家中学教书，工作稳定，收入也不错。秀丽静静地躺着，听着女孩们的议论，眼睛在黑暗中一眨一眨的。

舍友四庆幸道：“不在大学谈恋爱是明智的，人性根本经不起考验。若华，没想到我们这两只单身狗，居然有先见之明。”

舍友们笑道：“你一直在老家实习，哪里知道只剩你一只单身狗了，人家若华和周凯泽不知道有多甜蜜呢。”

若华一直没发声，这时连忙撇清：“别瞎说，我和他没关系。”

舍友们纷纷：“还敢说没关系，那天他不是都和你妈妈喝咖啡了吗？”“阿姨，你说说，对凯泽满意不满意？”

若华急了，这时秀丽缓缓道：“我说你们这帮姑娘呀，心中要么是工作，要么是男人。一晚上了，我没听到一句是说起自己父母的。你们把父母放到什么位置了？”

大家愣了，屋里一时安静下来。秀丽索性坐起身来，盘腿坐着，娓娓教训道：“你们绝大部分都是独生女吧？父母辛辛苦苦养大你们，供你们上大学。哦，一毕业了，拍拍翅膀飞走了，想过我们当父母的感受吗？”

要和男友去深圳的女孩讪笑：“阿姨，那照您这么说，我们独生子女毕业后，就都得回到父母身边吗？”

秀丽正义凛然道：“当然。这要是家里有两个孩子还好说，一个孩子——”

女孩打断她：“两个孩子为什么好说呢？是谁有这个义务留下来陪伴父母吗？到时抓阄吗？”

秀丽冷笑道：“那按你的意思，我们当父母的老了之后，就该进养老院等死了？”

女孩针锋相对：“我父母这代人，到老了肯定是住养老院。不然呢？我把我父母接到我家里来住，我老公也把他父母接来住？接谁父母，不接谁父母，都不合适吧？”

秀丽生气：“哎，你这个姑娘说话怎么较劲啊？”

女孩紧接着说：“而且现在人越来越长寿，你们退休之后，你们的父母、我们的爷爷奶奶姥姥姥爷也都活着呢。要按你的意思，大家都要住在一起，那得买多大的房子才住得下呀？两千平方米吧。”

秀丽急了，拉开蚊帐下了地，对着女孩的床铺道：“你这人怎么胡搅蛮缠啊？谁说都住在一起？”

舍友们憋着笑。女孩悠然道："你的意思，你要和自己的子女住在一起，但你子女的伴侣却不能和他的父母住在一起，是吗？"

秀丽被问住了。

女孩："而且你既然这么孝顺，你为什么要离开你的父母、建立自己的小家庭呢？你不和你父母住在一起，膝前承欢，你就是说一套做一套。"

有人扑哧一声笑了出来。

秀丽喝道："那照你这么说，父母白养你们这么大了？这么下去，谁还愿意生孩子呢？"

女孩尖刻道："不白养，难道打算养大了卖钱吗？至于愿不愿意生孩子嘛，我只知道，我父母生我，可事先没跟我商量。不愿意别生呗，谁求你了？"

这女孩平时就是嘴不饶人的主儿，大家都不太敢和她辩论。

秀丽怒道："父母养孩子就一点功劳也没有？"

女孩也支起身子迎战："你们这种人，养孩子不就是为了养老，床前端屎端尿嘛？既然养儿是为了防老，那就不要再自夸父母伟大。"

秀丽气得直哆嗦："节衣缩食养大你们，居然落了这种评价？要知道这样，一出生就把你们扔了、掐死，多好。省得这一辈子这么辛苦。"

女孩轻笑："杀人犯法，包括杀婴。遗弃婴儿是遗弃罪，也是要坐牢的。阿姨，不想要孩子就不要生，生了就要养，明白吗？"

秀丽从逻辑上驳不倒这女孩，想撒泼，用最难听的话来骂她，骂她个小婊子狗血淋头，无奈这是人家的主场，秀丽也明白。同意她和若华挤一张小床，已是舍友们开恩了。

女孩穷追猛打，讽刺道："有的父母，别看没学过金融学，其实个个都是投资能手，每生一个孩子，她的人生投资回报表里就多了一笔财产。每给孩子吃一块肉，买一件衣服，交一笔学费，她的脑子里都在飞转着，算盘打得啪啪响，要把这些支出换算成将来的收入。这不叫养孩子，这叫养猪好吗？”

和这样伶牙俐齿、满腹诗书、根本不把传统戒律放在眼里的年轻女孩斗嘴，是占不到半分便宜的。秀丽呆立了半晌，自己没意思，悻悻地回到床上躺下。若华紧闭着眼睛，不想和母亲有半点交流。没见秀丽之前，全宿舍的姐妹早就对她非常不满了，为她的重男轻女和对若华的严密控制，这女同学尤其替若华打抱不平，几次要她反抗这极品妈，不要逆来顺受。若华本已跃跃欲试，没想到弟弟意外死亡，彻底打消了她的反抗苗头。此刻若华心中全是感激和羡慕，她知道这女孩为什么今晚格外地犀利：她想点醒自己啊。

第二天早上，舍友们都去吃早饭了，秀丽一直没起床。若华喊了她半天，她赌气翻了个身说：“不吃。”

若华无奈：“妈，你这是怎么了？”

秀丽一夜的怒火终于爆发了，噌地坐起来：“怎么了？昨晚上，你们那同学夹枪带棒地骂我，你怎么一声不吭呢？就眼睁睁地看着你妈受外人欺负？”

若华道：“是你先开口惹人家的，没事训人家干什么？”

秀丽理直气壮：“我说的不对吗？要不说现在的‘90’后自私呢，光顾着自己，一点儿也不知道感恩。不对，我怎么觉得你赞成那姑娘的话呀？你也想把我往养老院一放，自己远走高飞？”

若华道：“你才五十岁，为什么一直在想养老的事？”

秀丽眼圈一红：“不然我这身体状况，你想让我干什么？去打工？我没学历没技术没体力，当服务员人家还嫌年纪大，只能当个保洁员或者洗碗工了。你真的想让你妈妈去干那种低三下四的活儿，看人脸色，挣仨瓜俩枣的吗？”

秀丽竟然呜咽起来，头埋在被子里，肩膀一耸一耸的。若华长叹了口气，道："妈，你放心，我会管你的。"

若华记着《红楼梦》里宝玉对黛玉说的："你皆因总是不放心的原故，才弄了一身病。"所以他说出"你放心"三个字，会惹得她大哭。若华明白母亲心底一直恐惧唯一的女儿离开自己，她晚年孤苦无依，一身病痛，在家或者在养老院挣扎等死。其实何止是她？这是所有老人的梦魇。无论健康还是不健康，老人们总是在意淫自己瘫倒在床，屎尿不能自理而床前无人的恐怖景象。秀丽听完这个话，渐渐止住哭泣，抬起头来，用纸擦着泪，擤着鼻涕。

若华温言道："我去食堂了，要给你把早饭打回来吗？"

秀丽感激道："我不吃了，昨晚一夜没睡，你们都走了，我正好睡个回笼觉。你赶紧去吧，上班别迟到了。"

秀丽瘦得两腮微塌的脸上有浓浓的黑眼圈，眼神可怜巴巴的，若华为自己昨天因为要去北京而滋生出来的兴奋感到悲凉。兴奋个什么劲儿呢？怎么可能抛开这样病弱的母亲，独自奔向灿烂的未知呢？她是母亲生的，母亲用自己的血肉造就了她。她别的什么也没有，唯有拿青春赔给母亲就是了。

若华去北京出差三天的事，秀丽倒是平静地接受了。或许她也明白，女儿不可能时刻陪自己在身边，偶尔的离开，让女儿有喘息的空间，对这种关系的维系更有利。若华私下在宿舍群里给诸姐妹再三道歉，为母亲的到来叨扰了她们，并拜托她们，在她离开的三天内照顾一下母亲。姐妹们无人应答，那个言辞犀利的舍友还说了一句"可怜的若华"。这回若华心里不高兴了，心想你家父母开明，允许你四海遨游，追随本心而去，但并不是所有人都有你这般条件，何必时刻刷优越感呢？本欲在群里呲她几句，又想着母亲这几天都要和她们待着，只好忍了。

他们买的是夕发朝至的票。晚上九点多上了车，在卧铺车厢安顿下来。凯泽提出个大袋子，里面有几个小袋子，分别装着洗好的提子、绝味鸭脖和海带、豆皮、瓜子、味多美的杯装慕斯蛋糕、一次性纸盘、塑料叉子，居然还有两听进口黑啤，摆了满满一桌。他打开啤酒，递给若华，笑道：“喝得晕晕乎乎的，睡一觉，眼一睁就到北京南站了，多好。我每次回家，就买这趟车，带一罐啤酒，带点吃的。所以我没有舟车劳顿，只有享受。”

粉嫩的慕斯在透明的小玻璃杯里随着火车的节奏颤动着，卤菜发着麻椒的辛香味儿，这夜晚太美好了。若华接过啤酒，两个人碰了一下易拉罐，正要喝，凯泽道：“等一下，祝酒词是什么？”

若华笑道：“喝酒就喝喽，还要什么祝酒词？”

凯泽郑重道：“仪式感很重要。”

若华道：“祝我们都能找到好工作。”

凯泽道：“祝我们有个美好的未来。”

他含笑看着若华，这话看怎么理解，于是若华笑了笑，一仰脖子，喝了一大口啤酒。两个人说笑着，吃着东西，喝着酒。这酒色黑如咖啡，味道微苦而醇厚回甘，若华很快就上头了，浑身毛孔都懒洋洋的，她有很多年没有这样放松的时候。以前她既期待又害怕与凯泽独处，期待是希望两个人关系更进一步，害怕是在这种关系微妙的时候，她要全力以赴、精准控制着自己的每一句话、每一个表情的同时，又要不误读凯泽的每一句话、每一个表情。她宁可错过他，也不要自作多情。错过可以被解读为是一种傲慢，从而巧妙保护自己，自作多情却会使她死无葬身之地，许多年在精神上翻不了身。

但是这一刻，酒精使她紧绷的神经松弛了。她觉得与凯泽相处没有那么沉重，把他当成一个同龄的好朋友就是了。于是滔滔不绝地讲了许多平时不会讲的话，讲她的童年，讲中学时她收到的情书，竟然是一直欺负她的男同学写的。讲弟弟的车祸，讲去火葬场领骨灰的时候，她居然有心情挑选骨灰盒的款式，想着弟弟年纪这么小就死了，得挑个看着不那么老气的骨灰盒。讲弟弟有天回来说全班男生都在追

AJ鞋，她一打听，这款鞋最便宜的代购也要近五千块钱，不是他们这种家庭消费得起的。但去领骨灰的那天，她想，哪天有钱了，给弟弟烧一双，正品的那种。弟弟的出生，夺去了父母对她的爱，但她却从来没有恨过弟弟，反而爱极了他。他长得可帅，可聪明了，对她这个姐姐非常依赖。襁褓里的弟弟在她臂弯里睡觉，会走路的第一步是她扶着的。他在某种意义上，就像她的儿子一样……

凯泽一直安静地听着，偶尔插个话，引发她更热烈的倾诉欲。若华道："凯泽，你信吗？我觉得我会是个特别好的母亲。"

凯泽道："我信。"

若华道："有了孩子，我一定会像我大姨一样，全心全意地对她好。"

她举着手机，像炫宝一样，把秀芳的朋友圈一条一条展示给凯泽看，讲那场车祸一夜之间毁了两个家庭，当舞蹈老师的表姐非常漂亮，却落得重残加毁容。两百斤的大姨为了鼓励表姐站起来，开始了长跑减肥加进健身房健身的艰难历程。目前效果非常喜人，就是不知道萎靡的表姐有没有振作起来。

"凯泽，你看没看过暴走妈妈那条新闻？那个母亲为了把自己的肝移植给孩子，两百天之内风雨无阻暴走两三千公里，使脂肪肝瘦成健康的肝，达到了移植标准。"

凯泽回忆着："好像看过，其实这类新闻挺多的。天底下最舍不得孩子，最愿意为孩子付出的，总是母亲。"

若华笑道："这才叫母亲呢。"她头沉得脖子撑不住，不得不趴到桌上。她羞愧地想，自己真是不胜酒力，一罐330毫升的黑啤就能坦露心声。凯泽会不会觉得她很肤浅？原来平日里不过故作矜持而已。睡前残留的最后一丝意识里，她感觉到凯泽把她抱到卧铺上平躺，为她脱了鞋，盖上被子，手为她轻轻拂去脸上的发丝。这种前所未有的肢体接触令她觉得很温暖，她偏了下头，把脸送进他的掌心里，放心地睡着了。

天亮的时候，若华醒了。没有头痛，反而神清气爽。这些天与母亲同挤一张小床，根本睡不好。酒像催化剂一样，令她精神放松，加之独占一床，四肢舒展，睡得很爽，一夜无梦。她坐起身，见对面的凯泽和衣盖着被子，睡容安详，两道剑眉浓黑如画，现出男性的英气。她快速检点了一下昨晚自己的话，还好，没有太过失态的地方。她心里释然，又暗悔不该喝酒，以至于错过了这美好的夜晚。倒不是说要发生点什么，只不过，难得与凯泽在封闭的空间里独处，本应该说点知心的话才对，她却一直在说自己的事情，又自恋，又浪费。

昨晚凯泽特别勤快周全地提供了消夜，今天该轮到她为他服务了。若华跑去餐车打了粥和鸡蛋、小菜，回来的时候，凯泽正好在床上动了下，睁开眼。四目相对时，若华不好意思，却又满心喜悦。再也没有比一早醒来，就能看到心爱的人更让人觉得亲密的了。

若华轻快地打招呼：“早啊凯泽。”

凯泽笑了，双手枕在脑后，看着她：“早啊若华。”

若华指指装粥的餐盒：“起床喝粥啦。”

洗漱完，喝着粥，火车降速了，快到北京了。若华看着渐渐慢下来的火车窗外的景色，心情越来越激动。喝完粥，收拾完，火车进站了。凯泽领着她，熟门熟路地出了站，打上车。

若华看着窗外飞快掠过的高楼，感慨不已。这就是北京啊，虽然现在全国每个城市都修得很体面，但北京毕竟是北京。它的好不只在于高楼大厦，还在于那背后隐藏的无数传奇。

凯泽要先回家，邀请若华去做客。他家在中关村地区某单位的家属大院里，父母都在这个单位上班。出租车从繁华的中关村主街拐进一条宁静的小街，开到头，在一个很大的院子门口停下。两个人下车，走进院子。此地绿荫密布，环境清幽，路面很整洁，没有老式单位常见的破损。凯泽父母早就盼着独子回来，见到儿子后非常高兴。

他母亲搂着比自己高一头的儿子，啪的一声在他脸上重重亲了一下。他父亲也搂着儿子，又捶又拍的，一副不知道怎么表达自己的喜爱之情才好的样子。凯泽一摸父亲的腰，夸张道："老周，你可比我刚走的时候胖了，要注意。"

若华很羡慕他们表达情感的热烈，像外国人。母亲说起来非常依赖自己，几乎形影不离，但印象中，从来不曾对她有过主动的肢体接触。可是弟弟活着的时候，母亲也是像凯泽母亲一样捧着他的脸，没完没了地亲。真爱一个孩子，才会这样亲不够、搂不够吧？

凯泽介绍若华是一起实习的同学，这次是来采访的。凯泽父母对若华非常热情。凯泽母亲对若华尤其感兴趣，话里话外一直问她的家庭情况。凯泽父亲要若华不要见怪，她历来对凯泽身边的女孩非常上心。凯泽道："什么叫历来，还我身边的女孩？听上去好像我是个花花公子一样。"

凯泽母亲笑眯眯地说："若华，不是我自夸，追凯泽的女孩的确不少，从初中到高中都有。但他从来没有带回家给我们看过。"

凯泽道："妈妈呀，是她们追我，我和她们一点儿关系没有，带回家做什么？你们俩这是在帮我，还是在害我呀？"

凯泽父母对视了一眼，看若华的眼神便变得意味深长起来了。凯泽意识到自己说漏了嘴，但他一点也不后悔。若华本来笑吟吟地看着他，一副"我可知道你老底儿啦"的模样，这会儿听到这话猝不及防，赶紧低下头，端起面前的茶，假装在喝茶。

午饭很丰盛，饭毕凯泽父母去上班了，本来是为了迎接儿子才双双请了一上午的假。他们走后，凯泽带着若华在屋里转悠。这是个一百二十平方米的四居，每个屋都布置得很雅致。若华早就对北京的房价有所耳闻，暗想在这样寸土寸金的地方居然有这么大的房，凯泽的家境实在好。书房有个大玻璃柜，里面摆满了变形金刚以及各类武器模型。凯泽说这是他中学之前的玩具柜，母亲很细心，把他玩过的比较贵又完好的玩具都收藏着，说给他将来的孩子玩。有面墙上挂着各种水晶相框，是父母带着不同年纪的凯泽在全球旅游的合影，有埃菲尔铁塔、纽约帝国大厦、东京迪士尼乐园等，每一张上面，三个人都在开怀大笑。凯泽说从小学一年级起，每一年父母都会带他到国外旅游，在每个地方都会拍一张全家福，摆在这里，这面墙就像个时间墙一样。

“照片这东西不过是生命的碎壳。纷纷的岁月已过去，瓜子仁一粒粒咽了下去，滋味各人自己知道，留给大家看的唯有那狼藉的黑白的瓜子壳。”这是张爱玲的话，若华此时记起来，眼前浮现出母亲走到哪里都要带着的全家福，不由自嘲地想，凯泽过往的生命，粒粒饱满香脆，令他回味无穷。而自己的，却颗颗受潮，干瘪乏味。

两个人并肩走到窗边，凯泽指着不远处告诉她，从家里下楼走到对面就是北大附中，对角是中国人民大学、人大附中和中科院，周边还有北京理工大学、中央民族大学、北大、清华、北京外国语大学……中关村地区被称为全中国名牌大学密度最高的地方，也是全北京市教育资源最密集的地方。将来如果他有孩子，下了楼就是各类著名培训机构，连五分钟都花不了。

有些人的起点，是你一辈子都到达不了的终点。若华听着这些如雷贯耳的名字，又艳羡又黯然地说：“现在大家一提北京、上海，都不像前些年那么向往了。光房租，就把外地人吓跑了。别说外地院校，就是考到北京的外地人，毕业后又有几个能留京呢？京城米贵，居大不易，历来如此。”

凯泽道：“你喜欢北京吗？”

若华道：“我没那个胆量。”

凯泽突然握住她的手，直直地看着她的双眼。若华大吃一惊，想挣脱他，但他握得很紧。他也很紧张，脸都红了，但语句仍有条不紊：“若华，以我们学校的名气和我们的实习资历，找个相关的工作在北京很容易。我都摸过一圈底了，像我们这样的，刚上班工资大概能有六七千，如果是做节目、跑新闻那种，加上绩效工资，大概能有一万左右。因为我们可以算熟手了，省报那些新闻和公号上的视频专题片尾都挂着我们的名字，这是很好的佐证。扣完五险一金，到手大概七千。这附近地铁合租房，十平方米左右的单间的报价在三千左右。如果你租得更远一点，还会便宜一些。也就是说，第一年你完全可以凭工资活下来，北京没有你想象的门槛那么高。”

他神情诚恳，逻辑严密，每个细节都考虑得周全，足证他的确是考察过了。他家在此地，本不用考虑这些，完全是为了她！若华的手心出汗了，是被他攥得太紧，也是被他那些话鼓动得周身热血沸腾。

她讷讷道：“可是，如果找工作没有那么顺利呢？”

凯泽道：“你在学校是怎么找到家教活儿的？不也是一点一点从网上找的吗？而且，不是有我呢吗？我会帮你一起找的。”

凯泽的手微用力了一下，像是承诺。窗外的风吹了进来，若华周身越来越热。

“你知道吗？你一个人干五份家教，还得国家奖学金，是文学社所有人的偶像，我们背后都挺崇拜你的。单位的人对你评价也都很好，我相信你能征服北京。”他磁性的嗓音具有煽动性，眼神深情而热切。若华已经在脑中安排那个什么十平方米单间了，十平方米放得下一张双人床吗？母亲连省城都不喜欢，会喜欢北京吗？

“我妈……不一定能来北京。”她迟疑道。

凯泽愕然。到了现在这个节骨眼上了，她还在考虑她那个妈妈？！若华看到他的神情，明白他失望了，赶紧道：“当然，我还没问过她，没准儿她会喜欢。”

他说了这么多，原来是对牛弹琴，好荒谬。凯泽眼前浮现出秀丽令人不快的刻薄长相，脱口而出：“你的意思是，你走哪儿都得把你妈别裤腰带上？”

若华听出他语气中的嘲讽，心一点点往下沉，又难过又失望，挣脱他的手。人人都劝她，不要再迁就母亲。人人那同情的背后，都掺了点鄙夷，都觉得她迂腐、愚孝。穷人总是要经历这种鄙夷。穷，会滋生出一些在他人看来怪异的品性。但他们只看到母亲的尖酸蛮横不可理喻，他们没有看到母亲夜夜失眠哭泣食欲不振百病缠身。离开她，母亲绝对无法一个人活下去。但她没必要解释，不解释，是她最后的尊严了。解释的嘴脸太丑。

她迅速整理了一下情绪，声音生出一些倨傲来："也不是人人都得到北京、上海发展呀。我们老家也有媒体，我也可以去应聘。"

凯泽道："市级媒体都在倒闭，迟早关门大吉。而你在北京也不光可以进媒体，还可以进互联网、影视公司、广告公司等。文化在北京的含义非常广，可是在一个地级市，你大概只能去当老师，或者参加公考。"

若华不动声色："当个老师或者参加公考都不错呀，可以考虑。"

凯泽渐渐了解若华了。她自卑的时候，并不强硬对抗，而是往回缩。她的真心已像一只受惊的兔子一样，一溜烟跑回洞里，外表却是一副若无其事的模样。一个激烈的人，至少情绪失控，有空子可钻，某些真心话可以在强烈的撞击中被逼出来。而她这样太可恨了，叫他连进一步说服都无从下手。

去往采访现场的出租车上，两个人一直沉默。看着她纹丝不动的侧颜，凯泽觉得她非常陌生，简直可恶。一个二十二岁的名校毕业生，满脑子孝道的牌坊，果然女性更容易被洗脑。罢了罢了，放下她这块大石头，他的生活一片光明。父母已经说了，不管他做什么，他们都全力支持。想出国继续念书，学费、生活费管够；想和同学一起创业，赞助启动资金；想考公，想打工，或者什么都不想干，想云游四方也可以。他甚至不用考虑结婚买房的事，因为父母已经又在家附近买了套房。父母常对他说的一句话："我们接受如你所是，而非我们所想。”原来世间不是所有的父母都像自己父母那样明理、慷慨、无私为儿女奉献的，竟然有像秀丽这样如水蛭般牢牢盘在儿女身上的父母。而想要若华，就得把这样的水蛭母亲一并接收了，这他做不到。

若华看着窗外，眼角余光看到凯泽一只手拿着苹果手机，另一只手的手指拨着它，让它旋转，百无聊赖的模样。这个人是看不透的，他可以上一秒对她放电，下一秒声色俱厉地警告她“不要自作多情”。刚才他还在替她的未来操心，此刻却是一副冷漠的神情。自己为何学不来他的这种收放自如呢？他和她的舍友都是一伙儿的，他们待在不知疾苦的世界里，对着她这个世界指手画脚，评头论足。

有天她回出租屋，天已经黑了，推开门她发现屋里没有开灯，还以为母亲出门了。仔细一看才发现她在沙发上坐着发傻，与黑暗融为一体，那一刻她心如刀绞。如果不是她回来，母亲会在沙发上一直这样坐下去。他们不知道若轩有多可爱，嫩嫩的脸紧贴着她的脸，在她耳边悄悄地说“姐姐我爱你”，被邻居小孩欺负了会奶声奶气地大哭，威胁说“我姐姐力气特别大，等她从学校回来会帮我揍你们”；更不知道母亲一双袜子补了五个洞，一条腈纶内裤穿了五年，纱洗得薄透，裤腰松得没有弹性了也舍不得扔。这么多琐碎的酸甜苦辣，她没有必要一一说给外人听。说不清，说清了他们也不会理解，理解了他们也帮不上忙，帮不上忙吧，还要嘲讽和批评。这样一群人，只会在她千疮百孔的心上扎针罢了。

网络文学大会在中关村科技园区举行，车一开进去，一幢幢造型各异的大楼从眼前掠过，新浪、网易、百度、联想、方正、同方……一个个著名企业的名字令若华目不暇接，方才的压抑渐渐消退。正感到新鲜之际，电话响了，是母亲。秀丽在电话里很生气，问若华为什么到了也不给她发个微信，害她担心了半天，中午都没吃饭。

若华道：“妈，这火车是直达的，我又是跟同学一起，能出什么事呢？”

秀丽敏锐地捕捉到重点：“同学？是不是那个周凯泽？”

若华含糊：“呃，不是——”

凯泽故意大声说：“阿姨你好，我是凯泽。”

若华吓了一跳，捂着手机，瞪着他，小声道：“你干吗？”

凯泽耸耸肩，不说话了。电话那头秀丽沉默着，若华有点着急：“妈。”

秀丽道：“你这回真的是出差？不是去他家？”

若华道：“我真的是出差，不是去他家。”

凯泽哧了一声，自言自语道：“骗子。”

秀丽道：“那你为什么要撒谎？”

若华道：“这不是怕你多想嘛。”

秀丽：“你心里坦坦荡荡，怎么会怕我多想？”

凯泽做了个讥笑的表情。若华很恼火，道：“好了妈，现在你知道我安全到北京了。我马上要下车去采访了，晚上再打电话吧。”

若华挂了电话，问凯泽：“你为什么要这样啊？”

凯泽理直气壮：“你不是骗子吗？你刚刚去了我家，还见到我父母了。为什么不敢告诉你妈？”

若华道：“有什么必要呢？后天就回去了，北京我再也不会来了。何必大老远地争吵呢？”凯泽摇头道：“你知道吗？你刚刚的语气，活脱脱就是一个被妻子捉奸的丈夫的口吻。”

若华知道凯泽是对的，她和母亲的关系不正常，而这可能永远也改变不了。她心情又低落起来了，刚才那种新鲜感一扫而空。即使是进到网络文学大会现场，见了那么多网文大神和知名作家，她也没有高兴起来。她神色如常，采访也完成得很好，但凯泽知道她内心是提不起劲儿来的。因为现场还有许多国内著名的文化机构设了小小的展台，李老师叫他们去收集名片，没准儿找工作用得上。凯泽积极照办，若华却站在一旁，低头玩手机。天地再大跟她又有什么关系？

晚上吃饭，李老师的大学同学请客，他带着两个人同去。他的同学现在是某网站的高层，负责市场推广。李老师积极地向他推荐若华和凯泽，说这两个学生毕业于名牌大学，跟着他实习期间表现极佳，如果招人可以考虑一下他们。学中文又干过媒体的年轻人，做市场推广简直再合适不过，说着把两个人做过的新闻及视频一一在网上找出来，亮给同学看，爱徒炫才之心溢于言表。他同学对两个人也挺感兴趣，问了不少问题，又慨然答应可以将他们的简历引给人力部门，安排面试。

散场之后李老师很得意，告诉两个人，这是目前国内最好的网站之一，互联网普遍高薪哦。话锋一转，又警告两个人别高兴太早，要狡兔三窟，多投简历，谁也不敢保证这公司一定要他们。凯泽说，这网站总部就在中关村，从他家骑自行车过去，十五分钟就到了，要是能去就太好了。

李老师道："在北京上班，通勤是个大麻烦，但这个单位就不一样了。到时你们小两口一人一辆共享单车，连地铁票都省了。上班零成本。"原来在所有人眼里，他们俩都是一对儿。李老师敦促他们赶紧整理简历，要是能多待几天，索性面试完再回去不迟。公司那边他可以帮着打招呼，本来实习期也快结束了。若华却说自己打算回老家发展，简历就不发了。正张罗得兴致勃勃的李老师犹如当头一盆冷水，错愕道："我以为你和凯泽——那、你们俩不在一个城市，这恋爱怎么谈呢？"

若华笑道："李老师您误会了，我和凯泽只是同学关系，不是大家想的那样。"

李老师的口气不无遗憾："哦，这样啊，那可惜了。"

凯泽回家，李老师和若华去宾馆。路上李老师问道："若华，你真的不想在北京发展吗？"

若华摇头，李老师问为什么。若华说因为母亲只有她这一个亲人了，身边不能没有人。李老师道：“你母亲估计也就五十出头吧？也还没到需要陪伴的年纪啊。”

若华看着林立的高楼，万家灯火，笑了一下，没有说话。就这个问题她已解释过成千上万遍了，她累了。李老师想到刚才凯泽面无表情，闷闷离去，虽不知内情，也大略猜到两个年轻人恋爱之路不顺与毕业后发展规划的不一致有关。他语重心长地说：“若华，如果你在老家已经有非常好的单位，那我赞成你回去。如果没有，你这么年轻，还是出来搏一搏比较好。我现在就十分后悔当年没有留在北京，现在省报前景不明朗，我又到了这种年纪，有心无力，余下的日子不过等退休而已。说实话，没有意思啊。”他的语气不无伤感。

回到宾馆，已是晚上十点。若华毫无睡意，想到今天发生的种种，恍然如梦。她和凯泽居然以这样的方式提前结束了。她本来既抗拒又期待毕业那天的到来，暗暗地想，那一天，凯泽会不会跟自己正式表白？一出生就死去的爱情，多么悲壮。她一定会哭成个泪人。然后两个人分开，在彼此漫长的余生中，心底永远有个角落珍藏着对方。这样的痛，要多久才能平复？也许永生都不会平复了。

她却没有想到，凯泽表白了，他比她想象的还要迫切。她想象他不过只是要一段浪漫的大学柏拉图式的暧昧而已，而实际上他却打算与她建立更紧密的联结，甚至有和她共走人生路的打算，但她以奇怪的方式拒绝了他的良苦用心。这段美妙的暧昧，结局并不凄美，并不浪漫，反而在他的鄙夷中画下休止符。她并不期盼他能帮她，只是希望他能哪怕理解一点点，但他根本做不到。他们本就是两个次元的人，本来就不合适。这样也好，这样最好。这样痛苦很快会被治愈。

若华觉得自己想通了，可是心里一团火还是灼得她坐立不安。她出了宾馆，漫步街头，不胜怅然。明天下午就要离开北京了，也不知何时还会再来，也许永远不会再来了。这夜景也并没有比老家的更美，路上行人的穿着也没有更时髦，为何让人向往？何必向往？何必留恋？她走着走着，走到了一个社区公园。一些人在这里锻炼，几个人绕着不大的广场一圈一圈地跑步，戴着耳机，目不斜视，旁若无人。若华想起返校前夜去找大姨告别，看到她也是这样一圈一圈地跑步。大姨的困境大十倍于自己，她是怎么解决的呢？运动！

若华来了兴致，跟在这些人后面跑了起来。夜风加速拂在脸上，十分惬意。跑着跑着，渐渐出汗，再接着双腿酸痛起来，上气不接下气，心里无比倦怠，只想停下来休息了。她估算了一下，这广场一圈也不过两百米吧？才跑了四圈，八百米，将将过了学校的体能测验，就已经这样了。而六十岁的大姨，一口气能跑一万米。她一个风华正茂的年轻人，倒连一个老太太都比不过了？她起了好胜心，心里发着狠，咬牙坚持着，足足跑了十圈，跑得汗如雨下，腿如灌铅，方才停下来慢走着。夜风一吹，只觉得这段时间压在心头的大块石头被移走了，身心舒畅，痛快淋漓。

毕业典礼若华没有参加。因为她回校之后，才知道母亲在前一晚由于没有及时回到宿舍，赶上了女生宿舍楼门禁关闭，也忘了带若华的门禁卡，只能在门口坐了一夜。秀丽可以给若华打电话，让她通知舍友下来接，但秀丽情知若华舍友都讨厌她。而她是什么人？无理也要搅三分的人，怎么可能去求她们？所以她宁可熬着，结果发烧了。若华一回宿舍，就见母亲躺在床上，脸上两团红晕，一摸发现浑身发烫。她赶紧把母亲送到医院，诊断是肺炎。一直到大家离校那天，秀丽都没能出院。

黄昏，秀丽合眼躺在病床上。若华给她削梨，自怜自艾地想，舍友们也太无情了吧？见母亲一夜未归，至少也给自己打个电话，告知一声，但居然无一人这么做。可能在舍友们眼里，要鄙夷的不只母亲，还有自己。她们与舍友们太格格不入了，像是清朝的僵尸一样令人厌恶，避之不及。

这时，微信响了，文学社的同学问她，凯泽晚上的火车，你来送别吗？若华踌躇着。送别无益，徒增烦恼而已。但这也许是此生最后一面了，该去告个别，为那些好和不好划个句点。这样，余生在心灵角落品味这一段的时候，不会疙疙瘩瘩。她正犹豫着，秀丽在床上微弱地唤着她，要喝水。若华给她倒水，一摸她的额头，感觉又烧起来了，非常焦虑，找护士来量了体温，发现又烧到四十摄氏度了。护士找来医生，再次抽血验血，一番折腾后已经晚上八点了。医生给换了药，秀丽吃了药，昏昏沉沉地睡去。若华才想起看手机，同学在微信上发了很多条信息，追问她来不来送凯泽？来嘛，他一直在等着你，虽然不说，我们都看得出来。你不至于这么绝情吧。同学一场，最后送他一下嘛……时间是两个小时前。

若华颓然放下手机，看着母亲的病容，即使昏睡中她也不能放松，眉头紧锁，川字更深了。

她把手机放进外套口袋，手指无意中摸到一叠名片，那是那天凯泽帮她向各个公司要的，当时硬塞给了她。他生气了，但还是不忘做最后的一丝努力。她毫无兴致，也不便拒绝。此刻这些东西显得分外扎眼。她把它们全扔进垃圾桶里。

第十章　不能控制身体，怎么控制人生

秦峰在食堂吃晚饭。这是周五，是该回丈母娘家的时候。家里有个重病人，所有人的心头就像压着块大石头一样无法开怀。回自己父母家住的这几天，他觉得非常轻松，可以毫无挂碍地聊天，开玩笑，自如地走动。一想到回去要面对死气沉沉的气氛，以及妻子冰冷的眼光，他就视如畏途。所以他告诉丈母娘自己要加一会儿班，会在单位吃晚饭，让她们不要等他了。这样就可以缩短在丈母娘家停留的时间。

回去意味着他曾离开，且会持续地离开。离开这样可怜的妻子，意味着他不是个东西。人家新闻里褒奖的这类有残疾妻子的好丈夫都是怎么做的呢？几十年如一日，温柔地呵护着妻子的病体，宽厚地包容她的坏脾气。那是被反复淬炼的过程，百炼成金，百忍成佛。但他做不到啊。安心疼痛发作时，他比她还要害怕，他讨厌与不幸这样近距离接触，更讨厌自己的不坚强。他觉得自己比安心更需要去看心理医生了。

秦峰正一粒一粒地往口中送着米饭，这时上司——理财部经理楚志娟端着盘子坐到了他的对面。楚志娟皮肤有点黑，脸有点大，头发梳成简单的马尾，一身银行里千篇一律的西装工服，看上去有点土气和老气。多亏眼镜遮住了塌鼻子和小眼睛，使她不至于沦落为丑人，而成为路人。

“你吃得这么少啊？”

秦峰笑笑，表示打招呼。

秦峰教舞蹈的漂亮老婆出车祸，毁容又截肢，全单位都知道，都非常同情他。而通过他的描述，同事们也都知道了他将近一个月都睡在病房陪床，半夜起来给老婆按摩缓解疼痛，对她不弃不离等细节，他在女同事心目中的形象立刻高大伟岸了起来。平时她们在工作中格外配合，有时还会特地帮他做一些事情，让他能提前下班回家照顾安心。此刻秦峰的心事重重、没胃口在楚志娟的眼中，便幻化成了他喂老婆吃药，温柔地给她擦汗、敷药、陪她熬过漫漫长夜等场景，他雕塑般的侧颜因为带上了受难的色彩而加倍地英俊。

她道：“跟你说个事，行长让我代表单位去探望一下你爱人，工会张主席也一起去。找一天你们方便的时候吧。”

秦峰想起安心阴沉的脸，披散的头发，终日拉着窗帘光线昏暗空气浑浊的屋里，到处都是死气沉沉的气氛，敷衍道：“不用了吧。”

楚志娟道：“领导的意思是说，你今年的工作业绩非常出色。考虑到你家出了这么大的事，你还能出这么好的业绩，太难得了。他想表彰一下你，同时对你家人表示一下单位的关心。不麻烦，就送点水果，探望一下，聊几句就走。”

秦峰还想拒绝，楚志娟意味深长：“相信我，秦峰，这对你很有好处。”

秦峰品味着这话，只好勉强笑了下，表示无奈的谢意。两个人默默地吃着，楚志娟突然道：“其实我挺佩服你的。”

秦峰有点意外。楚志娟很少和下属说这类带有个人感情色彩的话。

“我妈半个月前搬到我家来了。她脑血栓瘫痪了五年，一直在我弟弟家。我弟媳妇终于受不了了，说法律上儿子女儿都负有同等的赡养父母的义务，所以我弟弟就把她送我这儿来了。”

秦峰不知道该怎么评价，半天挤出一句话：“那你上班怎么办？”

楚志娟道：“请保姆呗。一月八千，周末休一天。平时晚上我自己照顾。”

秦峰说：“我家保姆是五千。我老婆大小便可以自理，家里平时丈母娘也能搭把手，所以便宜一点。”

他想起安心上厕所的麻烦劲儿：轮椅推到厕所门口，两个人把她架起来，放到马桶上，不由叹了口气。安心坚决不在床上用医用便盆解决大小便，当初还在医院时一看那东西就勃然大怒，一把扫到地上，令他脸色难看了很久。他说完意识到两个人还在吃饭，连忙道：“不好意思啊，这个话题不合适。”

楚志娟道：“没事，摊上这种事，哪还讲究那么多啊？”

楚志娟两年前离婚了，没有孩子，孤家寡人一个还带着个瘫痪的老母亲，秦峰很同情她。他对外号称照顾老婆，其实无人知道他周一至周五根本不在丈母娘家住，周六日也是分床睡。安心的事儿他现在基本不怎么管了，可以算是惠而不费。这楚志娟以后日子长着呢，可怎么过？

楚志娟道：“所以我刚才说挺佩服你的。都说久病床前无孝子，不瞒你说，才半个月，我就有点要崩溃了。”

秦峰真诚道：“我非常理解你，真的。”

楚志娟道：“你是怎么做到的呢？我都觉得自己快撑不下去了，久病的人脾气太可怕了。”

她停住了话，声音低了下去。秦峰想，因为有丈母娘，有自己的父母在。他们像几道防火墙一样，为自己筑起安全的抵挡，否则自己早就崩溃了。但这话他不能明说，只能道：“经理，你必须学会偶尔给自己放空，别绷得太紧。比如请半天假，哪怕什么事情也不干，上咖啡厅坐一坐也好。或者，跟朋友聊一聊，发泄一下，心情会好很多。”

楚志娟感激地点点头，两个人相视一笑，一种亲切感油然而生。

回到丈母娘家小区，停完车，上楼之前，秦峰只觉得胸口堵得慌。他走到家门口，深吸一口气，调整出最恰当的表情，掏钥匙开门，扬声喊：“我回来啦。”

屋里却没人。秦峰给秀芳打电话，电话那头有点嘈杂：“我们在力倍健身房呢。你要来吗？”

安心去健身房？这太奇怪了。

秀芳把地址发给他。

秀芳和老王父子推着安心进健身房的时候，大家都被吸引住了。秀芳这段时间已经与健身房的同好们混得很熟了，他们也都知道安心出车祸这档子事。所以安心一进来，他们立刻明白了秀芳的良苦用心，热情地向安心问好。安心这几天在公园抛头露面，渐渐习惯在人群面前亮着脸上长长的一道疤，此时神情自然了许多，与众人打着招呼。天宇知道安心要来，特地等在门口。安心见到他，想起上次他在家中目睹自己对母亲无理发脾气，有点不自在。但天宇蹲下身，夸张地握住她的双手用力晃着，笑容却温柔：“安心姐，欢迎你加入健身大军。”

安心难为情道：“你就别埋汰我啦，这是两个王大爷和我妈硬推我来的，不然我才不想来丢脸呢。”

安心都能开玩笑了，天宇更意外了，秀芳朝他微微点点头。没想到带着安心去了人民公园帮助这么大，自从那次之后，第二天再推着安心去公园，她就不再拒绝。第三天，第四天，秀芳从她的神情中看出她甚至盼着黄昏赶紧到，好出去。秀芳想，女儿在家待半年，身体、心灵都在坐牢，着实憋坏了。只要还向往户外的绿树清风、生机盎然，就证明女儿的心没有死透。这事就好办了。

吴教练也过来了，笑着对安心道："安心，老听你妈说起你，今儿终于见到你了。你好漂亮哦。"他的赞美是真心的，今天安心头发梳得很利落，化了淡妆，嘴唇饱满红润，眼睛恢复了神采，显得灵动。除开那条疤，她是美的。

安心笑道："谢谢。"

吴教练道："秀芳阿姨，要不要秀两招给安心看看，也给我这个老师长长脸。"

秀芳响亮道："好嘞。"

秀芳开始举杠铃，举完杠铃又举哑铃。动作利落，表情轻松。她已经减到一百五十斤了，宽容一点说她现在也可以叫壮。她有脖子了，肱二头肌渐渐成形，背部挺直，双脚有力地扎在地板上，额头汗珠滚落下来。脸晒黑了，皮肤泛着光，整个人看上去充满了力量感。两个项目4×12做完，她微微喘息，汗湿衣背。

吴教练喝彩："很棒。"

秀芳接着又去卷腹机上练腹肌，仰卧动作颇为轻快。吴教练对安心道："你妈妈真的是我见过的最酷的老太太。我从业十年，从来没见过这样的健身者。"

他下巴示意安心看对面不远处正在练拉力器的老老王："老王大爷也很棒，但他来健身房之前已经有很多年的运动基础了，而你妈是从零起步。"

安心微笑着，看着正在专注练习的母亲，自豪道："是啊，我妈妈很酷。"

吴教练道："其实你也可以练。"秀芳为什么健身，为什么推安心来健身房，他非常清楚。知道这个故事的每一个人都热切地想为秀芳做点什么。

安心微吃惊，下意识地看向自己的断腿。吴教练道："许多身有残疾的朋友都觉得这辈子完蛋了，不能正常生活了，这是一种误区。比如你，可以通过局部性健身器械或者小型健身器械锻炼上半身，使你的肌肉匀称，身体线条优美，双肢更有力量。装上假肢之后，你可以游泳，增强心肺功能。如果是高级假肢，你甚至可以跑步。肢残者通过锻炼走出困境找回自信，甚至开创新事业的故事在网上非常多。你是个舞者，应该知道对身体的管理与控制的意义。”

安心若有所思。是啊，学舞蹈的，谁没有跟自己的身体较过劲呢？那些千万次重复的拉伸，韧带撕裂仍要进行的劈腿跳，乏味到令人发狂的踢后腿、下腰。一边和昨天的自己比，一边和旁人比。紧身舞衣热气蒸腾，眼睛被汗水迷住了，仍要不停息地旋转。师大舞蹈系练功房里那些被汗水侵蚀褪色的木地板，见证了她们这帮舞者不征服身体绝不罢休的意志。她的人生上半程翻篇了，下半程，也许应该试着用这样的意志，重新开始另一种人生……

母亲已经换到了蹬腿机，一下一下，短短的腿有力地往前推送。那边，老老王白须飘飘，大口吐着气，双臂拉着拉力器，那么倔强的弹簧也拗不过他，一次一次被拉伸。天宇平素有健身的习惯，在单位时她就知道。此刻他正在旁边有氧区的动感单车上骑车，结实修长的腿把车蹬踩得飞快，偶尔转过头来冲她招招手，露出灿烂的笑容。连平时动作迟缓的老王此时也在跑步机上气喘如牛，拼命奔跑着，不时撩起脖子上的毛巾擦汗。所有人都散发着生机勃勃的气息。安心的手紧紧抓住轮椅扶手，和断肢一起随着母亲的每一下动作微微动着，情不自禁想帮她用力一样。

有个人走到她身边，居然是秦峰。安心回头看了他一眼，秦峰大感意外。车祸以来，这是他首次看到她化妆。安心顾不上打招呼，激动地指着秀芳道：“你看我妈，是不是很厉害？”

秦峰见丈母娘正在热火朝天地锻炼着，也觉得佩服：“很厉害。”

锻炼完毕，老王照例要吃夜宵。老老王骂道：“你个兔崽子，减下去二两，吃回来半斤，怪不得你那肚子下不去。”

骂归骂，大家还是去了常去的那家拉面店。今晚大家心情都很好。秦峰推着安心，像足贤良的丈夫，行走在众人面前，也行走在他们的目光中。要越过马路牙子和门槛之类的路障时，他会低声提醒安心，语气温柔。和楚志娟的对话使他意识到，自己在社会舆论中的形象是如此伟岸，他不应该辜负了这种期待。老王父子对秀芳点着头，一脸赞许，意思是“这女婿可以啊”。秀芳也高兴。不管如何，秦峰如约在周五的晚上回来了，而且赶过来陪着安心。她此时又觉得先前自己的想象有点太过悲观。也许日子可以一天一天好起来呢？

到了地方，天宇点了一碗面，与秀芳分着吃。秦峰在单位没吃饱，也要了一碗，把上面的牛肉片挑出来都给了安心。安心很配合，一口一口全吃掉。秦峰把卤蛋的蛋黄抠出来，笑道：“你就专爱吃卤蛋的蛋白，咱妈都多久没做这个了。”

秦峰夹着蛋白喂向安心，“啊”了一声，是喂小朋友的模样。安心配合地张大嘴，一口吃掉半边蛋白。大家都笑了，为这体贴的丈夫与妻子有爱的一幕。

老王呼噜呼噜吃完一碗面，一推碗道：“宣布一个好消息，我后天要去上海啦。”

大家一愣。天宇道：“您不是说儿子那里住不下吗？”老老王哼了一声：“他亲家母生病啦，儿媳妇回老家侍候去了。孙子没人带，他儿子就想起这龟孙来了。没辙，这龟儿子一遇到他儿子，就成孙子了。”

老王眉开眼笑：“他需要我的时候能想起我，这证明我这个爹还是很有价值的。”

老老王正色道：“你有没有想过你也有爹？如果现在你爹也需要人照顾，你留下来陪我不？”

老王笑道：“别逗我了爹，哪有那么巧？”

老老王道：“如果就有这么巧呢？”

老王道："那当然爹最大。"

老老王道："那你留下来吧，我得癌症了。"

此话一出，众人皆惊。老王的笑容渐渐消失，看着老老王，讷讷道："爸，您不会——"

老老王看着众人惊讶的神情，突然哈哈一笑，声若洪钟："当然不会，老子不想死，阎王爷也奈何不得。"

众人松了一口气，秀芳嗔道："大爷，虽说您一贯口无遮拦。不过这不吉利，以后可千万别瞎说了。"

老王道："我的爹呀，您可差点吓死我了。"

老老王笑了一下："你怕的不是我要死了，是你去不了上海和儿子团聚了吧？"

老王脸上有点难看："瞧您这话说的。"

老老王轻松道："没事，所有人心里都只有孩子，没有父母。这是父母的宿命，也是报应。一代代大家伙儿都是这么过来的。"

一席话说得众人伤感起来了。

安心终于答应去配假肢了，秀芳非常高兴。这假肢是要陪伤者一辈子的，安心的膝关节还在，再配个好假肢，基本可以恢复80%的功能，所以不可等闲视之。自从恢复了生的意志之后，安心对这一切都显得积极起来。她上网查资料，被各种先进的假肢信息刺激得非常兴奋，比如国外的实验室在肢残者的身体里植入电极，把电极与神经相连。大脑发出控制信号，驱动假肢，使假肢成为身体真正的一部分。那些视频看得安心热血沸腾，虽然这些技术还只是在实验阶段，已经让她对未来的生活燃起希望了。这是秀芳最欣慰的。

给安心动截肢手术的医生说，假肢配完并不是一劳永逸，没有专业人员帮着指导如何穿戴和行走磨合，伤者根本无法适应。所以后期的磨合练习很重要。秀芳跟秦峰说了这件事，本意是希望他能搭把手。安心要去医院骨科测试各种数据，交给工厂制作假肢。等假肢制作出来之后，还要天天带她去医院康复中心练习。她推着轮椅跑来跑去，实在有点力不从心。但秦峰为难地说单位正好进入年中考核，他们理财部这些日子战战兢兢、如履薄冰，实在不宜请长假，再说安心出车祸时他已请过长假了，还是请妈您多费心。说着立刻用手机银行给秀芳转了三万，专用于配假肢，叮嘱她配最贵的，不够他还有。

安心高昂的劲头又泄气了。秦峰这些日子以来的举动，每一步都像是在撤退。每撤退一步，她的心就凉了一截。和秦峰生活了几年，她已经把他的脾气摸透了，别看丈夫从事的是复杂的金融行业，其实头脑比较简单。因为人生道路太顺了，他养成了不肯在精神上吃苦的习惯。劳其筋骨还凑合，苦其心志敬谢不敏。锦上添花他乐意，雪中送炭就算了。不是他小气，是他讨厌与一切愁苦沾边。他是命运的大宝贝，只喜欢和美好的事物打交道。父母收入丰厚，又只他一个孩子，培养了他耽于享受的习惯。他喜欢美食美衣，有轻微洁癖，旅游必住五星级酒店，把自己的感受照顾得妥妥帖帖的。一百五十块钱一斤的美国樱桃李这种东西，是和秦峰在一起之后安心才知道的。一件事能用钱解决，他会尽量用钱解决，避免被叨扰。就比如操办丈母娘的六十大寿，他非常愿意掏笔钱，让活动公司搞得体体面面的、香喷喷、漂漂亮亮的。亲友一提都竖大拇指，他很有面子。可是如果要他事无巨细地跑前跑后，他一准儿甩脸子。就连那天寿宴上要放的照片，让他挑一下，他都不耐烦。他不是情感肤浅之人，看起《海边的曼彻斯特》《爱乐之城》这类文艺片来也热泪盈眶。他的冲动都是安全的，把激情限制在可控范围内。不需要他付出太多代价的时候，他愿意夸大自己的激情，这样令他觉得自己有着一个饱满的灵魂，从而喜爱自己。但轮到自己，那又是另一回事了。要他亲自在情感上吃苦头，那比杀了他还难过。在医院陪床的那一个月，相信是他这辈子最痛苦的时光了。

安心查过资料，假肢的定做和佩戴训练是个麻烦的过程，尤其残肢端与假肢接受腔的磨合最为痛苦。接受腔是个深深的套子，把残肢端紧紧套在里面，用它来联结带动下部的假肢。初时，残肢端经常会被磨破皮，起水泡，疼痛难忍。有的人接触面会反复结痂，红肿溃烂，那是血肉在顽强地排斥着不属于自己的异物。要一直到接触面慢慢磨出老茧来，假肢才能真正变成伤者躯体的一部分。所以她目前这样百痛缠身的状况下，又将要加上一痛：假肢磨合痛。安心后悔前几个月对秦峰态度太恶劣，让他对自己接下来的康复过程心有余悸。

秀芳一开始有点心寒，不过秦峰给钱之后，她又释然了。她之前想象的更糟，那就是秦峰既不愿陪着前往，也不出钱。日子还那么长，没有感情可以，没有钱，可怎么办？目前她手里还有二十来万，那是赔偿金和秦峰两口子没花完的存款。秦峰这人在钱方面倒挺爽快，因为日常支出都是她在负责，索性都放在她这里。另外，她还有两笔小小的定期，一笔三年的三万，一笔五年的五万，这都是这些年她攒下来以备不时之需的。她用这小小的钱为自己和安心托底，然而动到三万，就意味着她生活的小船触礁了；动到五万，就意味着小船快沉了。她但愿娘俩儿到死都不用花到这两笔钱。钱壮穷人胆，钱就是秀芳的胆。所以这是两笔辩证的钱，用了它们就证明秀芳吓破胆了。目前还好，离动用这两笔钱还有遥远的征途，她必须在这之前让安心站起来。

秀芳开导安心，这世间，能无怨无悔地陪着重病或重残者走过漫长康复旅程的人，有多少？别说夫妻了，连有些父母都做不到呢。不然为什么会有那么多遗弃病残婴童的新闻报道？换你，你扪心自问，做得到吗？秦峰这个人不坏，就是娇生惯养了点。要他放下工作，陪你折腾，忍着你由于疼痛而波动的暴躁情绪，的确为难他了。世间的事就是这样，能共享福的人多，愿同患难的少，人性经不起考验，没有必要求全责备。

安心觉得母亲说的有道理，减肥之后的母亲在她心目中一下子权威了起来，说不清为什么。她强迫自己消化这残酷的真相，就像饥饿的人为了活命，嚼着掺着沙石的米饭，不去分辨地，囫囵着把疙疙瘩瘩吞下去。那个高傲的安心一点一点消失了，说到底她从前的高傲不过是自卑的变种，现在被打回原形，算是从终点又回到起点。秀芳继续推着安心去人民公园，路上她小跑了起来，安心咯咯笑着，一种自暴自弃的快乐。秀芳既喜悦又心酸，活来活去，她始终是个单亲妈妈。她和安心孤儿寡母，形单影只。

到了人民公园，老老王正在用那根长长的鞭子甩着煤气罐儿，狠命地抽着。老王去上海了，少了老王的老老王，一下子显得落寞孤单起来。秀芳觉得老老王那么通透，不该为儿子为了孙子而抛下他难过，但他甩鞭的架势还是透着发泄的架势。老老王看到她们，收起东西，一屁股坐到秀芳母女身边的长椅上。安心递给他一瓶冰凉的可乐，秀芳看着他仰脖咕咚咕咚大口喝着，馋得很："我要喝，她愣不给，说专门给您留着的。"

安心道："老王大爷身材很标准，不需要减肥。你差远了，反正我得看着你。"

老老王抹抹嘴，情绪高了不少："就盼着你们娘儿俩来呢。"

秀芳会意地笑了："怎么着，歇会儿，一万米？"

老老王站起来："不用歇，走起！"

二十天后假肢出来了。在医院康复中心，康复师帮安心的双腿残肢套上袜套，放进接受腔里，康复师鼓励安心站起来试试。安心神情紧张，秀芳也很忐忑，轻声安慰她，安心尝试着摇摇晃晃地站起来。出事八个月了，她一开始在床上躺着，后来坐轮椅，视线都是矮的。此刻第一感觉是自己突然高了起来，一时间竟有点不适应。康复师蹲下，帮她调整着袜套和接受腔上缘周围的松紧度，然后装上负压阀门。一切调适完毕之后，康复师让安心尝试着迈开步子。安心小心翼翼地扶着辅助穿戴假肢的双杠，只觉得残肢端被接受腔和阀门包裹得紧紧的，令她悬着一颗心的同时，也悬着整个身体。

康复师温和地微笑，目光中带着鼓励："双手放松，把力量放在腿上。你不这样做，就无法测试出这假肢的安装是不是成功了。"

秀芳道："安心，放心大胆地往下踩，妈妈在呢。"

安心试着松开双手，一步一步往前迈，感受到残端的肌肉与硅胶接受腔摩擦的压迫感，一阵微痛传来，但不至于影响行走。秀芳和康复师一左一右伴着她，走到镜子前。安心见镜中的自己，下半身从膝盖处是两条钛合金假腿，细细的两根金属棍顶端是硅胶接受腔，底端是她最喜欢的那双白色板鞋，她曾认为自己这辈子永远都没机会再穿上它了。如果穿一条长及脚踝的裙子，那就看不出她是个残疾人了。如果再把脸上的疤痕淡化掉，一切就能回到从前。妈妈说的是有道理的。

久违了，踩着大地的感觉。安心很激动，浑身的细胞都在跃跃欲试，想大步走，想跑，想起舞，飞快地跳跃、大踢腿、扭胯，想做几个性感的Wave（街舞术语）……她转身，抬腿快步往前走，却感到身子有点往后仰，残肢端的疼痛感也更明显了，一时站立不稳，差点摔倒，秀芳和康复师忙扶住她。康复师又调了调阀门，看了一下她运动鞋的鞋跟，说这鞋跟太矮，她们回去要用胶片将它适度加高一点。没有稳定的站立平衡，人就不能顺利地行走。但截肢者没有脚掌，不能像正常人那样及时感受行走时的各种细微变化，从而不断调适动作取得平衡，只能经过长时间的刻苦练习，去掌握控制假肢的能力。

安心康复心切，多训练了一会儿，脱下假肢时发现残肢端已经被压迫得红肿，起了水泡。秀芳心疼地看着女儿，埋怨她不该忍着痛不说。康复师道："不经过这样的磨合，残端就不会适应接受腔的挤压，无法带动下部假肢。这是所有伤者必经的阶段。"

安心忍着痛笑道："没事，我能适应。"

安心每天都去医院训练，过了几天，她的残肢端红肿更严重了，水泡破了，溃烂流水。康复师叫停，但安心执意要练。康复师告诉母女，由于残肢穿戴引发感染，不得不二次截肢的人也是有的。吓得秀芳赶紧阻止，安心只好停下来，在家休养。

这天是周六，正是楚志娟带着银行工会张主席上门慰问的日子。秦峰之前忐忑不安地打过招呼，安心倒是不抗拒，这又有点出乎秦峰的意料。不但如此，安心反而还跟他道歉，为自己前段时间的坏脾气。是啊，不幸发生在她身上，这不是任何人的错，她不应该迁怒于别人，这太幼稚了。秦峰很感动，夫妻俩有了短暂的融洽时光，甚至有了对于以后隐约的期盼。

楚志娟一行还没到，安心让秦峰去阳台把洗过晾干的残肢袜套赶紧拿来，她要穿上假肢再练习一下，一会儿让他们看看效果。秀芳、秦峰劝她不要，伤口还没好呢。安心却说，她不希望秦峰的领导看见他的爱人是个萎靡不振的残疾人，要打扮得漂漂亮亮的，穿着假肢站在他们面前让他们看看，在丈夫的扶助下，她恢复得有多好。又不会走太久，就走两步看看效果而已嘛。两个人无奈，只得顺从。

秦峰把袜套拿进卧室，安心坐在床上，已脱去长裤，只穿内裤，等着秦峰帮她套袜套。他见那两截残肢端结了黑痂，却没有结牢，某些地方有点化脓了，皲裂处渗着血水和脓水，散发着微微的腥臭味儿，不由得一阵窒息，起了生理上的反感。他有轻微洁癖，这对他来说太艰难了。他强忍着不适，道："还是先别穿了，这要再磨下去就烂了。"

安心明明疼得蹙眉吸气，却强忍着笑道："没事，一开始和假肢磨合都这样。忍过这一关就好了。你把我那件粉衬衫和黑长裙拿来。"

虚荣，太虚荣。秦峰在心里略带鄙夷地对妻子这样评价着，但见她那样急切，却也心软，依言而行，帮她穿上假肢。安心自己调适好，又很笨拙地穿上衣服，扶着秦峰站起来。直起腰的一瞬间，残肢端传来一阵锥心般的疼，她一趔趄，差点摔倒，秦峰赶紧扶住她。接着，她忍着痛，迟缓地一步一步迈开脚步，走到大衣柜的镜子前，把头发梳得很整齐，戴上秦峰结婚时送她的钻石耳钉。又扑了点粉，涂了口红，往身上喷了点香奈儿5号香水，最后才转身对秦峰一笑："怎么样？还行吧？"

秦峰目光极力躲避着那条醒目的长疤，笑道："好看。"

安心嫣然一笑，这笑容不知怎么的，又引发了秦峰一阵微妙的厌恶。是刚才那股腥臭味儿在作祟，挥之不去。这味儿与香奈儿混在一起，令秦峰觉得简直要发狂了。其实那味儿很淡，是他亲眼看见那伤口的溃烂创面而使他难受，放大了这不堪。这感觉像是在路边遇到裸露着化脓的伤口乞讨的乞丐一样，你固然同情她，却也害怕她，目不斜视匆匆远离。一个散发着臭气的残疾的妻子，不再能引发他的爱慕，甚至连尊重也不能。这让他痛恨自己，为什么要这么冷血地在心目中将妻子放置到这么尴尬的位置？忍耐这些令人厌恶的琐碎，原本就是世人口口相传的夫妻相濡以沫的要义不是吗？他更痛恨命运，现在他不但不能匆匆远离，还要紧紧与之相依偎，何其残忍？

十点钟，楚志娟和工会张主席准时到了秀芳家。门拉开，她们见到母女和秦峰站在门口迎接她们。两个人被安心的美丽和良好的状态震住了。尤其楚志娟，原先是照着母亲的情状去想象安心的，认为她该是躺着或者坐在轮椅上、一脸阴郁、衣着邋遢的残疾人，没想到安心完全颠覆了她的想象。眼前的安心上身穿着短袖真丝淡粉衬衫，下身真丝雪纺黑长裙，衬衫下摆收进裙子里，显出纤纤腰身。长裙一直垂到脚面，完美掩盖住了假肢。钻石耳钉在小巧的耳朵上闪着光，衬得她皮肤白皙，明眸皓齿。她身板挺立，笑容可掬，精气神儿极好，举手投足一看就是跳舞的人，优雅中透着利落。如果不是右脸的那道长疤，根本看不出这是一个从死亡线上捡回一条命的重残者。秦峰见她们一脸意外，心里半得意半哀怨地想，你们看到的是精装修，可知道毛坯房有多粗陋不堪吗？

安心伸手对楚志娟："你好楚经理，我们在婚礼上见过。"

打过招呼，安心引着她们到沙发上就座，走路的动作慢而略带僵硬。见她们留意，安心大方道："我刚配假肢，还在习惯怎么穿着它走路。"

安心不但看上去健康，心理也很健康，并不像一般的残疾人那样对自己的伤残很介意。看样子她已经走出车祸的阴影了，可见秦峰这个丈夫有多么称职。楚志娟暗暗赞叹着。

秀芳从厨房端出茶来给大家，秦峰笑道："妈，楚经理有一早喝咖啡的习惯，这些年我都知道。今天出来得这么早，一准儿没喝。你给她泡吧。"

秀芳恍然，笑道："你看我这记性，他之前说过，我给忘了，我这就给您沏去。"

安心叫丈夫："还是你去吧。我妈泡的咖啡啊，奶永远放得比咖啡多。"

秦峰微笑着，口气宠溺："听老婆的。"

他起身，走进厨房。

大家聊着。楚志娟盛赞秦峰工作业绩出色，母女这才知道他在单位有多么受重视。秀芳说起安心刚从车里被消防员抱出来时的惨状，不由泪流满面。秦峰端了咖啡出来，坐在一旁，无言地轻拍她的肩膀。秀芳当然知道要在秦峰领导面前给他面子，大力地描述了一下在医院的那一个月，秦峰如何衣不解带地伺候安心，而安心由于伤痛的折磨如何一度对丈夫没有好脸色，秦峰又如何好脾气地忍受着、耐心地宽解、温厚地包容。这一段倒不假，那一个月的秦峰的确无可挑剔，正是那一个月耗尽了他这辈子的耐心值。他像一个被从床上抓起来被迫参加三千米长跑的懒汉，跑完最后一米就栽倒在地上再也不起来了。他的耐心阈值太低。

安心听着母亲的描述，想起自己寻死觅活的那段时间，丈夫的确吃了不少苦头，不由心生内疚，对他这些日子的表现的怨恨消了不少。她眼睛晶莹，靠在秦峰身上，秦峰伸出手搂住她。楚志娟和张主席唏嘘不已，环视着这两居室，深棕色地板一尘不染，窗明几净，处处收拾得整洁有序。阳台一长溜花盆，不知道是什么，但每盆都在怒放，红黄白紫，五彩斑斓。这是一个虽然遭受了重大不幸，但成员相亲相爱、自尊自强的家庭。她和张主席互看了一眼，微点了下头。

张主席提议，给他们三个拍个照，最后大家合个影，也让领导知道此行的结果。大家欣然响应。安心站起来时，只觉得腿比先前更加疼痛。也许是创面窝在接受腔里闷热潮湿，加上站起来一用力，她感觉残肢端原先结的痂已经掉了，疼得浑身汗毛都竖起来了。楚志娟注意到了，问安心是不是腿不方便。安心忙说没事，调整出愉悦的笑容。楚志娟给三人合了影，接着又去找自拍杆要五人大合影。自拍杆的角度一直调整得不好，安心已经痛得后背出了汗，但心里默想着最后一哆嗦了，一定要让丈夫的领导对此行全程保持着美好的印象，咬牙坚持着。

好不容易拍完照，安心如释重负。三人送楚志娟、张主席走出门，安心一转身，残肢端嫩肉刮擦在接受腔壁，一阵剧痛令她眼前一黑，腿一软，两脚绊在一起，摔倒在地上。人家大惊，走在前面的秦峰一个箭步回身，蹲下身抱起安心，关切道："老婆，你没事吧？"安心羞恼交加，兼痛得已说不出话来，丝丝吸着气，竟流下了眼泪。

下下周，秦峰上班，楚志娟叫他到行长办公室开会。推门进去一看，张主席也在。行长手里拿着一份文件，告诉秦峰，工会已经把他在工作中的优秀表现以及对重残妻子的不弃不离整理成事迹报告，提交市里总行，替他申报本年度全系统先进人物称号。以行长对这方面的了解，秦峰当选的可能性非常大。本系统很多年没有出这种令人感动的先进事迹了，当选不但对个人有好处，也是本行的荣耀。

秦峰傻了。

行长、楚志娟、张主席微笑地看着他。

第十一章 负重前行的蜗牛怎么奔跑

秦峰母亲见秦峰在收拾衣物，问他是不是要出差。秦峰说得搬回丈母娘家住了，因为自己照顾安心一事而当选了全市银行系统先进人物，怎么也不好再在父母家中住了。否则谎言被戳破，他还怎么在单位混？秦峰母亲不知道这个事，问清楚之后跺脚，骂秦峰为什么不拒绝。秦峰说，第一，行长主导的这个事，你让我怎么拒绝？第二，拒绝的理由是什么？

秦峰母亲气恼："这是道德绑架。以后你就被放在放大镜下了，但凡对她有一丁点儿不好，别人就会嚼舌根儿说你是伪君子。"

秦峰道："所以这不就开始了吗？我不搬回去，万一让人发现了怎么办？"

他一屁股坐在沙发上，烦躁道："妈，不是我嫌弃她。安心自从出了车祸之后，脾气变得特别差，喜怒无常。半夜经常哭，各种痛，就是分床睡我也睡不踏实。还有她那个假肢，我的天，太臭了。她要是再叫我帮她收那两块袜套，我就离家出走。"

他以手撑头，呻吟道："本来她腿都好了，结果一套上那个假肢，不知怎么的开始过敏，又肿了一大片，走两步就嗷嗷叫。估计这假肢配得不合适，还得重新配。我也不能一点儿不管吧？上次就是她妈陪她去的，还有康复训练，我不陪着去，让人发现了怎么办？头疼……”

秦峰母亲看着儿子的模样，一筹莫展：“那她这个样子，什么时候才能备孕？”这话题自车祸后她问过好几次，秦峰从没回答过。这一次，他抬起头，惨笑道：“妈，你儿子我这辈子都搭进去了。她的子宫在车祸中被钢筋捅破了，医生说她以后生不了孩子了。”

秦峰起身提起包走出去。秦峰母亲坐在沙发上，如五雷轰顶。

对于秦峰又搬回家来住，秀芳母女隐约猜到是因为领导来慰问过的原因。其实两个人心情很矛盾，一方面他在家，母女俩精神上不放松。安心已被母亲训诫，要收敛脾气，不要为难丈夫，所以反而拘谨；可另一方面，总分居并非长久之计，迟早要搬回来，所以这也是好事。安心想来想去，决定和丈夫改善关系。真正的那种，不是在众人面前表演的那种。

安心告诉秦峰，这段时间虽然训练假肢穿戴并不顺利，自己却神奇地收获了一个成果，那就是幻肢痛消失了。医生说的果然没错，穿戴假肢可以减轻甚至治愈它。至于残肢端伤口，它的疼痛量级并没有幻肢痛那么烈，而且也在愈合，所以她现在晚上不会再痛醒。睡觉时她穿成人纸尿裤，也不需要上厕所。也就是说，秦峰可以睡回来，她再也不会吵到他休息了。

秦峰非常痛苦，即使晚上安心不再折腾，但她的残疾还是叫他畏惧。随便举一个例子，为了使残肢端萎缩成形，便于穿戴假肢，安心残肢一直缠裹弹性绷带，每晚洗澡前解下来换洗。虽然这些都是丈母娘在干，但解下来的泛黄绷带散发着汗臭以及伤口的腐臭，在地上蜷曲如蛇蜕，已够让秦峰作呕了。都说从前女人的裹脚布又臭又长，也无非如此吧？有时看到阳台上晾晒的绷带，他都一阵恶心。偶尔要去阳台路过它时，他会像看见一条吐着长信子的蛇一样畏惧。睡觉前绷带要再度裹回去，裹之前秀芳会给残肢端轻轻按摩，那两条像木棍一样光秃秃的残肢亮着赤裸裸的创面，会让他一遍遍想起她截肢时的场景，也会一再地提醒他，她是个伤者，是个需要呵护的对象。加上脸上醒目的疤痕和纸尿裤，这样一个妻子完全勾不起他的爱欲来。

和安心的婚礼上，秦峰曾为司仪念下的誓言而感动流泪——无论贫穷还是富有，无论疾病还是健康，或任何其他理由，都爱你，照顾你，尊重你，接纳你，永远对你忠贞不渝，直至生命尽头——如今，他深觉自己当日的感动太可笑。这样的誓言，除了父母，谁能做得到呢？拟这些誓言的人们啊，你们太冲动了，真的理解它的含义吗？贫穷没那么令人无法接受，只要健康，可以奋斗。可是不健康呢？

和不健康的伴侣生活在一起，无异于一场朝圣之旅。如今，他被迫上路，无论道路多漫长，他都要三步一跪五步一拜，苦心志，劳筋骨，饿体肤，向神——也就是安心，证明自己的诚意。

可是，秦峰是个无神论者，既不相信有神，也不向往上神坛。修行之路对他没有吸引力。他三十年风调雨顺，青春期没有叛逆，连青春痘都没有长一颗；就业他没有焦虑，好大学加有门路，他早早签约本市最好的国有银行。车和房都没有压力，婚前父母早就帮他买好了。房登记在他名下，租出去，他还住父母家，一日三餐母亲准备好。连号称特别难追的安心，他也按着网上追女孩的教程，半年就追到手，顺利结了婚。所以他脾气温和，情绪稳定，脸上总挂着微笑，世界没有什么可令他气急败坏的。他想要的生活，就是高质量的蝇营狗苟，快乐而无脑的中产，精致的利己主义。但安心毁了这一切，他不得不成为高尚的人，用毕生来证实对她的爱，践行他们在婚礼上的誓言。

秦峰一直在抗拒一个念头：因为安心残废加毁容，他不爱安心了。但安心让他睡回来的这一刻，他突然承认了这一点。是的，他在找各种借口，不想和安心躺在一起，就是因为他不爱她了。一具残缺的身体，如何能引起他的爱慕？这将近九个月的征程已令他筋疲力尽。从前妻子在他心中是发光的明珠，三百六十度全方位无死角的美。尤其她跳舞的时候，戴着鸭舌帽跳街舞酷劲十足，跳国标时柔媚入骨，穿着芭蕾舞鞋踮着脚尖跳《天鹅湖》时如童话世界里走出来的一个梦，真是叫他看不够，爱不够。他最爱她的两条腿，肤如凝脂，一丝赘肉也没有，一点瑕疵也没有，结实修长。但生活骗了他，他要的是舞者程安心，才两年，这美好的包装就褪去，给了他一个赝品。

面对秀芳母女期待的眼神，秦峰说不出拒绝的话，心里暗暗叫苦，如果这个时候母亲能出来当个挡箭牌该多好？他此刻无比后悔，后悔自己在众人面前装得太过，对安心太体贴。也怪，当有外人在场的时候，他脑中与安心相处的模式自动切换到贤夫状态，连他自己都控制不了。他后悔没有拒绝楚志娟和工会主席的要求，让她们登门，使他贤夫角色一再被确认；他后悔没有拒绝行长，这贤夫身份已被官方认证，要摘下来恐怕难了；但他最最后悔的是一时冲动搬回来住。他总是把事情做得太过火，如今可怎么收拾？他此刻又确认一件事，其实他和安心一样虚荣。不是一家人，不进一家门。

安心见他迟迟不回答，心里也不舒服，淡淡道："你睡我妈床，我妈还得挤沙发，那你何必回来呢？"

秦峰脱口而出："叫妈和你睡不就行了？"

此话一出，母女俩脸色一滞。安心生气，刚想开口，秀芳道："行，就这么办。毕竟你身体还没有完全康复，秦峰和你睡他也有压力，怕碰着你，压着你。他白天工作那么忙，就让他睡个好觉吧。"

这事算这么糊弄过去了。晚上，秀芳搬来和安心睡，见她靠在床头生闷气，秀芳道："一步一步来，他愿意搬回来，这也算是好事。"

安心难过道："妈，我真的就这么让他讨厌吗？如果是，就赶紧提离婚吧，我也不会非赖在他身上。为什么要对我忽冷忽热，忽远忽近，人前一套人后一套呢？"

秀芳道："可能换作是你，你也未必做得比他更好吧？"这是她的真心话，并非只为开导安心。

安心道："不遇到大事，真不知道自己嫁的是什么人啊。"

秀芳用手理着女儿散乱的长发。她真美啊，虽然命运把她残酷地揉碎了，但秀芳有耐心，一点一点地把她重新拼凑回去。在拼凑成型之前，秀芳绝不让任何外力再来干扰。

秀芳道："不是所有人都会遇到大事的，既然遇到了，就去面对。对于你来说，眼下最重要的是站起来恢复自理能力。妈妈会死，丈夫会走，儿女会离开，人最可靠的永远只有自己。不止你，所有人都一样。"

她握住安心的手，感受着那脉搏的跳动。这是她的血中血、肉中肉，她多么希望能把自己的力量通过手传导给女儿。安心的眼神一会儿迷惘，一会儿振奋。就像一盏电压不稳的灯，忽明忽暗，那是意志力的电流在忽强忽弱地流动着。长夜漫漫，这交锋也不知道谁终将占上风。没关系，修复身心是项大工程，岂能那么顺利？她既是母亲，生出女儿并养大她，必也能给她第二次生命。母亲，将永远陪在女儿身边。

这天，秀丽和若华来到秀芳家，是若华强拉着她来的。身边只有大姨这么一个亲人了，出车祸大姨也不愿意，难道一辈子不相见吗？若华循循善诱，秀丽终于答应了。其实在出事之前，她与姐姐走动很频繁，丈夫去世之后更是，从心底来讲她也需要这么一个亲人兼闺蜜做伴儿。秀丽一进门，见到坐在轮椅上的安心，眼泪就夺眶而出。九个月了，她从来不知道安心到底变成什么样子了。如今一看，既觉得外甥女可怜，又想起死去的儿子，抱着安心大哭了起来。其余三人均泪流满面。

泪水仿佛把从前的隔阂洗掉了，四个女人觉得更亲近了。秀芳现在体重是一百五十斤，和若华最后一次见她时足足少了五十斤。五十斤！秀丽母女惊叹。秀丽比画着，这要是换算成猪肉，得这么大一堆。最近猪肉价格疯涨，减肥干吗？不划算。秀芳打了她一下，笑骂她狗嘴里吐不出象牙，同时炫耀着自己结实的手臂。昔日的衣服和裤子全部穿不了了，她现在穿的是在商场买的有名有姓的衣服，买特大号就行。秀丽看着姐姐身上穿着的枣红色缎面掐腰短袖上衣，很羡慕。品牌衣服果然有款有型，穿上去人显得挺拔，腰是腰，胸是胸。安心说这是她给母亲挑的。安心是什么人？一贯在穿着打扮方面最讲究。瘦下来的秀芳有安心这样的穿衣顾问，简直脱胎换骨了。

大家聊个不停，急切地要把不来往期间发生的所有事情告诉彼此。秀丽当初悬着一颗心，总怕女儿毕业了去外面闯荡，现在她终于回乡了，心病已去，心情好了不少。若华抱着悲壮的心态，做了在家乡发展的准备。一开始她觉得，自己的学校是名牌大学，自己愿意回这种十八线小城算是降维打击，找工作应该不困难。她开始上网了解大量工作信息，才发现根本不是那么回事。

若华有几种选择，第一是进私企打工，那是最次选择，一般工资低且可选择的企业少，一些名企在本市也有分公司，但她没有找到合适的岗位；第二是去考教师资格证当老师，但各公立学校招教师也必须经过考试，不然就像安心这样去私立学校或培训机构任职，也是进私企打工；第三自己创业，开店或做其他生意，但这都是家里有资本、有资源才做得起来的，秀丽家一样也给不了她；第四是参加事业单位招考；第五考公务员。

养兵千日，用兵一时，谋生能力才是对一个人赤裸裸的考验。若华考虑了几天，觉得公务员相对更适合自己。全市事业单位招考时间已过，公务员考试是来年三月报名，四月考试，时间上正好。全国年年公考热，千军万马过独木桥，就是因为大家都意识到谋一个稳定饭碗的重要性。她不怕考试，且自认为名校学历是加分项，在面试及后面的综合考评时会有优势。下了决心之后，秀丽极力赞成。若华如果能考上本市的公务员，这辈子就能妥妥地留在她身边了。

公考对若华而言太陌生，她开始查往年本市招考公务员的资料，好做到心里有数。一查发现许多看上去不错的单位，比如法院、医院、电力系统等，都要求对口的专业学历。而适合她的又不错的热门单位，竞争非常激烈，招报比例能达到一百比一。若华越看心越惊，降维打击的优越感一点一点没了，买了《行政职业能力测验》和《申论》等考公务员相关的书和卷子，在网上的题库下载了各种知识点和题集，开始努力背书，做卷子。

从前日子虽然也艰难，但若华总认为那是史诗的楔子、大戏的序幕，毕业后不定怎么个精彩法呢。虽然未能和凯泽一起去北京，但她自恃学历过硬，日子又能差到哪里去？如今未来已来，她才发现，前途不但不精彩，简直可以用渺茫来形容，想当社畜也是要排队摇号的。和母亲出门散步，看到上班族步履匆匆，菜贩子脸色黝黑、态度殷勤，快递员一脸汗水骑着送货车穿行时，若华总会心生敬意，继而茫然。在学校时，有学习做幌子，学校把严酷的现实挡在高墙外面，现在毕业了，不得不与现实血淋淋拼刺刀了。原来大家都一样，要使尽浑身解数，才能过上普通的生活。经过政府大楼的时候，她既憧憬又谦卑：我可有机会考进去，谋得一席之地？

听着若华的诉说，秀芳母女很感慨。秀芳想，原来这么优秀的外甥女，“别人家的孩子”，面临谋生时，一样被打出原形来。安心则有点不以为然，觉得若华不一定非要考公务员，而姨妈把进私企看得那么不堪，难道不也正在暗戳戳地说她不行吗？

安心道：“若华，其实打工也没有你想的那么糟糕。就拿我们学校来说吧，每月工资加绩效比公务员高多了。郑校长如果能把它做上市，老员工还有期权和分红呢。”

秀丽道：“不稳定啊。”

安心道：“我们学校就挺稳定的，八年了。”

秀丽道：“就咱们这种小地方，有几个这样的私企啊？”

若华道：“是啊表姐。我上网找了好几天了，私企绝大部分都是什么几个人十几个人的小公司，招销售的居多。真正高薪的都要求强专业性，比如研发工程师什么的，我这专业又不合适。”

安心道：“其实现在培训学校遍地开花，你这学历去应聘绰绰有余。不过你得先考教师资格证。”

秀丽道：“先考公务员吧，能端铁饭碗，谁捧土饭碗呀。”

秀丽说话一贯难听，母女俩习惯了，笑一笑，若华向安心点点头眨眨眼，替母亲暗暗地道了个歉。

姐妹俩解了心结，两家恢复了走动。秀芳建了个“人民公园帮”微信群，把秀丽母女还有老老王父子、天宇都拉进去。这日黄昏，大家一起去人民公园。天宇刚好没课，也来这里跑步。老老王大爷的煤气罐儿照例惊艳了秀丽母女，意外的是老王回来了。秀芳把秀丽母女介绍给大家认识。老王还是那样，坐在广场边的长椅上，一脸苦闷地抽着烟。

老老王向大家解释：“儿媳妇回来了，儿子又不需要他了，他又被撵回来了。”

秀丽问清楚老王情况后，撇嘴道：“怎么能让独生子走呢？当初就应该把他留在身边呀。年纪大了，身边没个人哪儿行呢？”

老老王道：“儿子考上了复旦，不让他上？”

秀丽理直气壮：“上完了回来呗。”

她拉过若华，炫耀道：“我们这也是985名校的，一毕业就回来了。哪能抛下老娘不管呢？你说是不是啊？”众人不知怎么回答，笑了笑。

老王心有戚戚地抬头道：“大妹子，你说得是啊。当初我也是想让他回来的，可是他单位都找好了才跟我讲的。户口都落好了，你说我能怎么办？”

秀丽一拍大腿：“你要提前下手啊，能等到毕业再说吗？那样黄花菜早凉啦。再说了，你当年就应该要二胎，一儿一女最合适。儿子放飞，女儿是贴身小棉袄嘛。”

老老王看着他们热火朝天地聊着，哧了一声，摇摇头，看着若华，仿佛一下子把她看透般，笑了笑。秀丽并不避讳她的那些算计，可见这闺女被当妈的吃得死死的。

秀芳道："别跟他们一般见识，若华，你在学校跑步不？"

若华道："自从看了你的朋友圈后，我开始跑了。"她环视着人民公园锻炼得热火朝天的人群，浑身细胞跃跃欲试。她回家一个月了，半个月都在背书做题，只是每晚下楼在小区广场跑一跑，没想到离家两公里的地方还有这么一个健身的圣地。

老老王道："小赵，来不来？"

秀芳道："来。"她一扭头对若华说："我们要长跑了。来吧。"

天宇对若华笑道："以我的了解，他们至少要跑八到十公里，太疯狂了，你跟不上的。"

若华道："我肯定不行。最近刚能跑两公里。"

两个人年纪相仿，又曾在秀芳的六十寿宴上见过，很快聊了起来。

安心驾驶着电动轮椅，在广场上转悠。她发现自己已经爱上了这个地方，只要母亲把她推到这里，心情立刻开朗。

虽然残肢端由于过敏又红肿溃烂起来，但她出来之前吃过芬必得，剧痛奈何不了她了。此刻，天地如此开阔，人们跑跳旋转挥手摆头扭臀，尽情支配着自己的身体，多么自由。她曾经也是自由的，迟早也会重获自由，就像树下奔跑的那两头老兽一般矫健凶猛。她转过车，见天宇若华聊得很投机，心中一动，起了个念头。

若华说着话，见天宇眼神追随着安心的行踪，道："我表姐应该没事吧，她那个轮椅是电动的，广场地又这么平。"

天宇回过神来，道："没事，我就是觉得她挺不容易的。你不知道，安心姐以前是郑校长的金字招牌，学校的招生海报什么的，模特都是她。单位的人都把她看成榜样，没想到……"

若华想起表姐历来是人群中被众星捧月的那一个，现在却只能以轮椅代步，半边脸被毁，不由得也心情沉重起来。继而又想起弟弟的惨死，再想到自己的处境，一时悲从中来，长长地叹了口气。这时安心驾驶着轮椅过来，笑道："我妈和老老王大爷加起来一百四十二岁了，人家还能跑一万米，你们两个年轻人还在这儿待着干吗？快跑去。”

天宇蹲下身，每次和安心说话，他都要俯下身，或者蹲下身，以使她的视线能与自己齐平。他温言道：“你妈让我们陪着你。”其实秀芳并没有这么说，她知道安心在这里很自在。

安心道：“快别把我当小孩儿了，不需要你们陪。跑步去。”

若华笑道：“行，那我们去跑吧。说实话，好几天没跑，身上还真有点不得劲儿呢。”

天宇起身，道：“那我们去了？你有事就叫他们。”他一指正聊得高兴的秀丽和老王，安心笑着挥挥手，示意他们赶紧走。两个人跑开，加入树下长跑的人群。

安心驶到秀丽身边，问道：“小姨，若华在学校谈恋爱了吗？”

秀丽道：“没有。她还小着呢。”

老王道：“她要是谈了恋爱，估计毕业也不能跟你回来了。我儿子就是在学校谈的恋爱，毕业两个人说好了都留上海。”

安心道：“你觉得天宇这个小伙子怎么样？你们在我妈的六十寿宴上见过，我前同事，人特别好，业务也过硬，刚好还单身。”

秀丽一问天宇是本地人，很高兴，但知道是独子，又有点犹豫，说自己是要招女婿的，独子能让倒插门吗？安心哭笑不得，与若华差不多大的男孩绝大部分都是独子。再说了，城里哪还讲究倒插门的风俗呢？老王也劝道，自己独生子虽不是倒插门，但胜似倒插门，隔三岔五地买东西孝敬他丈母娘。现在都是女人当家，就不要这种虚名了吧？女人说了算，和倒插门有什么两样？秀丽想想也是，这天宇看着高大帅气，外貌不输给那个周凯泽，也许能让若华彻底收了对他的心。于是答应让两个人试试看。安心要他们别说破大家想撮合两个人的秘密，不然有可能起反作用。

若华、天宇跑着，发现秀芳和老老王果然脚力惊人，他们应该跑五千米都不止了，却仍脚步平稳，匀速前进。仿佛有种神秘的力量在控制着他们，他们不用费劲，只需迈腿即可。若华两千米过后，脚开始酸痛；三千米后，喉咙发紧，胸中升起一股倦怠，很想停下来坐一坐，喝口水。但不知怎么的，跟在两位老人身后，愣是不好意思停下来。余光一瞥天宇，见他额头的汗不停往下流，摆动着双臂，不停地跑，并没有想停下来的意思，只好跟着一圈又一圈跑下去。

停下来之后若华算了一下，她今晚跑了四千五百米，破纪录了。她气喘吁吁，只觉得衣服里汗落如雨，却有说不出的神清气爽，这段时间在家闷着的种种郁结荡然无存。安心把早早准备好的矿泉水递给他们，见他们畅快地咕咚咕咚喝着，也替他们感到高兴。

老王道："爹啊，你悠着点儿跑吧。哪有八十二岁老头一口气跑十公里的？"

秀丽知道他们跑了十公里，惊得眼睛都瞪大了，却又撇嘴道："这么跑，对腿不好吧？我听说跑步磨膝盖。"

秀芳做着扩胸动作，道："你怕磨膝盖，可以快走。一样锻炼身体。"

秀丽爱惜地抚着自己的腿："我又不胖，不用锻炼。"

秀芳撇嘴道："谁天天号丧说自己神经衰弱，吃不好睡不好，怕冷怕热，体质太差的？全世界你最需要锻炼。"

秀丽讪讪道："我前阵子去看了个有名的老中医，他说我是因为湿气太重，导致宫寒、脾胃差。我已经在开始吃中药了，现在感觉好多了。"

若华自言自语道："去年看的那个什么名中医，说气虚加血虚，是先天不足，开了一堆补血补气的药，什么阿胶口服液、益气补血口服液，吃好了吗？"

秀丽脸色开始难看了。

天宇见势不妙，赶紧拉着若华和秀芳走开，边走边说："刚运动完不能停，来来来，我们走一走。"他走到安心身边，推起轮椅。

安心笑道："你们走，干吗拉上我呀？"

天宇道："我来当你的腿。"他说着，脚下加速，越推越快，到最后跑了起来。安心尖叫起来，又怕又笑。天宇推到湖边树下的跑道上，速度变慢，改为慢跑。安心渐渐平复下来，迎着轻风，心旷神怡地闭上眼睛，张开双臂，享受着久违的奔跑的感觉。天宇一直把她推到湖边，安心睁开眼，此时夕阳即将落入地平线，余晖洒在湖面上，粼粼波光被染红了，几只白鸟展翅高飞，安心出神地目送着它们消失在天际，叹了口气。

天宇从她身后绕到面前，蹲下身，道："叹什么气？"他身上散发着汗的味道，那是年轻和健康的味道。

安心道："有时想一了百了，有时又觉得活着真好。"她声音抖了一下，忙扭过头，假装看着湖边的树。

身后，天宇久久沉默着，半晌才开口："听说过刀锋战士奥斯卡·皮斯托瑞斯吗？他是南非残疾人运动员，生下来就腿部残疾，做了双腿截肢手术，用一双特制的假腿参加了2012年伦敦奥运会，是南非4×400米接力队队员。他的成绩是小组第二，闯进了半决赛。"

天宇在手机上搜出图片，举给安心看。安心见这个运动员双腿小腿各截掉一断，在残肢端接上了一对类似镰刀一样的假肢。天宇两眼亮亮的，显出异样的神采，也许是因为燃烧的夕阳倒映在眼中的缘故："他这对假肢价值1.5万英镑，由冰岛奥索公司用全碳素纤维和钛合金制造。这意味着只要花不到二十万人民币，你也能像他那样奔跑。现在仿生科技越来越发达，只要你坚持，不要放弃站起来的希望，你一定能活得很精彩，像从前那样。"

他比秦峰更温柔，更耐心，更亲切。这本不应该。而她也无法分辨，这是因为她残了，还是因为其他。如果他是因为同情，她会更难过。她此刻的心情，半悲半喜，就像这夕阳一样，半边沉入即将到来的黑暗，半边极力挣扎着，发出耀眼的熊熊火焰。

第十二章　神坛是你自己要爬上去的，没人逼你

假肢接受腔一直让安心的残肢端过敏。每次过敏，先起小疱疹，水疱破了，流黄水，接着就开始一片一片地溃烂。她不得不停下来，等到伤口愈合再训练。但只要一穿上，训练完，接受腔边缘与大腿皮肤摩擦处就会开始痒痛，轻轻一挠，又起一片小疱疹，周而复始。安心本就康复心切，非常崩溃。她的主治医生和康复训练师百思不得其解，说这接受腔是进口树脂，质量没有问题，别人都是一开始红肿疼痛，伤口愈合后再穿，慢慢就磨出茧子了，没听说过像她这样的例子。医生建议再定做一个碳纤材质的接受腔试试，安心不得不停下来等着新接受腔制作完成。

秦峰申报全系统先进人物成功一事在单位成为热点，听多了“自古负心多男儿”这类话之后，所有女性都天然地对“丈夫对重残妻子不弃不离”这样的事例有好感。长相风流倜傥、行事却充满古典浪漫主义色彩的秦峰在银行一干女员工心中，成了全世界最好的男人。单位颇有几个对爱情失望的大龄女在他的刺激之下，又对男人重新燃起了信心。张主席最亢奋，工会已经很久没有存在感了，能挖掘出这样一个典型人物，证明工会很好地发挥了组织能动性，必须好好宣传一

下。在她的运作下，市总行宣传部联系了本市电视台收视率最高的民生节目记者过来采访秦峰，准备把他的事迹制作成新闻，在节目中播出。

事情搞大了，秦峰傻眼了。张主席看出秦峰有退缩之意，以为他太低调，赶紧保证对方不会过度渲染他的光荣事迹，就是按照工会给的宣传材料，如实报道。秦峰再三拒绝，张主席有点恼火，说这事现在已经不能算是个人的事了，是总行布置下来的任务。这是全市银行系统精神文明建设的重大成果，体现了领导对员工生活的亲切关怀。又不用你做什么，就是对着镜头说两句，太过推辞，会让这件事显得可疑。难道——她疑惑地拖长声音，秦峰心虚得后背起一层汗，只得答应。

坐在摄像机前，秦峰局促不安，被灯烤得浑身灼热。但不知道为什么，当记者开始采访时，他突然镇定下来了，脑中自动切换到他最最痛恨的贤夫模式。那些在书上看过的套话，背过的大道理，经过他的转化，加上与残疾妻子相处的细节，一句接一句，真真假假组合在一起，以最朴实的话语流利地表达出来。

比如说到如何背妻子上厕所，他这么说："我感觉她轻了，又感觉她变得更重了。因为她是我一辈子的责任，沉甸甸的，我要活出两个人的人生分量。所以工作中我也不敢懈怠，甚至要更努力才行。"

旁边的楚志娟经理加以证实："他是我们单位今年业绩最好的员工。"

比如说到怎么安慰妻子重新站起来，他这么说："我推着她去人民公园，看大家怎么锻炼。我想，那么多积极运动的人，他们的精神面貌也许能够鼓舞到她。我跟她说，哪怕你这辈子再也站不起来了，哪怕你八十岁了、白发苍苍，我也会这样推着你来人民公园散步。"一滴眼泪从他的眼角滑落下来，那是发自内心的，是他对那样的自己的向往。而他的确推安心去过一次人民公园，在某一刹那，他也真心希望自己能陪在可怜的妻子身边，一辈子照顾她，故这情感是真实的。旁边的楚志娟、张主席也红了眼圈，擦拭着眼泪。

采访非常顺利，镜头一关，秦峰的思维又切回他原本的路线，心中有个声音在纳闷地大喊：我为什么要说这些话？完了，又过火了。他懊恼地想，这不能怪我。只要镜头一开，只要被放在舆论的漩涡中，多少人能做自己？谁不在说违心话，做违心事？这已经成了下意识，刻在基因里了。

记者盛赞秦峰的事迹感人肺腑，又说需要上家里拍一拍他照顾妻子的镜头。张主席、楚志娟两双眼睛唰地一下转向秦峰，迸射着热切的光。秦峰想拒绝，另一个他却做主说："我得问问家里人。"秦峰觉得，以安心的做派，她必不愿意把狼狈的一面亮给人群。那和去人民公园还是两回事。张主席敦促他打个电话回家问问，秀芳在电话里一秒钟都没有犹豫，欢快地说："随时欢迎。"

安心怪母亲没跟她商量就答应记者来拍摄。秀芳心中有个模糊的想法，不便说给安心听，事实上也说不清，只是笑笑道："这对你有好处。"是的，无论做什么，有一点秀芳确认，她一定是为了女儿好。她比相信深谋远虑更相信本能。因为她的本能就是爱女儿，所以跟着它走就是了。它当时就是那样告诉秀芳的：让记者来报道，对安心有百利无一害。

安心现在很信任母亲。从前当然也信任，但也许是母亲外形太蠢笨了，那里面总带了怜惜和轻视，觉得母亲岁数大了，跟不上时代，故那信任是"这是自己人，她不会害我"。但是减肥又撸铁的母亲现在在她心目中，已经有了质的飞跃。她发现从前低估母亲了，母亲对人情世故的理解不但相当深刻，意志力也完全盖过她。故现在这信任是"姜还是老的辣"的赞许和依赖。

所以母亲让记者来，安心虽然内心不情愿，面上还是配合。她配合着记者的要求，让秦峰把她搬来搬去，从卧室抱到客厅，再从轮椅上抱到厕所，手勾着他的脖子，脸依偎在他怀里，把秦峰含辛茹苦的生活的每个流程大致演一遍。镜头里，安心小鸟依人，十足的夫妻情深。

秀丽在家看电视，看到这一幕时直吸气，牙疼一样，对若华说：“不对劲。”

若华正在有一搭没一搭地看着《行政能力职业测验》，问怎么不对劲。

秀丽道：“我们去了好几次你大姨家，见到你姐夫了吗？周一到周五他都在上班，家里有保姆，有你大姨，他干什么活儿了？要干活儿也是晚上。但我觉得晚上是你大姨和你姐睡，要不然她的睡衣为什么放你姐卧室？再说了，你姐现在情况挺稳定的，晚上不需要人照顾，这都是你大姨亲口跟我说的。”

若华想了想，去了几次人民公园，从来没有见到过秦峰。她陪着安心去了一次医院的康复中心做康复训练，也没见到秦峰。这个姐夫只在晚上下班时出现，家于他而言是吃饭和睡觉的地方，谁照顾谁还说不好呢。

但这话又何必明说？若华从事过媒体行业，媒体就喜欢有三分说五分，有七分说十分。秦峰未必像他自己描述的那样对妻子照顾得无微不至，但他们是夫妻，也不可能一点没照顾。别的不说，安心没收入了，医疗费、保姆费、假肢费、训练费，一家子的吃穿用度，难道不是秦峰在支撑吗？他家境本来就好。所以若华对母亲热衷于寻找别人的破绽有点反感。母亲回到家之后，精神状态好了不少。现如今这里可是她的主场，她那种人在异乡可怜兮兮害怕被抛弃的劲儿没了，又回到了昔日母蝗虫的做派了，慵懒的，带着说一不二的气派，喜欢对别人评头论足，这也看不惯，那也看不惯。灵堂又布置上了，就在书房。母亲把两个骨灰盒左右摆着，中间放上全家福，面前摆一碗米，每日烧香、上供，嘴里念念有词，也听不清说的是什么。

若华此番返乡，有一种比上次返校更像流浪的感觉。分明是熟悉的环境，应该感到亲切，但心底总觉得没着没落的。她现在只为母亲而活，整个人当然不必有灵魂。离公考的日子不远了，她自暴自弃地背着公考的那些资料。惨淡的未来从时光那头一步一步逼近，听天由命吧。

秦峰回到家，并不感到心虚，也不觉得要照着镜头前的表现去对待妻子。他能搬回来住，已经十足有诚意了。每天，他下班回到家七点，吃了饭快八点，再坐沙发上休息一会儿，刷会手机，洗个澡已经十点，该睡觉了。秀芳母女黄昏已锻炼完毕，晚上就不出去了。这期间保姆已下班，屋里就他们三个人，各行其是，互不干涉。他在那屋刷手机，安心在卧室看美剧，秀芳在客厅看电视。除了错身而过时由于过道太小而不得不说话，他们几乎可以没有交集。他也没有性欲了，有良心的丈夫不该对伤残成那样的妻子有欲望，大家都能理解。他心平气和，只是一日比一日更沉默，脸渐渐消瘦下去，更符合贤夫的人设了。

单位的集体活动如今很少叫秦峰了，比如部门晚上聚餐，上外地学习、旅游等。这天，秦峰知道单位要去郊区的温泉城搞团建，居然又没叫他，忍无可忍，跟楚志娟发牢骚道："我也不是铁人哪，也得有放松的时候吧？谁能全年无休地照顾别人呢？为啥就没有我？"

楚志娟抱歉道："就怕影响你和你老婆嘛。"

秦峰道："她不会介意，还总催我出去放松一下呢。"

啊，多么科学的夫妻关系啊。楚志娟非常感佩，于是跟工会说了，张主席大呼有道理，紧急把秦峰加入名单中，一行人浩浩荡荡来到了温泉城。

团建就是搞点小游戏、小活动助助兴，然后开始吃吃喝喝，最后泡温泉的泡温泉，K歌的K歌，跳舞的跳舞。秦峰已经有很长时间没有这么放松了，他喝了不少酒，心情非常好。屈指算来，他有将近一年半滴酒未沾了。出事前最盛大的一次宴席是丈母娘的六十大寿，他一口酒没喝，因为要开车送父母。在这之前是因为要备孕，不能喝。是啊，他们原本是这样计划的，过了这个重大的节点，安心就不再避孕。她将会生两个综合他们俩优点的孩子，又聪明又好看……从前，那是流金淌蜜一般的日子，无忧无虑，人人称羡。再也回不去了。秦峰在温泉池氤氲的蒸汽中不无伤感。

泡了许久，秦峰觉得有点闷，换到温水泳池去游泳。太久没游，游了五百米之后觉得有点累，秦峰爬上来休息，跟服务员要了瓶啤酒，坐在泳池边的沙滩椅上喝了起来。眼前不时走过各式穿泳衣的女人，有的泳衣极为性感，上身就是两根带子，下身就是丁字裤，诱惑至极。久违的某个东西突然苏醒过来了，啤酒是冰的，他却越喝越热。

这时一个穿着黑色三点式泳装的女孩走过来，这女孩长相虽一般，身材却非常好，细腰长腿，一对乳房挺拔丰满，被紧窄的黑色泳衣衬得异样雪白，随着她的走动颤颤巍巍、呼之欲出。秦峰目不转睛地盯着她看，鬼使神差地做了个吹口哨的口型，竟轻吹出了声。那女孩似是被欣赏惯了，并不理会，跃入泳池，开始游泳。也许是初学，每次游完一圈，就把头露出水面，双臂趴在距秦峰不足两米的岸边透气，饱满双峰在水中若隐若现。秦峰看得血脉偾张。女孩休息个三十秒，再下水，掉头朝对面游去。秦峰眼神一直追随着女孩，盼望着她再游过来。每次游过来她都会再趴在岸边，重复之前的动作。

正大饱眼福之际，有个男人水淋淋地走过来站到他面前。这男人身材高大，两条腿又长又壮，喝道："喂，哥们儿，你有什么问题吗？"秦峰一愣，这时水中的那个女孩上岸，裹了条浴巾，躲在男人身后，半傲娇半含羞地小声说："一直看……吓人。"

秦峰道："你说什么？"

男人道："刚才你冲我女朋友吹口哨，我就不说什么了。接着你这眼睛还直勾勾地看个没完没了，你想干吗呀？”

周围的人都向这边看过来，秦峰也生气了，站起来道：“我干什么了？你有病吧，莫名其妙。”

男人指着他鼻子道：“你才有病，性饥渴啊跑这儿看女人来了？要不是这儿有这么多人，我看你都想强奸人了吧？”

秦峰大怒，啪地把啤酒瓶放到桌子上，站起来：“你说话给我小心一点，少血口喷人。”

这时楚志娟和张主席披着浴巾从温泉池那边过来。男人见围观的人越来越多，更起劲了，指着秦峰下半身道：“你们看看，这人在这儿意淫我女朋友半天，那玩意儿都硬了，还敢说你脑子里没有流氓想法？”

秦峰低头一看，自己泳裤裆部的确高高地鼓了起来。他大吃一惊，窘得满脸通红。众人哄笑了起来，秦峰一抬头，正与张主席、楚志娟的视线相对，更羞愤交加。楚志娟脸也唰的一下红了，赶紧把眼神挪到别处。眼看秦峰下不来台，张主席下巴一指那女孩：“哎，不想让别人看，为什么穿这么少啊？”

女孩一愣。张主席轻蔑道：“你瞅你这泳衣有手帕大吗？穿成这样想干吗？勾引男人呀？”

不愧是常年搞活动的中年女人，见多识广，老辣狠毒，知道吃瓜群众最喜欢荡妇羞辱。众人又哄笑起来，这回轮到女孩脸红了，男人怒道：“你管得着别人穿什么吗？这里是泳池。”

张主席悠然道：“哟，你也知道这里是泳池啊？这叫公共场合，那你管得着别人的眼睛往哪儿放吗？”女孩拉着男人匆匆离开。众人一看不打架也不吵架，没看头了，于是一哄而散。张主席、楚志娟拉着秦峰离开了泳池。

休息室，楚志娟给秦峰倒了杯水，让他解解酒。秦峰端着那杯水，竟然哭了起来，肩头一耸一耸的。张主席、楚志娟面面相觑，又立刻理解了秦峰。这个男人活得太不容易了，连那不可描述之处，也通通可以理解。

张主席温言安慰道：“秦峰，没什么丢脸的，我们都觉得你没错。”

秦峰哑着嗓子道：“我就是觉得……”他活得太憋屈了。

他捂着脸，哭得不能自已。

安心定做的新接受腔做好了，在医院康复中心，安心穿上它，来回走着，仔细体会着。秀芳紧张地看着她。安心走了几圈，道：“目前没觉得不舒服。”

康复师道：“你今天多练练，有任何问题我们立刻和厂家说。”

一直到训练结束，安心都觉得接受腔与残肢端磨合处没有不适的感觉。秀芳非常欣慰，安心自己也很高兴。康复师安慰她们说，假肢的配制与磨合本来就是一件漫长而艰难的事情，把这一关过了，后面进展就快了。

回到家，安心还舍不得脱下假肢，穿着内裤，从客厅走到卧室，再从卧室走到客厅，走进秦峰的卧室。秦峰正躺在床上刷手机，安心练得兴起，道：“老公，你看我现在走得怎么样？”

秦峰抬头看着她，眼神中没有一丝温度，一声不吭。安心犹如当头被浇了一盆凉水，觉得自己穿着内裤裸着金属假肢的模样很可笑，讪讪走出卧室，心里痛骂自己不自爱，竟然放下自尊，去乞讨丈夫的垂怜。她走回客厅，快快地让母亲帮着把假肢卸下来。秀芳见残肢端微微发红，有点担心。因为它们频繁过敏，医生不让在按摩的时候用任何润滑剂，连最温和的婴儿润肤露也不行，绷带也暂时不用了。安心爱怜地揉着它们。难为它们了，被迫硬生生地承担起原本不属于它们的功能。

秦峰那屋一点动静也没有。他最近非常安静。刚才他那冷淡的眼神像一根刺一般，在安心心中作祟。他这安静和从前不一样，从前是心虚的，因为知道自己背信弃义，看她的眼神躲闪中带了点讨好。而现在的安静是高贵的，带着殉难的圣洁。她心里涌动着无数分裂的想法，一时想穿上假肢走到他面前，指着他的鼻子说，不想过了就赶紧离婚滚蛋，离了你地球还不转了？一时又想要不要穿上那件性感的内衣在他面前转一转，诱他再睡回来。一时又想象自己已经能熟练地穿着假肢自如生活，视他如空气。而他自知有过错，内疚地仰视着她，乞求她原谅他曾经的冷血……然而所有的想象，最后都被放在沙发边的假肢打败了。

凌晨，将睡未睡的安心被腿部一阵钻心的痒闹醒，她一个激灵，坐了起来。打开灯，掀开被子一看，那两条残肢又浮起一片密密麻麻的小红疹子。她并没有去挠它，也没有抹任何东西，但过敏却如约而至。秀芳也醒了，见状心一沉。安心张着手，不敢挠，却又忍不住那刺痒，绝望如海浪般一阵阵冲上心头，她终于忍不住号啕大哭起来，抓起枕头使劲砸着残肢。秀芳泪流满面，束手无策。秦峰在那屋被惊醒，睁着眼睛在黑暗中静静地听着，知道这将又是无眠的一夜。

一早上班，秦峰在洗手间公共水池哈欠连天地洗着昨晚的残茶杯。楚志娟走过来也洗着杯子，问道："昨晚上又没睡好？"

秦峰嗯了一声。

楚志娟眼袋很重，脸色发暗，倦意浓浓："我也是，昨晚我妈闹了两次，一次要尿尿，一次要喝水。第二次我应晚了，就这样了。"她把右手递给秦峰看。秦峰见那手背上被指甲抠掉了几块皮，露着鲜红的创面，不由轻呼了一声，头靠近，握住她的两指手指头，对着光仔细看着，道："你妈也太狠了吧？"

楚志娟道："你信吗？她一定不敢对儿媳妇这样，但对我这个女儿，她可是往死里糟践。"

秦峰同情道："为什么呢？"

楚志娟摇摇头："说不清楚，可能就是因为重男轻女了一辈子，最后关头还是要靠我这个女儿，她觉得没面子，所以反而生出恨来了。”

秦峰听了不胜唏嘘。

此时张主席正好从不远处走过来，看到这一幕，脚步停了一下。这头靠得很近的一男一女的情状看在她眼里，有另一种意味。都说老娘们儿就喜欢保媒拉纤，一看到男女在一起就浮想联翩，这是非常贬低老娘们儿的。其实她们有着深刻的人生智慧，但凡没有血缘关系的同龄男女处久了，必会生出点那方面的想法来。再没有想法，也保不住日久生情。这是常识，放之四海而皆准的真理。秦峰泳池一事她能理解，守着老婆打光棍的滋味不好受。但那是在外面，她不允许这种事发生在单位。兔子不吃窝边草，更何况这典型是她一手挖掘的。

张主席主意拿定，干咳着往水池走去。秦峰放下楚志娟的手，他很自然，并不是因为有人来意识到此举微有不妥才这样做的，但楚志娟却把张主席的咳嗽和秦峰放下她的手联系起来，有点不自在。

秦峰道：“早啊张姐。”

楚志娟道：“我先走了。”她匆匆离开了。张主席洗着茶杯，看着秦峰挺拔的身影，有点恍然大悟的感觉。这样的好模样，哪能甘心白白浪费？就是他自己愿意，旁人也不允许啊。

中午饭，秦峰吃着，张主席端着托盘坐到他对面。秦峰其实因为被报先进人物一事有点烦她，但毕竟不好表现出来，敷衍地点了点头。张主席吃着，声音低低：“小秦啊，你现在是先进人物，有些事要注意一些。”

秦峰没明白她的意思，诧异地看着她。

“你爱人现在这样的情况，你和异性打交道要掌握一下分寸，不然闲言碎语压死人呢。”

秦峰咽下一口饭，以为还是泳池那个事，心想这事儿不是过去了吗？难道还要秋后算账？见他一脸蒙，张主席索性挑明：“上午你和楚经理——幸亏是我看见了，要是别人，不定得传成什么样。”

秦峰傻了，他从来没有出轨的想法，而楚志娟也不是一个可以引发联想的对象。下一秒钟他恼了，问道：“我和楚志娟怎么了？”

张主席道：“小点声，你在公共场合，和一个女同事有亲密肢体接触，终归不太合适。”

秦峰冷笑道：“你的意思是，因为老婆残废了，我就不能和女同事有正常往来了？”

张主席也不悦了：“正常往来，包括你俩上午在水池边那样吗？”

秦峰怔住，他确实没想过，当时为什么要拉住楚志娟的手，也许是因为同病相怜让他这段时间觉得楚志娟格外亲切，也许就是想看清楚伤口而已。这事一琢磨，好像真有了点不同寻常的味道，他觉得特别窝火，却又不知道该说什么，但就这么走了，又显得自己心虚了。憋了半天，他道：“张姐，您要是觉得我这个先进人物名不副实，现在就可以撤掉。当时也不是我主动申请的。”

张主席缓了一下，换成亲切的口吻道：“小秦，你看，这就是你负气了吧？我们没有这个意思，只是谨言慎行，对你有利。总行已经决定把你的资料往省里报——”

秦峰忽地抬起头打断：“打住，至此为止吧。”

他站起身，端起盘子走到水池旁走，把餐盘往收纳处咣当一扔，气冲冲地走了。

周六保姆不上班。早晨，秀芳小心翼翼地问秦峰，安心发低烧，腿又疼得厉害，能不能送她去医院。秀芳很少向秦峰提要求，如果是平时他也许会同意。但现在他一肚子火，说自己要回父母家，父亲最近查出糖尿病，心脏也不太好，他总不能一直在这个家没完没了吧？说完拿了包，扬长而去。安心在卧室听到这话，心如刀割。

秦峰倒没撒谎，父亲最近的确身体不好，他已经考虑再搬回去住了。但电视台关于他的新闻正在发酵，小区里的人见到他都会停下来聊两句，昔日老师同学也都在微信上问候他，赞扬他对妻子的深情厚谊。此时搬走，不合适。

回到父母家，秦峰松了一大口气，换上家居服，歪在沙发上对着母亲撒娇，说要吃好吃的。工作日吃食堂，晚上回去是保姆烧的菜，不合胃口。如今他也很少往丈母娘家买好东西了，不是舍不得钱，是没那个心情。母亲早有准备，端上日本绿葡萄、乒乓球大小的新西兰苹果、美国雷尼尔樱桃，红红绿绿一大盆，特地洗净在冰箱冰着，只等着他回来。一回到家他就成了父母的小宝宝了。秦峰吃得直叹气。他嘴刁，吃不得苦，就是父母给养成的毛病。

秦峰吃着，父亲问接下来怎么打算。秦峰说走一步看一步吧，还能怎么办？说着想起安心那个腿没完没了地过敏，她在炼狱，他跟着受罪，不由得又长长地叹了一口气。

父亲道："安心要只是腿和脸的问题，那咱们说什么也得陪人家治，治好了为止。问题是她不能生，这个事怎么解决？你快三十一岁了，我们俩年纪大了，身体也都不好，难道眼看着你一辈子没有后代吗？"

秦峰悲哀一笑："试管呗，或者去领养一个？"

试管也要人怀，安心恰恰怀不了。当晚钢筋从安心的身体拔出来，手术之后，医生对安心伤情的表述是"子宫严重受创，胚胎着床概率极低，且胚胎发育容易造成子宫瘢痕再次破裂，有生命危险，不适合生育"。领养？只是说说而已。他是个健康男人，为什么要去领养一个别人的孩子？谁知道后续会生出多少枝枝蔓蔓？

母亲道："离婚吧，儿子。不能生育这个事，你说给谁听谁都不能接受，就是法院也会支持的。"

秦峰道："不能生育在司法上不能作为离婚的理由。"

父母齐刷刷地看着他。他耸耸肩，对自己父母有什么不能说的呢？是的，他的确起过离婚的念头，他在网上查过相关解释了。不能过性生活倒是理由，问题是无性婚姻的取证非常难。而且安心出事才一年，面对这样重残的妻子，性生活不和谐这个原因，恐怕他自己都不好意思说出口吧？想来想去，于情，于理，于法，秦峰都没有理由主动提离婚。更何况他现在端坐在神坛上，正风光着呢。

母亲焦虑道："情感破裂总归能成为理由吧。秦峰，你将来的日子长着呢。哪怕一开始叫人说三道四，忍个一两年，风头过去，也就没人记得这个事了。就她这种情况，摊谁头上谁受得了？这是天长日久没完没了的事，又不是一阵子。"父亲骂儿子太优柔，太好面子，把自己弄到骑虎难下的地步。

父母唠叨着，一盆美味的水果吃在秦峰嘴里，渐渐苦涩了起来。他光是为了名声吗？其实也是为了无法面对自己的良心。他承认，自己就是慕强的势利小人，妻子残废之后，他的爱慕之情就死了。现在在他心目中，安心就是条可怜的小宠物。他养腻了，想扔，却不敢看它那可怜巴巴的眼神。一想到这眼神，他恐怕终生都无法心安了。天啊，为什么他的良心被狗吃了一半，还剩一半？

第十三章　在家乡流浪

若华觉得，如果自己是表姐，一定撑不下去了。她们家与大姨家修好的这段时间，她亲眼看着安心在与假肢的战争中节节败退，吃尽各种苦头，死去活来。光旁观都觉得难熬，何况当事人。

安心对碳纤接受腔也过敏，过敏红疹一直下不去，一挠就烂，烂完就好。但只要穿上假肢，准保又过敏，周而复始。秀丽叮嘱若华没事多往安心家跑跑，随时搭把手。若华陪着秀芳和安心去了医院，主治医生让安心做了过敏检查，查了个遍，没查出任何过敏原，最后只好诊断是“心因性”过敏。就是说，有的人由于心理因素如焦虑、抑郁、精神状态不佳等，会引发某些疾病。医生给她开了抗过敏和消炎的药，建议安心做心理治疗，同时暂停假肢训练。

秀芳母女为了治病来回奔波，但若华从来没有见过秦峰陪着去过一次医院，去公园散步也没有。她有时在秀芳家待得晚了，刚好遇到秦峰下班，他也没有太多笑脸和话，只是淡淡一点头就进了卧室，若华明白表姐和他的婚姻已经危机四伏了。回家她和母亲说起这个事，秀丽为自己未卜先知的英明神勇而沾沾自喜，同时大骂秦峰不是东西，当初追求安心追得那么热烈，连她这个小姨都沾光收过几份他的礼物。一看安心残了，毁了容，就变脸了。变脸也就算了，居然还上电视上撒谎，吹嘘自己对妻子有多么无私多么照顾，真是厚颜无耻啊。话锋一转，又说到男人都不可靠，只有娘才是真爱孩子。你看你大姨，无论你表姐变成什么样子，她永远不弃不离。若华心里直呵呵，大姨是真爱表姐，母亲可未必真爱她。大姨越伟大，越反衬出母亲的自私。

若华为了考公务员，加了几个群。群里都是公考生，大家报团取暖，互通消息。若华复习了几个月的行测和申论后，觉得这两门课的考试并不难。群友笑她想法太简单，公考最难的是面试。一般是1∶3的比例进面试，能进入面试的都是笔试成绩名列前茅的，谁比谁差多少呢？为了稳妥，很多人都会报班学习面试。若华了解了一下，公务员面试报班费用居然要一两万，她咂舌不已，她已经没有什么积蓄了，母亲在她临毕业前的那场病花光了她仅有的五千块钱。群里又有人传各种黑幕，说报班也未必能考上。不然都报班，难道都考上不成？若华听得头昏脑涨，想自己学历过硬，在校期间参加了若干社团活动，又有勤工俭学和家长们PK的经验，长得也不差，未必面试时气势和口才就会输给别人。再说，真要有黑幕，也只能听天由命了。于是决定不报班，只凭平日的积累。

两门课已经背得差不多了，刷题又刷得疲惫不堪，若华一有空就往大姨家跑。这段时间安心情绪不好，秀芳在闲鱼上买了个九成新的二手杂牌跑步机和哑铃，才花了七百块钱，不能去人民公园和健身房的时候就在家锻炼，她现在只剩一百三十斤了。若华非常佩服大姨的与时俱进，居然都学会在网上淘二手货了。秀芳说是天宇教的。

安心情况好一点的时候，她们就去人民公园，那是若华灰暗的日子里最亮丽的一抹颜色了。大家都发现一个端倪，老王特别喜欢和秀丽聊天，一看秀丽来就眉开眼笑。秀芳私底下和秀丽说，老王莫不是喜欢上你了。秀丽无动于衷。六十多岁的老头再婚都喜欢找比自己年轻的，目的只有一个，找免费保姆。她活腻了找老头结婚？从前陪读的时候她倒是短暂动过再婚念头，如今女儿陪她返乡，她已心满意足，不再做他想。

尽管如此，老王找秀丽聊天时，她并不抗拒。其实他们俩挺合适的，首先两个人有许多共同点，比如都不爱动。老王动作迟缓如树懒，秀丽软绵绵的像条虫子，两个人都随便往哪儿一坐半天不动窝。还都特别依恋子女。其次秀丽讲话尖酸刻薄，脾气冲，而老王脾气好，可以包容她。有一天老王到秀丽家做客，秀丽炖了红烧肉，虽然有点烧煳了，但老王吃着，居然流泪了，说让他想起了亡妻。自亡妻死后，他的家就不成家了，已经很久没有吃过家常菜了。秀丽又得意又反感，私下和秀芳讲，看，这不是找保姆是什么？下一次老王还要来，她拒绝了，说不想影响女儿复习。这段关系终于没有落入黄昏恋的俗套。

秀丽不让老王来家里，却热情邀请天宇来。有一次天宇真的来了，秀丽说去买菜，要若华招待天宇。两个人聊了很久，秀丽都没回来。两个人枯坐半天，天宇说要不然去你表姐家吧。两个人去了安心家，一进门，若华看到天宇看安心的眼神，突然什么都明白了：母亲要撮合天宇和自己在一起，怪不得在公园时总撺掇她和天宇一起跑步。而天宇喜欢表姐。

想通这一点之后，若华心里不知什么滋味。她并不喜欢天宇，因此不感到失落，反而为表姐欣喜。但表姐的情况太特殊，再加个天宇进来，这事情更乱套了。据若华的观察，以表姐目前的心境，她没心情接受异性的爱慕，光活下去就已经耗尽她浑身力气了。

天宇这个人挺不错的，标准的暖男，从长相到脾气都会有一堆女孩喜欢。但若华心里有了人，别的人再好也进不去了。

从北京回来之后，七个多月了，若华和凯泽没有见过面，说过话。车站送别原本可以是最后一面的，但她没去。所以留在心中的关于凯泽的最后印象，是两个人从北京返校时，他坐在卧铺车窗边缄默的侧影，以及下车时他低着头走在若华前面的背影。他没有慢下脚步与若华同行，出了站后若华就找不到他了。闲下来的时候，午夜梦回，若华总是一遍又一遍想起在北京的那几天，以及去程美妙的卧铺小型酒会，返程令人心碎的沉默。

两个人同时在实习单位群和文学社群，毕业后它们都没有解散，大家在群里交流着彼此的生活和工作情况。敢闯的已差不多找到工作，回乡的也已收心，看上去都不错。大家自嘲短短半年彼此就从萌新变成油腻社会人了，若华苦笑。能变成油腻社会人，证明在社会上已经找到了位置并一头扎进去开始生根了。而她，天地之大，还不知道立足之点在哪里。聊天的时候你一句我一句，但凯泽和若华并没有搭话。往往是她说的时候他沉默，他说的时候她不接茬儿，连表情符号都没有。凯泽真的去了李老师同学所在的那个互联网企业，在市场部做媒介。若华想起李老师说的，小两口上班骑个共享单车就到了，不由得难过。如果她当初决定留在北京，这美好的一幕早已成真。她看着面前摆放的《行测一百道图形推理题及答案解析》，更觉得索然无味，焦躁难耐。

年三十，她们是和秀芳母女一起过的。秦峰匆匆和她们象征性地吃了点饭，八点就走了，说要回去陪父母。四个女人在一起，各怀心事，各有各的孤独。但相互依偎的感觉又让她们觉得温暖。秀芳找出麻将来，四人玩了几把。安心说坐着累，要回床上靠着，让若华进去陪她。

卧室亮着温馨的小灯，安心靠在床上，若华看着墙上安心和秦峰的婚纱照，觉得格外刺眼。安心见状，道："也不知道这照片还能挂多久。"

若华心酸，想安慰却又不知从何说起。

"我妈说，妈妈会死，丈夫会走，儿女会离开，人最可靠的永远只有自己。"安心叹息，"可是若华，人如果只有自己，太孤独了。”

若华拉住她的手，无言地紧了紧。

安心道：“你这么年轻，这么健康，抓紧时间谈恋爱吧。恋爱的感觉还是很甜蜜的。哪怕到最后孤独一个人，这个过程也还是好的。我现在总想，我谈恋爱的时间太短了。”

两个人安静了半晌，安心问道：“若华，你觉得天宇这个人怎么样?”

若华笑了笑：“他不适合我。”反正只有两个人，她决定开诚布公：“姐，我觉得他喜欢的是你。”

安心没想到她那么直接，吃了一惊。若华笑道：“姐，只有咱们两个人，你不用回避。你就真的没感觉出来他特别喜欢你吗？”

安心语气迷惘：“我已经不相信任何男人了，我的心已经死掉了。车祸毁掉的不光是我的身体，还有我对感情的信任。”

她指着自己的心，微蹙了下眉：“我现在对世界的感知是有偏差的，我不会判断世道人心了，你知道这种感觉吗？”

若华道：“可是姐，你现在这个样子，天宇还是喜欢你，这证明这世界上还是有真爱的。当然我不是鼓励你搞婚外情，只是说，这世界上是有人不看外表，只因为这个人本身，而纯粹地爱她的。所以你应该自信起来。”

安心道：“什么是喜欢？那是隔岸观火、雾里看花罢了。真的让他来和我生活在一起，忍受着照顾我的各种琐碎，忍受着我溃烂的残腿，一个月之后他就会后悔。若华，残疾人不配谈爱，爱里不会有拖累和恶臭。告诉你，现在我只是为了我妈才勉强活下去而已。”她声音颤抖，眼泪在眼眶里打转。若华抱着安心，轻拍她的后背，心里对她的精神状态感到非常担忧。

回到家已经十点，微信群里照例各种祝过年好。若华鼓起勇气在凯泽发过年祝福的那一条下面回“过年好”。她想，这可以理解成对群友的祝福，也可以理解成对凯泽的回复。她小心地呵护着自尊心，毕竟他们连正式的恋爱都没有谈，这么长时间过去了，他也许已经有女朋友了。她这么想着，却每隔十秒钟看一眼群里的回复。凯泽没有再回，若华心里七上八下的，一会儿沮丧地想，他肯定放弃她了；一会儿想起他在他家的那番表白，又重燃信心。他主动抓住她的手，手心全是汗，证明他也紧张到了极点。在乎一个人才会紧张，不是吗？

一直等到晚上十一点，凯泽都没有在微信群里再说话。若华灰心了，打算上床睡觉。午夜十二点，春晚响起钟声，窗外鞭炮大作，若华从梦里惊醒，一看手机，凯泽给她发了条微信："若华，过年好。"

若华眼泪唰地流了下来，踌躇了一下，发："你好吗？"

凯泽立刻发起了视频通话请求。若华擦了擦眼泪，接通，看到凯泽微笑的脸。他刚要开口，若华这边窗外响起猛烈的鞭炮声，他停下来等着。等了一阵，刚要说话，鞭炮声又响起来了。如是几次，足足等了十分钟，把午夜这个节点熬了过去，窗外安静下来了，虽还有零星几声炮声，毕竟不至于影响通话。

两个人想说话，却同时笑了，这沉默的十分钟让他们觉得太傻了，但看着彼此的脸，哪怕不说话，也觉得很满足。笑着笑着，凯泽脸色渐渐严肃起来，第一句话是："陈若华，真有你的。"

若华又想哭，强忍着："干吗这么说？"

凯泽道："毕业那天我在车站等到最后一分钟，你知道吗？你太不够意思了。哪怕咱们俩做不成男女朋友，你连送送我也做不到吗？"

若华眼泪流下来了，凯泽安静地等着她哭完，情绪稳定了一点后问道："你上班了吗？"

若华拿起桌上的行测真题在镜头前晃了晃，自己也觉得好笑："我在考公务员。"

凯泽道："公务员考试不是十二月吗？你怎么现在还没考？"

若华道："你说的是国家公务员考试。我考的是地方公务员，这次是几个省联考，四月才开考。”

凯泽道：“能考上吗？”

若华道：“极低的概率。”

“考不上怎么办？”

若华问：“你希望我考上吗？”

凯泽道：“我希望你幸福。若华，你一直过得很不好。”

从前在学校，每次参加完文学社活动后，大家都去聚餐，若华却买包饼干匆匆离去，说要去做家教。她干五份家教，拿国家奖学金，但她的手机最破最旧，她的衣服最少，翻来覆去就那几件。后来凯泽听说她的钱不但要供自己读书，还要支持家里过日子以及给弟弟交学费，震惊之余，对她产生深深的怜惜。也许爱就是从那个时候开始的吧？

两个人又沉默了。新的一年开始了，但他们仍在老问题上打转。若华想，不，只是自己在老问题上打转而已。如果没有她，凯泽的人生该有多光明？挂了视频通话，若华辗转反侧，难以入眠。见书房的灯还亮着，起来一看，母亲正坐在小灵堂前，呆如泥塑，骨灰盒前摆着鸡肉、鱼、水果盘，一碗生米上插着一束正在燃烧的香烛。

若华坐到她身边，温言道：“妈，这么晚了，你怎么不去睡觉？”

秀丽道：“一年过去了，不知道他们俩在那边过得好不好。今天是大年三十儿，来和他们聊一聊，一家人在一起过个年。”

她手里捏着个什么东西，若华一看，是一块形状不规则的灰色金属片。见她好奇，秀丽道：“这是那天车祸现场撞碎的汽车碎片。”

若华的心被狠狠地揪了一下：“妈，你一直留着这个东西？”

秀丽的口气带着悲壮的快感：“我除了这个东西，还有什么？”

凯泽说，他希望她幸福……请你来看一看这一幕吧，请你理解我。母亲不幸福，她的孩子怎么可能幸福得起来？能丢下这样的母亲远走高飞吗？

公考笔试如约而至。

考试现场，《行测》考卷发下来，若华快速地浏览了一下试卷，发现题出得都特别刁钻。每一道题看上去貌似她都会，可是再仔细看，每一个答案都似是而非。这时答题铃尖厉地响起，精神高度紧张的若华突然脑子嗡的一声，一片空白，手心冒汗，腹部有股气往胸口和喉头冲，一拱一拱的。她想吐，赶紧咽了咽，把那股恶心的感觉咽下去，闭上眼睛打算休息几秒钟，可注意力始终无法集中，耳边响着各种乱糟糟的声音，一会儿是消防员铲弟弟尸体的铁锹刮在金属片上的声音，一会儿是火车的鸣笛声，一会儿又是群里那些关于面试黑幕的各种语音讨论。她眨了眨，睁开眼睛，发现已经无法看清试卷了。那些题重叠在一起，糊成一团。

《行测》考试，若华交了白卷，下午《申论》她没去考，已经没有意义了。她去了人民公园。工作日的下午，这里几乎没有人，若华在湖边枯坐了一下午，直到晚上才回家。秀丽追问考得怎么样，她含糊地说不怎么样。秀丽非常气愤，骂她不好好复习，故意考砸。不然她当年高考都能一骑绝尘，怎么可能搞不定一个区区公务员考试？若华怀疑母亲能掐会算，连她自已都觉得是故意考砸的，不然谁能相信，就在最最重要的答题环节，她视力1.5的眼睛突然出了毛病，一点儿也看不清试卷？

秀丽见女儿呆呆的不反驳，厉声道："你马上就去给我准备教师资格证考试。我都打听过了，九月报名，十一月笔试，十二月面试。一切来得及。"

这么说来，一切又要重来一遍？开始背另外一套书，做题，报名，考试？她的同学们都上班了，而她还在苦苦地挣扎，像范进一样，为了博得那微弱的机会而不停地死记硬背？

若华说："我不考了，投简历打工吧。"

秀丽强硬道："不行。"

若华道："为什么不行？"

秀丽说："打工你随时可以辞职走人，只有公职你才能安下心来。"

若华道："妈，即使我考了教师资格证，也不一定正好有学校招人；即使有学校招人，我也不一定考得进去。不是有了证就能有一碗公饭吃，你到底明不明白？"

秀丽固执道："那你就等着考事业编制。"

若华道："现在已经没有铁饭碗了，事业编制和教师都是几年一签，你以为还是安乐窝啊？"

秀丽暴怒："你说来说去，不就是想去北京吗？你觉得你考不上公务员，就有理由去北京了？做梦。"

若华奇怪母亲胡搅蛮缠，却总能准确地说中要害。秀丽见她不说话，知道说中了她的心事，又自得又愤怒："死心吧，你想走，除非我死。"

若华想，表姐固然很惨，自己和她也差不多吧？虽有健康的双腿，一样寸步难行。她没有找工作，也没有准备教师资格证考试。每天浑浑噩噩地睡到自然醒，胡乱扒两口饭，瘫在沙发上看电视，吃过中午饭后又去睡觉，一觉睡到四五点钟。黄昏去人民公园和大姨一起跑步，成了日子与日子的分割线，一天只有这个时间，她才会觉得自己不是行尸走肉。她和秀芳、老老王并肩跑，依旧跑不过他们，跑了四千米，就停下来快步走，或者去推安心散步。秀丽还是那样和老王坐在凉亭嘀嘀咕咕，说个没完没了。老王起劲地点着头。她无论说什么，他都一副赞成的模样。

秀芳跑完，过来找若华和安心。她视线里的若华不修边幅，头发松松地扎了个马尾，身上是一件旧的淡蓝色毛衣加一条黑牛仔裤。这身衣服秀芳看着她穿了很多年，毛衣的袖子起了不少球。这时若华手机响了，她走到旁边去接，这手机牌子是三星，市场上已经淘汰的机型。外甥女二十三岁，名校毕业，正值花一样的年华，却一件体面衣服也没有，把自己过得这么狼狈。若华接着电话，笑容不由自主变得甜美，一会儿又变得惆怅，叹着气。

秀丽走到秀芳身边，眼神阴沉，道："你看看她这发浪的样子，肯定是跟那个周凯泽打电话。怪不得让她去考教师资格证也不去，天天就在家里跟我较劲。"

秀芳不知道周凯泽是谁，秀丽说了，秀芳恍然大悟，这么说来，若华是被秀丽硬拉着回乡的？早知道妹妹过分，但没想到她居然到这个地步。秀芳心中替若华生出强烈的不平。

"秀丽，若华能在北京找到好工作，为什么不让她去呀？"

秀丽像看白痴一样看着姐姐，一副好笑的口吻道："她走了，我怎么办？"

秀芳道："什么你怎么办？你才五十岁，就打算让女儿养老了？养老也没有规定要住在一起呀？再说了，你有退休金，凭什么让她养老呀？"

秀丽换了个角度："你们为什么都看不起自己家乡呢？不是所有人都要到北上广去闯荡的。自己家有这么大房子，找个好工作，将来生了孩子我给带，小日子不定有多美呢。"

秀芳道："问题是你给她安排好了吗？你是给找了关系进了好单位，还是给了笔大钱让她做生意？你屁本事没有，什么都给不了她，还要对她指手画脚，她不跟你较劲怎么着？"

秀丽情知自己理亏，口气软了下来："姐，安心一直把你放在第一位，毕业了就回家找工作，女婿也天天在你家待着。你当然可以站着说话不腰疼，装大方。你试试，安心一毕业就跟老王儿子似的，去了上海，一年半载见不到面，你什么心情？"最后一句，秀丽是瞪着眼睛说的。

秀芳道："我从来没有跟安心说过你毕业一定要回我身边来守着我，我可不像你这么自私。是，她在外边发展，常年见不着，我心情肯定不会好。那也是我活该，只能自己忍着，不可能生拉硬拽地牺牲孩子的前途和幸福。”

秀丽发狠道：“你怎么知道若华在这里就一定不幸福？少把人看扁了。等着瞧，我非得让她考上铁饭碗不可。”

若华感觉到母亲在看自己，转过身去打电话。秀丽快步走过去，站在她身后瞪着她。若华如芒刺在背，匆匆挂了电话，一转身，母女对峙。

秀丽问道：“又是那个阴魂不散的周凯泽？”

若华不说话，秀丽去抢她的手机，若华看众人都看向这里，有点急了，低声道：“妈，你别在大庭广众之下这么闹。”

秀芳走过来一手推着若华，一手把秀丽隔开，打圆场道：“若华，推你表姐走走吧。”

若华离开，秀芳劝秀丽道：“秀丽，强按牛头不喝水。你想想当年，咱妈不让我嫁程志国，不让你嫁若华她爸，我们听她话了吗？我们自己都做不到听父母话，她们又怎么可能听我们的话？安心当初嫁秦峰，我心里也是打鼓的，觉得这人不踏实，我跟你说过吧？可是你觉得我反对有用吗？”

秀丽冷哼了一声：“所以你当初没反对，就是你的错。你这姑爷就不是省油的灯，你当初没坚持，是你害了你自己女儿。我反正不能跟你似的，我不能叫我女儿奔着个外人跑到那么大老远的地方去。万一有点什么事，哭都找不到庙门儿。”

秀华道：“若华能干着呢，能出什么事？”

秀丽冷笑道：“我说的是我万一有点什么事。”

秀丽猜得没错，若华接的是凯泽的电话。他说近期要来省城出一趟差，顺便来见若华。若华说这可不“顺便”，八百多里地呢。凯泽被戳穿，也不恼。若华开心地笑了，又劝他别来了，来了也没啥用。此地就是个十八线小城，没风景没名胜，连百度百科都比别人短，因为没得写。

凯泽道："世人谓我恋长安，其实只恋长安某。"

若华就是因为听到这句话，笑靥如花的。此时此刻，即使刚吵过架，即使母亲正恶狠狠地盯着她，即使明知道事情无解，若华心情还是特别好。因为生活有了盼头了。

凯泽说会来一趟，专门为她而来。

第十四章　是堕落，也是解脱

秦峰好几天没见到楚志娟了，连部门周例会都取消了。他问同事，同事说楚志娟母亲去世了，她请了一周的事假。秦峰想起她曾描述过的与母亲相处的情况，既为她释然，又有点同情她。无论如何，丧母总是件大事。楚志娟离异无子女，父亲早逝，与弟弟又不往来，这么说来，这世界上只剩她孤苦一人了。

晚上睡觉时，秦峰突然反省，为什么要一直想楚志娟呢？可能是张主席那番话在他心中投射了点什么，又或者是这段时间以来因为同病相怜，而感到与楚志娟格外投缘吧？他可不会落入因为老婆残疾而与女同事搞外遇的窠臼里去。即使与安心离婚，他再找也不会是长相丑陋、又比自己大五岁的楚志娟。再说了，兔子不吃窝边草。他这样想着，周五下班时还是忍不住给楚志娟打了个电话，说要去看看她。

楚志娟家不大，家里看不出刚办过丧事。她说骨灰盒暂时寄存在火葬场，过段时间等墓地买完再去移葬。说着说着，她声音低沉了下去，说母亲去世前几天，她态度太差。这两天一想起这件事，就难以释怀。

“我一直讨厌她，讨厌她重男轻女，讨厌她不能在我买房和离婚时给到任何帮助，她来我这里的时候，屁股上好大一个褥疮，那么大伤口她咬牙挺着，也不喊疼。她知道，喊也没用，她越喊我越讨厌她。我故意冷淡她，有时她拉肚子，拉在纸尿裤里，使劲叫我，我假装没听到……”楚志娟的笑容里带着淡淡的狰狞，却哽咽了。秦峰不知怎么安慰，只能叹气。

“她把世道人心全看透了，死之前跟我说，她晓得人人都盼着她死，她也想死，就是死不了。其实如果好好照顾，她还可以活很久。我对自己非常失望，我有罪。”楚志娟泪流了下来。

秦峰含糊道：“我也不怎么样，说实话，有时对我老婆，我也……”他找不到合适的话，只能无力地苦笑着。

楚志娟意外地看着他，擦擦泪，下一句她说：“你很真实，我对你更佩服了。”

秦峰像是对自己也对楚志娟，感慨道：“照顾生活不能自理的人是一场自己和自己的战争，如果我们打不赢，我觉得不应该受到指责。”

楚志娟品着这句话，秦峰并不心虚，坦诚地看着她。两个人对视而笑，觉得双方像是结伴做坏事的同党一样，在心底又亲近了不少。楚志娟好几天没有好好吃饭，秦峰带着她去大吃了一顿，回到安心家已是晚上十点半。秀芳母女这阵子对他的任何晚归都不会问，他也不会说。母女那屋门关着，灯仍亮着，她们还没睡。秦峰懒得去打招呼，也对她们正在干什么没兴趣。

洗了澡躺在床上，秦峰脑海里一直浮现楚志娟的脸。她瘦了一些，土气稍减，上衣的袖子上别了块黑布，失去亲人的悲痛之情使她显出女性的清秀和哀婉，和平时工作中的雷厉风行很不一样。她对他坦承了那些见不得人的罪恶念头，这让他觉得很意外，又觉得心底轻松不少，原来自己并不孤单。

下一次，楚志娟去公墓安葬母亲的骨灰盒，是秦峰陪着她去的。楚志娟一个亲人也没有，弟弟在外市，火葬完毕当天就走了。她说弟弟主张没必要搞葬礼，齁麻烦的。他还说母亲全瘫五年，他照顾了五年，够对得起她了。墓地也没必要买，一直存在火葬场就行。寄存费他出，墓地那么贵他是不会出的。他已经吩咐儿子了，将来他死了，骨灰撒海里就行……楚志娟听得头昏脑涨，让弟弟赶紧滚，后事全部自己处理。

这墓地花了八万，楚志娟极力要弥补生前对母亲的不好，买了硕大的鲜花，最贵的花圈和香烛。插上香烛，她抚着墓碑上母亲的名字，终于哭了，由小哭变成撕心裂肺的大哭。母亲再不好，哺乳的时候也是把她当成怀里一团心爱的肉。母亲没有办法给出更多的爱，因为她自己也从来没有被爱过，她不知道爱是什么。她没有，怎么给别人？

这么多可怜的女人，因为自己太孤独，希望生一些亲人来做伴，可是又一次制造了更多不被爱的灵魂。

好孤独，太孤独！这陵园，林立的墓碑，死亡像潮水一样涌来。所有的恩怨情仇，在这里都显得那么微不足道。秦峰见楚志娟哭得不能自持，情不自禁地抱住了她。楚志娟伸出两只手环抱住他的腰，在他怀里痛快淋漓地大哭了一场。

一切都顺理成章，在楚志娟的家里，他们上床了。悲伤、罪恶、长期的禁欲，都使这一次格外地销魂。略土气的熟女楚志娟，原来比舞者妻子更实惠，这种甜头他从未尝过。而和健康女性痛痛快快地不用任何顾虑地欢愉，感觉居然这么酣畅。其实是谁都行，只不过楚志娟比较方便罢了。落入窠臼也没有什么不好，世人经常落入窠臼，是因为太舒服了。兔子不出窝就能吃到草，谁不吃？

离开的时候，楚志娟说："你不用有负担，是我主动的。你在我心中，依然是好人。"她这样说，很真诚。她把这一次解读为秦峰由于妻子残疾不能过性生活、长期压抑而偶尔的放纵。她是过来人，能理解他的苦楚。或者说，正因为有这种苦楚，他这个贤夫更显得真实而能成立。白璧微瑕，才是真玉。

开着车时秦峰想，殊不知他不是个东西。他也浮出当日楚志娟嘴角那淡淡的狰狞的微笑。是啊，他表面一套，背后一套，而现在连表面这一套也在楚志娟面前露出破绽了。如果楚志娟知道了他背后的那一套，该是什么表情呢？

有了这样的关系，上班的日子变得令人期待了。有张主席那样的眼线在，周一至周五他们非常谨慎，甚至在别人看不见的地方也仅止于点头微笑，递交文件时手指头也并不在底下捏来捏去。即使没有张主席，监控头无处不在，谁知道哪天就会被看出蛛丝马迹来呢？秦峰还是下了班就回丈母娘家，去做安静圣洁的殉道者。有时秀芳和安心去人民公园，回来的时候就见他已经洗过澡，躺在床上看书或者玩游戏。母女俩稍感安慰，他人在就好，哪怕心不在。

到了周末，秦峰又犯了同样甜美的错误，下一个周末，下下个周末……到最后，幽会成了习惯。周末是秦峰回父母家的时候。他可以正大光明地离开安心家，开着车拐到主路，朝着回父母家的路上狂奔，到了该左拐的那个路口右拐，去楚志娟家。一场偷情的盛宴在等着他，一路他期盼着即将到来的刺激，心越跳越快。他不敢把车停在楚志娟家楼下，而是停在离她家两个路口的一个超市的地下停车场。周末停车场经常找不到停车位，有时他要等上十五分钟。然后再坐电梯到一楼，穿过一个天桥，等两个红绿灯。这样的曲折使普通的楚志娟变得珍贵，又像是漫长的前戏，前戏历来是最吸引人的部分。

每次秦峰要在楚志娟家一直待到中午，吃过午饭，再去父母家。渐渐地，光周六一上午不够用了，有时秦峰会待一整天，晚上才去父母家，对父母就说加班。有时他会周日上午也去楚志娟家。他纳闷楚志娟居然有这么强烈的吸引力，她是从别的支行调过来当经理的。共事三年，每天抬头不见低头见，开会、交材料、汇报客户情况，各种交集每天都不少，“楚志娟”三个字只作为一个工作符号在他生活中存在，怎么突然间性质完全变了呢？

摘下眼镜的楚志娟真丑，长得比实际年龄要老，也不会打扮。但接触久了，秦峰居然觉得她很亲切，接地气。不戴眼镜时，小小的眼睛找东西时眯成一条线，看什么东西都凑得很近，蠢萌蠢萌的，和她在单位的严肃做派很不一样。楚志娟做得一手好菜，秦峰躺在沙发上看电视，她穿着家居服在厨房做菜时，他恍然间有种错觉，觉得这里才是家。后来他分析出来了，楚志娟身上有一种包容的母性，稳定踏实，一种知道自己泯然众人且安于这种身份的本分，这是美丽的安心所没有的。秦峰和楚志娟在一起完全可以当个小孩子，非常放松地做自己。而和安心在一起，他要哄着安心，安心才是那个发脾气的小孩子。当然，如果楚志娟是原配，他就会嫌弃她的土气和老气，转而向往女神安心耀眼的美貌。他也明白。人生就是这样，太久的婚姻关系就像是长期用一个姿势睡觉，总想换个姿势。哪怕两个姿势并无差别，但再不换就会压得胳膊发麻，腿发疼。他更了解自己了，即使安心不出事，十年八年他也会出轨的。媒体不是报道了吗，中国大约每3个丈夫和每7.5个妻子中，就有一个曾经出轨。这还只是调查问卷，问卷还存在主观承认与否的问题。日子久了，安心会不会出轨也不好说，她的追求者那么多。

楚志娟如果是个年轻女孩，秦峰可能还不敢碰。那样的女孩总是追问将来。而一个偷情的人，暂时没办法想将来。真那么清楚利落，又怎么会在自己有婚姻在身的情况下去和别的女人谈情说爱？他们这种人都是走一步算一步，未来如何不知道，但目前的每一天、每一分、每一秒绝不能亏待自己。而楚志娟经历过一次破碎的婚姻，把将来看透了，所以他很安全。秦峰没问她，你曾经认为我是个对重残妻子情深义重的好男人，现在这样和你鬼混，又怎么定义我呢？也许她恍然大悟，也许她自欺欺人，这都不是秦峰关心的事。他得了实惠，楚志娟何尝没有?

秦峰就这样，翻来覆去地替自己开脱。周一至周五他是个好人，因为有周末让他脱下人皮，肆意丑陋。他可以把全部的邪恶收起来，留待周末一股脑倾倒出来。没有这样的周末，他可怎么度过那五天?

这样的感觉越来越上头，他甚至想整个周末都待在楚志娟家。安心没出事之前，他也并不整天往父母家跑。他本来就不是什么孝顺的儿子。横竖在父母家他只是个宝宝，而在楚志娟家既可以当小孩，也可以当成年人，且那成年人的部分太舒爽。再贵的水果和牛排，也没有楚志娟能解他的饥渴。

秦峰的秘密被父母发现了。周六的黄昏，母亲准备着大餐，要给辛苦了一周的儿子改善一下，却见他心不在焉，一会儿一看微信。母亲在厨房洗着菜，见秦峰在阳台打电话，脸上带着甜笑，挂电话之前还对着手机亲了一下。母亲心里咯噔一下。

吃完晚饭，秦峰陪着父母有一搭没一搭地看电视，半晌他起身，说要去酒吧和朋友喝酒看球，也许晚上就不回来了。果然一夜未归。第二天近中午了才进家门，把自己摔在沙发上，一脸的恬静和疲惫。母亲坐近，闻到他头上隐约的洗发水的香味，这气味是他在某个女人的身边睡了个懒觉、洗了个澡，甚至可能还打了个晨炮的满足。

母亲问："你昨晚是不是跟女人过夜了？"

父亲和秦峰都蓦地挺直身体，愣愣地看着她。秦峰顿了顿，没说话。

母亲又惊又怒，狠狠地打了一下儿子的胳膊。秦峰痛得哎哟一声，嚷道："干吗打我？"

母亲问道："你这是去嫖娼、一夜情了？还是正经外遇？"

秦峰饶是心虚不已，也笑了。正经外遇这个词用得好啊，母亲是担心他的安全呢，而"正经外遇"则精准勾勒出良家妇女楚志娟穿着家居服在厨房炒菜的模样。

父亲见他笑而不语，猜出老婆说的是对的。两个人一再追问，秦峰只好坦白。母亲顿足，骂他糊涂，要他赶紧和楚志娟断了，和安心离婚。不然被别人发现，他下半辈子别想做人了。离婚没错，就算安心没有残疾，出轨也不是什么大罪。但是背着重残的老婆出轨，而且还在当选了先进人物上了电视和报纸之后，那就天打雷劈了。

父亲问到他脸上：“你就这么迫不及待吗？想搞破鞋，至少也等离了婚再搞。你现在这样不打算混了？”

秦峰烦恼地叫道：“安心那个样子，我怎么张得开嘴嘛。可是我也不能一直打光棍啊。”他愁肠百结地揉揉脸。

母亲思考着，道：“儿子主动提离婚是万万行不通的，舆论会怎么看他？那不成了自己打脸、背信弃义的小人了？现在只有一个办法，就是让安心自己提离婚。”

父子双双看着她。母亲分析，安心出事后，他们也去看望了她几次，每次她都很冷淡。安心这个人就是这样，心性高傲，不能接受今日的落差。如果让她主动提离婚，既可以保全她的自尊心，也可以保住儿子的名声。到时就说是儿媳妇不忍拖累儿子，自己主动提的离婚。这不是两全其美吗？对于安心而言，总比说因为残疾而被丈夫抛弃来得好听吧？

听着母亲的分析，秦峰觉得心里很踏实。他一直心里这么安宁，就是因为有父母。可是，怎么样才能让安心主动提离婚呢？

秀芳正在力倍健身房举哑铃，看到秦峰母亲来电很意外，这个亲家母很少主动找她。秦峰母亲说明天想和她深谈一次，和秦峰父亲一起。在哪里谈？就在秦峰父母家吧。

挂完电话，秀芳心里非常不安，觉得这次谈话凶多吉少。她正在发怔，刚推完杠铃的老老王走过来，擦着汗，问她怎么了，秀芳如实相告。对老老王她向来很信任，他在她心目中，就像个可亲可近的长辈一般。

老老王听完若有所思，道：“小赵，大乱方得大治，没准儿是好事。我活到八十三了，得出一个结论，人生就没有过不去的坎儿。”

他嘴一努地上的哑铃：“再说了，健身的人无所畏惧。去会会他们！”

秀芳被他这番话鼓动得豪情满怀，笑道：“好，健身的人无所畏惧。”

老老王走向拉力器，吼道：“练起来。”他拉动弹簧，手臂上的肌肉高高鼓起。秀芳开始推杠铃。天大的困难，她也能举起来。

秦峰家，秀芳一进门就惊到了秦峰父母。这一年来，持续锻炼减肥的秀芳每次与他们见面，都会令他们有种刮目相看的感觉。两个月没见，眼前的秀芳又瘦了。她上身是件黑T恤，下身是条淡蓝牛仔裤，脚下是一双耐克的白色运动鞋。原来的花白卷发已经剪成中性的短发，类似八九十年代在女性群体中流行的运动头，但两侧推得更平。她整个人的打扮和气场都不像个老年人，更像个结实的男孩子，利落飒爽的。

进了屋，奉上茶后，秀芳端起茶喝，秦峰母亲注意到她手臂上隆起的肱二头肌。

“哟，你都练出肌肉来了？”秦峰母亲道。

秀芳看了看自己的手臂，笑了笑。

秦峰父亲道：“女人家，练成这样，很、很少见嘛。”他打了个磕巴。他看不惯，本想批评，但不想在今天这样特殊的时间点上起风波，而练成这样的亲家母也有点叫他畏惧。她可不再是从前那个臃肿昏聩的老女人了，现在看上去浑身的攻击性，一幅不好惹的模样。

秀芳不在意，喝了茶，把杯子放下，看着这夫妻俩。已是初夏了，但他们俩双双穿着毛衣，脚上还穿着袜子，趿着棉拖鞋。秦峰父亲端茶杯的手微颤，头发花白，一副风烛残年的模样。就在几年前，他还是个意气风发的商人，在建材城有两家不小的门店，平时也是吆三喝五的老板模样。秀芳奇怪他这两年老得这么快，更奇怪他们与她分明是同龄人，但看上去无论是外形还是气势，都像两代人一般。

秦峰母亲看到她的眼神，解释道：“屋里阴冷。你不冷吗？”

秀芳摇摇头。八公里，她一路跑过来的，正热着呢。

秦峰母亲有点讪讪的。这是她的主场，她家一直比秀芳家有钱，受的教育也高，本来是有心理优势的，但现在感觉气氛突然不像她之前想象的那样。加之接下来要说的话也着实需要技巧，所以一时不知道该说什么。三人沉默着。秀芳看到沙发的边桌上放着一张病历，侧过头去看，秦峰母峰拿起来，连同底下的一张心电图，递给她。这是秦峰父亲的病历，上面诊断写着“冠心病合并心房颤动”。

秀芳不明白给她看这个要干吗。

秦峰母亲道：“秦峰他爸的冠心病是三级，要非常小心，这个病治不好。”

秀芳敷衍道：“那要注意一点啊。”一边心里焦躁，想说什么就赶紧说吧，老头心脏病和我有什么关系吗？安心是你们的儿媳妇，残成这样，一年半了，除了第一个月表现尚可之外，余下的时光里你们管过吗？这个时候拉什么家常？

秦峰母亲道：“我就直说吧。秦峰说安心因为在车祸中子宫受伤，不能生孩子了？”

秀芳一个激灵，不知道该说什么。她应该愤怒，却又觉得心虚。夫妻俩四只眼睛直视着她，像是在说，安心全部的磨难都叫人同情，唯独这个，成了过错。而且她还瞒着他们，更是大错特错。

那天安心的主刀医生做完手术走出来，向秀芳宣布这一消息后，秀芳并没有仔细去琢磨。人能不能活下来都不知道呢，还管能不能生？但安心活过来，开始漫长的康复后，这个事成了秀芳的心病。不能生孩子对一个女人来说意味着什么，她很清楚。

此刻，看着秦峰父母，秀芳想辩解，医生说的“不适合生育”，并没有说死安心这辈子就一定怀不了孩子。但这话到了嘴边却又咽下。未来即使安心真的想冒死一搏，她这个当母亲的也会全力阻止。因为怀孕会使子宫瘢痕破裂，大出血可是会死人的。再说了，极力去辩解，像是哀求他们这个婆家不要抛弃安心一样，太卑贱了。

秦峰母亲道：“如果安心只是截肢，那说什么我们都会帮衬秦峰养着她。一日夫妻百日恩，相互扶持本来就是夫妻之间的本分。”

她往秀芳这边坐了坐，身子往前倾，用推心置腹的口吻道：“问题是老头子身体不好，我血糖也高，我们说不定哪天就走了。秦峰三十一岁了，总不能叫他这样一辈子孤苦伶仃，连个后代也没有吧？不是我们封建，我们没要求一定生男孩，就是女孩我们也当宝贝，可是安心她生不了啊。这但凡是个人，谁不想要个后代呢？”

秦峰母亲哀求着，秦峰父亲则目光注视着前方，一声不吭。秀芳张了张口，一句话也说不出来。秦峰母亲从旁边桌上又拿起个黑色塑料袋，从里面拿出一张银行卡，一张房产证，放在茶几上，把它们推到秀芳面前。

“这是我们名下中山路那个一百平方米的商铺，自打买回来起就一天也没有空租过，月租八千，年年涨。这卡里是一百万。这些年生意不好做，资金周转困难，这是我们目前能拿出来的所有现金了。”

秀芳没想到她这么赤裸裸，不由得愕然，接着嘴角挑了一下，嘲讽地笑了笑。

秦峰父亲道：“离婚后，你可以带安心去国外整容，配假肢，这些钱肯定够了，商铺租金也够她维持日常生活了。”

这样的安排合情合理，只是带着居高临下的冷酷，像极了他们两口子一贯的作风，知道自己家比秀芳母女富裕，平时说话再亲切也带了点不容置疑的控制。仿佛他们的安排就是最棒的安排，而她们只能遵循，别无他选。秀芳心里起了反感。

秦峰母亲说：“不过我们有一个要求，就是离婚这个事必须由安心先提。”

秀芳迷惑，这又是为什么？但她立刻回过神来，嘿嘿冷笑道：“你们这是又要当婊子，又要立牌坊啊。”

秦峰父亲脸色难看起来：“别说得那么难听，不然我们为什么要给这么多钱呢？这都是我们的财产，秦峰和安心结婚才一年，婚后有共同财产吗？”

秀芳挑眉：“我们要是不答应呢？”

秦峰母亲叹了口气：“不答应，对两个人都没有好处。说坦白一点，安心这样，连夫妻生活都过不了，他们的感情早破裂了。再耗下去又有什么意义？”

秀芳怒道：“过不了夫妻生活，是你儿子有问题，我女儿没有问题。你应该问一问他，为什么嫌弃安心？为什么现在连碰都不碰她一下？”

秦峰母亲道：“我了解我儿子，他是个扛不了事的人，被我们宠坏了，实在不是安心能依靠的支柱。你没发现安心出事这一年半以来，他一点笑容也没有吗？他跟我说过他快熬不住了，哪天要是寻短见了也不稀奇。”

她起身，膝盖一软，居然直直地给秀芳跪下，流着泪道：“亲家母，你是母亲，我也是母亲。你希望女儿好，我也希望我儿子好。我只求我儿子下半辈子能平平静静的，像别人一样有个正常的家庭，正常地生儿育女。求求你们，放我儿子一条生路吧。”她居然砰砰地给秀芳磕起头来了。跟着秦峰父亲起身，也跪下了，梗着脖子，表情倔强，眼圈红红的，眼神半哀求半胁迫。秀芳没想到他们居然会来这一招，想扶他们起来，觉得气不过；想答应，又觉得屈辱。一时不知道说什么好，起身走了。

秀芳走后，秦峰父亲埋怨秦峰母亲戏太过。给钱就算了，为什么要跪下？害得他不得不跟着跪。他一个老爷们儿，给一个女人跪下，算怎么回事？秦峰母亲抹抹眼泪，狠狠一笑。是啊，儿子就是被她养成了个没心没肺的王八蛋，王八蛋才快活呢。为了这个王八蛋能够安心地混完下半辈子，她杀人都可以。跪算什么？

晚上，吃过晚饭，秀芳收拾完，见安心坐在沙发上，正在看天宇朋友圈发的街舞学员跳舞视频，边看边笑。她愿意看这些东西，证明她对生活还有兴趣，秀芳很欣慰。安心脸上的疤痕持续愈合，比之前的小了一点，颜色变淡，但再怎么样它也是醒目的。秀芳想着秦家提的那条件，暗暗盘算着，那一百万够她修复这疤痕，定做最先进的假肢吗？也许再多要一点……记者要求来家里拍摄秦峰、安心恩爱画面的时候，她那个隐秘的直觉，原来就是为了派今天这样的用场。秦峰自己把自己架到神坛上，想要安心递给他一把梯子好爬下来，就要付出代价，更多，更多。

秦峰从那屋出来上洗手间，路过母女时他看了一眼，正与秀芳眼神相对，他很快漠然地移开眼睛。秀芳觉得奇怪，好歹也和秦峰当了两年半的家人了，为什么这人的眼神像个陌生人一样？秦峰母亲说他是个扛不了事的人，换成人话，就是骨子里极度冷血自私罢了。

秦峰在卫生间洗着手，从镜子里看着客厅里坐在一起的母女，即使在这么远的镜子里，妻子脸上的疤痕仍那样醒目，断肢光秃秃的令人厌烦，残肢端仍在红肿过敏。假肢靠在沙发边，这种类似人体器官一部分的东西不该放在客厅。安心为什么不能行行好，把假肢收到卧室，穿上长裤掩盖住那断肢？这样亮着，想恶心谁呢？这死气沉沉的家，这死气沉沉的生活。幸好有那样活色生香的周末给了他指望。

黄昏的人民公园，大家照例跑步的跑步，散步的散步。天宇说下午没课，也来了。秀丽紧着把他和若华往一块儿拉，天宇好脾气地笑笑。老老王今天又穿轮滑鞋，忽远忽近，忽前忽后，炫着技。天宇的兴趣被勾起来了，做了几个街舞的太空步动作，和老老王跳起舞来。若华大叫好看，要他正经跳一个。天宇看着安心笑，他怕勾起她的伤心事。但安心道："天宇，跳一个，好久没看人跳舞了。"

天宇听话道："你说跳什么？"

安心道："就咱们平时教给学员的那些就行。"

天宇把手机音乐调出来，秀芳去凉亭，跟老太太们借蓝牙音箱，他真的在广场上跳起来了。音乐一响，人们慢慢围拢了过来。天宇跳着，安心给若华他们讲解。街舞只是一种统称，其实分好多种呢。这是传统街舞Hip Hop嘻哈，它是最常见的街舞类型，特点是爆发力强、动作幅度大；这是Locking锁舞，是最早成型的街舞舞种，特点是手腕手臂的快速旋转与指向、突然定格、跳跃、劈叉等；这是Jazz爵士舞，它要求的力量感没那么强，动作幅度小，速度快，愉快活泼，韩国女团跳的一般是Jazz。看，天宇跳起Jazz来很性感的呢。女性来学这个舞的比较多，天宇必须掌握这种风格。这个是复合舞，叫Urban，融合了Popping的控制、Power Jazz的发力、House的步法以及Krump、Locking的律动等。它模糊了传统街舞的舞种分类，打破了舞种之间的壁垒，是一种全新的街舞风格……

安心正说着，天宇胸腔柔柔往前一挺，臀一撅，一回头，朝若华和安心抛了个媚眼，逗得安心捂嘴大笑。若华大叫“鸡皮疙瘩”，抚着手臂做恶心状，跺着脚又笑又跳。人越来越多，最近几个有关街舞的综艺节目，比如《这，就是街舞》《舞蹈风暴》播得很火，街舞这东西也由小众娱乐项目慢慢变得为大众所熟知了，所以大家看得不亦乐乎，随着天宇精彩绝伦的动作或鼓掌吹哨或轰然叫好。

音乐响彻广场，久违的音乐！安心热血沸腾，身上的每一个细胞都被唤醒，连发头丝都在跃动，只恨不能立刻站起来和天宇一起跳。她一转头，见人群中的母亲全神贯注地看着天宇，身体随着音乐律动，有时还会模仿天宇的动作手舞足蹈，完全不惧当众出丑，不由又好笑又感动。释放自我、当众表达自己、享受人生这些事情，好像天然地与这代老年人绝缘一般，她们也以低欲望、甘于清苦而自诩。其实看到一颗老灵魂在历尽人生风雨洗礼之后，还能保留生命的能量，打心眼儿里只想好好地享受一下而没有任何目的，是一件多么令人高兴的事情啊。安心笑着，一边忍受着残肢的巨痒和抽痛。这么多人，如林的腿，只有她是残缺的。世界这么大，她被困在这一方轮椅上，这是事实。就像这美好的夜晚，也是事实。

第十五章　不知死，焉知生？

秀芳不知道秦峰母亲和秦峰提过离婚的事没有，看上去他仿佛不知情，每晚仍是若无其事地回家，悄无声息地吃完晚饭，洗澡，回屋刷手机。也许他的父母交代过了，这么棘手的事情，就让他们在前面冲锋吧，他退后静待佳音就行；也许他们什么都没跟他说，并相信她绝不会与秦峰正面交锋。这太好笑了，这是秦峰和安心的事，两个当事人却一言不发，由两方父母正面对决。安心是个残疾人，这种事由母亲来处理情有可原，难道秦峰也是？她决定沉住气，反正着急的是他们，谁着急，谁就会露出破绽。比如，她什么也没说，他们不是自动开了价码？

这天是周末，秦峰不在，保姆休息，她和安心在客厅待着。安心坐在轮椅上看书，蓝牙音箱里放着她最爱的钢琴爵士乐，秀芳举着哑铃，一切很温馨。其实安心离婚了也没什么，母女俩生活在一起，悲观点可以叫相依为命，乐观点也可以叫清静。秦峰不在，她们反而放松，到底为什么要捆着秦峰呢？都说结婚是“找个男人照顾你”，其实男人能把自己照顾好就不错了。并且男性普遍比女性短命，比如她和秀丽，不前后脚当了寡妇？

秀芳举着哑铃，心里盘算着要不要跟安心开口说见秦峰父母这个事。转念一想，没准儿再抻一抻，还能得到更多呢？于是放弃这个打算。想到自己是主动的一方，占了上风，居然有点愉悦。一会儿手机响了，是快递，她网购的护膝到了，还有为了凑单免运费而买的洗衣液和给安心买的一箱西柚。去年天宇送的那一副已经在她高强度的锻炼下用坏了，她便给自己网购了一副。她现在网购玩得很溜，会拿积分换购，能辨认出写评论的买家是真的还是水军，去超市买东西的时候也会先在网上看一下价格，货比三家。

秀芳没有坐电梯，小跑着下了五楼，提着两大袋东西，又噌噌跑上楼。现在能爬楼她绝不坐电梯，能走路她绝不坐车，越跑越身轻如燕，越走越通体舒畅。一般的六十一岁老太太，有她这样的体力、这样的心态吗？有吗？有吗？她想起秦峰父母畏畏缩缩的标准的老人模样，想起他们身上散发的轻微的老人的浑浊体臭，那是肌体因为静止而正在死亡的味道，不由得一阵自得，挺起胸膛。来吧，混账东西们，谁来为难安心，她这个当妈的都要欺身上前，用这双有力的腿一脚踹翻它！她从草根长起来，不介意当泼妇。

秀芳推开门，提着东西走进屋里，欢快地扬声道："安心，妈妈给你买了西柚，快过来吃。"安心最爱吃西柚，那玩意儿又酸又苦，秀芳吃一口都倒牙，安心却甘之如饴，她相信它既能减肥，又对皮肤好。

安心坐在沙发上，没有说话。秀芳放下东西，走过去，见安心脸色煞白，嘴唇没有一丝血色。她吓了一跳，难道安心的身体又出什么状况了？她正要问怎么了，一看安心手里拿着她的手机，心猛地跳到了嗓子眼。

安心抬起头："你到底瞒了我多少事？"

秀芳心虚道："怎么了？"

她去抢手机，安心手一躲，点开微信，里面传来秦峰母亲的语音："亲家母，那天和你说的话，你考虑得怎么样了？我觉得再拖下去也没有什么意义。最近两个店生意都不太好，现金流有点紧张。这一百万你不要，我可就先挪给店里用了。再能凑齐就不知道什么时候了。”

又一段，秦峰母亲换了个语气：“能协议离婚好过诉讼离婚。诉讼对秦峰是不利，但对安心也不是什么愉快的事情吧？何况到时候她不能生育的事情也会被传得沸沸扬扬，同样没有好处，何必两败俱伤呢？算上中山路那个商铺，给你们的补偿有两百多万了。安心出车祸也不是秦峰造成的，他们才结婚两年，这样的补偿够意思了吧？”

又一段，秦峰母亲道：“如果同意，你就让安心本周内拟一个离婚协议。我们绝不会耍赖，一条一条写清楚，先打款，商铺过户，再离婚。我们做生意的，讲究诚信，绝不食言。”

秀芳一条一条听着，暗悔自己太大意，没有随身带着手机。秦峰母亲很少和她微信联系，哪里想到突然会发语音？此刻，秦峰母亲略带沙哑的声音听上去充满了恶意，分明谈的是这么无耻的事，居然还用上了诚信这个词？秀芳想用自己推了八个月杠铃、哑铃的结实手臂牢牢勒住她的脖子，让她伸出舌头，翻着白眼，口吐白沫，倒地昏厥！

秀芳咬牙切齿，不敢抬头看安心的眼睛，只听得她道：“我不能生育，是什么意思？”

秀芳脑子飞快地转着，小心措辞：“你的子宫被钢筋捅穿了，不是不能生，是会有点危险，医生并没有说死。但是，这是以后的事情，眼下你不用想那么多……”她的声音越来越低，到最后几乎听不见了。她都说服不了自己。

安心恍然大悟。所以她以前不痛经，现在每次来月经都痛得要吃芬必得，母亲说医生的解释是因为她受了太严重的伤，干扰了内分泌，导致月经也受影响，原来是撒谎。她不但外表残缺，连女性最重要的部件也是坏的！母亲太可恨了，太自作聪明了。母亲怎么知道如果把真相和盘托出，她会受不了？要死就死个干脆，这样一下一下缓慢地捶打，就是延长的酷刑。到底有多恨她，才会这样对待她?

安心道："他们什么意思？我主动提离婚，他们就给我们商铺，还有一百万？"

秀芳像个罪人一样勾着头，看着靠在沙发边上的假肢，点了点头。

安心爽快道："可以，我马上就起草离婚协议。下午你就给他们。"

秀芳抬头，强颜欢笑，绞尽脑汁地想安慰安心："其实我觉得这样也不错——"

安心打断她："你不用安慰我，这是最好的结局。我明白。"

她说要马上去起草协议，驶着轮椅进了卧室，笔记本电脑在里面。秀芳长出了一口气，这个问题竟然就这样解决了，她如释重负，却又不是滋味。安心的反应出乎意料，看来她早有心理准备了。自己之前对她的各种敲边鼓是有用的。只是安心一贯要强，这样的平静底下该是怎样的锥心泣血?

商铺过完户、一百万到账的第二天，安心和秦峰离了婚。结婚证是鲜红色，离婚证是暗红色，血流出来之后凝固了的颜色。婚姻死了，就该是这个颜色。出了民证局，秦峰并不感到轻松。这一年多来，他日夜想逃离安心，像逃离噩梦一般。真正解放了，反而心里空落落的。他和父母去停车场开车，出来的时候看见安心和母亲在路边等车，坐在轮椅上的安心看上去那么孤独无助。秦峰开车快速路过，一边从后视镜里看着她们，见她们也在目送着他的车离开，他赶紧偏过头，躲过后视镜的注视，像躲避刺眼的阳光。他觉得自己像肇事逃逸的司机，下车看了看奄奄一息的伤者，慌慌张张地上了车。而伤者的眼神由渴求到绝望，一直盯在他的后背上。他把车开得飞快，但耳边一直响着伤者凄凉的声音：救我，别抛下我。

后座上，秦峰父亲拿着离婚证翻来覆去地看，念叨着："好家伙，结婚两年半，花了两百五十万赎身，跟被人绑架了没区别嘛。你小子再结婚可得精挑细选着点。再来一次，你爸你妈的老骨头要被你啃断了。"

母亲心有余悸："下回结婚，千万别图漂亮，太漂亮的女人是不祥之兆。我早说过，找老婆不能只看脸蛋。人这一辈子长着呢——"

秦峰突然暴吼："能不能别说了？"

两个人吓一跳。秦峰急打了个轮，把车靠在边上，熄了火之后，一下又一下地打着方向盘。他只能用这样的方式来发泄，他发泄都不忘熄火，可是到了这最后的节点，表演型人格终于连他自己也糊弄不过去了。危机完美化解，安全着陆的喜悦也无法消除这种自省带来的罪恶感。他想起他和安心第一次上床时他说了那么多情话，他亲吻着她的脸，手指划过她丝一样顺滑的小腿，嗓音轻柔地在她耳畔呢喃着"我爱你"，他想起在婚礼上他深情地对安心说"我永远爱你"，无声地把头磕在方向盘上，哭了起来。他是哭给自己看，乞求良心饶过自己。都做过自我批评了，就不要再批评了吧？

秀芳没有见过一百万，她买下自己现在住的七十平方米的二手房，花了四十万，那是她此生拥有过的最大的一笔钱。她本来要把一百万存在安心名下，安心却说自己行动不方便，让存在她名下。秀芳也没有当过房东，所以当得小心翼翼，安心离婚后的第三天，她给租客打了电话，非常客气地说自己是新房东，以后房租就交给她，跟着把房产证和秦峰母亲给她的变更过的租房合同拍给租客看，租客连声说好。这笔交易还是划算的，一百万定做假肢和整容，八千月租过日子。安心的下半辈子，妥了。钱真是人最好的胆。房租比秦峰可靠多了，秦峰会走，房租却只会一年一年涨。房租才是安心的丈夫，终身的依靠。秀芳看着房产证，悲喜交加。

"人民公园帮"的人们知道这个事后，反应各异。秀丽吹嘘自己又掐准了一步，鄙夷秦峰的不要脸，羡慕安心得到丰厚补偿，又同情她被抛弃。若华为人心的残酷打冷战，又替天宇感到高兴。如今安心是自由身了，他追求她便是光明正大。她本想怂恿天宇，下一步却又踌躇，天宇喜欢安心会不会是叶公好龙？从前隔着婚姻，天宇可以安全地暗恋她，像是个小情趣一般。如今屏障没了，天宇会不会掂量一下后果，反而退缩了？如果他也表现出犹豫，那对表姐来说将又是一次致命打击。于是若华决定什么也不做，暗中观察就是了。

老王追求秀丽的势头越来越明显，居然邀请她一起去上海玩。他起劲地跟她描述着大上海，东方明珠塔多高，外滩多气派，金茂大酒店金碧辉煌，一走进去就有淡淡的香气，太豪华了，他走在大堂，心里直发怵，觉得这不是自己该来的地方。晚上站在六十几楼往外看，周围的大楼全燃着灯，如琼楼玉宇，天堂也无非如此。儿子一家和他在那里吃了一餐日料，花了两千多。说着说着，他抱怨起现在的年轻人，为自己花钱大手大脚，给父母花钱却总是抠抠索索的。老父母住在落后的小城，自己却在国际大都市享受着最先进的生活。当时买房为什么要买市中心，故意买那么小，分明是不想让父母去住。就不想想父母将来过来养老怎么办？那个钱要是买郊区，一百平也有了。有钱吃日料，为什么不攒钱换大房？

秀丽附和起来，说起自己知道的老家农村老人养老的惨状。孩子越多，老人越惨。子女们你推我，我推你，为每个月给老人的百八十块钱赡养费打得满地滚，头破血流。两个人唏嘘不已，又说起某地最近推出的打击忤逆不孝违法行为的通告，子女住新房老人住旧房等六种情形将受到依法打击整治，越说越投机。秀芳、天宇、老老王、若华四个人长跑完回来，两个人还在聊。秀芳只听到秀丽恶狠狠地说“就得让他们坐牢”，不由奇道：“一开始不是说要去上海玩吗？现在怎么聊起坐牢来了？吃糖包子还能烫着后脑勺，我真信了。”

老老王擦着汗，道：“这两个人真是绝配。我们这老小子要是有个伴儿，他儿子倒是解脱了。我觉得他认识你妹妹之后，好像念叨他儿子的时候少了。”

他半真半假地笑着问若华：“你妈要是给你找个后爹，你干不干？”他是真心希望儿子能找个老伴儿。

若华笑道：“我妈愿意就行啊。”母亲要是有自己的伴侣，也许就会放过她吧？

老老王走到老王身边，重重地打了一下他的肩。老王吓一跳，埋怨道：“爸，你想打死我呀？”

老老王吼道：“老子都能跑一万五千米了，你个龟孙连三千米都跑不了，还敢在这里泡妞，赶紧给我跑去。”

“泡妞”这个词让秀丽捂嘴笑了起来。老王不情愿地起身，老老王虚虚地凌空一踢，老王躲了一下：“我可跑不了三千米，跑两千就要我老命了。妹子你也来不？两个人一起跑有意思。”最后这句是向秀丽说的。

秀丽道：“我才不跑呢，跑得一身汗，臭死了。”

秀芳对若华道：“你妈从前在家里，数她最懒。家里的老小一般都这样，最娇惯，最没出息。”

大家聊着，若华见天宇来回走着，扩着胸，隔着锻炼的人群看着湖边的安心。暗下来的天光中，若华看不清天宇的表情。他喜欢安心，喜欢到什么程度呢？他面前并没有什么东西阻拦，那是什么妨碍他走近她呢？他久久地凝视着安心，而安心一次也没有回头，久久地凝视着前面的湖。

周末，秀芳在收拾屋子。秦峰已经搬走了，秀芳搬回自己卧室睡。安心卧室挂着的婚纱照被取下来，放到床底下，换上了一幅风景画。床单被罩都洗过换过，屋里被秀芳大扫除了一番，扔掉不少旧东西，显得清爽利落多了。秀芳正欣赏着自己的劳动成果，安心驶着轮椅过来：“妈，我想吃蒜蓉蒸虾，要活虾。”

秀芳犹豫了下，为了治安心残肢端的过敏，她已经很久不给安心买海鲜了。

安心道："我都馋死了，医生不是说过敏是心因性的吗？说不定我心情一好，过敏就好了呢？"

秀芳想想也是，决定给她买。安心想吃点什么这是好事，一个人有欲望，就证明她对生活没有失去兴趣。秀芳甚至有点高兴，安心看来是彻底想通了。看着每天哭丧着脸的秦峰，这对于她来说是一种侮辱。终止与他的婚姻，太明智。

市场不远，就在三公里以外。秀芳穿上跑鞋，现在短一点的路途，只要天气不是太差，她都会跑着去。临出门秀芳又有点担心，怕安心自己一个人在家不方便。今天是周末，保姆不在家。安心要母亲放心，能有什么事呢？这么短的时间不会那么凑巧想上厕所什么的。昨晚她没睡好，现在要去睡一觉。等母亲回来把午饭做好，叫她起来吃，多么美妙的一个周末。

秀芳走出门时，安心欣赏着她穿着牛仔裤和T恤的挺拔的身材，道："妈，你好棒。"

她说着，眼睛晶亮："和你比，我真的太差了。"

秀芳听到这句话，回身，亲了安心一口，道："我的宝贝也很棒。等你的过敏好了，妈妈带你去冰岛配个能跑步的假肢，一起跑。"这个事天宇跟秀芳也说过，说得她无比动心。安心微笑着，点点头。

虾很好，只只活蹦乱跳、身强力壮。是基围虾，不是普通的海虾。秦峰以前常买，后来他不买了，秀芳便也没买。一斤一百块钱呢，她的食谱里不会有这么贵的东西。不过现在秀芳想，存款加商铺租金加她的退休金，偶尔也能和女儿奢侈一把。让安心多享受一些美好的事物，她才会对未来充满希望。

秀芳买了虾，还买了块菲力牛排。回到家时见安心的卧室门关着，秀芳放轻手脚，把东西提到厨房，开始准备午饭。虾这个东西要最后做，开背，铺上炒香的蒜蓉，大火蒸十分钟就出锅。她把基围虾用水养上，择了豆角，把牛排用黑胡椒粉和盐腌上，做上米饭，然后到客厅休息。坐在沙发上，秀芳环视着屋里，像国王检视自己的领土一样。现在这个家清爽极了，一切透着从头开始的气息。安心在那屋里休养生息，很快她就可以站起来，开始新生活。也许那过敏和秦峰有关系呢？一个不爱她的丈夫，无异于眼中钉、肉中刺。拔了他，说不定就相当于阻断了那个“心因性”，过敏不治而愈。一切被秀芳安排得清清楚楚、明明白白。她微微点着头，很满意。

秀芳刷着手机，天宇在朋友圈发了学员训练的视频。翱翔从学员中选拔了一批佼佼者，打算集训后参加年底的省电视台街舞大赛。他真是个好老师，发自内心热爱自己的工作，朋友圈很少有个人的生活，全是学生。这么好的男孩，到底将来会是什么的女孩站在他身边？秀芳知道秀丽一直撮合天宇和若华，也知道若华心里有人，和天宇根本不来电。秀丽是瞎了眼，还是故意的？人人都看得出天宇喜欢安心，就她这个小姨看不出？

这个世界就是这样阴差阳错，阴差阳错有时会带来美妙的缘分，有时却会酿出悲剧。秀芳叹了口气，她多么喜欢天宇这个温暖的男孩啊，其实公园里的老太太们都很喜欢他，评语是“这小伙子整天笑眯眯的，看着就高兴”。若华戏称天宇为“中老年妇女的偶像”，天宇苦着脸说你的意思是年轻女孩儿不喜欢我？那完蛋了，这辈子找不着媳妇儿了。说完了还特地看了安心一眼，安心却没什么反应。天宇这孩子也是，如果喜欢安心，为什么不直接主动出击呢？安心本来在情感上就是一个被动的人，现在这情况，她更不会主动了。也许人家也在犹豫，安心这情况，给谁也会掂量再三吧？

看看墙上的钟，十一点半了，秀芳停止了胡思乱想，进厨房开始蒸虾。她给虾开完背，挑完虾线后，打算淋点料酒去腥，却找不到调味台上那瓶王致和料酒了。她觉得奇怪，因为出门前她特地看了下料酒还有没有，没有的话她会在市场一并买回来。当时看还在，这会儿却不在了。她四处找，橱柜、灶台、冰箱，哪里都没有。秀芳有点恍惚，也许自已年纪大了，记性不好了？她打算到楼下小卖部再买一瓶，临走前想想时间不早了，准备进卧室叫安心起床醒醒神，门却开不开。秀芳愣了，使劲推着门，很明显门从里边锁上了。安心在家睡觉从不反锁门，这是怎么回事？秀芳慌了神，用力拍着门，叫着安心的名字，但屋里一点动静也没有。秀芳浑身出汗，手脚却冰凉发抖，她有种不祥的预感。她往后退了几步，发着狠劲，咬牙拼命冲向门，猛力一撞。

门被撞开了，屋里一股料酒的味道，地上散着几个头孢克肟分散片空药盒，那是前阵子由于残肢端感染化脓，医生给安心开来消炎的。安心躺在床上一动不动，脸蛋烧得通红。她本就不善于喝酒。床头柜上放着那瓶料酒，已经被喝得只剩底了。酒瓶下压着一张她手写的纸："妈，我真的撑不下去了。对不起，我爱你。不要想我，好好生活。"

秀芳瘫软在地上，掏出手机打了120，接着又给若华打电话，眼泪模糊了视线，几次调错了手机上若华的号码。电话通了之后，秀芳声音已经抖得不成调，勉强把话说清楚了。若华母女以最快的速度跑了过来，和秀芳一起把安心连抱带抬的搬到了楼下，等着120来。十分钟后，120呼啸着来了，把安心拉到了医院。

急救室里，医生给安心洗胃。急救室外，秀芳哭得差点瘫倒，若华和秀丽母女一左一右扶着她。

头孢就酒，说走就走——安心前阵子吃头孢的时候，秀芳偶尔在朋友圈看到有人发过这样的小提示，还特地提醒安心呢。虽然安心不喝酒，万一同时和含酒精的食物，比如说豆腐乳或者酒心巧克力、酒酿之类的同吃呢？任何会危及女儿健康的东西，哪怕万分之一的概率，秀芳都要百分之一百地把它消灭在萌芽状态。没想到这话听在安心耳朵里，成了最便捷的自杀方法。

秀丽含泪念叨道："这孩子可是太糊涂了，离了就离了呗，咱再找好的。怎么能想不开呢。"安心不能生育所以离婚的事秀芳跟谁也没说，所以大家都认为她是因为离婚而寻短见的。至于为什么安心要和秦峰离婚，那当然是因为自己残废，不想连累丈夫了。外甥女这么美丽善良，却落个这样的下场，老天爷太不公平了。秀丽接着联想起自己苦痛的命运，不由得放声大哭起来，哭得比秀芳还惨。

若华抱着秀芳，心里想，如果自己是安心，挺得下去吗？不幸就像狂风大作的海面，一浪高过一浪地打过来。要有多大的意志力才能游过命运广袤无垠的海面，抵达风和日丽的彼岸？和表姐比，自己的这点儿波折，充其量算是小浪花罢了。

洗胃结束，安心仍在昏迷，一直到黄昏仍未醒。医生说每个人情况不一样，有人几个小时就醒过来了，有的要几天才能清醒，当然也有人永远醒不过来了。虽然料酒的度数不高，洗胃也算及时，但谁也不敢打包票，就耐心地等待一夜吧。老老王在微信群里知道了这个事，和老王、天宇赶了过来。这么多人簇拥着秀芳，却于事无补，反而令她觉得像是葬礼现场，一副人死了大家都来祭拜的情形。她心底一阵阵发冷，一种悬空的感觉让她连坐都没有力气，只能靠在若华身上。

晚上十点，秀芳眼泪已哭干了。秀丽劝她先去吃个饭，然后回家睡觉。否则安心醒来之后，她怎么能有力气照顾她呢？大家齐声附和。这话说到了秀芳的心上，她起身由若华、秀丽搀着，蹒跚前行。大家觉得原本丰腴的秀芳这半天像是突然被风干了的水果一般缩小了，那股健身之人的飒爽劲儿也没了，老态毕现，不由心酸。

他们来到常去的那家面条店，点了面条。秀芳忽然说："我好久没吃饱过了。"大家不知道她的意思，诧异地看着她。秀芳要了酱大骨、红烧肉、炒鸡蛋、卤牛肉、大桶冰可乐，满满地摆了一桌，开始狼吞虎咽。卤牛肉火候不太够，筋头有点硬，她用后槽牙咯吱咯吱全嚼碎咽下。油汪汪颤巍巍的连皮红烧肉她一口一个，炒鸡蛋一勺一勺往嘴里送，吃得嘴角直流油。酱棒骨最后上，满满一瓷盆，冒着热气。她抓起一块，啃着棒骨顶端那块肥嘟嘟的筋头肉，“嗞嗞”地吸着喷香的骨髓，吸不到的地方她用筷子挖出来，骨髓连汤带油一嘟噜落在碗里，她端起碗喝掉。她好像忘了刚刚发生的悲剧，只是一心一意地风卷残云般消灭着桌上的食物。大家从来没见过一个人对肉这样贪馋的模样，一时看呆了。

秀芳举着大棒骨，看到大家愕然的表情，道：“我实在太饿了。”

她咧咧嘴，想笑，眼泪却流了出来。

老老王理解地说：“吃吧，吃饱了才有力气。”有力气照顾女儿，或者是有力气活下去？也许都有。

秀芳一个人吃掉了绝大部分的肉，又端起碗来呼噜呼噜把面条全吃掉，最后喝掉了一杯冰可乐，放下碗筷，长叹一口气，一脸满足的呆滞。天宇一晚上都非常沉默，在医院他就很沉默。他同样感到束手无措。他能给安心什么？安心又需要什么？在她庞大的死的意志面前，男女之情显得多么无足轻重。

大家送秀芳回家，到了家门口，若华和天宇说可以替她去医院守夜，秀芳婉拒了。谁也不能代替母亲，不是吗？都回去吧，有消息会在群里第一时间告知大家的。

众人散去，秀芳回家，屋里死一般沉寂。她坐在沙发上，七魂六魄此时才回到身体里。怪不得安心那么爽快地答应了离婚的条件，对商铺过户的安全性非常关心，一再确认过户是否有效，是否带租约过户。原来在她的计划里，商铺和那一百万就是给母亲晚年的保障。她要来这两样，代替自己照顾母亲，就可以从容赴死了。可笑自己还以为她想通了呢。

如果安心明天醒不过来，这家从此就剩秀芳一个人，她还能不能活下去呢？

安心说实在撑不下去了，其实她何尝不是如此？节食、长跑、健身，这是多么折磨人的事情啊。何必坚持？何必？秀芳双手捂住脸，悲从中来。如果程志国火化的那一天，她抱着安心一头撞到大货车底下，就不用煎熬这么多年了。再往前倒一点，如果她能死在化肥厂的事故里，或者干脆十岁那年有勇气投河自尽，人生就完满了。

用刀割脉？不一定能割得那么准。跳楼？这才三楼，跳下去不一定死，要是瘫痪就惨了。头孢和料酒都被安心用光了。摸电门？多大的电压能确保把人电死？或者上吊？秀芳在屋里四顾，哪里可以搭绳子呢？窗帘杆太轻，门楣上头是封死的，挂不了绳子。她如游魂般走进安心卧室，这里还有隐约的酒味儿，地上散落着头孢药片空盒。她捡起药盒，坐在地上，靠着床发呆。为什么自己要死这么难，女儿寻死却这么轻而易举？半晌一转头，看到安心靠在墙边的假肢。她爬过去，抱住假肢，像抱住安心的一部分一样，眼泪颗颗淌了下来。女儿还没死，至少目前是。如果放弃了，她明天醒来怎么办？想死的话随时有机会，但要等到明天。好吧，明天再死！

秀芳到洗手间，抱着马桶，抠着嗓子眼儿，想把吃下去的肉吐出来。然而哪里那么简单？呕得翻江倒海，眼泪鼻涕全出来，胸口发疼，也吐不出多少来。她靠在马桶边，想到另一个办法，跑步，把热量消耗掉。跑步机上跑十公里后，她浑身大汗，心情通透了不少，洗了澡，刷了牙，换上干净衣服，下楼打了个车到医院。

在重症监护室外的长椅上躺下的时候，秀芳想，如果安心没死，那么自己醒过来时看到的是好消息；如果安心死了，她明天就可以去死，也是好消息。所以没必要不安。她这样想着，头沾到脱下来的外衣叠成的枕头上，闭上眼睛，五秒钟后睡着了。

早晨七点，护士把躺在重症监护室外长椅上的秀芳叫起来，说安心醒了。秀芳打了个激灵，一下子翻身起来。上了趟洗手间，洗了把脸，完全清醒了过来。她看着镜子，谢天谢地，她昨晚健过身，洗过澡，通体洁净，并且由于想通了而一夜无梦，睡了个好觉。所以此刻镜子里的自己神采奕奕，没有独生女自杀后痛不欲生、自暴自弃的老母亲悲惨的面容。

两天后，安心情况稳定了，换到普通病房。秀芳每日在家熬了粥送过来。安心并不拒绝进食，她死了又死，还是没死成，对于这种在死亡线上被撕扯的感觉已经不陌生，也懒得反抗了。反抗也是需要激情的，现在的她对一切都没有了激情。秀芳从保温瓶里倒出粥，凉了端给她，她接过来，温顺地喝光，再把碗递还给秀芳，一边同情母亲：这样精心投喂着自己，所为何来？遇到像自己这样的孩子，母亲真是倒霉透顶。

秀芳拉开窗帘，打开窗户，一阵轻风吹了进来。又是一年秋天到，屋外天空蔚蓝，秋高气爽，阳光透过窗棂照进单人病房，在地上投射出淡淡的影子。安心看着窗外，上次车祸住院她在二楼，这回在八楼。风景不一样了，心境却是一模一样的灰色与绝望。她都把后事安排得那么妥当了，为什么不肯让她去死？死之前她权衡过，母亲娘家长辈普遍长寿，她又在健身，所以大概率会更长寿。贫穷且长寿是一种不幸，好在她卖了自己的婚姻，换来的商铺和存款可以保证母亲有一个殷实的晚年生活。而健身使母亲结交了一群同好，也不会孤独。未来哪天走不动道了，母亲把两处房抵押给银行，足以进高端养老院，在那里寿终正寝。母亲这么好的未来里不应该有她这个拖累，她的存在就是一道死亡的阴影。母亲应该让她死掉，就像拉开窗帘，让阳光驱散阴影一样。

秀芳看着安心凝固不动的侧影，慢慢开口："安心，一直到生下你之前，我不知道什么叫幸福。小时候苦，稀里糊涂地也就长大了。最难熬的是结婚前，大家都说我那么丑，岁数又大，你姥姥彩礼要得那么多，肯定嫁不出去。我那会儿多想要一个自己的家呀。老公是谁都行，我就想要个孩子，自己的亲人。说来奇怪，我有父母，有七个兄弟姐妹，可我总觉得孤独。后来我结婚了，好几年也生不了孩子，我那会儿以为这辈子完了，可突然间你就来了。生下你那一刻，是我这辈子幸福的开始，我从此觉得不孤单了。知道我为什么给你取名叫安心吗？虽然你小小的、软软的，但你就是我的定心丸。有了你，再苦再累我都觉得高兴。谢谢你，安心，这辈子有了你，妈妈觉得特别值。老天爷对我太好了，送我这样的大礼物，我人生太圆满了。谢谢你为了妈妈活下来。只要人活着，总是会有办法的。现在科技这么发达，你再撑一撑，一定能找到办法。妈妈会比你更努力，做给你看。”她的嗓子那天哭哑了，后来又被呕吐出来的胃酸灼过，此时说话仍带着肿痛的嘶哑，沧桑而诚恳。

有一个这样残缺的女儿，母亲还能圆满？安心的眼泪流了下来，奇怪，她自觉已无一丝激情，为什么还是会流泪？为了不让母亲看到，她把脸扭向窗外，天空有飞机飞过残留的一丝白线。

门被轻轻敲响，是天宇，他带来了一束怒放的向日葵。所有人都要来鼓励她，为她打气加油，连花都充满了寓意，安心不得不打起精神敷衍。她死了又死，别人会不会以为她在搞行为艺术？殊不知一个残疾人，要死也没那么容易，只能就地取材。所以她选择了头孢就酒，家里只有五度的王致和料酒，她只好凑合喝了。要是真能选择，她倒愿意喝红酒。死在红酒里，听上去比死在料酒里有品位多了。

天宇坐下来后并没有太多的话，也许话都在她死第一次时说尽了，他只是问了睡眠、胃口之类的情况。秀芳说后天就可以出院了，天宇说到时候来接她们，他新买了辆SUV。说完又无话。稍倾，为了打破窘局，他掏出手机，给安心看学员的集训情况。这次即将参加电视台街舞大赛的主要成员都是安心教过的，所以她很熟悉。安心看着他们在学校的舞蹈教室日趋专业的跳舞视频，表情柔和了下来，眉宇也舒展了一些。

天宇又调出一段视频，是学员们录给安心的问候视频。有的说：“程老师，我很想念你，我们什么时候可以去看你？”有的说：“安心姐，你看你教我的基本功，我是不是都做得不错？从前你让我苦练基本功，我不理解，现在我全都明白了。没有基本功，再好看的动作我也做不出来。”有的说：“程老师，我相信你一定能重新站起来。”有的说：“安心姐，电视大赛时你会来给我们加油吗？”

最后学员们齐声说：“程老师，我们爱你，你是我们心中永远的女神。”

天宇看安心眼圈红了，分明是感动，却讪诮地压了压嘴角。她太怕别人嫌弃她的残缺了。怎么样才能告诉她，有人并不在乎呢？天宇又调出一段视频，是一个舞蹈女演员在一个电视晚会上的表演，她跪在一面鼓上，一袭火红的舞衣，娇俏可人，舞姿充满了激情。镜头摇下来，她居然是个双腿截肢的人。

天宇道：“她叫廖智，和你一样，原来是个舞蹈老师。她的腿在汶川地震中被压断了，也离婚了，但她坚强地站了起来。后来她排演了这个节目《鼓舞》，为了替震后的家乡筹集善款，更是为了鼓励自己站起来。通过这个节目，她一举成名。后来她配了假肢，上了东方卫视的《舞林大会》，参加了踢馆赛。和她一样在地震中被伤到腿截肢但最后还能跳舞的，还有四川省歌舞剧院的独腿舞蹈演员谢海峰。”

天宇把廖智的这期节目调出来，舞台上的廖智一身性感短裙装，双腿穿着丝袜，根本看不出是假肢。她跳的是热情奔放的桑巴舞，动感十足，脸上带着灿烂的笑容，极富感染力。安心一眼便看出廖智跳舞的时候还是不敢太用力，但是穿着假肢能跳到这种程度，已大大出乎她的意料了。而不懂行的秀芳则在一旁瞠目结舌，啧啧惊叹。

天宇微笑：“其实腿部截肢后还能正常生活、运动、跳舞的人很多，不光廖智和谢海峰两人，还有舞蹈家刘岩。她在2008年的奥运会彩排中意外摔伤，高位截瘫。但她并没有放弃舞蹈，而是积极治疗，后来回到北京舞蹈学院当老师。这些新闻和视频网上都有，如果你有心，可以去查。”

天宇微笑：“其实腿部截肢后还能正常生活、运动、跳舞的人很多，不光廖智。新闻和视频网上都有，如果你有心，可以去查。”

安心心动了一下，随即又颓丧。截肢也就算了，还毁容。截肢毁容还失去生育能力的，这世界上又有几个？这一年，她为了战胜截肢、毁容，已耗尽心力。目前实在无法克服不能生育这一项，这是终极残缺了。因为她太喜欢孩子了，她无法想象自己不能拥有孩子的余生。秦峰和她离婚她并不怕，是命运一而再，再而三的戏弄彻底将她击垮。

秀芳却非常感兴趣，若有所思：“你是说，没腿的人也能跳舞？”

天宇答：“是的，带着假肢训练一段时间，完全能跳。”

秀芳慢慢道：“那有腿的人想跳舞，不是很简单了？”

天宇不知道她是什么意思，道：“经过训练，人人都可以跳舞。”

秀芳不语，眉头微蹙，想着什么。稍倾，她抬起头，双目炯炯：“天宇，电视台街舞大赛还有多长时间举行？”

天宇道：“还有一个月。”

秀芳道：“我报名参加你的街舞班，你负责教会我。”

她转向安心：“安心，一个月之内，我要学会跳街舞，参加电视大赛。要是我都能跳舞，你为什么不能站起来，重新开始？”

第十六章　两个母亲，两种坚硬

这是秀芳第一次来翱翔艺术学校总部，从前它在一个商住楼盘的一栋小复式楼里。如今它在市中心的一栋写字楼，整整一层被打通了，装修很气派。前台上方的墙上用美术字写着大大的一行校训：“所有人都应该挖掘潜能，成为自己的明星。”墙被刷成淡淡的蓝色，沿着走廊一路挂着许多装饰画和海报。最打眼的一张舞蹈招生海报，模特是安心。她穿着淡粉色芭蕾舞衣，头发高高盘起，双臂微张，纤细修长的腿，一条踮起足尖，另一条直直抬起90度，亭亭玉立从来没有这么具象过。她干净的脸上眼神明亮，嘴角轻扬，整个人看上去轻盈优雅。再不懂舞蹈的人，一看这张海报，也能感受到一股呼之欲出的灵动气息。

再往里走，墙上的海报，凡是舞蹈类的，模特全是安心。或是歪戴鸭舌帽俏皮酷炫的街舞造型，或是性感妩媚的国际舞造型。无论哪一款，安心都可以完美驾驭。很明显，安心曾经是翱翔最亮眼的一颗明珠。即使是不在职了，郑校长也没有换下这些海报。这是安心为之孜孜以求的事业，曾经无比热爱、洒下许多汗水的地方。如今她永远告别这里了，自己却来到了这里，多么神奇的缘分。秀芳感慨万千。

秀芳是来交学费的。天宇曾提议由他私底下每晚去她家教她，这样可以不花钱。但秀芳拒绝了，一是家里没有那么大的空间，也没有大镜子。二是她不能让天宇白白付出。她交了两万块钱的学费，一对一，三十天加急训练，一天三个小时。她要的全是早晨的课，艺术培训学校的特点，早晨很少有人来学，晚间学生放学、白领下班后才是高峰。

老年人跳街舞现在并不算什么石破天惊的事儿，也偶尔能在媒体上见到这种新闻。但在天宇看来，这些老年人跳的街舞，大部分动作简单，力量也不够，就是老年广场舞的变种。博个噱头可以，专业美感却欠缺。秀芳要面临的首要难关，就是二十天后的海选。大赛分男女组和团体组三种，她无法加入到翱翔的街舞团中，因为水平根本达不到，只能以个人身份参加女子组别。这不像什么素人梦想秀之类的节目，这是实打实的街舞比赛。秀芳至少要跳得像那么回事，才能闯过海选。海选离正式比赛还有十天，天宇可以在这十天里对她进行强化训练，令她站到初赛的舞台上。

秀芳的诉求并不是拿奖，而是借初赛的舞台向女儿证明，她这样毫无基础的素人老太太，仅凭着勤奋与意志，就可以站在电视街舞比赛的现场。那么安心也应该可以站起来，重获新生。前有廖智等大量截肢的人重返舞场，后有她，这么多例子，她就不信安心不被打动。从前，安心不就被她减肥的意志感染，愿意坐上轮椅去配假肢嘛？

交完学费，第二天早上九点整，秀芳走进403教室，朗声道：“天宇，我来了。”

天宇抱臂，绕着秀芳踱步，打量着她。秀芳挺胸抬头，任由他审视。很好，她现在已减到一百二十斤，体重接近标准值，又不是太瘦，跳街舞首要的是力量感。

天宇绕到她正面：“你不能一上来就跳街舞，必须先大量地训练基本功。街舞动作是由各种走、跑、跳组合而成，并通过头、颈、肩、上肢、躯干等关节的屈伸、转动、绕环、摆振、波浪形扭动等连贯动作造成韵律的美感。比如它有个最简单的基本功Up Down，也就是挺胸和塌胸。”

天宇示范着，秀芳跟着做，却做不出他那么大的幅度，并且浑身晃动。

天宇一只手掌贴着她的后背，一只手的手指顶着她的胸口，边讲解边纠正：“只动胸腔，肩和下半身不要动。尽你最大的力气，胸腔往前顶，去感受让两个肩胛骨极力靠近的感觉。好，胸腔往回塌……只有胸口的起伏，肩膀和脖子、下半身都不要动……你看，这就是由于你身体各个部位的分离没学，所以幅度和稳定性出不来。分离和控制、平衡和律动是街舞中非常重要的部分。掌握好它们，你就能把动作做到位，把味道跳出来。”

秀芳心悦诚服地点点头。天宇上课的样子和平时不一样，平时他是个温暖的大男孩，而现在，他是位严肃的老师。

“现在我带你先拉伸。记住，以后每天回去练基本功之前都要先拉伸，把身体打开。你毕竟是六十多岁的老人，身体灵活性比年轻人差，一定要注意，不要受伤。”

天宇放上节奏明快的热身音乐，带着秀芳开始压腿。秀芳依他所言，把一条腿架到横杠上，然后尽力把身子往腿的方向倾。她的身子刚一动，就听到关节轻微的噼啪响，跟着大腿韧带处有种被撕扯的疼痛，腰部也开始酸胀起来。五分钟后换另一条腿。

接下来天宇又带她跳操十分钟，最后教她基本功，头颈、胸腔、胯部前后左右的分离与移动等。秀芳发现，健身是一回事，跳舞又是另一回事了。健身强调力量的训练，跳舞则是全身关节与韧带的打开，以及身体各部位的协调配合。这对她来说太难了。她的身体柔韧性太差，骨头与骨头相亲相爱，并不能像天宇那样，几乎身上的每一块骨头都可以自如地分离再重装。看着镜子里自己僵硬滑稽的动作，秀芳很着急。天宇暗暗叹气，他只有二十天的时间，要教会这一张白纸般的老太太跳初级街舞，折服海选导演。做得到吗？他也不知道。不过天宇不能表现出担心，秀芳每做成一个稍微像样的动作，他都用力地点头表示赞许。他这样奏效了，秀芳的表情由一开始的犹疑询问渐渐变得自信了一点，动作也由缩手缩脚变得柔软了些。

十二点，秀芳僵着手脚大汗淋漓地离开学校。这街舞基本功的运动量不输给撸铁、长跑，后两者只是身体的部分部位在动，街舞却是头、躯干、手臂、腿脚全部都要动起来。她原本是跑着来学校的，想着结束后再跑回去，这样一天十公里的长跑量就够了。可是下了楼之后她赶紧打了个车，迫不及待地爬到车后座上，一直瘫到家门口。

第二天起床，秀芳一坐起身就发现浑身骨头疼，尤其腰和腿疼得厉害。她暗暗叫苦，强忍着疼起床，走到客厅。保姆已做好了早饭，桌边却不见安心。秀芳走到安心屋，见她正在阳台静静地看着远处的风景。秀芳走到她身边，搭讪道："起了？"

安心既回到家，秀芳便把家里凡是有危险的东西全收走。菜刀、剪刀、料酒和西药收到橱柜的高处，所有的窗都加封了粗粗的钢条。并且秀芳再也不让安心有一个人待着的机会，保姆放假而她又必须出去的时候，就拜托若华母女来家里。自杀后的安心回到了车祸出院后的那个阶段，没有焦躁哀伤，而是平静、无欲无求的模样。假肢放在墙角，很多天没碰过了。医生开了抗抑郁的药，安心不吃，秀芳收起来了。现如今她看到西药害怕得很。即使不和酒同服，过量的西药同样可以造成生命危险，谁知道安心哪天再度寻死？

安心没说话。秀芳顺着她的视线往外看，窗外天气晴朗，阳光明媚。小区的银杏树已开始变色，黄绿相间，煞是好看。早晨永远让人充满希望。秀芳舒展着僵直酸痛的双臂，大声道："真好啊。"

安心道："窗户装成这样子，你觉得我像不像在坐牢？"她回头看了母亲一眼，微笑着，嘴角是凄凉的弧度。

秀芳温言："你随时可以出去，怎么会像坐牢呢？待会儿我要去你们学校学跳舞，不如你和我一起去？”

安心摇摇头，怜悯地看着母亲：“一个月你是绝对学不会街舞的，更别提参加电视大赛了。”想象着母亲笨拙的跳舞模样，安心都替她感到脸上发烧。多么自不量力的现丑行为啊，世界上最可怜的就是明知不可为而为之了。那种挣扎，像无人喝彩的小丑一般，又孤独又可笑。她和母亲，都是丑角。她的人生理念是可以丑，但要暗暗地丑。就像在练功房练功时，一大群人练功，再累也要做出云淡风轻的模样，一个人练功才可以为流血的脚皱眉吸气。没有人会同情你的狼狈，他们只会觉得你可怜，甚至会因让他们觉得不自在而讨厌你。多少人路过乞丐时会加快脚步，就是这个道理。母亲本不用当丑角的，是她害得母亲不得不在晚年强打精神，走上舞台供人嘲笑的，这让她感觉自己是双倍的丑。

秀芳把腿放到舞蹈教室的把杆上时，一直想着安心那句话和那凄凉的笑容。是它们撑着秀芳把拉伸做完的。但到了基本功环节，天宇发现了她的异常。她是在跟着他做动作，但幅度变小了。天宇叫停，问她是不是浑身疼得慌。秀芳默认。天宇有点踌躇，她第一天练得太猛了，加上岁数大了，所以反应会比一般人要强烈。

他犹豫：“要不然，我们停一天？”秀芳拒绝，一共才三十天，每一天对她来说都是倒计时。天宇知道说服不了她，只得继续教下去。

两个人正跳的时候，感觉有人站到了门口，回头一看，是郑校长。他正含笑看着他们，两个人停下，郑校长上前询问情况。知道秀芳是为了安心来学跳舞的，非常感动，勉励天宇要好好教。天宇诺诺。郑校长刚要走，想了想，回身问道：“阿姨，我有个请求，不知道可不可以。”

郑校长想把秀芳学舞的过程拍下来，做成学校的宣传视频，以宣扬全民学舞、全民健身的理念。秀芳当然知道他其实主要是为了宣传翱翔的品牌。她对他狠心把女儿辞退仍耿耿于怀，虽能理解，但商人之精明算计的冷血仍令她难受许久。不过既然来此地学习了，总不好得罪他，当即笑道："当然可以，就怕我这个老太婆跳得太丑，给学校丢脸。"郑校长连说不会。

秀芳回到家，瘫倒在沙发上不想动弹。今天是周末，保姆休息，秀丽在她家，若华推安心下楼散步去了。秀丽知道姐姐在学跳舞，见她累成这模样，在厨房一边做着饭，一边调侃道："悠着点儿吧。老胳膊老腿儿啦，再出点什么事儿，不是偷鸡不成蚀把米？"

秀芳被妹妹这奇怪的比喻气笑了。此时手机响了，居然是一条收款通知。点开一看，上面显示翱翔把她的两万块钱学费退了回来。秀芳大吃一惊，给天宇打电话询问，天宇要她稍等。十五分钟之后他回话，说问过财务，财务说没错，是校长让把秀芳的学费退回去的。

秀芳看着手机，心中百感交集。秀丽问清楚情况后道："钱是试金石，一个人能在钱方面这么大度，可见是个好人了。"这个评价倒也中肯，校长这样支持，她一定要把街舞学好。秀芳想着，暗暗下了决心。同时痛批自己见钱眼开，上一刻还讨厌校长，这一刻见到钱就高兴了。她问若华安心干吗去了，秀丽说两个人下楼去了，若华一来就说表姐不能整天闷在家里，推着她出了门，说饭做熟给她打电话，她们就回来。

若华推着安心在小区外的超市买东西。她们本也不一定非要买什么，不过闲逛的意思。今天是周末，人很多。挑选商品的人很认真，是真的要过日子、要把一日三餐打点好的模样。挑姜挑饱满整块的，挑土豆要挑形状规整的，挑杧果要挨个拿起来闻一闻熟了没，香不香。不像她们，来这里无心无绪，买也可，不买也可，拿起东西又放下，不是看不上，是手闲得无聊无意识地动着，纯粹打发时间。是啊，她们这样被甩出正常人生轨道的人。

若华推着安心到了水果冷柜，好奇地拿起一盒进口蛇果，一看四个果子标价六十五，又放下了。安心从侧边的镜子里看着表妹，她公考失败后就一直待在家里无所事事，既不接着考事业编和教师资格证，也没有找工作，目前正在与母亲僵持着。此刻她脸上是一种平静到几近茫然的表情，一点也没有她这岁数该有的生机勃勃的好奇。

路过酒水区，看到一排排进口啤酒，想起和凯泽那一夜的对酌，若华忽然来了兴趣，问道："姐，要不要买几罐啤酒，晚上让天宇一块儿来喝酒？"

安心想起料酒那令人作呕的酒味，洗胃时那翻江倒海生不如死的痛苦，喉头一阵发紧，摇了摇头，道："你们想喝就买，我可不喝。"

若华拿了两罐，放进挂在轮椅扶手一角的购物袋里。她记起酒后的感觉了，真放松，真开心哪。她是该学着像个真正的大人那样，去享受一下酒精的快乐了。

继续往前走，路过零食区，若华买了牛肉干和鸡爪，看样子是要下酒用了。愿意吃点什么，这也是一个人活着的标志啊，安心想，不像自己，恨不得每天打一针就可以解决三餐，连吃饭也叫自己觉得累。这时一个年轻女人推着婴儿车过来，小婴儿露着一节小臂，像剥了壳的荔枝一样白嫩饱满，流着口水，咿咿呀呀地喊着，小手、小腿踢着。年轻女人笑着，俯下身叭地亲了一下小婴儿的脸，温柔呢喃道："好了好了，妈妈知道你饿了，妈妈会快一点买，我们马上回家家。"

年轻女人拿了两包纸尿裤，推着婴儿车走了。若华、安心眼巴巴看着她们离开，若华叹道："我好喜欢小孩子啊。也不知道这辈子我会不会有自己的家庭，会不会生小孩。"

若华毫不避讳地谈起这个话题，是因为秀芳没有告诉任何人安心自杀的原因，她们都以为她是受不了离婚的打击。安心想，自己才是彻底完蛋了呢，但若华未必。她有健康的身体，体面的学历，目前只是卡进了某个人生阶段的缝隙里而已。等她挣扎着爬出来之后，大可奔向光明的前途。

这时秀丽来电话，催她们赶紧回来，口气一如既往地带着狐疑和控制：“怎么回事？去了那么久？”

若华道：“这不是让表姐多逛逛嘛。”

秀丽道：“家里不缺东西，赶紧回来。”

若华挂了电话，每次接母亲电话或者与她对过话之后，她都觉得像被暴风雪袭击过般，要缓一下。安心看着她黯淡下来的脸，一阵怜悯。这个世界上，只剩她们四口人最亲了。而这四个人当中，最有可能获得完整的幸福的人，就是若华。安心突然说：“若华，咱们不回去。”

若华微讶。

安心道：“咱们去外面吃饭。我请你。”

若华高兴极了，为表姐忽然有了兴致，也为自己突然得了个无意之中的快乐。安心给母亲发了微信，告诉她们两个人要在外面吃饭。姐妹俩出了超市，往从前常去的那家茶餐厅走去，心里都怀着一种小孩逃学的小激动。

安心点了烧腊和炒牛柳，还有几样精致小凉菜，为若华点了一瓶啤酒。两个人吃了起来。安心知道若华与凯泽的事，问她最近可有什么进展，若华说他下个月五号会来一趟。是靠着期待，若华才撑过这些灰色的日子的。可是见过之后能怎么样，她也不清楚。

安心本想鼓励若华追随凯泽而去，想起自己破碎的婚姻，想起曾相信男人而男人却给了她最致命的一击，话到嘴边又咽下。做人真难啊，人生处处是陷阱。随着本心去做，怕被套；不随着本心，又觉得憋屈，像是有团火在心中燃烧般日夜不得安生。人到底怎么样才能幸福？想了又想，竟说不出一个字来，索性给自己倒了一杯啤酒，喝了起来。还好，这酒麦芽香浓郁，口感醇厚，绝不似当日料酒那样既寡淡又扎嘴。

若华把半杯啤酒一口气喝完，道："我特别特别想去北京，姐。"她的眼神热切又哀伤。

安心微笑道："我知道，年轻的时候谁不向往爱情呢？只不过，若华，世界上最不可靠的就是爱情。你如果想去北京，一定要想好了，是为了自己的前途，而不是为了男人。否则万一有一天感情破裂，你会极度失落，感觉像是你的心都没有立足之地那样空虚痛苦。"

若华摇摇头，道："其实你和我妈全想错了。我去北京，既不是为了工作，也不是为了男人。"

若华招手让服务员又给上了一瓶酒，给自己倒了满满一杯，倒得太急，厚厚的泡沫极速上涌，溢了出来。安心赶紧扯了几张餐巾纸去吸那酒沫。若华咕咚咕咚把一大杯酒全喝了，放下杯子，咧了咧嘴，像笑又像哭："我只想离我妈远远的，越远越好。如果我有钱，我会出国，让她这辈子再也找不到我。"

安心愕然，却又立刻理解。若华继续："她就像一个噩梦，像夏天那种又闷又潮、气压特别低的天气一样，让人喘不过来气。"

她扯着自己胸口处的衣服："你知道我有多讨厌和她待在一起，有多讨厌待在我那个有灵堂的家里吗？那两张遗像，那两个骨灰盒，那种烧香的味道……我的天，表姐，我快疯了。"

安心道："让我小姨把骨灰盒放到陵墓里不行吗？"

"我提了两次，被她骂得狗血喷头，说我没良心，嫌弃自己父亲和弟弟。她说她活着一天，就要和那两个骨灰盒在一起生活，直到死亡把她和他们分开。我那个家，就是个活死人墓。我妈自己陪葬不算，还要我一起。我哪天要是忍不下去，先死在她前头算了。拿把刀——"

她咬牙切齿地对着自己的手腕比画着，脸上带着狞笑："等她睡着了，我往这里一割，血喷出来，流一地。悄悄地，流一夜，怎么着我也该死透了吧？姐，如果把我这血、这肉、这条命，全部还给她，你说，这样是不是就够偿还了？是不是就够了？”

安心震惊了，她没有想到若华心中的痛苦如此强烈。她郑重道：“若华，我死过两次，所以也许我比你有发言权。无论是第一次在车轮底下死里逃生，还是这次自杀，我告诉你，当你挣扎在死亡线上的时候，你根本不想死。你动不了，但心里一直有声音在大声地喊，救救我，我不想死。我要活下去，哪怕我残疾加毁容加不能生育。”

安心的眼泪流了下来，这是自她知道自己子宫被毁后第一次哭：“活着太艰难了，我也不知道为什么还要坚持，可是你相信我，到那一刻，你就是舍不得放弃。从今往后，我会接受事实。无论我有多不甘心，多么痛苦，也要咬着牙活下去。”

这回轮到若华震惊了，她起身，绕到安心轮椅背后，双手紧紧地抱住她。这一刻，她们觉得自己并不孤独，并为自己能为对方提供情感上的慰藉而觉得格外地满足。

安心道：“所以若华，看看我，你这么优秀，这么健康，千万不能再有寻死的念头了。”

若华哽咽道：“我答应你。”

若华进入了非暴力不合作状态，不考编不考证不找工作，秀丽不是不恼火。然而考试找工作这种事情要当事人努力，强逼也没有用。她也看出来了，天宇和若华不来电。但是，哪个少女不怀春？天宇不行，自有下一个。这天，秀丽告诉若华，她托邮政的前同事介绍了个男孩，二十五岁，在电信上班，家境、外貌、学历都不错，周六晚上大家见个面，吃个饭。

若华一愣，反应过来了，母亲这是要她去相亲。她本能地反感，一口拒绝。

秀丽生气道：“你也不算小了，总不能这样一直待着吧？我算想透了，成家立业、成家立业，先成家后立业也不是不可以。先结个婚，把孩子生了，以后再慢慢找工作。”

若华哭笑不得：“妈，我一个穷光蛋，有什么资格结婚呢？”

“名校学历就是你最好的嫁妆，女人不需要有钱。再说了，”她挤挤眼睛，“你还是个黄花大闺女呢，现在这样的女孩不多了，这不是更值钱？”

若华冷笑道：“你怎么知道我没有跟周凯泽睡过？”

秀丽笑嘻嘻：“我自己的女儿我心中有数，你那话只是为了气我来的，我才不信你和他有什么真正的关系呢。”

啊，这真是孙悟空再怎么七十二变，也逃不出如来佛的手掌心。若华气坏了，拒绝去见那个男孩。秀丽更加强硬，宣称若华不去她就绝食，活生生把自己饿死。

“我这次不能由着你的性子来了，你把公考搞砸，又不去考事业编，也不考教师资格证。再这么闹下去，你这辈子就完蛋了。你都要完了，你妈我活个什么劲儿？”

秀丽说到做到，果真一天没吃饭。若华也没理她，自己吃了饭，跑到人民公园和他们锻炼。大家知道秀丽在绝食，无不叹服。秀芳这两天因为学街舞，浑身痛到跑不了步。这会儿在原地溜达，一边痛骂妹妹太作。天宇笑道：“我不信她能做到，咱们一会儿去吃饭，若华你给她打包份红烧肉，放她旁边，看她吃不吃。”

秀芳道：“我告诉你，我妹妹不是一般人，她真有可能做得到。我真想——”

她四处张望，指着正在用长鞭唰唰抽着煤气罐儿的老老王道：“哪天让王大爷拿这长鞭往死里抽她一顿，看能不能让她脱胎换骨。”

老王有点担心，道：“若华，要不晚上我去看看你妈妈吧，别真把她饿出病来了。”

秀芳大声道：“别理她，越理她越来劲。”

秀丽三天没吃。若华本以为她会趁自己不在时悄悄吃点东西，有时故意在饭点儿离开家，但回来一看，冰箱里的饮料、鸡蛋一点没少，家里也没有方便面等速食，垃圾桶里也不见饼干袋等东西。最主要的是，秀丽真的脸色灰白，看上去很虚弱。若华撑不住了，这晚做了饭菜，走到母亲床头，劝她吃一点。秀丽紧闭着双眼，动也不动。若华手放到她额头，秀丽缓缓睁开眼。三天没吃饭的人，眼神仍这般有劲。

秀丽道："你去不去相亲？"

若华道："感情这种事不能勉强的。"

秀丽微微一笑："你没见呢，怎么知道相不上人家？"

若华道："我不可能在自己没有工作的情况下谈感情。"

秀丽冷哼一声："撒谎，你在学校也没有工作，怎么就能和周凯泽谈情说爱？"

若华道："那是两回事。"

秀丽紧追不舍："怎么就两回事？"

若华一阵烦躁，起身道："你吃不吃随便吧。"

秀丽道："我当然知道，我这条命在你眼中，就是随便。其实你巴不得我早点死，这样就能甩开我这个累赘了，对不对？"

若华回身，两个人眼神互碰，都为对方的狠辣感到心寒。若华走出屋，坐在沙发上，握紧拳头，一筹莫展。她刚和表姐互相鼓励过，要好好生活下去。她刚刚重新获得勇气，但母亲用自己当人质的方式，再度毁了她的勇气。

第四天早晨，秀芳来了，见秀丽果真奄奄一息，气得指着她的鼻子大骂，要她起床吃东西。秀丽动也不动，秀芳抱起她，一手捏开她的嘴，令若华往她嘴里倒水。水倒进去，一滴没剩，全顺着她的嘴角流了出来。秀丽在秀芳怀里，像条癞皮狗一样软绵绵的。秀芳无奈，和若华两个人一起把她连搀带抱地带到社区卫生站。

吊了几个小时的营养液，秀丽缓缓醒过来。眼睛一睁开，看到守在床边的秀芳和若华。秀丽心中升起胜利的喜悦，她就知道女儿舍不得自己死。

秀芳虎着脸道："你要作到什么程度才高兴？"

秀丽声音微弱："你去不去相亲？"

若华木木地没有回答，秀芳冷笑道："若华，我要是你，本来想去，这会子也会说不去的。你有本事就继续绝食，现在就叫护士把你这营养液停了。"

秀丽不理秀芳，眼睛紧盯着若华。若华低下头，抠着手指甲。

秀芳气急败坏地训道："你有没有脑子？她去相亲，就一定能相上对方？"

秀丽道："这个相不上，就接着相第二个……十个相不上就一百个。我只要她一个态度……"

是的，要一个态度，绝对服从的态度，这是一场博弈。若华也不知道自己究竟为什么那么怕母亲，明明恨得牙痒痒，可是就看不得她伤心，她生病，她生命垂危。

若华右手死命地抠着左手的掌心，疼得手都哆嗦起来了，右手才饶过左手。自己伤害自己，原来这么疼。这么疼，为何不能停下来？母亲真不是一般人，为了干掉女儿，连生的本能都可以牺牲，真是生物学上的奇迹。

秀丽见若华不作声，从床上坐起来，一手拔掉点滴针。若华和秀芳大惊，上前去阻止，秀丽连踢带打，把点滴杆推倒，寻死觅活。若华紧紧握住手，握到手指关节发白，控制自己想摔手机或者暴力砸烂某些东西的念头。到底为什么，自己这么怕母亲？就站起身来，头也不回地离开，她就算死了又怎么样？又没有犯法，为什么整个人就像被关在牢笼里一样，寸步难行？若华心中升起对自己强烈的厌恶和绝望，大声说："我去，我听你的还不行吗？你饶了我不行吗？"

若华抓住秀丽的手，哭了。

秀丽也哭了："傻闺女，人家现在都不流行去北京、上海了。那房价多高啊，你买得起吗？买不起。就算你能嫁给那个周凯泽，你就是上门媳妇，住人家的房，处处看人脸色，有什么意思？跟妈留在咱家，招个上门女婿，咱们娘儿俩的地盘，咱们说了算，这日子多美，你说是吧？"

若华在泪里笑了，母亲这如意算盘一直算到自己死的那天。在这三居室里，母亲要当个高高在上的母蝗虫，盘踞在家中央，指挥着女儿、女婿，也许还有将来的外孙、外孙女，大家簇拥在她周围，就像众星捧月一样，她将永远永远不孤独，尽享天伦之乐。也就是说，自己的宿命就是招个男人回家，而这男人首先得母亲满意。她想到自己把母亲看得这么透，却仍然不能摆脱，哭得更伤心了。

第十七章　我们都需要重生

如果不是母亲，若华可能会喜欢上这个相亲的男孩。他和凯泽一样温和有礼，长相各有各的好看。凯泽俊朗儒雅，这男孩粗犷一点、阳刚一点。相亲在本市著名的中餐厅，男孩点的菜恰到好处，不炫富，也不小气。两个人并没有相亲的尴尬感，气氛居然相当融洽。

男孩道："听说你打算考明年的公务员？"

母亲大概跟介绍人说了，自己正在准备考公务员，但绝不会提今年她公考失败了。母亲向介绍人勾勒了这样的自己：虽然名牌大学毕业，但心心念念想回到故土发展。一是因为没有太大野心，没有野心的女孩容易让男性产生好感；二是因为挂念着母亲，有孝心的女孩，又加分。回到家乡后她也不搞幺蛾子，专心考公务员——这样的女孩渴求稳定，赞同传统价值观，简直是贤妻良母的好坯子。

今天若华的装扮是母亲一手设计的，上身是淡粉毛衣，带着白色的毛绒领子；下身是过膝五厘米的驼色薄呢裙，端正而不保守，内敛的勾引。恰如她不加修饰的黑长直发，近乎裸妆的妆容。若华知道这样的自己清纯软萌，非常吸引男性。因为这男孩看到自己时，眼睛一亮。那一刻若华在心里冷笑，知道对方对自己有了基本的判断。而这判断因为挠到了他的痒处，而令他周身有种轻快的气氛。知道相亲对象家里四套房、独子、电信局上班后，母亲本着不打无准备之仗的心情，咬咬牙，上商场给自己采购了一身相亲的行头。母亲不会上网，不知道网上有种服饰风潮叫“好嫁风”，但她搭的这一身却和那风格不谋而合。因为母亲有着主流女性的嗅觉，那就是，大多数男性买主喜欢这一款的雌性商品。

“听阿姨说，你从来没有谈过恋爱，是因为当家教太忙了吗？”饭吃到一半，两个人熟络了一点，男孩的话题开始有了刺探的味道。

呵呵，原来最大的砝码在这里。母亲指不定怎么跟介绍人渲染自己纯洁无瑕的感情史呢。名校、勤奋、温柔乖巧，是很好很好的。但如果能再加上“处女”的光环，自己的价码就可以再上一个台阶，这人设简直金光闪闪。

男孩不明白若华的笑容为什么突然消失了，脸上现出一种奇怪的表情。不是高兴，更不是难为情。他正在琢磨为什么气氛突变的时候，若华招来服务员，点了两瓶啤酒。酒上来之后，若华给自己倒了一杯，口气挑衅地问男孩要不要。男孩一怔，下一秒眼神变得意味深长起来，道：“好。”

若华知道，在一般人眼里，主动索要酒喝的女孩意味着人生经历复杂，意味着不好控制，甚至可能意味着在性方面比较随便。来之前秀丽特地叮嘱过，不要喝酒，相亲对象如果点酒喝，一定要拒绝。有的男人可坏了，一味劝女孩喝酒，一是试探女孩是否真如外表那样清纯温顺，二是如果女孩被灌醉了，他正好有机可乘。男人都是这样的，能占便宜的时候他们绝对会占，但绝对不会把这样的女孩娶回家。

这男孩很老实，至少表面看上去是这样的。但这关她屁事？她偏偏要点酒喝。这是她仅有的反抗了。

若华要给男孩倒，男孩忙说自己来，怎么能让女士给男士倒酒呢？若华也不谦让，把酒瓶给了男孩，自顾自地喝了起来。男孩才给自己满上，就见她一杯酒已下肚，把空杯口对着他。男孩连忙给她倒上酒，若华举杯道："来，干杯。"

原来这粉粉嫩嫩的女孩居然还有这么豪爽的一面，男孩并不反感，而是对若华更有好感了，这世界上没有完全温顺纯洁如一张白纸的女孩，不是吗？这是什么时代了？这样的若华才有层次，没有层次的女孩多乏味，而且反而更危险。因为她们一门心思吊在男人身上，男人就是她们的全部。这多可怕，谁能担得起这样的重任？

男孩道："等一下，祝酒词是什么？"

若华想起凯泽也说过这句话，心里一痛，道："喝酒就喝喽，还要什么祝酒词？"

男孩郑重道："仪式感很重要。"

若华道："祝我有个美好的未来。"

若华一仰脖，把酒全喝了。男孩被她的气魄感染，也一口干了。

若华咂摸着，道："这酒真的很一般，寡淡如水。"

男孩道："是吗？你喜欢什么酒？"

若华道："我喜欢德系的黑啤酒。"

男孩道："下次我请你喝，德系黑啤，管够。"

秀丽很兴奋，因为介绍人跟她说这男孩看上若华了。她问若华，对他印象怎么样？若华诧异，怎么那两瓶酒没吓倒那男孩吗？也许下次应该叫白酒，吐他一身。

"不怎么样。"若华淡淡回母亲。

秀丽不满，尖起声音："怎么个不怎么样法？人家条件那么好，你有什么可看不上人家的？"

若华温和道："妈，你要是这么喜欢他，干吗问我？你就给我吃副药，把我毒昏了，再五花大绑送他家去洞房，不就行了吗？"

秀丽阴阴道："也不是不可能。"

若华道："真到那一步，我一定会报警，送你去蹲大牢。"

母女俩怒目相视。秀丽又伤心又疲惫："若华，你到底想怎么样？"

若华道："我也想问你，你想怎么样？"

秀丽："我想你顺顺利利地结个婚，生个孩子，我们永远住在一起。很多女人都在过这种生活，这样难道不幸福吗？"她的声音里居然有诚恳，"多少女人去北京、上海漂，很大岁数结不了婚，买不起房。好不容易结婚生子，又因为没有人带孩子而辞职在家当主妇。等孩子大了想找工作，私企又不要你了，就像风箱里的老鼠两头受气。咱们退一万步说，就算你真的能嫁给周凯泽，就北京那房价，我绝拿不出钱来帮你凑首付。你没有房，住人家的房，势必要看婆婆的脸色。上班挤地铁两个小时和老板斗，下班再挤两个小时的地铁回到家和婆婆斗，那种日子你觉得会幸福？"

是啊，在家乡她固然没有归属感，去了北京、上海她就幸福了？多少人在逃离北上广，她真的要逆流而上？也许当初没有决然留在北京，母亲只是一个借口，自己没有勇气也是原因。

绝不能困死在母亲的手里。

但是又能去哪里？

若华身上一分钱都没有了，出门坐个车还要伸手向母亲要钱。秀丽退休金两千多块钱，要维持两个人的生活，只能是勉强温饱。若华想在家收几个学生补课，但她若是在校大学生倒好办，她毕业一年多，在家没工作，别人反而会起疑心，觉得她没本事。而且她也没有教师资格证，名不正言不顺。若华也不想投简历找工作，一则没什么好单位，二则目前方向未定，找了工作也没心思上班。就这么着，若华发现，她已经到了连买一包卫生巾也要看母亲脸色的地步了。

这天若华来月经，跟母亲要五十块钱去买卫生巾。秀丽问道，为什么要那么多钱？若华解释道，她买常用的那一款，一大包60片，才四十九块钱。这次用不完下次还可以用。

秀丽道：“去批发市场批点本地牌子就好了。这种东西月月来，用了就扔，哪来那么尊贵？不都差不多吗？”说着她从口袋里摸出一卷钱，展出一张二十块的纸币，动作像是从肋骨上取下一串钱似的。她绝经三年，还残存着之前的记忆。记忆里她从没买超过五毛钱一片的卫生巾。为什么她就该受罪，而现在的年轻女孩就可以享福？

若华接过二十块钱，觉得脸上粘了一块什么东西，此时无论嬉笑怒骂都很丑。她没有去批发市场，而是去了小区的小超市，买了个便宜的牌子。提着袋子走出超市时，她见门口贴着招收银员的海报，月薪三千，心动了一下。实在不行，干干这种工作也不错吧？先挣点生活费，省得看母亲的脸色。下一秒钟突然悚然，她是怎样混到今天这步田地的呢？

凯泽后天就来了，他先在省城把工作做完，然后搭火车晚上八点到，可以在此地留两天。若华找安心借五百块钱，其他时间可以没钱，这个时候万万不可以。安心微信上给她转了一千块钱，告诉她不够还可以再借。

若华眼眶发热。

安心道：“放心去吧。到时我就告诉你妈，你是帮我去买药才晚回来的。”

当天，若华穿了“好嫁风”的行头出门，实在没有别的像样的衣服了。她说去安心家，顺便帮她买药。秀丽道：“你就这一身好衣服，别穿坏了。买个药干吗穿得这么好？”若在平时，若华就要和她吵两句了。今天她没有心情，转身就走了。

若华站在接站区时，心情非常忐忑。凯泽为她而来，这证明了她的吸引力。可是他知道她现在是这么穷困潦倒、无所事事吗？他心目中的她勤奋上进，殊不知现在的她跟条咸鱼也没什么区别。如果他嫌弃她怎么办？嫌弃了倒也好，把她长久以来虚妄的念头彻底断掉，让她从云端上下来，脚踏实地地接受冷酷的现实……若华正胡思乱想着，凯泽从车站里走出来，一眼认出站外人群中的她。她的脸在那圈白色毛领子的簇拥下显得小巧，十足的女人味，从前从来没见她这样打扮过。凯泽叫了一声，若华看见了他，往前快步迎去，他也加快脚步，走出站。

一年多没见，此时重逢，两个人都非常激动，有一肚子的话想说，却又不知从何说起，只是相视着，傻傻地笑。凯泽变得更成熟了，壮了一些，双臂和胸肌把黑毛衣撑起来了。发型换成短短的平头，那股儒雅的书生气变成略带强悍的男子汉气息。半晌凯泽放下行李箱，张开双臂道："来来来，拥抱一下。"

若华一怔，还没反应过来，凯泽已经把她揽进怀里，紧紧地抱住。这是若华长这么大，第一次与人有这么亲密的接触。她不记得自己有过这种被人紧紧抱住、被人需要的经历，原来这种感觉这么好，尤其对方还是自己爱的人。她心底一片战战兢兢的沉醉，怕凯泽松开。

有人吹了声口哨，还有人嘟囔道："哟，小两口啊。"

这一抱消除了长长的离别，与毕业前的那种情境无缝衔接。是啊，被酿造了这许久的暧昧，是该成熟，切入正题了。只有情侣才会这样紧紧拥抱，凯泽这一抱，宣告了两个人悬而未决的关系有了正确答案：他们就是男女朋友关系。良久，凯泽才松开她。若华脸红红的，只是一味地笑。凯泽一手拉住她的手，一手拖起行李箱往前走，他定的宾馆就在火车站旁边，说是因为不想浪费和若华相聚的时间，反正只是个睡觉的地方。

凯泽路过垃圾箱，想把手中的火车票扔进去，若华接了过来，说要留着做纪念。这可是他爱她的证据。

两个人朝宾馆走去，凯泽一路都在侧着头端详若华。若华有点害羞，找话问他："来这里什么感觉啊？"

凯泽道："失而复得。"

若华本来是想问他对此地有什么感觉，没想到他说的是对她的感觉，又意外又甜蜜。凯泽把她的手拉得更紧了。到宾馆把东西放下之后，若华说带凯泽去吃好吃的，他在火车上想必没吃好。

若华把凯泽带到本地人最爱去的夜市，慨然点了一桌菜，又开了两瓶啤酒。两个人吃了起来，边吃边聊着各自的生活。凯泽在那家网站干得很好，目前已经是市场部的骨干了。另外遇到部门的一些落地推广活动以及公司的内部聚会比如培训、团建时，他还充分利用自己普通话一级乙等证和为视频节目后期配过音的优势，争取到当主持人的机会，在公司算是小有名气的人物了。不过凯泽不打算长待，再干两年一定会走。因为顶头上司是公司元老，绝不可能越过他得到提拔。而此人一味求稳，已是养老心态，且对逐渐崭露头角的凯泽有了忌讳。在这部门待着没有前途，莫不如攒够资历跳槽。他为自己未来的规划是：成为懂互联网营销业务的知识型主持人、网红、大V，自己就是大IP，不再依附任何平台。为此他用心经营自己的微博和微信，每天发什么内容都是有讲究的，聚焦在互联网市场推广领域，绝不乱发。

若华听得目瞪口呆，随即自惭形秽。

凯泽笑道："瞧我，净顾着说自己了，好自恋。你呢？这一年多来好吗？"

若华想起那包杂牌卫生巾，羞得脸都发热起来，勉强笑笑，道："你猜也能猜得到，我不好啊。"

凯泽道："没考上公务员？"

若华摇摇头。

凯泽道："下一步怎么打算？"

若华喝着酒，不说话。凯泽也喝着，气氛沉闷了下去。

若华突然问道："为什么是我？"

凯泽不明白她是什么意思。

若华已经微醺："凯泽，你看，我喜欢你，我没有理由不喜欢你，对吗？可是你喜欢我什么？你大老远地跑到这种十八线小地方，为了我。到底是为了什么？”

凯泽握住她的手：“喜欢一个人是没有原因的，除了缘分和感觉能解释之外。”

两只手缠绵了一下，凯泽松开：“可是我们不在一起，终究不是个办法。谈恋爱谈恋爱，不在一起怎么谈？靠视频聊天吗？所以我来了。来，就是要问你，你到底能不能来北京？”

若华垂下头。

凯泽道：“不是为了我，哪怕仅仅是为了你自己，你也应该离开你母亲。我感觉，你母亲就像一只吸你魂魄的不知名的动物一样，在控制着你。不彻底摆脱她的控制，你这辈子就完蛋了。”

若华烦躁道：“我知道，我都知道。可是我做不到。”

凯泽道：“你被什么困住了？”

若华绞着自己的手：“被她的命，她用命来要挟我。我如果离开，她就会去死。”

凯泽嗤之以鼻。

若华绝望地笑道：“你不信？你不会信的。你不知道我妈能残忍到什么地步。”

凯泽冷静道：“如果她真的到这个程度，就不配当你的母亲。真爱孩子的母亲会放孩子自由。”

若华摇摇头。说得容易，难道让她背负着母亲的一条命吗？这样的重担，叫她余生怎么可能展翅飞翔？

“如果是你的母亲，你做得到？”

凯泽道：“两个人的关系，是俩人培养出来的。若华，你和你母亲今天的关系，你自己有很大责任。可以说她是你纵容出来的，这就是我的答案。我绝不会让我母亲有这种用自己生命来威胁我的可能性，而她也绝不会这么做。”

他说到这里，停下来，想了一下，摇了摇头：“可能这样说对你不公平，我换个说法吧，不需要我反抗的母亲，培养了我坚定的反抗意志。而需要你反抗的母亲，在一开始就灭掉了你的反抗苗头。”

若华震动，凯泽表情怜惜又沉痛：“要你醒悟，需要极大的悟性，还有契机。也许我就是你的契机。”

若华倒了一杯酒，喝了一大口，道：“所以你是来拯救我的，对吗？你说喜欢我没有原因，其实你撒谎了，你有很大的成分是同情我、可怜我。对不对？”

凯泽有点怅然：“我不知道。也许爱本身就很复杂。你能说得清你的心弦是因为什么被触动的吗？是因为对方的才气、能力、脾气、容貌，甚至是一个转身的动作，一个抬头之际的微笑？我不想分析它，我跟着直觉走。”

他凡事有计划，唯有对若华，他失控了好几年。他也着急，也好奇，所以他决定来一次，求证一下，到底这个人值不值得他这样。如果她可以被拯救，那他愿意为她破例一次，毕竟拯救爱人能带来骑士的成就感与崇高感。

餐毕，若华送凯泽回宾馆，相约明天再见。若华回到家，秀丽闻出她身上葱姜蒜辣椒急炒的火烧火燎的烟火气，还有淡淡的酒气，立刻勾勒出她去夜市与人吃喝玩乐的情景，那蕴含了太多不祥的可能。她抽动着鼻子问若华是不是和人上夜市吃饭喝酒了，若华不答，进了卫生间洗澡。出来后，秀丽还在追问到底是和谁吃的饭，为什么还喝酒了？是不是除了相亲的男孩外她还认识别的人？若华烦躁地说，谁还没几个同学朋友，不见得和谁见面都要向你报备，我又不是在坐牢。说完一甩门，跌坐到床上，想了一会心事，没想出个头绪来，索性不想了，合眼便睡。

第二天一早，若华吃过早饭就打算出门。秀丽琢磨了一晚上，见她要出门，忙叫住她，问去哪儿。若华不答，背上包扬长而去。秀丽心里发毛，到安心家，问母女俩知不知道若华最近是不是交了什么男朋友。秀芳早从安心处知道凯泽来了，母女俩都有心替若华打掩护，齐声劝秀丽不能把若华逼太紧。秀芳开始训斥妹妹太过分，究竟要把本有着大好前程的女儿耗到什么时候？秀丽心想姐姐这一篇大道理不知道要讲到什么时候，托词自己要买菜，赶紧离开。

若华陪着凯泽去了此地的青石小巷。这里，年轻人都搬走了，留下的大都是老人，搬把椅子在弄堂里闲坐，打量着每一个路过的人，就像时代的旁观者一样。两个人手拉着手，慢悠悠逛着。景致并不重要，吃什么也不重要，重要的是身边这个人，这种感觉让人晕乎乎的，微醺一样。太傻了，当年在学校的时候为什么要那么矜持，白白浪费了一年的时间去搞暧昧。她侧头看着凯泽，凯泽感受到了她的注视，转头一笑，手搂住她的腰，把她揽到自己怀里。原来男女之间肉体的吸引是这么强烈，昨天手拉手还羞涩得很，心跳加快，手心出汗，此时依偎在他怀里却这么自然。何止自然？简直还嫌不够亲近。转过一条小巷，凯泽见四下无人，捧住若华的脸，慢慢靠近，唇触到唇。彼此的舌尖小心翼翼地伸了出来，如品尝一杯从未喝过的饮料。试了几下，发现那滋味太过美妙，于是舌头深深地进入，缠绵了起来。有摩托车远远驶过，动静惊醒了俩人。他们分开，眼中仍残留激情，含笑看着彼此。接着手拉着手，继续往前逛。若华心中有一种“终于成长为大人，迈入成年人世界”的兴奋。很好，她的反叛又升级了。

情人的时间不经过，天很快黑了。若华带凯泽吃了本地的名小吃羊肉汤，吃完了凯泽回宾馆，在房间里两个人又接了个长长的带羊膻味儿的吻，许久才分开。若华想，照以前她怎么也不能想象，两个人居然可以在没有刷牙的情况下“互尝口水”。正心旌摇曳之际，凯泽提醒她：“你手机好像一直在响。”

若华把手机从包里拿出来一看，果然是母亲，从早上到中午，再到现在，她足足打了二十个电话，发了五条微信，咄咄的口吻扑面而来：你在哪儿？为什么不回电话？介绍人问你和那天那男孩是不是成了，我怎么回答？你在搞什么鬼？

若华这两天是做了破罐子破摔的准备，拿出叛逆的姿态来对付母亲，但看到这样的索命连环Call，仍是又惊又怒。她想到那个男孩说的“听说你从来没有谈过恋爱”，突然起了个念头，把手机放回包里，道：“不要紧的电话，不用管它。”

凯泽看看手机上的时间，问道：“九点半了，你要走了吗？”

若华坐到他身边，把头靠在他的肩上，大着胆：“今晚我不走了。”

凯泽吓一跳，扭过头来看着她。若华笑道：“怎么？不可以吗？”

凯泽迟疑着，像是被接下来的可能性吓到，又像是期待。若华捧住他的脸，热烈地吻着他，动作虽生硬，情绪却非常投入，动作越来越大。凯泽渐渐情动，回应着她的吻。她骑到他的身上，两个人慢慢倒在了床上。正在意乱情迷之际，凯泽忽然坐起身，喘息着，极力平息着自己的欲望。若华不明就里，坐起来，仍缠绵地吻着他。凯泽强笑着躲闪，握住她的双手。若华沮丧地看着他。

凯泽道：“若华，别这样。”

若华挫败感满满：“你不喜欢我？”

凯泽道：“我喜欢你，但这不是我来找你的目的。”

他疑惑地看着若华：“你为什么突然——我不是说我们不可以，但是这样有点……”他有点语无伦次了。他本能地感觉到若华突然变得主动而大胆，是带着某种破釜沉舟，某种反抗的情绪，无关情欲。因为这不是她的节奏。

若华装出轻佻的样子：“我不用你负责，这都什么年代了？”

凯泽神情变了：“你的意思是我们不会有结果？”

若华耸耸肩，想表现得满不在乎：“什么结果？结婚吗？”

凯泽叹了口气，起身坐到沙发上，给自己倒了杯水，大口大口地喝着，低着头，像是生气一般。

若华坐到他身边，道：“我不明白，一般的男孩不是会比女孩更不在意这些东西吗？”

凯泽闷闷道：“你在意吗？”

若华脱口而出：“这是你送我的成人礼。”

凯泽忽地抬头：“什么意思？”

据说中国女性破处年纪在十八至二十岁之间。她快二十四岁了，还是个被母亲控制得死死的处女。母亲得意，像是保存了某种罕见的珍品，待价而沽，这让若华感到窝囊。她需要一份成人礼，助她完成最大胆的叛逆，以宣告对母亲的起义，而让凯泽破处是最佳的选择。不过这话她说不出口。凯泽舔舔嘴唇，那上面还有她的余味，此刻却变得苦涩。

凯泽道：“若华，我明天就走了。我来，不是想骗个免费炮，也没有心情。而是想问问你，你能不能去北京？如果能，明天你就领着我去见你母亲，告诉她你的决定。如果不能，我也不能总这样一直想着你。日子得往前走，不是吗？”

他的口气冷静，情欲已完全退潮。这才是他，将人生安排得井井有条，绝不像自己这样盲目而冲动。若华那装出来的老练瞬间无影无踪，她感到羞愧，渐渐无地自容了。和他比，自己太蠢，太轻浮了。随即她想到，如果自己不能给到他肯定的答案，这甜美的盼头将再也不会有了。她将被彻底打入和母亲共舞的地狱，此生无望。

若华独自走在回家的长街上，深秋的夜已有凉意。此刻若华不止身上，连心底都泛起寒意，分外孤独。她想起两次与凯泽的离别，一次是在北京，一次是毕业，两次都留下深深的遗憾。那么，这一次呢？他对她的爱，本来就掺杂大量的同情，就这一点可怜的爱，经不起再三遗憾地折损了。

她到底该怎么办？谁来救救她？谁来横刀立马，把她的罪恶感挡住，好让她从此遨游四海？

第十八章　命运不欠你成功

如果不是高强度的训练带来的压力，秀芳可能会更爱跳街舞。那样欢快地跳跃、屈膝、抖肩、极速转圈，手指头的每个关节、手掌、手腕、小臂、大臂以至于肩关节的每一部位分离得清清楚楚的同时，又让它们如长长的水草般联结着扭动起来，将胸腔、脖子前后左右地移动起来，造成各种错位、不平衡。在不平衡中尽力保持平衡，在配合中又突然对抗，拿捏寸劲儿。几百块骨头被这么自如摆弄着呈现出来的美感太精妙：力量感强悍狠辣，妩媚感勾魂摄魄，奔放感热情率性，叛逆感桀骜不驯。秀芳有时跑到大教室看参加电视大赛的学员们练舞，每每心驰神往，叹为观止。

还有音乐。日韩的、欧美的，还有华语歌坛那些非常小众却很适合跳舞的音乐，简直浩如烟海。每一种风格都有无数分支，每一个分支都有无数好听的音乐，而这些音乐，秀芳都闻所未闻。从前她并不主动听音乐，关于音乐最早的记忆是喇叭里的《边疆的泉水清又纯》和后来卡带机里的邓丽君，后来经常听到的是小区里的广场舞音乐，伪民族风，旋律单一，节奏一水儿简单粗暴的“动次打次”。以前她不觉得它们难听，如今整天泡在音乐的海洋里，便觉出那些音乐质量之低劣来了。

热身是秀芳最喜欢的环节，和接下来的跳舞比，它简直友善得像度假。连热身的音乐都那么好听。秀芳做着“Up Down”，问道：“这啥音乐啊，这么带劲？”

这些音乐都是天宇的私人珍藏，他给她解释：“这首叫*Bling*，是英国著名的饶舌女歌手Lady Leshurr唱的。它属于发源于英国街头的一种音乐类型，叫Grime。这种类型一开始由黑人创造，这两年已经向全球流行开来。它和我们常听到的嘻哈不太一样……现在这首*Get Down On It*是美剧*American Crime Story*的插曲……”他不用解释这么详细，但他太热爱这些音乐了，急切地想让秀芳知道它们。他并不把秀芳看成老太太，而看成是他的朋友。

这些词，秀芳一个也听不懂。不过没关系，音乐令她愉快，而能进入到年轻人的世界更使她感到新奇和骄傲。跳广场舞的老太太们知道这些吗？她们只知道前后左右地踩出“八”字的点儿，扭扭腰，手象征性地挥舞两下。和体操差不多，比走路强点。她们知道什么最新的国际音乐潮流吗？顶多听听《套马的汉子》《荷塘月色》吧？

天宇一开始打算教她跳*Good Time*，许多没基础的白领来学，第一支舞蹈天宇都会教她们跳这个。它的动作相对简单。但那天郑校长在门口看了一下，回头跟天宇讲，直接教有难度的舞蹈，务必让秀芳一招制胜，折服评委，通过海选。

街舞大赛和全民唱歌比赛不一样。唱歌的门槛低一点，许多人没有受过训练，但天生有一副好嗓子，在KTV或者家里多练几首好听的曲子，就敢信心十足地去参加海选，有的还能晋级初赛。但街舞有一定的技术门槛，很少听说有人光靠自学，不用人教，就把街舞跳得很好。敢去参加街舞比赛的人都是在此领域浸淫过一段时间，跳得不错的。也因此，秀芳要学的舞蹈不能太简单。拿*Good Time*参加海选有打酱油之嫌，很容易被淘汰。

校长的策略是把反差做到极致。白发苍苍的土气老太跳最热辣最性感的街舞，这才构成噱头，跳个类似集体操一样的舞蹈便浪费了这个典型。他要天宇教秀芳跳美国偶像女子组合Pussycat Dolls的歌曲*Buttons*，这音乐有浓郁的阿拉伯风格，带有不少肚皮舞元素。Pussycat Dolls中文名字叫小野猫，光听这名字也知道，她们的音乐柔媚性感，舞蹈更是了。

天宇愕然，期期艾艾地说："她估计跳不了这样的舞，她的肢体协调能力相当一般。"

郑校长不以为然："把舞蹈改良一下嘛。"

天宇还在坚持："郑校长，我觉得——"

郑校长温和道："你听我的，相信我，我有把握秀芳阿姨能进海选。"

郑校长说，世上无难事，只怕有心人。秀芳阿姨的勇气和韧劲儿他非常相信，要大胆一点，敢为人所不能为，才能成就伟大的梦想。天宇承认校长说的有道理，想了一晚上，第二天就跟秀芳说，不学昨天的舞蹈了，我们跳*Buttons*吧。

天宇道："这曲子动作性感挑逗，你能接受吗？"

秀芳毫不犹豫："我什么都能接受。"让女儿活下去这个念头，就是一把指着她头的枪。子弹已上膛，还要问她做不做得到吗？现在别说性感了，就是要她去变性，只要女儿能好起来，她立刻去做。

然而看完天宇给她播放的*Buttons*网上舞蹈视频后，秀芳傻眼了。这舞蹈有大量的"Wave"，她根本做不来。经过这段时间的基本功训练，她的筋骨打开了，胸腔、脖子、胯部的分离做得有点模样，但"Wave"是最难的。要让头、肩、手臂、躯干、胯、腿依次像海浪一样柔软起伏，这得什么样的柔韧程度和衔接才做得到啊？！

她不怕性感，但老天爷啊，要怎么样才能挺胸的时候收腹撅臀然后又快速地将身子往后仰、胯往前顶，在不到一秒钟的时间内要完成这么多动作还要站稳，紧接着狂甩头。那样的甩头法，怕是起身后天旋地转，连站都站不稳了。但连起身也是一个小型的“Wave”，之后再曼妙转身……

天宇道：“我会精减掉其中的高难度动作，比如这个四拍的甩头。但不能一个有难度的动作也没有，不然你跳也白跳。”

他们练舞的时候，郑校长指派的宣传片摄影小组一直在跟拍，其他学员也会跑来看。老太太学街舞本身就很少见，在秀芳来之前，翱翔总部教学点最大的学员年纪不过四十岁，所以他们都非常好奇。老师们知道秀芳是安心的母亲，也知道她为什么来学街舞，都非常感动。虽然也没有什么可以关照她的，路上擦肩而过时，都会亲切地叫她一声“安心妈妈”，有时会递给她一瓶饮料，倒杯水。

黄昏，“人民公园帮”聚在此地锻炼。秀芳当着所有人的面跳*Good Time*。这舞蹈天宇已经教会她了。大家围着她看，秀芳无所顾忌，虽然跳得像体操，她还是认认真真地跳完了整支舞。大家鼓起掌来，真心地赞美：“不错不错。”秀芳当然跳得不能算好，故而这评价是对她这一壮举的嘉许，像是看到刚会走路的孩子跌跌撞撞走出几米那样。

秀芳喘着气，期待地看着天宇。天宇道：“很好。”

秀丽捂着嘴笑，替姐姐难为情得浑身都燥热起来：“羞死人了。”

若华白了母亲一眼：“你这叫什么话？我大姨最有魅力了。”大姨跳得不算好，但那种生猛无畏的奔放令她喜悦。她做不到，总有人做得到。

安心道：“别出丑了。”

秀芳说：“我不怕出丑，天宇说了，要先敢跳，才能跳好。”

老老王最近在学滑板，很快就玩得出神入化。他围着秀芳急速地转了个圈，滑板滴溜溜如长在他脚下般灵敏：“敢字第一位。凡事你敢干，就没有干不成的。”

安心道：“不是在跳*Buttons*吗？跳来我看看。”

秀芳笑着看向天宇，眼神是求助的。她学了二十个小时的*Buttons*，越跳越沮丧。Pussycat Dolls的舞姿销魂入骨，而她跳就像老农摘棉花，保洁大妈拖地，满满的体力劳动者的朴实勤快。她终于明白天宇说的“基本功学不好，跳什么舞都白搭”的道理了。

安心看出端倪，撇嘴道：“瞧瞧，一到动真格儿的就露馅儿了吧？”

见秀芳有点尴尬，天宇推起安心跑了起来，道：“这支舞你最拿手，哪天你亲自来学校指导一下阿姨吧？”安心正是在跳*Buttons*时，把天宇迷住的。当时天宇刚来，安心在给学员示范这支舞蹈。天宇靠在教室门口，全程没有挪窝。当晚回去，天宇满脑子里都是甩动长发的安心那充满野性的魅惑眼神。那时他就知道，他完蛋了。安心已经结婚了。

天宇推着她跑到湖边，动作慢了下来。深秋的湖边，树叶飘落一地，无边的萧瑟。天阴沉沉的，湖面的风吹来，安心裹紧了自己。又是一年即将过去，未来有什么在等着她呢？

天宇在她身边的石头上坐下。

“校长打算把你妈妈学舞的整个过程拍成宣传片，她和你说了吧？”

安心点点头。郑校长退了两万的学费，当然是想抓一个现成的活典型，用来宣传学校的品牌。校长现在满脑子的品牌推广，这是双赢的事，她没理由反对。

“那天校长和我说，希望你也能出镜，谈一谈你妈妈为什么学跳舞，也谈谈……你出车祸的事情。”天宇察言观色，见安心嘴角挑了挑，忙道，“当然，你不愿意就算了。”

两个人一阵沉默。安心道：“说实话，你觉得我妈能行吗？”

天宇道：“无论你妈行不行，我都觉得你最后一定行。”

湖面像起了雾般变得朦胧起来，稍倾手臂一阵凉意，安心低头一看，那上面已湿。原来不经意间天已下起蒙蒙细雨，雨如粉齑。天宇起身站到她身后，张开外衣为她遮住头。安心仰头，看着天宇微笑的脸。天地阴沉成一片，但他的笑容如阳光般灿烂。若华举着伞朝她跑过来了。整个世界都在为她努力，为何她仍无动于衷？她的身外化身，指责着自己。

这晚若华提了两罐啤酒到秀芳家，来找安心喝酒。秀芳看到酒，脸色都变了，安心替若华打开易拉罐，道："放心吧妈，我再也不会寻死了。"

若华给安心倒了一杯，秀芳阻止："她不能喝酒，会过敏。"

安心哧了一声："妈，你确定我的腿是因为酒过敏的？"

安心喝了一大口黑啤。和若华喝过几次之后，她也爱上了黑啤醇厚甘苦的味道了。

若华道："大姨，也许喝了酒之后，我姐精神放松，腿上的过敏反而好了呢？"

秀芳见安心喝着酒，整个人的神色架势果然都放松了一些，不由得眼前一亮："真的吗？"

两个人喝着，秀芳进厨房忙碌了一阵，端出个凉拌黄瓜和皮蛋给她们下酒。皮蛋细心地用线分成六瓣，放在小白碟里一汪香油、生抽调成的酱汁里。若华哑然失笑，心里酸酸的不是滋味。这才是母亲，体贴孩子到每一个毛孔，永远把孩子的需求摆在第一位。

若华谈起了凯泽。第二天一早，凯泽走了。临走前若华去送他，她还是没有勇气带着他去见母亲，与母亲摊牌。上火车前凯泽握住她的手说再见，若华眼中瞬间聚满泪，久久舍不得放开他的手。凯泽的眼睛也湿润了，但他极力抑制自己的感情，松开她的手进了车厢。车开动，若华跟着车跑了几步，凯泽在车里，看都没看她一眼。晚上她问他到了没，凯泽只回了两个字"到了"。此后再也没有在微信上主动和她说过话，看来两个人是彻底完了。

若华说着，黯然神伤道："他肯定是烦我了。说实话，我都烦我自己，怎么能怪他？"

秀芳因为每天学舞蹈的运动量已经很大了，健身房撸铁暂停一个月，但跑步还是要的。这会儿她正在一旁的跑步机上跑步："其实我觉得你的事情很简单。若华，如果你想去北京，今天晚上就回去收拾行李，明天你就走。别等到工作找好了再走，就破釜沉舟，打定主意，撞了南墙也不回头。没钱我可以先借你，要多少，尽管开口。"

若华道："我妈怎么办？"

秀芳不耐烦道："你妈能接受就接受，不能接受就接着寻死。死了我收尸，你连回来都不必。"

她跑了三千米，停下来喝水，一手指着微醺的两个女人，冷笑道："说实话，我看不起你们。你们太脆弱了，就该把你们——"

她咬牙切齿地做着手势："把你们扔回三年困难时期或者1949年之前那会儿，身上一分钱都没有，丢到大街上。我看你们还哼哼唧唧寻死觅活的不？你们啊，就是袁隆平让你们吃太饱了。"

安心和若华愣住，对视了一下，突然不约而同地爆发出大笑，笑得眼泪都出来了，为秀芳这最后一句牛头不对马嘴却又像是什么都说了的话。

秀芳练舞练得很艰难。分明她每个动作都会做，但跳完后天宇总是吸着气，托着手臂，来回踱着步。一看到他这样，秀芳心里就发毛。天宇思虑再三，把有难度的动作又去掉几个，换成类似踏步扭腰的简单动作。然而天宇要求的踏步和扭腰在秀芳看来也很难，他的踏步是模特步，迈步时送胯且脚步带出律动，扭腰要求和肩配合，是简化版的"Wave"。短短两个四拍，要走出风情万种，扭出婀娜妖娆。光这律动就要了秀芳老命，她无论如何学不会。天宇的神色一再迟疑，秀芳额头冒汗，身体僵直了起来，跳到最后，变成了同手同脚。

中场休息十五分钟，天宇让秀芳歇一歇，喝点水。上洗手间的时候，遇到教务处主管，他问道：“怎么样？教不会吧？”

天宇擦着汗道：“短短二十天，一个从来没有舞蹈基础的六十多岁老人能跳成这样，我已经很满意了。”

教务处主管道：“老太太跳街舞，这噱头的确足足的。不过宣传部拍视频的小贾和我说了，说到时剪宣传片都不知道怎么剪，挑不出几个像样的镜头，实在不行到时只能找个人当替身跳一下了。”

天宇一怔，随即道：“那不是造假吗？万一秀芳阿姨连海选都没进，被戳穿了怎么办？”

旁边有个同事耸耸肩：“这就是老板的事儿了。反正他一贯能把死的说成活的，把黑的说成白的。”

天宇叹了口气，越琢磨越沮丧，越觉得郑校长太荒唐。当初就不应该听他的，*Buttons*这样难度的舞蹈连资深学员都未必能跳好，真的难为秀芳了。或者她的年龄已是足够的资本？到时海选导演会看在这一点上手下留情，放宽标准，本着鼓励的态度放她进初赛？

天宇想着，走到教室旁，门半掩着，悠扬的女声吟唱伴着鼓点的前奏一遍又一遍地播放，秀芳一遍又一遍练习着这四个八拍。她打算采用这样的方式，一节一节地突破。不然，每一小节她都不熟，一出错她就心慌，动作开始凌乱。她跳得非常认真，动作是体力劳动者的下死劲儿。十公里她都跑下来了，挑水这么重的担她都挑得起来，撸铁她也扛住了，倒学不会这“性感”？来吧性感！她眼神狠狠地盯着镜子里的自己，倒把这舞蹈该有的表情模仿了个十足。

天宇看得出神，不经意中觉得身边有人来了，一扭头，发现居然是若华推着安心悄无声息地站到了他身边。他惊喜地看着她们，若华无声地嘘了一下，天宇会意。安心看着屋里专注练习的母亲，紧紧抿着嘴，像是怕自己发出声来。秀芳不知跳了多少遍，停下来擦汗，才发现门口的人，吃了一惊，激动又难为情地笑着，跑过来把门打开，若华推着安心进了教室。

秀芳道："你们怎么来了？"这是出事后安心第一次回学校，秀芳高兴极了。

若华道："我俩在超市买东西，后来我寻思离学校也就两公里，干脆来看看吧。我姐就同意了。"她向秀芳挤挤眼睛，秀芳知道这肯定是若华劝说的，感激地微点点头，转头看着安心，道："闺女，我跳得怎么样？"

安心转着轮椅，在教室四处走动，许多记忆浮上心头。多少次，她在这里挥洒汗水。有时满满的激情，有时却是因学员太笨或敷衍而产生的厌倦、懈怠。教舞蹈就是这样，不排除有人真心爱跳舞且有天分，但那样的人太过稀少。更多的是天资平平的上班族，来这里只为找个乐子打发时间，给自己单调如一潭死水的生活找点谈资。教舞多年，安心已经能敏锐地捕捉到学员们学舞的动机。动机直接导致结果，动机不纯的人，学不好任何一项技艺。她会针对不同动机的人，决定使多大的力气来教。

那么母亲呢？母亲喜欢跳舞吗？她不记得母亲这辈子喜欢过任何事情，记事起她就看到母亲为了生存而忙碌，其他的时候全围着她转。母亲的动机太过奇特，完全不同于她曾经接触过的任何一类学员。所以此刻安心看着母亲，竟无从评价，只是说了一句："你好好练吧，我不打扰你了。"

若华临走时不忘热情洋溢地赞道："大姨，你跳得太酷了。加油。"

两个人离开，留天宇和秀芳在教室。若华推着安心走在走廊上，看着墙上的海报，方意识到安心的昔日是多么荣耀。安心仰头，迎着海报上自己那一个个甜美的笑容。恍若隔世。每一个亭亭玉立的过去，都像一把刀扎在她麻木已久的心上。

到了教务区办公室，同事们都非常意外，迎过来打着招呼，问长问短。安心也不避讳，大方告知她现在的情形。那些眼神里有深深的怜悯，但安心已经不在乎了。这时郑校长从门口经过，探头一看，见是安心，走进来握住她的手，大力地摇晃，夸安心恢复得好，气色不错。又赞秀芳这个母亲太伟大，为了鼓励安心重新站起来，居然以六十二岁的高龄学街舞，目前她已经成了全学校学员的榜样。有不少学员深受她的感染，上课认真多了，还有几个学员劝家里的老人也来报名，已经有一个五十五岁的老头来咨询了。

安心笑笑："校长，我妈跳得不怎么样啊，能过海选吗？万一没过，不是太丢人吗？"

郑校长轻松道："一定能过。"

两个人说着话，安心发现一台摄像机一直对着她拍。校长道："这是拍学校的宣传片，咱们自己的摄像机，放心吧。"这个"咱们"先让安心心中一暖，接着哂笑自己自作多情。安心想，估计到时候会剪出来个宣传片：当舞蹈老师的女儿惨遭车祸，腿肢了，六十二岁的母亲为了鼓励她，走上了女儿的舞场，替她翩翩起舞。最后闯过街舞比赛的海选，站到了初赛的电视晚会现场。多么感人肺腑、催人泪下。配音将会慷慨激昂地渲染着舞蹈的魅力，进而升华到艺术对于激发人的精神力量是多么重要，最后点题："翱翔艺术培训学校，中国著名的艺术培训机构，你身边的灵魂导师！"

这世界太奇妙了，以为这辈子将彻底离开学校了，没想到居然以这样的方式又与它产生了联系……在一种连自己都不明了的原因的支配下，安心朝着镜头绽放出一朵灿烂的笑容。

许是受到安心来学校的鼓励，秀芳觉得自己练舞更带劲了。而且像是突然间被打通了任督二脉一样，她领悟到做Wave的秘诀了。其实也没有什么所谓的秘诀，天宇曾告诉过她，跳舞并不难，只要你成千上万次地练习，一定可以跳好。日子一天天逼近，马上就要海选了。秀芳的紧迫感更加强烈了，每天除了吃饭、睡觉，就是练习。这日她一称体重，只剩一百斤了，照镜子居然可以看到脖子下面隐约的锁骨，不由得吓了一跳。跳舞的运动量居然这么大?!

安心说：“跳舞就是非常健身的。恭喜你，你终于可以正常饮食了。”

临战的气氛越来越浓，安心也被激发起热情，每日和若华去采买，牛排、大虾、鲜鸡、牛奶等敞开供应，好让母亲补充营养。居然有一天需要让母亲积极进食，而不是节食，安心无限感慨。秀丽嘲笑姐姐老来作怪，同时每天过来做饭，好让她腾出时间练舞。老王跑来找秀丽，问有没有什么自己能帮着做的。他在厨房碍手碍脚的，秀丽把他撵跑了。秀芳大口大口扒拉着米饭时，简直老泪纵横。久违了，碳水的香甜饱足感!

学校已经不给秀芳计学时了，郑校长指定天宇全天候指导秀芳跳舞，参加电视大赛的街舞学员队另分派了老师去教。队员们知道秀芳将和他们一起参加比赛，一直鼓励秀芳加油。秀芳既感振奋，又觉得压力山大。

比赛在省城。学校派出大巴，送街舞队员和秀芳前往。郑校长特地要安心也去亲眼见证，让她也上了大巴。若华陪着坐在她身旁照顾她。秀丽和老王父子也要去，秀芳跟校长申请，校长大手一挥，有亲友团当啦啦队助阵，这故事不是更动人？有这么好的新闻素材，多订两间快捷酒店的房间算什么？大家上了车，都非常兴奋，这一趟不像比赛，倒有点像志同道合的几个亲友一起去远足。老王和秀丽坐在秀芳前面，两个人嘀嘀咕咕说个没完。秀芳仔细听，原来是老王在和秀丽说考驾驶证的事：“上次去上海，我儿子开车带我们去苏州自驾游。开一路，玩一路，吃一路，甭提多有意思了。他让我也考个驾驶证，你说我考不考呢？考个证，买个车，我拉着你去玩去。”

秀丽哧了一声：“别逗了，考驾驶证可难了，你一个六十多岁的老头还折腾什么呢？”

老王道：“我爸叫我去考，他说要不是自己已经超过了限制年龄，非得亲自去考不可。”

秀芳听着，心里一动，也许她也可以去考个驾照？安心的腿不好，有了车，出行就方便多了。安心截肢了，原来的驾驶证失效了，需要另考残疾人驾驶证，另买残疾人专用车。但这又有什么大不了的？中国8296万残疾人，其中肢体残废的有2412万人，大家都有正常生活的诉求，都要从头学习如何从头再来。

秀芳发现，减肥和跳舞这两件事让她有了重大的改变，不只身体，还有思维方式。两年前如果有人跟她说你可以跑步，可以跳舞，可以学开车，她一定不会相信。而现在她发现世界对她是不设限的，一切的禁锢不过是画地为牢。考驾照算什么？如果持续锻炼，保持体能，活到八十岁，没准儿能学开飞机呢。

这时坐在她身边的老老王对她耳语道：“你这妹妹和我儿子真是天生一对。你说他俩到底有戏没戏？”

秀芳同样小声道：“我觉得有戏。”

她不是敷衍。虽然老男老女的情感和婚姻比年轻人更难办，有太多顾虑，太多经济因素的考量，秀丽私底下就曾尖刻地跟秀芳说：“年纪比我大那么多，我懒得将来替他收尸。”但老王跑来献殷勤的时候，秀丽并不拒绝。可见她不讨厌他，不然以她的脾气，早翻脸了。有个老王在身边嘘寒问暖，秀丽眼见着比以前开朗了。

街舞海选现场设在省文化宫，这里的主厅被电视台装饰过，已变成一个电视晚会现场。一排排舞美灯架了起来，到处都是街舞比赛的醒目LOGO和海报。第一天是团体海选，海选现场很有意思，所有选手都盘腿坐在地上，对面是两位评委。轮到谁，谁就上去跳。亲友团不得入内，只能在后台看大屏幕直播。翱翔的街舞队顺利闯过海选，挺进初赛。观战的时候秀芳和啦啦队在后台看着大屏幕，既紧张又兴奋。拍宣传花絮的游机以为秀芳是某个选手的母亲，编导过来采访她，得知她是参加第二天个人街舞海选的选手之后，大为惊讶，特地拍了她好几个镜头。

第二天的海选，秀芳是第五号选手。学校给她准备了黑色舞服，原本教务主管还给她配了一顶鸭舌帽，郑校长说没必要。以秀芳的年纪，完全模仿年轻人的桀骜不驯，反而有点用力太猛。亮出她的白发，正是鲜明的态度，是舞蹈精神最好的注脚。那就是突破限制，绽放生命的力量。大家再一次叹服校长的高屋建瓴。

当初报名参加海选的方式是递交两段视频，一段基本功展示，一段完整舞蹈练习。学校给秀芳录了之后递交到大赛组委会，顺利报上名。所以秀芳想，这街舞大赛也许水平没那么高。昨天团队比赛的水准很高，但能组队参赛，本来就是非常热爱街舞的人才会那么干，个人参赛选手可能就未必了。天宇也安慰她，这毕竟只是本省的街舞比赛，和大热街舞赛事比，竞争不会那么激烈。何况你的诉求并非夺得名次，而只是过海选而已，一定能过的，放心吧。

这日一早，大家来到比赛厅的外面，秀芳虽然已听了太多的鼓励和安慰，临入场时还是禁不住背部发僵、脚步发沉，像是负荷不了如此的重任一般。她环视着大家，郑校长、天宇、秀丽，若华、老王父子，最后是安心。大家都带着鼓励的笑容看着她，除了安心。安心的表情非常尴尬。

事情变得奇怪，母亲学舞本来是为了能鼓励她站起来，可现在却变成所有人翘首以待，希望母亲能技惊四座，一举成为传奇。但跳街舞和减肥还不一样，这是让一个幼童上擂台，去和彪形大汉对打啊。如果她现在就能重振生的勇气，母亲何必走这莫名其妙的一遭？是她把一切变得这么扭曲的，大家明面上在看着秀芳，而实际上都是看着她。故而安心想来想去，不知道该露出什么表情，只好一直僵着脸。

受了这一个月的罪，总要有个结果。秀芳转身走入赛场，坐到一堆年轻人中间。人群起了一点骚动，大家都惊讶地看着秀芳。秀芳强装镇定，朝他们点头示意，看着这些青春蓬勃的脸，她的心中更加忐忑。对面的评委是两个五十岁左右的中年人，一男一女，一看就是搞舞蹈的，气质出众，身板挺直。郑校长此前给秀芳介绍过，两位评委均在省艺术学院舞蹈系任教，男的是他的同学，姓彭，女的姓柴。已经特别和彭教授提过秀芳，要他关注一下。秀芳看向他们，特地向彭教授笑了笑，不过他没有反应。

主持人宣布比赛开始，一号选手走到空场中，这是一个扎着头巾、长相清秀的女孩。音乐响起，她开始跳舞，跳的舞种居然是Breaking，现场气氛瞬间热了起来。天宇大致给秀芳讲解过街舞的种类，也给她示范过。女性跳Breaking的相对少一点，因为它需要大量手撑地、快速脚步移动、倒立定格，以及在地板上或者空中旋转的动作，对肢体的力量要求更高。

这看似文弱的女孩把Breaking跳得出神入化，各种匪夷所思、高难度的倒立、旋转一气呵成，令人眼花缭乱。在秀芳看来，她简直可以去参加体操比赛了。一舞终了，全场掌声热烈。两个评委互视了一下，向主持人微微点头。主持人会意，让工作人员把象征通过的毛巾递给女孩。女孩喘息着接过毛巾，并没有太多表情，平静地坐回人群中。

接下来的二三四号选手虽不如第一位，却也都是专业水准。秀芳越看越心凉。终于轮到她了，她硬着头皮站起来，僵硬地一步步走到空场中，站定，环视全场，一时竟觉得有点晕眩。聚光灯太刺眼太灼热，评委的表情太严厉，所有人的眼神都太锐利，一切都对她太苛刻，她就像个透明人一样被一览无余。其实她知道并没有，是自己太心虚，才会觉得这样的光与热像围攻。她后背迅速激起一层薄汗，眼神徒劳地在人群中寻找着哪怕一双熟悉的眼睛，但是他们全部都在后台看直播。她绝望地微笑着，机械地听着主持人念她的资料。当主持人说到秀芳要跳*Buttons*时，全场微讶，旋即掌声雷动。掌声让秀芳稍稍感到安慰，但瞬间的放松之后，更多的紧张涌上心头。主持人宣布开始，工作人员调音乐的两秒钟之内，秀芳闭了闭眼，咬咬牙，豁出去了。

*Buttons*的鼓点前奏起，这一段秀芳练得最熟。她抖肩、挺胸、展臂，踏着猫步往前。接着收臂，两手绞在一起，迅速伸直向上。这四个八拍动作干脆利落，两位评委微有赞许之色。秀芳得到鼓舞，渐渐放松，心中默念着节拍，脑中全是天宇的声音：Wave，转身，很好；走，走，两拍，手起，手不要动；四拍一二三四，收手下腰，手搭在胯上，头面向观众，注意你的表情，表情不能呆；侧着顶胯，两拍，转身，左右顶胯，抖腰，一二三，注意这三下全在一拍里；然后屈膝跪下，甩头，两拍……

音乐响彻全场，秀芳已经忘了所有人，眼前只有那排舞台大灯，汗水流下来迷住她的眼，灯光变得柔和了一点，没有那么刺眼了。之前在教室跳，她要追着音乐的节拍跳，那动作变换得太快，她常常跟不上，而天宇还会说她“你每个动作都做不满，不要着急”。她觉得奇怪，也就是说，她明明抢先了，却做得不够。可现在，她觉得她的动作与音乐水乳交融了，它们心领神会，眉来眼去，每一句吟唱她都听不懂，但都能在它的指引下恰如其分地舞出神韵来。那种仓促感没有了，她悠然自在，享受着每一次舞动的快乐。虽然腰肢不够曼妙，胯顶得不够热辣，眼角眉梢不够风情，但这已经是她竭尽六十二年来的力气最大限度的“性感”了。这辈子她从未和这个词如此贴近过。这一刻她忘了她为什么而来，只是不停地舞动，舞动，舞动。摇摆，甩头，旋转。

一曲终了，秀芳大汗淋漓。全场掌声非常热烈，一号女孩朝她吹了哨。秀芳喘着气，觉得无比畅快，心同时悬了起来。两个评委反应不一，彭教授面有赞许之色，柴教授则面色踌躇。两个人耳语着，虽然全场听不到他们的讨论内容，却可以从两个人的表情中知道他们起了争执，而且分歧还很严重。彭教授最后不说话，看着主持人，一摊手，表示无奈。全场安静了下来，主持人声音带着遗憾：“五号选手未能通过海选，非常抱歉。请离场。”

汗还在往下落，身上还冒着热气，舞蹈所激起的兴奋之情还在澎湃，她却要离开了，毫无结果，空空落落。秀芳呆了一下，随即想到，和前面四位选手比，她当然太差。“不能通过”这个可能性不是一早就想到了吗？这又不像减肥，只要下死力气，就一定有收获。她强笑着，机械地迈着步子，走出赛场。

场外，大家都在等着秀芳，同样的满脸失望。见到她之后拥了上来。老老王道：“就当来玩玩嘛，你已经非常厉害了，小赵。”

大家纷纷用类似的话来安慰她，但那话里有掩饰不住的失落。大家看惯了那样的故事：一个人追梦，全世界都要为她让道。在如雷的掌声中，草根圆梦，这难道不是理所当然吗？怎么突然不按理出牌了呢？

郑校长蹙眉：“不应该啊。”

大家疑惑地看着他。他小声道：“秀芳阿姨是本次大赛的看点之一。都打过招呼了，组委会也同意了。全民健身，重在参与嘛。怎么回事呢？”

郑校长要大家再等等，海选结束后他要找组委会，尤其是两位评委沟通一下。

海选结束，郑校长带着秀芳等在场外。一会儿导演组和两位评委走出来了。彭教授看到郑校长，对柴教授道：“柴教授，给你介绍一下，这是我师弟郑志鹏。翱翔艺术培训听说过吧？全省响当当的金字招牌，他的产业。”

柴教授礼貌地伸出纤细的手，和郑校长握了握，表情疑惑。郑校长踌躇了下，指着秀芳道：“这是今天的五号选手，我们学校选送的，你们有印象吗？”

彭教授道：“我太有印象了，六十二岁的阿姨，勇气可嘉。”

柴教授见这架势，大略猜出郑校长等在这里的用意，道："她很有勇气，可惜跳得不好。"

郑校长笑着，看向导演。导演会意，道："其实我们觉得吧，如果咱们这次街舞大赛能有一位这样的选手，会更有意义。"

柴教授淡淡道："什么意义？"

导演被她反问住，有点口吃，郑校长赶紧上前解围："我们这个选手这次来参加街舞大赛，是有一个很感人的故事。她是为了她的女儿才来到这里的。"

他把安心推到柴教授面前："她叫安心，是我们学校的舞蹈老师。前年车祸她不幸截肢了，五号选手，也就是她的母亲秀芳阿姨为了鼓励她站起来，开始学舞蹈，参加比赛。"

柴教授上下打量了安心一下，安心在她锐利的注视下有点瑟缩。

导演道："教授，是这样的，我们之前开会时也和您沟通过，希望本次街舞大赛能够突破圈层，打造全民热度——"

柴教授不耐烦地打断："是的，但当时我的态度也非常清楚，不是吗？我们既然叫街舞大赛，那么入选的标准只有一个，就是跳得好。用舞技说话，少给我讲故事，找新闻噱头。你要突破圈层，提高收视率，没问题。那就不要叫街舞大赛，叫梦想秀不是更好？"

大家没想到她这么直率，一时被怼得无言。

柴教授厌倦地说："说实话，这些年我当评委，最烦的就是选手给我讲故事、表情怀。什么家里特别穷，什么希望向母亲证明自己，什么从小就是孤儿——这和舞蹈有什么关系？三心二意，身在曹营心在汉，谎话连篇，这是对艺术最严重的亵渎。你们来这里，只能有一个动机，就是你太热爱舞蹈了。你愿意不停地跳下去，跳到死的那一天。"

她扫视着所有人，最后把目光停留在秀芳脸上："你爱跳舞吗？"

秀芳说不出话来。

柴教授逼问道："回答我，你爱跳舞吗？"

秀芳慌乱道："我是想用这种方式，让我女儿有重新生活的勇气——"

柴教授打断："你不爱跳舞，对吗？好，换个问题，你的爱好是什么？"

秀芳结结巴巴："我、我——"

她想起，她没有任何爱好，她此生唯一热爱的就是她的女儿，但那不能成为答案。

柴教授等待着，没等到她的回答，轻蔑道："我知道了，你根本没有爱好。你们这些女人就是这样，一当上了妈就早早地放弃了自己，一心扑在孩子身上，看上去好像是很无私，其实非常自私。自己活不出个一二三来，非要让孩子替你活。你不能成为最好的自己，怎么能让女儿成为最好的她？你根本没有生活，却要女儿热爱生活，这不可笑吗？"

柴教授的目光又看向安心，安心早已听傻了。

柴教授问道："你截肢了，为什么需要你的母亲来跳舞，才能被鼓励到，重新站起来？"

安心嗫嚅，那样长长的不幸，怎么能在这么凌厉的目光下一一道来？她只好说："我的腿一直过敏，戴不了假肢。换了一副，还是不行。"她想起自己疼痛犹如炼狱的复健过程，委屈涌上心头，声音抖了起来，越说越小声。

柴教授毫不留情，咄咄逼人："换一副不行，就换第二副。第二副不行，就换第三副。你说你是个舞者，但我从你身上根本看不到舞者的精神。舞者就是，死了也要跳，想尽各种办法站起来，重新起舞。你尽全力了吗？问问自己。"

她转头向导演："导演，我知道你们要什么。抱歉，我给不了你。这位大姐可以去参加其他节目，但是她来参加《街舞大赛》，我不会让她通过海选。”柴教授冷淡地扫了众人一眼，转身走了，瘦瘦的背挺直，脚步轻盈，头高傲地昂着。大家全听傻了，愣愣地看着她的背影。现场一时沉默，半晌郑校长忽然恼怒道：“关机，别拍了。”原来学校的宣传片拍摄小组居然一直没关机，把全程都拍了下来。

导演打了个哈哈，道：“这个柴教授是有名的灭绝师太，舞痴，为了跳舞不婚不育。大家莫见怪。”

天宇见安心脸色惨白，神色难堪而无助，像是被冷酷的柴教授“嗒嗒嗒”几梭子弹打蒙了一般。他蹲下身，伸出手，握住她冰冷的手，低声安慰：“安心，你别在意。”

安心低下头，终于哭了起来，哭声和身形都是溃不成军的模样。秀芳呆立在原地，紧握着手，心如刀绞，怒火中烧，恨不得追上前去对着柴教授大骂道：你这个灭绝师太、老妖婆，凭什么对别人的生活指手画脚？你可以羞辱我的舞技，但不能伤害我的女儿。你根本不知道她这一路走来，每一步都荆棘密布、血泪斑斑。尽全力？说得轻巧。你知不知道人被一次次打倒，每一次站起来之后，那力气和勇气都会较之前少一点？无数次倒地之后，也许就永远不想起来了。

但秀芳什么也不能做，只能看着女儿那两截空荡荡的裤管，一再地懊悔。也许她当时就不应该脑子一热，跑来学什么街舞，参加什么比赛。事实证明，这只不过是又在安心已经伤痕累累的心上划了一刀而已。

第十九章　进击的人生

回家后，秀芳母女俩着实消沉了一阵。秀芳没有去跑步、健身，每日只是在家里陪安心，做做饭，看看电视。老老王回来后得了重感冒，每日黄昏的人民公园聚会暂时取消。

体重既然下来了，秀芳便也不像从前那样严苛地节食。其实和所谓的优质蛋白比，她更喜欢主食。扎扎实实地干噎一个大白馒头、一大碗米饭，令她十分有安全感。吃饱了饭，往沙发上一歪，母女俩有一搭没一搭地看电视，日子好像渐渐回到了从前的那种无所事事，固然死气沉沉，却也有种不需要再努力去抗争、去追求某种目标的沉沦的闲适惬意。是啊，谁喜欢屏息静气、挺胸收腹，紧绷着神经，时刻保持最佳状态？两年来，为了女儿，她实在太累了，是时候放松下来了。

放纵了一阵子，这天收拾屋子，秀芳看到屋角的哑铃和跑步机时，一阵伤感。难道从此把健身放下吗？跑步机上已落了一层灰，秀芳用抹布擦拭着踏板，想起柴教授那句话“你的爱好是什么”，不由叹了口气。她的确为了健身全情投入，但分不清到底热不热爱健身。那些挥汗如雨的酣畅快感，是因为想到能激励到女儿而产生的，还是运动本身带来的呢？

秀芳打开跑步机，站上去跑步，发现才十来天不跑，她已经有点不习惯了。才跑了一千米，腿就开始酸痛，汗也流了下来，气有点倒不过来。看来健身这个事儿不能停，一停就会大踏步地往后退。从这日起，她恢复了跑步和健身。

这日，秀芳接到个陌生的电话，是个烟酒嗓的女声，说自己叫包玉琴，正在和几个志同道合的姐妹组建老年街舞团，从网上看到秀芳跳街舞的视频，觉得她跳得很好，问愿不愿意参加她们的团。秀芳本来半躺着，听完之后坐直身体，一时不知怎么回答。

包玉琴的声音很豪爽："姐们儿，你太酷了。来吧，我们一起干一票大的。"

秀芳很好奇："你怎么会有我的联系方式？"

包玉琴道："网上有参赛选手名单，资料和联系方式都有，不知道谁放上来的，可全啦。"

秀芳生气，这不是侵犯隐私权吗？包玉琴说其实选手们都不会在乎的，反而高兴。因为参加大赛就是为了增加曝光率，给自己寻找各种机会的。她力劝秀芳来看看，吹嘘说她将组建一个空前绝后的老年街舞团，终极梦想是冲出本省，走向全国。秀芳本来不想理她，眼角余光瞥见正在阳台发呆的安心，突然想起柴教授的话"你根本没有生活，却要女儿热爱生活，这不可笑吗"，心弦一动，答应去见个面。

也许她把全部的爱都倾注到安心身上，这对安心来说也是一种莫大的压力，那个"心因性过敏"难道没有她的贡献？她的火急火燎、求成心切、关注过度，安心全感受到了。她们母女就是这样，都为彼此而活，看到对方受苦，比自己受苦更难熬。安心身上承载了两个人的企盼，是加倍的痛苦。也许自己应该试着把注意力从女儿身上转移开了。

在一个小区的老年活动中心，秀芳见到了包玉琴，还有她说的那帮"姐妹们"。包玉琴六十岁，身材高大丰满，即使上了岁数，仍能依稀看出年轻时的美貌。她性格爽直，扎着这个年纪很少见的高高的马尾辫，一副傲睨岁月的模样。其他三个老太太年纪分别在五十五到七十岁之间。包玉琴说她们都是这附近小区的，因为跳广场舞认识的。跳了几年广场舞，现在觉得没意思了。看到电视上的街舞觉得很酷，包玉琴突发奇想，想改学街舞，把找这几个老太太组个团，因为"不组团没个由头，大家都三天打鱼两天晒网，没有凝聚力"。本来有六个人，上舞蹈学校请老师教了几天，就有两个老太太受不了，退出了。所以包玉琴想物色人选，补充进"团"里。团名叫"进击的老太太"，是包玉琴取的。"进击这个词我是听我孙女儿说的。她天天看日本动画片，说进击这个词特别好，是进攻、上进、努力、不服输的意思。"

秀芳太喜欢包玉琴和这些老太太了。自健身和跳舞后，她常暗暗觉得自己该是同龄老太太中心态和体能最年轻的了，为此平时遇到老太太时总带了点轻视，抱着"我和你可不是一伙儿的"的想法。这种感觉固然骄傲，却也孤单。没想到在距家五公里的小区，居然也有这样一群老太太。她当即表示愿意加入。

包玉琴很高兴，挤挤眉道："那我们现在Battle一下吧？"

Battle是跳街舞的人斗舞的意思，包玉琴居然连Battle都知道。秀芳乐不可支。一个老太太打开音箱，开始播放街舞音乐，她们排好队形，跳起舞来。果然动作带着浓浓的广场舞气息，而且非常简单，连一首完整的曲子也跳不下来，只是几个片段。包玉琴解释说她们只学了一期十节课，第二期还没报名，因为人还没凑齐。

秀芳跳了*Good Time*，已经把她们镇住了，又跳了*Buttons*，老太太们差点跪下了。包玉琴激动得直拍大腿："我就说赵老师一定行。"

秀芳坦率道："我这水平在咱们这儿混混还行，一去海选立刻让人给淘汰了。"

包玉琴道："嗨，你在他们那儿是鸡立鹤群，但在咱们这儿绝对是鹤立鸡群。”

这老太太真可爱，秀芳被逗得哈哈大笑起来。随后告诉她们，先不用着急报班上课，基本功练习她可以带着大家做。基本功不好，学也白学。她虽然只上了一个月的课，但按课时算几乎等于别人的半年。“我不敢说教你们基本功，说分享练习，倒也不算说大话。等我们把基本功练得扎扎实实的，我再给大家找原先教我的老师，不是更好吗？”

包玉琴一翘大拇指：“连学费都省了，我这通电话没白打。”

休息时间，大家坐下来喝茶。秀芳想起一件事，问道：“不过，你们为什么要跳舞呢？”

一个老太太嗑着瓜子道：“喜欢呗。”

另一个老太太道：“挺健身的，我跳舞五年，血压、血脂都正常了。”

只有包玉琴的回答最合秀芳意：“因为不想就这样一了百了。”

这句话本有点含糊，但秀芳却能领会它的全部含义，一下子眼睛就湿润了。包玉琴看到她这神情，会意地笑了，端起茶喝了起来，跷起的手指甲上涂着大红指甲油。

秀芳就这样加入了“进击的老太太”街舞团。她把团友带到人民公园，一下子轰动了。秀芳要团友们大大方方地在这里练习基本功。天宇来的时候，顺手指点两下，她们就受用无穷。团友们更加振奋了，每天练得都非常起劲。秀丽本以为秀芳跳舞的事从此结束了，没想到变本加厉，不由得摇头叹气，说不上是佩服还是奚落。包玉琴邀请秀丽加入，秀丽连声拒绝。

“我才五十一岁，够不上你们的门槛。”秀丽半傲娇半调侃。她的意思是她还很年轻，算不上老太太。

包玉琴可不是吃素的，看她那懒洋洋的做派，撇了撇嘴，一语双关道：“你的确够不上。”

老老王病刚好，此时正在用长鞭子抽着煤气罐儿，力道较之前小了不少。休息时，秀芳开玩笑邀请老老王入团，老老王道："算了吧。第一我不爱跳舞，第二我入团了，你们的团名儿就得改成进击的老头老太太，太长了，不好听。"

这话把大家逗乐了。秀芳问老王去哪儿了，老老王说被自己打发去学车了，老王本来一直犹豫，老父亲生病后他突然有所感悟，答应赶紧去学车，时不我待。有了车，带父亲出去旅游就方便多了。秀芳赞老王懂得与时俱进，秀丽却感慨道："还是子女在身边，日子有个盼头。不然你说王大爷八十多岁，孤单单一个人在家，生病了也没有人伺候，有什么意思？"说着说着，眼泪汪汪的。秀芳好奇同一件事，秀丽为什么总是能从最悲观的角度去考虑。

秀丽道："我说的不对吗？王大爷真那么独立，干吗打发儿子去学车？自己去学呗。"

秀芳道："你这不是废话吗？学车要七十岁以下，他学得了吗？"

秀丽理直气壮："所以他还不是把自己六十多岁的儿子使得团团转？一代一代，谁不希望和自己的子女永远生活在一起，不然人干吗生孩子？"

老老王在一旁挥鞭道："我让他学车，是为了他自己，可不是为了我。怎么就把他使得团团转了？"

秀丽道："那你这次生病，他跑前跑后的，没有这儿子在跟前，你使唤谁去？"

老老王道："他留在我跟前，是他退休了，没事儿干。他要去上海跟儿子住在一起，我绝不拦着。我可不像你，为了能把孩子使得团团转，就把二十出头的女儿留在身边当丫鬟。"

正说着话，若华远远地快步走过来，后面跟着安心。秀丽不跟老老王计较，换了个话题道："哎，看着她们我这心里就踏实，就高兴。你说那个柴教授，是不是变态啊？一个女人，连生孩子都不愿意，她知道有孩子多幸福吗？”

秀丽正感叹，若华走到她面前：“我的毕业证是不是被你锁在柜子里了？钥匙拿来。”

秀丽不意她开口说的是这个，道：“你要那东西干什么？”

若华道：“你锁我的东西干吗？我本来放我自己屋的抽屉里好好的。”

秀丽强词夺理：“那东西挺重要的，不能丢。”

若华道：“我自己的东西我自己保管，你没经过我的同意，把它锁起来就是不对。再说一遍，钥匙拿来。”

若华的脸色很平静，但声音比平时沉，眼神比平时狠，是暴风雨爆发前的压抑。她这模样秀丽从来没有见过，一时有点畏缩。但下一秒秀丽怒了，在这么多人面前，一贯温顺的女儿居然这么不给她面子。她呵斥道：“回家去。”

若华不再掩饰情绪，点着头，神情凌厉：“好，这是你逼我的，我回家就拿锤子把柜子砸了，我把整个家全砸了，我一把火烧了它。”

她一扭头要走，秀芳听着气氛不对，拉住她道：“若华，怎么了？”

若华咬着牙道：“我要去北京，明天晚上的火车票。”

秀丽站了起来：“你敢！”

若华昂着头：“怎么不敢？告诉你，我房都租好了。这回你再也别想拦着我了。”

若华想去北京，最大的问题就是身无分文。她那天跟安心聊天，说想去超市打工，攒够房租和头几个月的生活费再去。安心二话不说，给她在微信上转了两万，告诉她，不要再浪费时间了，立刻去。若华看着微信，一股热浪从脚后跟直往全身蹿，像越狱的死刑犯看到了翻墙的梯子。她一秒钟都等不了，手都在抖，迅速下载了租房App，租到了北京近郊地铁房的一个十平方米的单间，跟人合租，一个月两千五百块钱。一切搞定之后她订了火车票，收拾着行李，拉开抽屉一看却发现毕业证和学位证都不见了。若华脑中轰的一声，这些年来全部的忍耐终于崩溃了。她几乎是一路跑着过来，安心的电动轮椅都差点追不上她。

秀丽看着此刻像是要拼命的若华，知道这一回她是动真格儿的了。再环视周围，众人对她都是一脸的鄙夷。秀丽此生从未觉得自己如此孤立，像是站在悬崖边，所有人都想推她下去，这想象激怒了她。

秀芳劝说道："秀丽，把若华的证件还给她，闹成这样没意思。"

秀丽指着若华厉声道："我绝对不可能让你去北京，我现在就死给你看，有本事就先替我收尸。"

若华张着双手，又愤怒又无助。电光石火之际，心中浮出一个恶毒的念头：死吧，去死吧。这回绝不拦着。你解脱了，我也解脱了。下一秒，她被自己这个想法吓了一跳，一抬头，正与母亲四目相对。

秀丽的眼神充满怨毒："我知道你怎么想，你觉得我死了，你就轻松了，可以远走高飞了。你记住，不孝是天打雷劈的大罪。逼死自己母亲的人，就是活着也不可能有好日子过。"

秀丽从凉亭弹跳起来，往湖边跑。若华哭了，不知道到底要不要追上去。秀芳勃然大怒，噌地一下追了过去："又来这一出，这回我可不忍你了。"

秀丽跑到湖边，刚要纵身一跳，已追到她身后的秀芳抓住她的衣服后脖领，狠命一拽，把她拽了回来。秀丽踉跄地退着步子，尖叫一声。秀芳不松手，连拽带拖。秀丽倒地，领子勒住了她的脖子，她咳嗽着，脸憋得通红。秀芳把她拖到广场，从她裤兜里抢钥匙。秀丽乱踢乱打，但哪能敌得过健身长跑的秀芳？秀芳一只手制住她，另一只手掏出一串钥匙，扔给若华。众人都已经看傻了。

秀芳暴跳如雷："给我站起来。"

秀丽坐在地上，好不容易才回过神，哭出声来："亲姐姐打我，亲女儿要丢下我，所有人都欺负我。我一个寡妇，活不了啦。老天爷啊！"

秀芳扭头对老老王说："王大爷，借你鞭子使使。"老老王还没反应过来，秀芳从他手里夺过鞭子，往地上的秀丽劈头盖脸地抽去。秀丽尖叫着躲闪，抱着头痛哭。

秀芳边抽边咆哮："打你是吗？我看你就是欠打。这么多年你活得可还像个人？老公叫你生儿子，你就一连堕了三次胎，把身体搞坏了，把工作搞没了，像个废人一样只知道围着老公和儿子转。你自己活得没个人样也就算了，还要拖着女儿一起死吗？"

鞭子毫不留情地落在秀丽的腿上、手上、身上。秀丽号叫着，四处爬，终于站了起来，躲闪着。老老王刚要上前劝，秀芳啪的一声，鞭子狠狠甩在地上，把他吓了一跳，不敢上前。

秀芳边抽边骂："你真给当妈的人丢脸，才五十岁就躺倒等着女儿照顾。摸摸自己的良心问一句，若华从小到大，你对得起她吗？"

秀丽大哭着，终于撒开腿跑了起来。秀芳仍紧追不舍，挥鞭不停。鞭子带着凄厉的哨声，在后面和秀芳的骂声一起，如影随形地跟着秀丽："子女是你的奴隶吗？你是奴隶主，生了孩子就拴在家里陪着你？你四十来岁就像条死狗一样在家待着，可像个人？给我跑起来，给我去劳动，去锻炼。"

秀芳抽累了，停下脚步。秀丽仍在奋力地跑着，她知道后面没有鞭子了，可是停下来该怎么面对满广场那冷冷的表情，还有从此孤零零的人生？还是跑吧，风在耳畔呼呼吹过，这辈子她从来没有这么用力地跑过。

若华手握着钥匙，早就哭得不能自持，仿佛要把从小到大受的委屈全部发泄出来。母亲不爱她，这个事实她一直不愿正视。但今天大姨撕破这层纸了。从今往后，她该拿什么样的表情面对母亲呢？

秀芳走回她身边，道："回去，收拾行李去。"

若华目光追着母亲渐渐远去的背影。母亲不爱她，可这世界上她们也就只有彼此了。秀芳一挥鞭："要我说，你也差我抽你一鞭。早就该走了，拖拖拉拉到现在，你自己没有责任吗？"

若华眼泪哗哗地流着，秀芳也眼圈红了，放缓口气："走吧，你妈有我，不会有事。"

若华泪眼朦胧地看着秀芳。秀芳鞭子狠狠一甩，厉声道："走。"

若华转身飞快地跑开了。

若华抵京安顿好的第二天，和母亲微信视频，母亲没接。给秀芳打，秀芳说她病了，发高烧，但是，"已经退烧了，我和你姐在你家呢，没事"。

视频里秀芳的脸有点疲惫，口气却仍一如既往的坚定："你先少跟你妈视频，省得她抱怨你，又给你拖后腿。发点文字问候一下就好。"

若华挂了电话，心里安定了一些。因为与母亲的不欢而散，她来到北京后还来不及高兴，光顾着惶恐。此时环视着这位于四号线地铁终点站的合租斗室，一种雀跃之情像气球一样渐渐膨胀，升了起来。北京，我来了。凯泽，我来了！

她没有联系凯泽，想着找到工作，情况稳定之后再找他。他那么优秀，她不想自己以需要帮助的柔弱形象出现在他面前。她投了大量简历，把自己在家公考的这段经历改成在家乡某文化公司工作一年，这样掐头去尾，倒也与毕业时间勉强衔接上。半个月后，她在一家新媒体公司找到一份编导的工作，专门为其公众号和微博官V采写金融快讯，试用期三个月，税前七千，扣完只剩五千多一点，付完房租勉强温饱，不甚理想。她想起凯泽的职业规划，暗暗给自己鼓劲儿。第一份工作不理想怕什么，先解决立足的问题，同时积累工作经验。只要有规划，每一份工作都是垫脚石，助你一步步踏上美好的前程。

上了一周的班，渐渐适应了。若华觉得是时候联系凯泽了，可是每次在微信上写下“凯泽，在吗”几个字，她又踌躇，最后删去。凯泽临走时的冷漠让她心有余悸，此次必得做好万全的准备，向他证明，她这回不再反复无常，不再蹉跎了。下一周她又想，不如先干一个月，等情况更稳定了再说。万一没通过试用期，凯泽会不会说她三天打鱼两天晒网，对她更失望呢？就这么着，拖了又拖，一个月过去了，她仍没有联系他。

凯泽很少发朋友圈，最近更把朋友圈设为“仅半年可见”状态。晚上临睡前，若华研究着他寥寥的数条朋友圈，都是关于工作的，只有一条是上周末早晨八点五十发的。图片是高楼上空露出半边脸的太阳，一看就是在他家窗边拍的，配文是“美好的一天，美好的开始”。看着这一条，若华温柔地笑了，带了点宠溺。他知道她离他只有十几站地铁吗？也许在某一刻，他们还在地铁里擦肩而过呢。如果现在打电话，他会不会惊喜得立刻打车过来？

当初他来看她的那张来程火车票她还留着，珍藏在钱包里，不时拿出来看看。他爱她，铁证如山。虽然他三个月以来音讯全无，但这只是他暂时生她的气而已。他这个人就是这样矜持，毕业分离一年中，他不也宁可默默忍受着对她的思念之情，没有联系她吗？他们的爱就是老火慢炖，此刻这种沉默就是小火在舔着锅底，把汤酿煮得更加美味。所以这样短暂的分离不要紧，它只不过使将来某一天的相见更销魂而已，一如他为她而来的那两天。

若华一遍又一遍地回想那两天。那四十八小时已被她分割成无数的小片段，在每一个能得到的短暂或长久的间歇里——比如等地铁的时候，在沙县小吃等饭上来的时候，以及晚上睡觉前——供她细细品味。凯泽从火车站出来那一刻，脚步急促，表情急切；凯泽说“失而复得”四个字时，眼神脉脉含情，磁性的嗓音因为长途跋涉而略带喑哑，更显性感；他们在青石小巷中接吻，他们吃羊肉，带羊肉味的吻；凯泽从汤中捞起粉丝，那样滴滴答答的汤水，他愣是一滴也没有喷溅到外面，桌面上干干净净。他是个家教良好的男生，吃饭的时候不出声，骨头渣、鱼刺之类的残余一律要个小碗，放在里面……总之，凯泽最好，最棒，全方位三百六十度完美。这么好的男生一心一意地爱着她，她这次再也不能错过了。为此她要反复检查自己的言行举止体态容貌，她花了两千块钱购置了见第一面的新衣服，洗净熨烫好，挂在简易塑料衣柜里。最好的凯泽值得她精心打扮。她对镜练习着见面时的表情，不能太激动，也不要哭。爱哭是她的毛病，这回可得改正了。就这样微笑着，不疾不徐地说"凯泽，你好吗"，把那一次请求他送"成人礼"的失态挽回来。

这天下午若华去采访一个互联网金融论坛活动，地点在中关村。出租车路过凯泽家旁边的街道，她不由自主往外看着。每次路过这一带，或者甚至听到中关村三个字，她的心都莫名地要悸动一下，觉得亲切。何止如此，一想到她与他同在一座城，呼吸着同样的空气，她就觉得喜悦。

会场在知春路的翠宫饭店，离凯泽家很近。若华上楼的时候想，就是今天了，索性结束后就给凯泽打个电话吧。告诉他她已经来两个月了，此刻就在他家附近。如果可以，她将在这里等他，等他下班回家。他们可以随便找个什么吃饭的地方，坐下来，喝着酒，像个真正的大人一样，聊聊过去、现在、将来……不管聊什么，她要他知道，她终于成熟起来，从心理上彻底摆脱母亲了。她来了，而且再也不走了。她喜欢北京，将永远留下来。

若华想着，进了会场。她来得比较晚，只得找了最后一排的座位坐下。十分钟之后主持人上台，宣布活动开始。他的声音很好听，磁性的播音腔。若华正低头看着手中的会务资料，听到这声音后像突然被针扎了一下，打了个激灵，一抬头，主持人居然是凯泽。他穿着灰色西装，神采奕奕："各位朋友下午好，欢迎来到我们今天的论坛……”

若华整个背都僵了，目不转睛地看着凯泽。活动一个半小时，凯泽在台上与数位互联网和金融界人士对谈，抛出一个个专业的问题，巧妙地穿针引线，令台上嘉宾畅所欲言。他是真的优秀啊，仅仅二十五岁，就有这样淡定从容的临场风度以及控场能力，令人难以置信。他将按着自己规划的人生路径，丝毫不差地走向巅峰，这毫无疑问。

活动结束，参会人员陆续离场。一个脖子上挂着工作牌的女孩引着凯泽走下台，走出会议厅。若华赶紧起身，眼睛紧盯着凯泽的方向，强摁住激动，组织着措辞。那女孩引不少人与凯泽见面，一个又一个。凯泽得体地微笑，与他们打招呼，握手，寒暄，加微信。若华远远地站在门后，耐心地等着。她希望时间越长越好，因为她太激动了，还没有排练好和他见面时的表情。

眼看人终于少了，挂着工作牌的女孩拧开一瓶水，递给凯泽。凯泽接过来，大口喝着。

女孩笑道："说实话我觉得你比我们公司请的专业主持人要好多了，他们根本不懂互联网业务。今天要不是你临时救场就麻烦了。"

凯泽道："谢谢你向许总推荐我。"

女孩道："其实上次去你们公司参加活动时，许总就留意到你了。这是你自己优秀的结果，我只不过牵了根线而已。要我说，你最应该感谢我的口红。抹了之后，你看上去气色可好了。看来你很适合姨妈色啊，不，你涂就应该叫姨夫色。"

凯泽正喝着水，差点把水喷出来："感谢，一万个感谢。"

女孩嘟着嘴说："那上台前我让你涂，你还不涂，说娘炮？"

这女孩爽朗又幽默，又有一种阳光下开得正灿烂的玫瑰那样炽热的美。她应该也意识到自己是天生尤物，无人能敌她扑面而来的美，言行举止中有一种自信的气势。凯泽四下张望了一下，见没有人，于是伸手拉了拉她的手，两个人十指紧扣，又迅速分开。女孩笑靥如花，凯泽的眼里充满了爱意与欣赏。他们正处在男女刚刚挑明关系的时候，爱火正烈。

凯泽道："走吧。"

女孩道："晚上吃什么？"

凯泽道："你说了算。"

女孩用肩膀轻轻拱了他一下："你快得了吧。我说吃火锅，你一准儿说上火。我说吃日料，你又说吃腻了。我说那你来决定吧，你还是会说'你说了算'。"

两个人说笑着并肩离开了，声音越来越远，谁都没有留意到会场大门旁边的若华。若华靠在门后，半天才缓过神来。凯泽当然不缺女孩子，她为什么从来没有想到这一点？

凯泽和女孩站在路边等车，上车的瞬间，凯泽无意中一回头，突然看见一个侧影非常像若华，一怔。坐在车里，他仍下意识地回头张望。此时正好红灯变绿灯，那背影已汇入过马路的人群中。车往前驶去，凯泽心神不宁。太不可思议了，若华应该还在她的老家考公务员、考事业编、考教师资格证——总之，做一切能让她母亲高兴的事情吧，怎么会出现在北京的街头呢？

凯泽自登上从若华老家回京的火车的那一刻起，就决定忘了她。两年时间够长了，他一切顺遂，若华是他严谨的人生程序中的一个Bug。他一向理智，冲动了两年，算是给青春一个交代，从此他要回归正确轨道了。这女孩是去年在一次工作中认识的，也在一家大型互联网公司上班。加了微信后就一直很主动地跟他聊天，频频发出暗示。凯泽本来没接招，从若华处回来之后他痛定思痛，决定彻底忘了若华。下一次女孩又来撩他，他就接受了。

没想到一场顺风顺水的恋爱这么甜美，凯泽渐渐不再难过了。在心中拔除一个人最好的方式就是去爱另一个人，此言诚不我欺。世界上哪有什么唯一的真爱？上天造人批量生产，适合你的这一款产量丰富，甚至你会同时喜欢不同款，那数量就更多啦！比如凯泽从前以为自己喜欢温婉内敛的若华这一款，现在发现，美艳热辣的女孩更不错，更更不错。

毕业两年，大学文学社的群渐渐没有人说话。只要他够坚持，若华这个名字就会彻底从他的心中消失。凯泽最近正在犹豫要不要把若华的微信拉黑，因为不想让她知道他的生活，不想她以旁观者的身份继续出现在他的世界中。这意味着若华还是会对他造成困扰，是的，想起那个勤奋、贫穷、倔强、敏感的女孩，他还是会心痛，会愤恨地笑着摇头，不知道是否定这个人，还是否定她那奇怪的原生家庭。无论如何，他仁至义尽了，谁也拯救不了陷进泥潭里的人，除了当事人自己。可是她并没有为了他努力，这场关系中，是她先对不起他的。

他们走后，若华呆了片刻，站起来，一步一步走出去。她并不感到愤怒，只感到羞愧。凯泽没有对不起她，是她咎由自取。她这场起义来得太迟，爱等不及她的解救，已经死掉了。下了楼，看到凯泽和女孩在不远处的路边打车，若华感到非常刺眼，转身换了个方向，汇入过马路的人群。暮色苍茫，铺天盖地把若华包裹。这么难过，是成人礼没错了。成人礼很棒，只不过为什么要用夺走凯泽这样的方式？

凯泽一路沉默，女孩问他怎么了。凯泽抬头笑笑："没什么，刚才在台上一直说话，有点累。"

女孩把头靠在他肩上，娇嗔道："那我们去吃第六季海鲜自助吧，给你补补元气。"

凯泽笑道："好。"

他正值青春最盛之时，有健康的体魄、收入丰厚的工作、辉煌的事业前景。有海鲜，还有海鲜味儿的吻，哪里不完美呢？凯泽很快就高兴起来了。暮色苍茫，城市的灯火燃了起来。车如轻舟，驶入璀璨如锦、歌舞升平的夜的海洋中。

第二十章　曾经我也想一了百了

秀丽不肯原谅若华，也不接她的电话。但对姐姐倒是释然了，并不记她把若华放跑了的仇。一是姐姐真会下狠手揍她，二是现在身边除了姐姐，真的没有一个亲人了。她发高烧那几日，是姐姐搬过来和她同住照顾她的，为此安心不得不也跟过来住。姐姐这样恩威并施，很快把秀丽收拾得服服帖帖。或者说她识时务。

秀芳有天跟秀丽说，把骨灰盒放到陵园里去。好好一个家，放骨灰盒像什么样子？秀丽固执地说舍不得父子俩。秀芳说这样放在家里，阴气太重，怪不得你身体总不好。这话有点触动秀丽，但她仍不答应。秀芳最后说，你知道若华为什么不愿意在家待着吗？但凡是个人，谁愿意待在墓地里？你这家像个家吗？想到那两个骨灰盒，一进门就觉得阴森森的，吓死人了。再不把它们放回陵园，若华就真的一辈子不回来了。最后这句话终于说动秀丽了。

打听了一下，每个墓地要八万，而且才二十年年限。秀丽没有钱，秀芳说算了，活人比死人重要，先寄存在公墓就好。每个盒子一年一千块的价格，比较现实。他日有钱了再说。

秀芳陪秀丽去公墓寄存两个骨灰盒。把两个盒子交出去的那一刻，秀丽哭了，哭得像丈夫咽气、儿子进尸袋的那一刻，就像他们又死了一次。终极的死就是这样吧？丈夫死了五年，儿子死了两年半。再漫长的死，也终究要有一个结束。这回他们可真的是彻彻底底地从她的世界里消失了。而余生，她还能不能留住女儿？

秀芳不催她，任她坐在陵园台阶上放声大哭，自己坐在她身边，不时地给她递上纸巾。天地高远，群山无言。死就像这一切那么真实，就像这脚下的台阶那么坚硬。生与死之间到底隔着什么东西，让生者与死者永无法互相触碰？

安心和若华视频通话，告诉她秀丽的情况。骨灰盒寄存好了，要她别担心。若华欣慰，告诉安心，她提前转正了，每个月工资多三千块钱，很快就可以把两万块钱还给她了。

安心道："千万不要先还我钱，我多那两万块钱也没有地方花。你现在上班那么远，太辛苦了，会影响事业发展的。换个城里的房住吧。"

若华很感动。

安心又问她到底跟凯泽见面没。每次视频她都会问这个问题，若华每次都会告诉她自己的顾虑，安心也不催她，但很关心这件事。她和母亲都特别喜欢凯泽，真心希望若华能和凯泽在一起。这次若华沉默了，过了一会儿，她哭了。安心猜到了几分。

"他拒绝你了？"

"他有女朋友了。"

原来如此，这也很正常。这才正常。这年头，谁能守着一份异地的爱情忠贞不渝？安心静静地等着若华哭完，情绪平稳了一些，才说："若华，你不是为了凯泽才去北京的，对吗？"

若华擤着鼻涕，鼻头红红的，很感激表姐这句话，虽然她一早就明了这个道理："对。"

这是她自打那天之后最畅快的一次发泄。她长长地出了一口气，道："姐，你放心吧。虽然我这里很空，空得我整夜整夜睡不着，吃不下饭。”她指指自己的胸膛，带着浓浓的鼻音，声音却很坚强，“但是我挺过来了。你知道今天我最高兴的一件事情是什么吗？”

“是什么？”

“我昨晚没有失眠，一夜无梦。”

挂了电话，安心想，是啊，伤心是死不了人的，其实连死亡有时也不能让人屈服。就像她，死过两次的人，不还好好地活着吗？时间是最伟大的力量，在它静静的流淌中，一切都能被改变。

秀芳有点替秀丽发愁。她没有爱好，没有工作，没有朋友，若华走了，她失去了全部的精神支柱，每日昏睡，一天有时只吃一顿，状态非常萎靡。秀芳去“进击的老太太”街舞团所在的老年活动中心练舞时，拉着她去。她坚决不去。一是没兴趣，二是那帮老太太特别瞧不上秀丽，尤其是包玉琴。

秀丽总是背地里嘲笑街舞团老来作怪，老成那样了，满脸褶子，还要穿牛仔裤跳街舞扮年轻，东施效颦，越逞强越丑。她的理论是，什么年龄做什么事。她这么想，不免在态度上带了出来。比如秀芳带着老太太们学做Wave，她们动作很僵硬，显得滑稽。坐在凉亭里的秀丽就捂着嘴窃笑，脸上是非常替她们难为情的表情。不过包玉琴每扫她一眼，她就会收敛一点。包玉琴又高又壮，气场强大，一副生气了会动手的样子。秀丽不怕吵架，怕打架。她急了只有寻死这件武器，但是除了女儿，没有人害怕它。

包玉琴对秀芳尖刻地评论道：“你这个妹妹，别看比我们年轻，其实在我眼里，她只比死人多一口气。她四十五岁内退那一年就死了，到现在还没埋而已。”

秀芳了解妹妹，她是真心觉得老太太不服老的样子很丑。秀丽是什么人呢？看到姑娘打扮得出位一点，她会说“骚，恶心”，看到电视上情人互相说“我爱你”，她也会抚着双臂做打冷战状大喊“恶心”。是个人就应该有儿子，女人不结婚生子是要造反，男人擦防晒霜恶心，老太太高高梳起马尾辫恶心，老人再婚恶心。总之，超出她经验范畴的一律恶心。激情澎湃、坦露真我很幼稚，世界就该各归其位安安静静。她其实是清朝时就死了，现在还没埋。

有天在人民公园，老太太们跳舞，秀丽又在一旁和老王说“什么年龄做什么事”，手爱怜地轻敲着腿关节。包玉琴停下来，擦着汗道：“我上午看了个新闻，中国人平均寿命七十五岁。那你活到七十五没死怎么办？去自杀吗？不是什么年龄做什么事吗？”

秀丽一时哑然。老老王正在玩吊环，跳下来哈哈大笑，道：“真对不起，老汉我今年八十五岁了，还不想死，你可以叫我老不死。”

包玉琴又轻蔑地说：“要我说，你就是双标。什么年龄做什么事，那你怎么四十五岁就不工作了？四十五岁是该退休的年龄吗？”

秀丽可算找到反击的由头了，道：“国家允许我内退，你管得着吗？”

包玉琴抻着腿筋道：“那国家允许老太太跳舞，你管得着吗？”

大家正打着嘴仗，忽然听一个人笑吟吟道：“你们在说什么呢？”

大家回头一看，是安心。她没有坐轮椅，穿着假肢，额头冒汗，一副疲惫的模样，不过神情却很高兴。看来她是一路走过来的。大家全愣了。秀芳又惊又喜，快步迎过去，带着些许担心：“你怎么这样来了？”

安心道：“没事，一路挺顺利。反正才两公里，正好练一练。”

安心打扮过，脸上淡施脂粉，已经长长的头发两侧各有一绺拢起，用她从前最爱的碎水晶花坠皮筋扎起来，其余的长发披着，衬得戴了淡粉珍珠耳钉的脸分外白皙。上身土黄色羽绒服，下身是黑色长羊毛裙加板鞋。除了脸上的长疤，她看上去和街上的任何一个健全的女性并无二致。老太太们从来没有见过安心化了妆穿着假肢的模样，一时有点吃惊，回过神来后纷纷夸她漂亮。

秀芳扶安心在凉亭坐下，抚着她的腿，心疼道："怎么样？疼吗？"

安心笑道："还行，不怎么疼。太久没穿，过两天就适应了。"

秀芳仍在担心："今天走了这么长的路，万一再过敏怎么办？"

安心吁了口气，慢慢道："过敏我就歇两天，再穿，再练。再不行我就换第三副，第三副不行我就换第四副。这辈子，总有我能穿的假肢。"

秀芳不清楚是什么使安心终于想通了。也许是她学街舞这件事，也许是柴教授的那番话，或者是她抽秀丽的那顿鞭子。当天安心在一旁目睹了她像要杀了秀丽一样的狠劲儿，没准儿那鞭子也重重地抽在她已经麻木的神经上。但更有可能的是什么原因都没有，就是时间到了。就像春天一到，冰雪消融；夏天一到，满塘荷花。秦峰要离婚，安心终将站起来，这些事情都是自然而然发生的。所以秀芳此刻没有追问安心，也没有把满腔的激动表现出来，只是拍拍她的手，让她好好在凉亭休息，便继续去和老太太们练舞了。

当晚，安心的残肢并没有过敏，可是红肿了起来。秀芳提心吊胆，一夜没睡。第二天那残肢也没更严重，可是安心不再心急，歇了两天，等红肿下去之后再穿，让残肢端与接受腔慢慢适应。半个月过去了，残肢没有出现过敏症状，并且残肢端磨出老茧来了。安心终于成功地与假肢磨合好了。

这天，天宇正在给学员上课，示范着一个有难度的旋转，一转身，看到安心站在门口笑吟吟地看着他，高高扎起的长发和从前一样，尾端带着卷儿。他以为自己出现幻觉了，站定再看，就是安心。

"你怎么来了？"他又惊又喜。

安心笑道："过来看看你们。别停，先给他们上课吧。"

天宇小跑过去扶她："你坐下来看。"他一直惦记着她这个残肢端与接受腔的磨合有多受罪。安心在教室的沙发上坐下，一抬头，两人视线正对，天宇一笑，是喜悦加心疼，还有点慌乱。

天宇接着上课，但他的节奏明显乱了，几个节拍示范得很拘谨。好不容易上完课，学员走了，天宇擦着汗对安心笑道："你在这儿，我紧张。好像第一天来试工，校长让你面试我那样。"

安心站起来，慢慢走到他面前，俏皮道："老司机了，有什么可紧张的？"

天宇听出她的调戏之意，反而放松了下来，抱着臂道："很久没有见到这样的你了。"

安心踱着步子，张开手臂，做了几个舞蹈动作："什么样子？"

天宇："原来的你的样子。"

安心走到镜子前，看着自己。两年半过去了，无论如何，她永远不会回到原来的样子了。虽然她站起来了，残肢端长了老茧，再也不会疼了。但脸上这长疤，心上长出的老茧，提醒着她，一切都不一样了。

天宇道："跳个舞？"

安心道："我还能跳吗？"

天宇在手机上找了找，少顷，蓝牙音箱响起，韩团MAMAMOO的*Starry Night*轻快甜美的前奏响了起来。天宇道："现在这首曲子很红，因为难度低，我常拿它来教初级学员跳New Jazz。"

安心有点怅然，她在家待了两年多，都和外界脱节了。天宇跟着音乐开始跳了起来，故意做出可爱的模样，动作充满了少女的活泼感。安心捂着脸大笑，觉得好笑，又觉得快乐。

天宇围着她跳，表情充满鼓励："试试看。"

安心已跃跃欲试，却又说："能行吗？"

天宇过去把门关上，道："不行也没关系，反正有我在，绝不会让你摔倒的。"

天宇把音乐从头放起，嘴里喊着拍子，安心看着他的动作，很快便记起一些街舞的基础动作，随意地舞动着，渐渐找回感觉。因为与假肢的磨合时日尚浅，不敢太用力，摇摆的幅度很小。即使如此，也感觉腰部很不舒服。跳着跳着，看到天宇做了下蹲和急速起身，然后抬腿的动作，安心鬼使神差，也想小小地尝试一下，半蹲了一下，结果没站稳，差点摔倒。天宇赶紧向前抱住她，手托住她的腰，把她抱到沙发上。他的身上传来好闻的汗味儿，有力的手臂和结实的胸膛带着体温。安心立刻满脸通红，一时方寸大乱，这种久违的感觉很陌生。

安心知道天宇喜欢她，一直都知道。但她之前从来没有心动过，因为她不是个多情的人。既然结婚了，就该谨守本分。这不是古板，这只是做人的道理。而且天宇对她而言，也有点太年轻了。她一直喜欢比自己大的男性，因为她历来没有安全感。后来又残废加毁容，光活着就已经耗尽全身的力气了，她哪里还能想到男女之情？这些年天宇一直在身边，但她只当他是朋友。毁容的残疾人，她已经先在心里把自己枪毙了。不是不给天宇机会，她就不认为自己配得上，也没有那心情。

可这一刻，一切不一样了，她的情欲和生的欲望一起苏醒过来了。没有办法，也许情欲本身就是生的证明。就像今早，她盛妆出发，回学校，对自己的交代是她舍不得曾经奋斗过的战场，其实暗戳戳地难道不是也想向天宇展示，你看，穿上假肢化了妆的我，是不是和一个健全的女人差不了多少？安心此刻心里幸福又痛苦，为自己还没有死掉的那点雌性的本能。

天宇从未想过自己能有这样的一天，抱着安心，鼻息相闻，耳鬓厮磨。但这感觉他仿佛已无比熟悉，就是这样的淡淡的甜香味。腰肢就是这样丰腴的柔软，而又带着苗条的起伏。从前看着安心跳舞时，他就这样想象过，而此时的所知所感与那想象毫无二致。他从前也交过几个跳舞的女朋友，但没有一个像安心这样，把女人味体现得这样淋漓尽致，哪怕她脸上带着长长的疤痕也无损这种魔力。女人是什么？就是凹凸有致。跳舞的女孩瘦能做到，但像安心这样该饱满的地方恰到好处圆润结实的，很少。天宇想，自己就是被同行异性那令人审美疲劳的纤瘦倒了胃口，才对安心着了魔似的喜爱吧？先爱一个人的外在，再爱她的灵魂，天宇并不觉得这样肤浅。

此刻怀里的安心一脸的不自在和紧张，天宇意识到自己抱着她的时间有点长了，赶紧放开她，岔开话头道："安心姐，你能做的动作比我想象的还要多。我想，你多练习练习，以后一定能够重新跳舞。"

安心道："高难度的动作做不了，普通程度估计可以。"她也非常意外，本以为永远告别舞蹈了。她调松假肢的阀门，让受压迫的残肢端喘息片刻。

天宇问道："你要脱下来休息一会儿吗？"

安心摇摇头。在这样美妙的暧昧氛围下，她怎么能公然亮出潮湿发馊、因挤压而发红的残肢？谁都不能接受精致背后赤裸裸的屎尿屁和血肉模糊气味难闻，那是对感情最残酷的消磨。前夫秦峰不能，天宇，也不能。只有母亲能。

这时有人拧开门，居然是郑校长，他带着几个投资人走了进来。一见到安心，他也觉得很意外。

"我以为你们在上课呢，我带几个人看看咱们上课的情况。哦，安心，你的腿好了吗？"郑校长看见站起来的安心，非常惊讶，向投资人大力介绍安心，说这是学校原先的王牌教师，出了车祸截了肢，目前在家休养。几个投资人见安心这么漂亮，却脸上带伤，腿截肢，与她握手时都带了点怜悯，不时扫着她的腿部，却没看出任何异常。

郑校长带着投资人继续参观其他教室。等他走了，天宇告诉安心，校长二轮融资不是很顺利，最近市场不景气，热钱少了。不过，学校的经营状况非常好，就算维持现状也不错。但老板的想法就是不一样，刚刚开过会，明年要在外市再开若干个新校区，到时总部的骨干老师会被派过去拓展业务，调过去的一律底薪涨两千。“我说不定也要被调走，不过我不想去，校长也看出来了。谁知道到时候怎么安排呢？”

安心看着门外墙上的海报，上面穿着淡粉色芭蕾舞衣的自己正在冲着自己微笑，纤细修长的腿踮着足尖，光滑的脸上没有一点瑕疵。被抛出正常轨道的这两年，她错过了多少精彩啊。

回到家，安心要秀芳把一百万的定期取出来放在卡里。秀芳不明就里，问道：“为什么呢？破了定期，利息可就没多少了。”

安心微微一笑：“因为我要去北京整容，还要去上海定制最好的假肢。具体情况我全部都通过电话咨询好了。”

秀芳看着她，下一秒问道：“需要卖商铺吗？”

安心道：“目前估计还用不着。可是如果有需要，你舍得卖吗？”

秀芳道：“当然。钱是死的，人是活的。什么也没有我女儿重要。”

安心伸出手，紧紧地搂住母亲。

秀芳的眼泪滴到她的头上：“谢谢你，安心。”

安心呜咽道：“谢谢你，妈妈。对不起。”

从前安心觉得挣扎的姿势太丑陋。生活放弃她之前，她要先放弃生活，成为一具高傲的尸体。可这一路走来到今天，她想清楚了，连挣扎都不挣扎一下，直接放弃，才最丑陋。她想起若华，想起小姨，想起已不知魂归何处的表弟若轩，想起母亲，她血管里的血液唰唰地往头上冲，如海浪一般澎湃，激荡得她阵阵战栗。她浪费了多少时间啊！

秀芳跟“进击的老太太”们和“人民公园帮”告假，说要和女儿做一段长长的旅行。先去北京中国医学科学院整形外科医院，修复安心脸上的长疤。然后去上海定制国际上最先进的假肢。大概前后要两三个月的样子。

“上海？”老王眼睛一亮，“我机考过了，下周就路考了。要是到时过了，我就马上买个车，去上海把你们接回来。”他摩拳擦掌。

“哎哟，哎哟。”秀丽一贯泼冷水，“路考可难了，听说平均要考三四次呢。你一个老头，更不行了。”

秀芳不理她：“王大哥，我盼着你来接我。”

秀丽其实心里特别想和她们一起去北京。上周她和若华恢复了联系，是秀芳劝的。秀芳说，现在主动权在若华手里，她愿意和你联系，你要顺坡下驴。否则，她把你电话拉黑，从此天高皇帝远，你可就找不着她了。秀丽恶狠狠地说，我不信我瘫在家里她敢不回来。秀芳冷冷地说劝你最好别有这种念头，别总用屎尿试探孩子。秀丽叹说真不应该让她去上那个名牌大学啊，在家上个师范，我现在不定多幸福呢。

秀芳道：“她现在一个月一万多，生活在首都，干着自己喜欢的工作，怎么着你就不幸福了呢？”

秀丽梗着脖子，头半昂着，眼神是不服的倔强和郁愤，看着天空。口气倒不是抬杠，是真的迷惘：“姐，如果我们辛辛苦苦养大的孩子最后都要离开我们，那为什么还要生孩子呢？这不是一场空吗？”

这句话问到秀芳了，她尝试着站在秀丽的角度想，如果一年也见不到安心几次，她还会像现在这样给予安心最大的自由吗？秀丽的话让她一阵心酸，竟一时说不出话来。

秀丽的神情不无凄凉：“难道我晚年只剩一张全家福吗？你们所有人都骂我自私，有没有替我想过？”

秀芳不懂“世界上所有的爱都指向在一起，只有父母与子女的爱指向分离”这句经典名言，但她本能地体会到某些道理。她想了很久，最后说：“反正我只知道，我的女儿幸福，我就幸福。我不会让她牺牲自己换来我的幸福。如果我们的孩子最后都觉得远走高飞才是幸福，那也是命。”

秀丽道：“姐，其实我很羡慕你。虽然你的女儿残废了，但你们永远在一起。”

临走前，秀芳安心收拾着东西，秀丽眼巴巴地看着她们母女，一脸的羡慕。秀芳让她先别心急，等若华在北京彻底站稳脚跟，她到时再去旅游。现在若华对她的控制还心有余悸，跟过去不是个好办法。

秀丽哭丧着脸：“你们要走好几个月，我自己一个人可怎么办呢？”

秀芳道：“要不你也开始锻炼，每天跟王大爷去健身房。”

秀丽无精打采：“我懒得动。”

“去街舞团吧。”

“包老太恨不得把我给吃了，去那里自投罗网啊？”

“我会跟她打个招呼，叫她关照你。”

秀丽呆呆的：“我不感兴趣。看到那帮老太婆花枝招展的，恶心。”

秀芳无奈：“那你去找王大哥吧。”

秀丽叹了口气：“我不喜欢他。说来你可能不信，我没有喜欢过任何一个男人，包括若华她爸。我嫁给他只是因为我想要孩子，而孩子得有爸爸。”

她脸上有骄傲的光芒：“和孩子比，男人啥也不是。”

秀丽为自己没有爱过任何男人而自得，可这么伟大的残酷最后却让她落得这样的下场。所以她的光芒很快就消散了，脸色重新变得黯淡。

秀芳、安心打车，看着秀丽孤零零地一个人站在后面，越来越远。秀芳很不安。

安心道：“妈，小姨才五十出头，没有工作，没有爱好，没有朋友，也不想改变，这样下去不是个事儿。”

秀芳想起自己用鞭子抽她抽得那么狠，把若华放跑了，妹妹却不计较。想起她平日对自己的好，非常内疚。她给老王打了个电话，拜托他去多看看秀丽。哪怕她给他冷脸，也不要气馁。“我妹妹比较保守，妹夫死了之后她一直没有转过这个弯来。不过我是真心希望你们俩能做个伴儿。”这是头一次，她向老王表达了想撮合他们俩的意思。老王要她放心，他从来就不会在意秀丽的冷脸。

挂了电话安心看着妈妈笑：“你拉郎配啊？”

秀丽既然没有爱过任何男人，那么她身边是谁都一样。既然如此，为什么不能是老王？安心这样的年轻人不明白，对于秀芳、秀丽这代人而言，爱情太奢侈了。更多的人只是需要一个伴儿，一个有温度的、能说说话的，大活人。

秀芳道：“毕竟不能让她就这样一了百了啊。”

若华来北京站接秀芳母女俩，见了面三个人非常高兴。安心是穿着假肢来的，若华小心扶着她，安心说不用扶，现在自己走路已经练得很熟了，说着走给若华看，除去步伐稍慢一点之外，完全看不出她是个穿着假肢的人。若华看出表姐已经完全走出车祸的阴霾了，欣慰不已。

母女见若华打扮举止也与以前不一样了，曾经土气的马尾换成了一边长一边短的沙宣头，有设计感，很适合她的小脸。一件合体的七分袖米色西装外套显出她年轻的腰身。总之，在北京八个月的若华变样了。知道打扮自己了，举手投足间隐约有种自信。

若华租的房也没有人们想象中北漂住所那么拥挤寒酸。是地铁旁的一个商住小区，三居室中的一个十五平方米的小房间。指纹锁，墙刷得很白。除了纱帘是她自己配的之外，栗色木地板和宜家衣柜、桌椅等都是房东配的。这就是个清新雅致的单身女生的私密天地，秀丽要来，的确挤不下，并且也大煞风景。

若华请母女俩吃老北京火锅，是家著名的老店，若华提前在二楼定订了座。三个人吃着，若华不时给她们夹着涮肉和毛肚，说毛肚不能涮太久，“七上八下”，立刻夹起，这样才鲜嫩。秀芳看着外甥女和女儿说说笑笑，想起一年前两个人还愁云惨淡，恍如隔世。抬眼望去，这两层楼的餐厅全部满座。窗外整条街灯火通明，两侧全是各式各样的餐馆，每家餐馆门口都停满车。都说经济不好，但冲这食客云集的模样，分明形势一片大好。这样的繁华令人心花怒放，对明天充满了向往。这就该是若华待的地方，她就该待在这烈火烹油鲜花着锦里。

若华告诉安心，她正在学英语，打算考剑桥商务英语BEC。安心好奇地问，难道你打算进外企？若华说不是，只不过觉得把英语，尤其是听和说这两道关攻克，将来没准儿会有用。现代社会，英语是多么重要的技能啊。这个城市里，人人都在学习。不是考这个证，就是学某个才艺，学习是终生的事情。

若华没有告诉安心的是，凯泽启发了她，多考点有用的证傍身总是没错的。她没有男朋友，也无心恋爱。凯泽这个标准太致命，她可能会一直单身下去。既然如此，业余的大把时间就拿来学习吧。凯泽什么都好，什么都有，就一样，英语不怎么样。那么若华就偏要拥有一样他没有的东西。凯泽已成过去式了，可从某种意义上来说，他永远是若华的现在进行时。或许她心里还怀了种隐秘的期待，某天她会与凯泽再相见。那时的她，不可以太差。

秀芳问道：“你想出国啊？”

若华笑笑：“也不是不可能。”一无所有的反面就是自由。自由的人哪里都可以去。远在远方的风比远方更远。远，意味着更阔大的自由。她已尝到自由的滋味，食髓知味，一发不可收了。

秀芳想说，你考虑过你妈妈吗？话到嘴边又咽下了，心里替秀丽忧虑，她这一撒手可不得了，若华竟是一去不回头了。

安心已替她脱口而出：“那你妈怎么办？”

若华一怔，随即一耸肩：“该怎么办怎么办呗。”她的举止里有一种母女都觉得陌生的洒脱，甚至隐隐能感觉到她的蔑视，好像在笑话她们太迂腐。

安心笑道：“是我糊涂了。有飞机，天涯若比邻嘛。”

若华呵呵两声。最好不要若比邻，离开就远远地离开。她对母亲仍有牵挂，但更多的是畏惧。虽然母亲终于把骨灰盒从家里拿走了，但是来不及了，母亲的形象永远和那两个骨灰盒，还有她破碎的初恋联系在一起。一想到母亲，她的胸口就涌起那天黄昏过马路的感觉：疼痛，喘不上气，只想找个黑暗的角落躲起来，永远不见人。

当然，如果她是安心，有秀芳这样的好母亲，她巴不得与母亲紧密地联结在一起。这个世界就是辩证的，套用凯泽的话，给你自由的人，你反而不想离开她。而剥夺你自由的人，你日夜想逃离。若华离开得越久，对她与母亲这些年关系的本质看得越清楚，越清楚就越心痛。为自己心痛。

秀芳和安心订了整形医院旁的宾馆，饭后与若华告别。临走时秀芳对若华说：“若华，你妈妈她没有见识，我们那个年代的人都这样。你有文化，见多识广，多担待一点。有时间多跟她视频一下，她很孤独。有些事不能下猛药，要有耐心，一点点来。”

秀华看出若华心中的怨恨。她不后悔自己在最关键的时刻给若华当头棒喝，打醒了她。但如果若华不原谅母亲，不说秀丽受罪，这也会成为若华自己心中的病。这是双输。

若华感谢这段时间在职场的历练，能把表情成功地控制成漠然，这样至少能维持与大姨之间的和谐。不然她就把愤怒凶猛地绽放给大姨看，让大姨知道自己这番话是多么不对。母亲比大姨年轻十一岁，这根本不是年代的问题。是母亲心中没有爱，母亲不爱她。厌女的母亲，她们在上下五千年都长着一副一样的面孔。

秀芳一路都在想着若华的表情，那样的漠然让她很受伤。难道她帮若华，竟然犯了大错？

母女在北京治疗待了五天，走的时候，安心脸上的长疤已经淡了很多，尤其是脸至下巴的那一段。因为伤口比较浅，医生说可以愈合到不仔细看看不出来的地步。至于脸颊那一段，涂点遮瑕膏也能勉强糊弄过去。因为现在还在发红，效果不是太明显，等完全愈合了，效果会很好。

“如果这个世界上有人告诉你，他能通过手术把陈旧性疤痕完全做没，就跟没受伤一样，那是扯淡。目前的医学手段，没有办法把疤痕完全去掉，你要接受这个事实。”医生非常诚实。

安心照着镜子，已经很满意了。医生其实根本用不着做她的思想工作，这伤疤永远下不去，就像她残废了，是个铁一样的事实，她早已经接受。

母女转战上海，定制世界上最先进的碳纤假肢。一个半月以后假肢出来，安心穿上它。果然贵的假肢就是好，又轻便又灵敏。人换了心态就是不一样，在假肢公司的训练中心，安心低头看着自己这锃亮的金属腿，不但不觉得刺眼，反而觉得兴奋。她在假肢公司技术人员的帮助下，蹲，跑，跳，上坡，下坡，玩得不亦乐乎。

“妈，你看我像不像钢铁侠？”她擦了擦汗，踢着腿，前后走着，一脸的俏皮。

秀芳却在担心一件事：“万一又过敏怎么办？”

安心笑道：“那就再来上海，再换一副接受腔。反正我绝对跟它干到底。”

秀芳看着轻盈地转着圈的安心，开玩笑道：“那既然你这么厉害，不如跟我去跑步吧。”

安心扭头问技术人员：“可以吗？”

技术人员回答得很谨慎：“每个个体不一样，有很多安装了假肢的朋友都可以跑，建议你进行更多的练习之后再尝试。”

两件事情搞定之后，加上旅游的费用，居然只花了不到五十万。母女俩回到家，“人民公园帮”和“进击的老太太”所有人凑钱，在本市最好的酒店设宴，请她俩前来聚会，是接风洗尘，也是庆祝新生。赴宴之前，母女俩去商场买了新衣服，安心替母亲挑了件三千块钱的连体半袖黑色薄羊绒裙，袖子遮住了她因减肥而松弛下垂的手臂赘余皮肤，外面是一件米白色筒体西装。这是秀芳这辈子穿过的最贵、最体面的衣服。安心自己上身是米色薄羊绒V字领毛衣，隐隐露着乳沟，下身长款黑裙，直垂到脚面。售货员恭维她们是姐妹花，乐得秀芳直夸她嘴甜。她们就是故意买成同样的颜色，有种青春期闺蜜淘气的感觉。安心转身之际，裙摆荡漾，露出细细的金属小腿，两个售货员互换了个吃惊的眼神。安心心中微微一刺，继而释然，这将是她下半辈子的生活常态了。

这酒店就是秀芳举行六十岁寿宴的地方。站在电梯里，秀芳看着锃亮的电梯门照出的自己和安心的模样，豪情满满。六十岁那年，命运粉碎了她的人生。今年她快六十三岁了。三年时间，不但女儿重生，自己也脱胎换骨。

所有人都被母女俩的状态震撼了。秀芳因为此前一直在健身，都是运动装，从来没有精心打扮过。此时盛装出席，与之前判若两人。对于老人的容貌，大众是宽容的，一切老人到了一定岁数之后便不再有人计较她的容貌。眼睛小可以理解成老了之后眼皮下垂，脸型不那么端正也可理解为老了骨骼垮了。总之，老是神奇的格式化，把年轻时的丑姑娘秀芳格式化为路上最常见的老太太。又因为她精神面貌极佳，穿着打扮有品位又时尚，一跃成为这一群体中的佼佼者。

安心则是因为疤痕消失了。其实凑近看，还是能看出些许破绽，右脸颊的正中间有一道皮肤的颜色与正常肤色不一样，略略发红，并且微微凸起。如果灯光再强烈一点，就能看到这一道异常一直延伸到下巴。但正常社交场合，谁会如此失礼地靠近一个人的脸细细察看呢？因此众人眼中的安心无懈可击，包括腿部，也看不出丝毫异样，走路、转身、起、坐都轻快自然。秀芳则在眉宇间隐约有点像是老去的安心，她再丑，安心再美，她们之间也会有点相似之处。所以此刻她们站在一起，既像母女又像姐妹，一样苗条又丰满，一样朝气蓬勃，一样自信满满。大家想，原来秀芳从前那样的肥胖只不过是假象而已。健身是把凿子，凿去臃肿的外在，现出她清瘦窈窕的本体。这样的窈窕体形，才生得来这样的窈窕体形。

天宇本来要去扶安心的，见她完全能自理，便坐回自己的位置。大家不知是有心还是无意，单留了天宇身边的位置给安心。安心在他身边坐了下来，天宇眼睛一直不太敢直视安心，就像初见时那样。那时他也是不太敢直视她的。安心比他大方，或者心无杂念的人更放松。

包玉琴大叫着："姐们儿，我后悔让你入团了。本来你跳舞比我好，我比你美貌，勉强算打个平手。现在你又美又会跳舞，我太吃亏了，我不干，你退团吧。"

秀芳朗声道："休想。"

大家哄然大笑起来。

老老王看着秀芳和安心，无比地感慨，道："说真的，秀芳、安心，你们给我打了针强心剂。本来我觉得我也差不多到年纪，打算停下来休息了。见到你俩之后，我觉得，我还可以健身到九十岁。"

秀芳说："我那天在网上看到外国有个一百零二岁的老奶奶跑半马。王大爷，你和她比还是年轻人呢。"

老老王笑道："嗬，那你岂不成小孩儿了？"

秀芳道："我就是小孩儿，不，我是婴儿。我宣布，今天是我和我女儿的生日。从今往后我们俩每年今天都要一起过。"大家哄然叫好，为她们鼓掌。

菜都上齐了，老王和秀丽却迟迟未到。秀芳的心突突地跳，六十大寿那天，也是安心迟到，后来就出事了。她给秀丽打电话，秀丽气急败坏，说已经到了，但老王停车的时候把别人车给蹭了，这会子正在停车场扯皮呢。秀芳松了口气，这不算什么大事，老老王却噌地一下站起来，往外走。秀芳、天宇赶紧跟过去。

到了停车场一看，秀丽正在喋喋不休地抱怨老王，老王的二手长城SUV斜停在停车位里，屁股蹭到了旁边尼桑的右后车门，在上面留下了一条擦痕。其实是小事，不过老王满头大汗，不知道是被吓的，还是累的。

见他们来了，老王讪笑着，擦着汗，给自己解围似的："唉，我就怕停车倒挡。"

秀丽道："我都怀疑你这驾照不会是买的吧？怎么能学成这样？"

老老王松了口气，却训道："臭小子，毛手毛脚的。"

秀芳心里好笑，无论多大岁数，在父母心中孩子永远是孩子。

天宇解围道："对于新手来说，停车入位的确难。王大爷，我来帮你停吧。"

老王把车钥匙给他，天宇上了车，动作干脆利落，几下就把车停得端端正正的。老王赞道："小伙子太棒了。"看着那擦伤的车，又苦恼道："这可怎么办？酒店人这么多，谁知道这是谁的车呀？"

天宇已快步去停车场入口跟收费员说了原委，要了纸和笔，把老王的名字和电话写下来，夹到尼桑车的雨刷处，道："等车主出来之后，自然会给你打电话。咱也不逃避责任，肯定是全责。好在你交过保险了，让保险公司修就是了。"

这一系列处理简洁果断，几人都赞许地看着天宇。秀丽生着气，老王蔫蔫地跟在她后面。

秀丽直到坐下来还在说他："人老了就是不行。"

老王辩解道："反正上保险了，怕什么？不修车不是便宜保险公司了？再说了，开车这种事就跟学走路一样，跟头摔多了，就会走了。”

秀丽充耳不闻，仍沉浸在自己的情绪里：“下回我可再也不坐你的车了，好家伙，吓死人了。上海你要去自己去，我可不去了。”

妹妹真的太惹人嫌了，秀芳都替老王感到窒息。没想到老王并不生气，还是耐心地解释着：“我也没说现在就去上海，肯定要多练练手嘛。你别生气了。”

秀芳对身边的老老王苦笑了一下，本意是“我妹妹很过分，您多担待”，没想到老老王小声道：“我那老小子从前就怕老婆，这就是他的命。有人能跟他斗斗嘴，也省得他天天在家里自己发呆。没事儿。”

这一大桌十一个人，除了秀丽和老王，全部都是运动爱好者，老王一直被父亲连拖带拽，也勉强算半个爱好者。大家边吃边聊着运动话题，越说越亢奋。老老王怂恿大家跟他一起练长跑，秀芳则号召大家一起撸铁，说着撸起袖子，亮出肱二头肌。老太太们啧啧惊叹。包玉琴反而让老老王加入舞蹈团，现在这样阴盛阳衰，王大爷你一个顶三个，来了之后阴阳立刻平衡。老老王笑说你们吹了这半天牛了，秀芳走了三个月，舞练得怎么样了，倒是露两手看看。

包玉琴豪爽道：“她走了这段时间，我们几个的确天天练基本功，把*Good Time*跳得那叫一个滚瓜烂熟。检验一下吧？”

秀芳笑着用下巴一指天宇：“师父在这儿呢，怎么能叫我检验？”

一个老太太说：“那是师祖，咱不敢叫他验。师祖你先闭上眼睛，别看，看了也别挑剔。不然我们该自卑了。”

众人再次哄堂大笑，气氛极为热烈。天宇忙道：“不敢不敢。阿姨们活到老，学到老，精神可嘉。我们学校的学员要是都像你们，我就省心了。”

说干就干，几人起身把桌子推到墙角，留出相对规整的一片空地。包玉琴从她包里掏出她一直随身携带着的蓝牙音箱，连上手机里的音乐，老太太们各就各位。前奏一响，秀芳浑身细胞都苏醒了，站起身，快步入列，跟着她们跳了起来。三个月不见，“进击的老太太”们果然练得很扎实，跳得像模像样。来上菜的服务员放下菜盘后，都舍不得走，站在一旁欣赏。她们还从未见过这样的老太太。一曲终了，大家热烈鼓掌。包玉琴喘息着，畅快地笑着，擦着汗道：“师祖，从前光听秀芳夸你，一次也没见你跳过，怎么着？Battle一下吧？”

大家起哄，要天宇跳一个。

秀丽不懂，问老王什么叫Battle。老王思索了下，说，大概就是比画的意思吧？

天宇没想到被包老太将了一军，迟疑了下，走到空场中，撸着袖子，踌躇着笑道：“跳什么呢？”

安心托着下巴，笑吟吟地看着他。现在她非常爱笑，并不是故意冲天宇放电，对别人她也是如此。因为她觉得每一天、每一刻都非常美好，苹果吃在嘴里甜美多汁，草地映入眼帘绿茵茵的，风拂在脸上凉爽怡人。甚至练完了五个小时的走路，她也并不去抱怨残肢端的红肿胀痛，而只是想，脱下假肢的一刻，那种放松多么舒服，而可以畅饮碳酸饮料多么惬意。

天宇心中一动，指着安心道：“敢不敢上来和我一起跳？”众人一愣。秀芳刚要阻拦，安心眉毛一挑，道：“跳什么呀？”

“不为难你，*Starry Night*就好。”

安心笑而不语，心底回想着那天的情景，掂量着自己到底能不能跳下来。秀丽嚷道：“算了算了，她腿不方便。”

说话间，安心站起来，走到天宇身边。天宇把手机音乐连上蓝牙，轻快的音乐响起，两个人跳了起来。专业舞者果然就是不一样，每一个动作都准确干净且韵味十足。安心跳完前面几个动作，心里已经有数了。穿着这款假肢，除了那些深蹲和大幅度的摇摆做不了之外，其他的全部可以做。跳舞多年，临场秒变动作已是本能，所以跳到那些她做不到的节拍时，她用其他的动作比如转身或扭腰、摆手代替，除了天宇，其他人都看不出来。两个人擦肩而过时，天宇笑了，安心知道他懂她，也知道他知道。这就是拍档的默契啊。安心觉得自己假以时日，必定可以跳更加复杂的舞蹈。她越跳越兴奋，脸上放着光。她的享受大家都能感受到，秀芳眼眶中蓄满泪水。哪怕安心不能完全恢复昔日的舞技，她也深深为女儿自豪，为自己自豪。

一曲终了，大家哄然叫好。安心喘着气，刚要回到席上。一抬头，看到门半开，秦峰竟然靠在门口，静静地看着这一幕。两个人视线相交之时，秦峰有点尴尬，顿了顿，索性推门走了进来，道："刚刚路过，看到这里面这么热闹，就欣赏了一下。你们这门没关。"

秀芳和安心倒没有不自在，大方地点点头。安心道："好久不见。"

一年多没见，安心不知道自己是因为心态变了还是怎么着，觉得前夫完全变了一个人。当年那种吸引她的明亮的英俊已荡然无存，气质变得浑浊，脸部及身体轮廓不再鲜明，带着中年人开始发福的油腻。安心并不讨厌秦峰，甚至感激秦峰。没有他慷慨的金钱馈赠，她哪有能力修复伤疤，定做顶级假肢，畅游北京、上海，还能衣食无忧？公平地讲，他待她不薄。所以她决定认为秦峰变丑，只是因为到岁数了。他三十三岁了，这个年纪的男人该开始发胖了。

秦峰与天宇、老王父子、秀丽等点头打招呼，见席间有些人不认识，笑道："这么多人，是在举行什么活动吗？"

秀芳道："没什么，这是和我一起跳舞的新朋友，大家聚一聚，热闹。"

这前丈母娘还挺能折腾的，居然还跳上舞了？秦峰惊奇，又见安心脸上的疤已几乎没有踪影，行动灵活自如，状态已回到没出事前，心中不知什么滋味，点点头："我在那边的包间和我爸妈吃饭，阿姨和安心有时间可以过去坐坐。”

秦峰今天带楚志娟见父母，这是他们第一次会面。秦峰父母让秦峰甩掉了安心这个包袱，个人声誉危机完美化解，本以为可以好好再择佳偶，没想到秦峰居然和楚志娟正式交往起来了。秦峰也纳闷，他本想拿楚志娟当过渡的。他离婚后，楚志娟也没有催他把两个人关系公开化，可是他一天天往她家跑，一天天离不开她，两个人的形迹越来越藏不住。有天楚志娟告诉他，要么他换个单位，要么两个人分手，她不可能就这样与他公开交往的。因为虽然他离婚了，但如果两人公然谈起恋爱来，同事们掐指一算时间，就会恍然大悟，原来楚志娟就是拆散别人美满婚姻、欺负残疾人的狐狸精。众目睽睽之下两个人出双入对，这简直就是赤裸裸挑衅公序良俗。

秦峰一开始不答应，心想我离了你还活不了了？楚志娟非常决绝，和他断了往来。这样一个人，天天在单位抬头不见低头见，昨日的缠绵尚余音袅袅，却突然看得见吃不着了。秦峰越来越难受，想立刻交个美貌女友填补空档。可他是个离异男子，身价打了折扣，哪来立等可取的优质女友？几个条件很好的相亲对象一听他和残疾妻子离婚了，脸上都现出异样的表情，很快没下文了。秦峰恨自己没出息，某个晚上又去敲楚志娟的门，任他低低哀求了几个小时，她也不理。

秦峰有一天通过微信告诉她，自己已经在开始找关系调动工作了，就调到本区的一个小支行。楚志娟非常高兴，态度大幅改善，秦峰得以间歇性地留宿她家。上个月，他终于调走了。调走那天他在自己的工位上坐了很久，转身离开时，他眷恋地看了一眼工位区，心情非常复杂。他大学毕业后就来了，如今却因为爱情而离开，不由得眼睛湿润了。他曾因为伤害了安心而对自己的卑劣非常失望，如今那点罪恶感已荡然无存，同时生出些许悲壮，为自己对爱的执着喜悦又伤感，并有种对自己的率真性情无能为力的宠溺。

秦峰深深佩服楚志娟，这段关系看似她处在劣势，因为无论从容貌还是家庭条件她都比他差。而且两个人的开头始于奸情，的确不光彩。但她从头到尾牢牢掌握主动权，表面上不动声色，背地里实则既得了实惠，又片叶不沾身，进退有据。与秦峰父母见面的时间、地点都是她要求的，他好像根本没有反对的余地。也不知道为什么，他与她在一起，就是被她控制得服服帖帖的。也许是日久生情吧？再丑的女人，看惯了也不觉得丑，就像娶了仙女，几年下来也会审美疲劳一样。

秦峰父母本来非常反对秦峰与楚志娟在一起，这样会当小三的离异老女人，差点让儿子身败名裂，还居然害他换工作，能是什么好鸟呢？但既然儿子死活非她不可，他们便也只能不情愿地接受这个事实了。

席间，尴尬是从秦峰母亲问楚志娟年龄开始的。她问楚志娟属什么，楚志娟说属鸡。

“哦，秦峰属虎，比你小五岁。你几月出生的？”

楚志娟道：“阴历二月十五。”

秦峰母亲自言自语：“秦峰是阴历十一月十八，这么算快小六岁了。”

楚志娟不搭茬儿，眼皮垂下来，端起茶喝了一口。

秦峰母亲又道：“鸡虎属相好像不那么相合，不过现在也不讲这一套。尤其你们年轻人，你们只讲星座，是不是啊？其实星座和生辰八字有什么不同呢？半斤八两，哈哈哈哈。”

她用手臂拱了下秦峰父亲，他捧场地笑了。楚志娟没有笑，小小的眼睛在镜片后面平静地看着他们，并没有维持气氛不冷场的打算，故而她的面无表情是最狠的态度。秦峰父母笑声戛然而止。

饭后秦峰在停车场叫住楚志娟道：“别生气了，我妈毕竟是长辈，你多包涵。”

停车场路灯的微光下，楚志娟周身都散发着寒气。她是秦峰领导，当年第一次见面时，秦峰就觉得这个女人有种不怒自威的气势，他们几个下属平日里都有点怕她。这些日子他与她突破同事禁区，他见惯了她坚硬外壳下的柔软，渐渐忘了，凌厉强硬才是她的主性格。

此刻，那个昔日的楚志娟又回来了，表情似笑非笑："抱歉，从我妈死的那天起，我已经决定，这辈子不会因任何人年纪大，或者是长辈而包涵她。我觉悟得太迟，所以我妈被我纵容到死，我们的关系才会那么差。如果我一开始就警告她，争取自己该有的权利，说不定我们俩会是相亲相爱的母女。连我妈我都如此，更别提你妈了。"

这话又冷又硬，令秦峰猝不及防。他还没回过神来，楚志娟又尖刻道："你们以为我比你年纪大，比你长得难看，比你穷，就应该乖乖地跪倒，任你们搓圆捏扁？大错特错。"

秦峰勉强道："你别把话说得这么难听，我妈也是因为把你看成未来的儿媳，是半个自己人，才会对你——"

楚志娟走向自己的车，用遥控钥匙打开车锁，车"啾啾"两声。她打断道："如果说来之前我还存了点对婚姻的妄想，现在已经没有了。谢谢你妈让我死了这百分之零点一的念头。秦峰，我永远不会再走入婚姻了。让一个不相干的老女人来挑剔我，仅仅是因为我与她的儿子结婚，便落了下风？我沽腻了吗？"

秦峰又惊又怒："那你为什么要跟我交往呢？还说我不调动工作就不再交往？"

楚志娟手一摊："我只说交往，从来没有承诺过要结婚，不是吗？你以为我是没人要的离婚女人、二手货，你们全家怀着居高临下的态度来对我，以为一提要跟我结婚，我一准儿感激得屁滚尿流、老泪纵横。这是你们理解有误，为什么要我负责？"

秦峰目瞪口呆。

楚志娟最后上车前道："你是个男人，别那么迂腐。领证这件事纯属脱裤子放屁，多此一举。大家都向前看，想开点。顺便说一下，你活儿不错，我很满意。今晚你想来，我还欢迎。”

她微微一笑，一踩油门，车一阵风似的开走了。秦峰在尾气中凌乱。他从前认为楚志娟在这段关系中从不要求任何结果，任他来去自由，是自尊所致。一个受过婚姻伤害的大龄女人，外形条件又不怎么样，他能理解。为此他愿意大度，主动一点。而母亲那番话，也绝不是要让楚志娟知难而退，是先贬低她，杀杀她的威风，好让她珍惜他的意思。类似买黄瓜时用指甲掐一掐，嫌它不够脆生，造型不够直溜，借此杀价。有心买卖才会挑剔，大家不都这样吗？

他却没有想到，楚志娟任他来去自由，是因为她想来去自由。这不科学，这完全颠覆了他对世界的认知。一个三十八岁的离异女，就该迫不及待地盼望结婚，好抓住生育期的尾巴，生个孩子才对。不结婚，那可怎么生孩子？还是说，这个女人此生不会要孩子？太可怕了。现在这社会怎么变成这样了？

秦峰在车里坐了很久，脑中一片混乱，直到他看到安心一行人走出来，走到旁边的车，依次上了车。他看得很清楚，安心上了天宇的车，不用任何人帮助，身体微屈，头一低，轻巧地一闪，就进了后座。几辆车鱼贯而出，最后一辆是老王开的长城SUV。老王按响喇叭，大声问前车：“哪个KTV？我又忘了。”

前车车窗摇下来，驾驶座上的老太太探出头，用烟酒嗓回道：“名字和地点都发群里了，你用地图导航一下。”

看样子这一大群人要去唱歌。这个世界莫不是错乱了？女人不结婚不生子，反倒是男人求着她结婚生子；老年人和残疾人玩得比年轻人和健全人都要High？他们都那么想得开，喜气洋洋，成群结队的。只有自己，这些年像个白痴一样，兜兜转转，赔了大笔钱，又被个老女人给耍得团团转……秦峰击打着方向盘，触动了喇叭。尖厉的声音划破夜空，一声又一声，就像他的怒号。

第二十一章　讲故事

今天天气格外闷，稍运动一会儿就满身大汗。一个年轻男孩刚从力倍健身房的速度区运动完，走出来，坐在公共休息区的茶桌边喝着水，一边打量着桌对面的女人。这女人双臂纤瘦，脖颈修长，穿着宽松的绿色T恤。她也刚运动完，脖子和脸上全是汗，正在一边用纸巾吸着汗，一边举着矿泉水瓶喝着水。尽管瓶子挡住半边脸，也可以看出她的五官相当精致，一双眼睛尤其灵动。见他在看她，她眼睛先笑了下，放下瓶子，礼貌地点点头，道："你好。"

一般美女都很矜持，没想到她这么随和。年轻男孩看到她右脸颊上有道淡淡的疤，如果不是汗水冲淡了粉底，它不会被发现。也许这就是她不高傲的原因，美丽打过折扣，心理优势因此不复存在。

他却不知道，她现在脸上总是带笑，不怕因此引起男人的想入非非，是因为她已经断了那方面的念头了。怕别人想入非非，原本就是自己先想入非非的。她现在无欲则刚。

他道："你练的是什么？"

"拉力器，还有杠铃。"

年轻男孩道："现在练多少公斤呢？"

"二十公斤。"

起步重量。年轻男孩看着她纤瘦的手臂，一阵淡淡的怜爱，优越感油然而生。女人就是不行。他不经意地抬手捋了一下头发，结实的肱二头肌在她眼前掠过。

“我推一百公斤。”

“这么厉害啊。”女人惊叹。

男孩得意又谦虚：“卧推一百公斤，这只能算入门级别啦。”

他还要往下说，一个头发花白的老太太从里面探出头，看着女人道：“你还练吗？”

女人道：“练，这就来。”

她对男孩点点头，起身离去。男孩喝着水，看着她的身材，心里点评着：B罩杯，一尺八的腰，标准的A4腰，腿很长，腿……他的视线朝下移，看到一双套至大腿一半的金属假肢，黑色紧身裤的末端收进假肢套里，脚下是一双黑色运动鞋。假肢、裤子和鞋都是同一颜色，故那腿显得格外修长。她就这样公然亮着假腿，脚步轻快，后背窈窕挺拔。男孩一口矿泉水含在嘴里，愕然地看着她离去的背影。

安心到健身房是她自己主动要求的，吴教练为她量身制定了长期的健身计划。以同等速度行走，小腿截肢者要比正常人多消耗百分之四十左右的能量，这就要求他们有比较强壮的身体。吴教练的计划分成两部分，一部分针对上半身，他要求安心推杠铃、哑铃，训练拉力器、划船器等，增强上肢及上半部躯干的力量；另一部分针对腿部，让安心进行单腿站立和跳跃训练，以锻炼平衡能力。

与健全人相比，安心健身要付出更多。因为她下肢使不上力气，一开始经常很吃力，或者失去平衡。但她并不气馁。一个死过两次的人，有足够的耐心活下去。她很快爱上了健身，在挥洒汗水的重复中，她能感受到自己的力量一天天增加，纤细的手臂肌肉渐渐成型。这是一种对生活的掌控，她本来就是一个喜欢把未来规划得井井有条的人，她的生活曾经失控过，此刻重回正轨，对这种规划感分外亲切且得心应手。

安心同时开始在人民公园慢跑。她一开始只能跑八百米。渐渐的，她可以跑两千米、两千五百米，直至三千米。大学期间，她曾长期跑步。后来上班，每天的教学也相当于高强度的运动，故而这样健身加长跑的运动量于普通人来说可能会吃力，对于赋闲在家且有底子的安心来说却完全适应。秀芳曾担心安心会不会用力过猛，求成心切，后来发现但凡身体有一点不适，安心都会停下来，于是便放心了，那个对自己心里非常有数的女儿又回来了。

安心早就放弃用长裙遮住假肢的做法了，无论到哪里，都大大方方地亮着假肢，因为长裙和长裤太影响运动了。一开始大家都非常好奇，但现在的人都比较文明，也知趣，除了窥探的眼神和偶尔的议论之外，并没有走上前来问东问西的。时间久了，连好奇的眼神也没有了，除了孩子们会指着她的腿大声叫“变形金刚”“钢铁侠”之外，并没有人理她。安心越来越自在了。

长跑完，安心会和“进击的老太太”们在广场跳舞，亦会教她们一些简单又好看的韩国女团的舞蹈。天宇没有课的时候也会来，这时他们俩会跳比较复杂的街舞，或者国标舞。无论跳什么舞，他们都是人民公园最亮眼的一对儿。夜幕降临，广场的一圈灯全亮了起来，他们在众人的围观中尽情起舞。

此刻他们跳探戈，连步，连接步，侧行并步，外侧回步，反退侧步，两度反向分式侧行……每一个动作都令观者眼花缭乱，而舞者得心应手、乐在其中。安心的舞蹈感觉全回来了，但天宇实在有点过分，她毕竟不是健全人，竟然在做“右拧转”的时候用力地把她向外甩去，动作幅度实在太大了，安心吓了一跳，但天宇的手非常有劲，又迅速把她拉回来。她倒在他怀里，惊魂未定。

“你要把我摔了怎么办？”她责骂。

“我永远不会把你摔了。”他说，接着将她往相反的方向一抛，做了个经典的“前倾”。她如狂浪中的小船般，柔柔地应和着这股力量。在倒下的一瞬间，他的手臂稳稳地托住她的后背，脸就在她的脸上方不到十厘米处，鼻息可闻，眼眸里有幽幽的两簇火，那是倒映在里面的公园夜灯。

这就是探戈。雄性阳刚，雌性阴柔，两个人一进一退，你进我退，你退我进，永无答案。也许纠缠本身就是魅力。

她低低地笑了：“我的假肢要是飞出去怎么办？”

天宇道：“我眼疾手快，一下抓住它。”

他手臂一使劲，她借力站了起来。舞蹈结束了，暧昧得刚刚好。如果谁不想承认，就可以把它理解为拍档的默契，他们从前在学校上班时又不是没有一起练过舞。舞者的耳鬓厮磨有着和其他人不一样的意思，它没有那么严重。两个人看着彼此，开怀笑着，只觉得无比快乐。秀芳和老老王这时刚长跑完毕，大家坐到长椅上休息。

安心喝着水，问道：“老郑什么时候调你去新校区？”

天宇道：“不管，反正我不去。”

安心道：“不去能行？”

天宇道：“不能行我就辞职，反正我不想离开这里。”他看了她一眼。安心却没有接他的意味深长，而是思索着：“你上次说，总部的人都不想去新校区？”

天宇说：“是啊，那边说是市，其实就是个县级市，条件没咱们这里好。而且开车要四个小时，谁愿意抛家舍业的呢？”

安心笑道：“不是底薪加两千，还给股份吗？”

天宇道：“谁不知道总部学生多，课时提成多，而新校区一穷二白，还不知道能不能做起来呢。老郑最会来这套了，许你一个美好的未来，忽悠你先帮他把事业做起来。”

老老王道：“哎，别聊你们的奸商老板了。国庆有个十公里马拉松长跑，参加不参加？小赵，咱们要不先拿十公里练练手？”

秀芳豪爽道："没问题。不就一万米吗？小菜一碟。"

老老王笑道："跑完这个，我和你明年春天去跑省城的半马。"

安心插话道："你们要是对这个感兴趣，那机会可就多了。现在马拉松活动在全世界都是热门。"

老老王道："那好啊，我们就全球跑，一路旅游一路跑。"

安心笑着看着两位老人，感慨万千。没出事前，她对年龄有种恐慌，体现在行动上，就是对自己的外貌有着苛刻的管理。在她看来，二十五岁、三十岁、三十五岁、四十岁，这几个坎儿是人生的分水岭。随着年龄的增加，精彩程度依次递减。四十岁以后的人生是草绳穿豆腐——提都不要提。华彩篇章就在四十岁打住，后面的岁月全是长长的省略号，再精彩也没有描述的必要了。不是吗？"与你年轻时的面貌相比，我更爱你现在倍受摧残的容颜"不过是文人夸张的表述罢了。谁会爱上有皱纹、长白发的女人？而不被爱、不被男人认可，难道不是一个女人青春消亡的标志吗？

那个时候如果有人跟她说，皱纹不可怕，白发很美丽，异性的爱不是你人生价值得到认可的标志，六十岁的人依然有着强烈的欲望，她们同样可以创造精彩的人生。她表面上会说是啊是啊，心里却会扑哧一声笑起来。搞笑！三十五岁就是土埋半截，四十岁该是坟头长草，六十岁……六十岁就是魂兮归来了。除了在回忆中混吃等死，上车被让座，社交媒体上被群嘲，他们还有什么？老弱病残孕总是一起提，老是和弱、病、残、孕妇这类弱势字眼紧密联系在一起的。老人不服老，自取其辱罢了！那时的安心，其实是缩小版的秀丽，什么年龄做什么事、各安其位的思维像一只蜱虫一样，牢牢趴在潜意识里。

此刻看着母亲和老老王，安心为自己那时候的幼稚感到羞愧。

她道："国庆我也参加十公里马拉松。"

大家都吃了一惊，不约而同地看向她的假肢。

安心抚着自己的腿道："我马上就去上海定做专门跑步的

假肢。”

天宇道：“像‘刀锋战士’那样的？”

安心笑：“是。”

秀芳有点犹豫：“你能跑？”

安心笑笑：“试试看呗。”

天宇吹了声口哨：“酷！”

国庆前两天，若华突然回来了。秀丽惊喜万分。

若华自从去北京之后，与母亲的联系越来越少。从前还会一周一次视频，后来说忙，视频电话也不打了，微信上和她说话，她回应得要么很迟，要么字很少。秀丽知道女儿恨她，讨厌她，避之不及。因为她从秀芳处得知，若华去北京找凯泽时，他已经有女朋友了，两个人终是错过了。可秀丽并不觉得这有什么，男人来来去去，母亲只有一个，怎么能因一个男人而恨上自己的母亲呢？

若华心太狠了，过年都没回来，说是被公司派去参加某个金融圈春节联欢晚会的直播，赶不及年三十晚上的火车。要秀丽自己买票去北京和她相聚。秀丽恼怒，要她给订票。

若华在视频里耐心地说：“你自己用手机微信买，我现在就教你。点开微信支付，找到里面的‘第三方服务’，就有卖火车票、飞机票的，非常方便。”

秀丽理直气壮地打断她：“我不会。”

若华道：“所以我不是正教你呢吗？这样，我干脆把教程写下来，发给你。移动互联网时代了，连我大姨那么大岁数都会手机网购订票，你年纪轻轻的，不会怎么行？”

秀丽再次重复：“我不会。你给我买。”她心里想的是，把我教会了，你就更不理我了。

若华停了三秒，道：“随便你。”说完居然挂了电话。秀丽气得简直天灵盖都要爆炸了。若华分明是以此为借口，拒绝与她相见。

年三十秀丽是和秀芳、安心一起过的。吃完饭，大家在群里拜年，发着各种视频。老王儿子带着儿子回来过年了，老老王四世同堂热热闹闹，包玉琴和女儿及外孙共享天伦，秀芳和安心亲密无间。这些都让秀丽羡慕不已，黯然神伤。老王这时也无暇顾及她了，除了拜年，啥亲热的话儿也没顾上说。人活在这个世界上，就是亲骨肉最重要。亲骨肉不在身边，人就是孤魂野鬼……秀芳要她住下，她偏要回到自己那个冷冰冰的家里，抹着泪，思念着丈夫和儿子，越发觉得生不如死。

秀丽性子本也倔强，女儿既然嫌弃她，她便克制自己想和她联系的欲望。若华和她极偶尔视频的时候，她也表现得冷淡寡言。于是母女俩越发疏离。她没想到，若华居然会在国庆假期回家。

其实是秀芳不停在给若华做工作，若华才会回来的。和与母亲联系相比，若华更频繁地与大姨视频，也更愿意与她沟通。秀芳不停地报着喜：安心的疤下去了，安心的高科技假肢可好了，安心恢复跳舞了，“进击的老太太”舞蹈团新学了支抽烟舞*River*，在本区的“社区文艺汇报演出”中轰动全场……和母亲相比，大姨不抱怨，不控诉，不但能给若华带来连她都不知道的新信息，生机勃勃、不停进取的态度更是若华的一针强心剂。每次和她通完话，若华都觉得非常振奋。

秀芳每次通话时总不忘小心地掌握着火候，适时劝若华几句，要她体谅母亲，不能就此和她断了联系。秀芳的确看出若华有此念头。自由是无边的人海茫茫，若华想一个猛子扎进去，像是解放，又像是自我放逐，半喜悦半凄凉的。秀芳不能让她得逞，一半是因为那样对若华亦是伤害，与生身母亲断联，她余生将背负沉重的心灵枷锁；一半也是出于自私。她永远忘不了是自己的一顿鞭子，才让若华解放的。外甥女的解放，居然带来了妹妹的毁灭，这样人生天平的失衡，让她这个做姐姐的受不了。

若华无动于衷。她所在的新媒体公司同事们的学历都不错。男同事自不待言，家里倾力给钱给资源，助他们在北京立足。女同事也没有她可怜，父母即使不能给钱帮着买房，也从没听说过谁的大学教育经费是自己挣的。当同事们知道若华不但靠自己完成大学学业，求学期间居然还寄钱回去养弟弟时，都觉得匪夷所思，笑话她的父母不配当父母。如果说若华曾经对自己的能干除了悲哀，还存了些许骄傲的话，这时那点骄傲也荡然无存，而转为更深刻的自怜与恨意。

有天下班，过天桥，有个六十岁左右的老太太在此摆摊，卖一些廉价的小盆栽。若华想起自己租的房里一点绿意也没有，来了兴致，想买两盆多肉回去养。另外也是看老太太一副穷苦模样，起了同情，想照顾她的生意。可能是太累了，老太太态度不是很殷勤，让她自己挑。若华挑来挑去挑花了眼，最后举起一盆叶片红白相间的多肉问老太太："这叫什么？"

老太太没有听到，或者是听到了也懒得回答，头微偏，呆呆地盯着地面。她的头发花白，身上的碎花涤纶衣领口处的扣子掉了，垂下的手背青筋暴起，指甲里全是黑泥，脚下破旧的皮鞋肮脏不堪。在微暗的天光中，她茫然的神情突然像把锤子一样猛击在若华的心上：当年母亲陪读，租住在平房里时，有个晚上她回去，发现母亲也是这样，呆坐在黑暗的椅子上。被颠沛流离的穷苦命运困住、无力反抗的人，都有着一模一样的表情，像是一再地困惑：我是怎么落到今天这样的下场的呢？

若华买了十盆多肉，几乎买空了老太太的摊子。没买空，是怕怜悯之意太过，让老太太反而难过。这突如其来的大生意让老太太又惊又喜。

若华提着大袋子离开，回到出租屋，她把这十盆小小的多肉在窗台上一字排开，对着它们无声地流泪。母亲并非完全不爱她，最重要的人生关口，是她向父亲据理力争，让若华报了名牌大学而非师范学院，从而改变了她的命运，不是吗？母亲给不出更多的爱，是因为她自己本身也没有怎么被爱过。这盘根错节的恩怨，就此一笔勾销吧?！若华终于决定，国庆回家一趟，看望母亲。

回到家，母女相见，格外激动。这一年多的冷战不复存在，若华发现自己并没有想象的恨母亲。神奇的血缘在暗地里不动声色地起着作用，母亲的白发让她心酸，消失的父亲与弟弟的骨灰盒令她垂泪。两个人第二天去殡仪馆“看望”那两个骨灰盒，并肩站在寄存处，看着它们，母女感到了休戚与共的命运。逝者令生者意识到，一切皆是空，唯有亲人最珍贵，唯有爱永恒。

若华震惊地听说，表姐安心即将穿着最新定制的高科技碳纤维假肢，参加全市迎国庆十公里马拉松长跑。她带着疑惑来到人民公园，见到了那款大名鼎鼎的假肢。它长得像把镰刀，一端紧连着假肢接受腔，像刀柄，一端是刀身，镶着橡胶底的刀背着地，刀端微翘起。与传统假肢比它更赤裸，并不打算伪装成人类的腿的模样，而是蛮横地告诉观者，它就是机械，非血肉，那又怎样？这款假肢是上海一家假肢公司专程到冰岛总部为安心定制的，花了她二十五万元人民币。它由50~80层碳纤维构成，不到四公斤重，能够模仿健全人的脚部和踝关节的反应动作。安心在公司的训练中心穿着这款假肢训练了一周，学习如何穿着它运动。

一个半月前，安心穿着这双假肢第一次亮相的时候，震撼了在人民公园锻炼的所有人。有些人依稀记得“刀锋战士”奥斯卡·皮斯托瑞斯在2012年伦敦奥运会起跑的那一历史性时刻，惊奇地议论着。安心平稳起跑，轻巧跑完三千米，停下来休息。因为刚开始跑，她不想用力过猛，目标越宏伟，越要不急不躁，一步一步来。她一坐下，身边就围过来不少人，对着她的假肢拍照。她非常配合，变换着不同的姿势。为了那个目标，她需要被更多人知道。

跑了一个月之后，人民公园出现了个女刀锋战士的传闻越传越广。安心让母亲打电视台的热线爆料，电视台的记者来拍她，把她作为本市趣闻纳入镜头里，标题是《人民公园惊现女“刀锋战士”，双腿截肢仍长跑不息》。新闻里，记者这样激情澎湃地描述安心：她曾经是个优秀的舞蹈教师，车祸截肢后不懈复健，通过长达三年的锻炼终于重新站起来，且体能比一般人都要出色。这个国庆她将参加本市十公里马拉松，让我们拭目以待。

马拉松前一周，安心专程找了郑校长一趟。校长办公室里，她把新闻给校长看，郑校长表示赞叹，一边疑惑她此行的目的。

安心收起手机：“郑校长，您正在开拓外市的新校区？”

郑校长道：“对。”

安心道：“我有一个计划，说给您听听？”

安心的计划是，国庆马拉松长跑会有许多媒体来报道。作为全省首位穿着“刀锋战士”假肢跑完十公里马拉松的残疾人，届时她将吸引所有媒体的眼球。媒体势必来采访她，在采访里她将以翱翔艺术培训学校代言人的身份发言，就说自己虽然截肢了，但学校对自己不离不弃，一直鼓励自己站起来。在学校和亲友的关心下，她坚韧不拔，努力复健，终于站到跑道上，跑完连一般人都难以完成的十公里马拉松。这就是翱翔艺术培训学校，建立以来所传导的价值观：所有人都应该挖掘潜能，成为自己的明星。

郑校长目光炯炯，专注地看着安心，听着听着，手渐渐握了起来，为她这一番激情澎湃的描述。听完后他道：“你是说你能为学校做一次效果极佳的免费招生广告？”

安心道：“不止如此。一个截肢的舞蹈老师在学校的关心下重新站起来，回到工作岗位上，这本身就是极好的故事，也是企业文化最好的证明。相信这对您融资也有帮助。我的形象和素材您随便用，我也会非常配合宣传。”这是她从秦峰当选先进人物典型这件事上得到的启示。媒体即社会关注度，而社会关注度是非常神奇的一种武器。人们总以为自己的见解是独立思考得来的，其实往往受舆论引导而不自知。

安心此番对赌的灵感，更来自母亲与自己的两次打赌。头一次打赌，她减肥健身，成功激起自己穿假肢的欲望。第二次打赌，她学跳街舞，更令自己大彻大悟，放弃死的念头，勇敢地站了起来。这一次，她如法炮制，希望这样的赌博能为自己赢得个辉煌的未来。

郑校长的五指轻扣着面前的桌子，“嗒嗒嗒，嗒嗒嗒”。半晌道：“你刚才说‘回到工作岗位上’？”

看来有戏了。安心一喜，挺直腰：“我想去新校区当教务主管，除了教务管理，我还可以负责招生和简单的教学工作。首先，我是老员工，工作能力和态度您清楚。没出事之前，我已经担任舞蹈组的主管两年，有管理经验；其次，我知道本部的老师都不太愿意去新校区，您正缺人；再次，马拉松一战之后，我会成为新闻人物，对您新校区招生有利；最后，我现在就可以跳给您看，证明我还可以跳舞。”

郑校长沉吟了三秒钟，头对着门一偏：“走，上教室。”

大教室里只有郑校长和安心。安心调出音乐，各跳了三支中等难度的舞：民族舞、国标舞、街舞。郑校长坐在沙发上，看着安心翩翩起舞，恍然想起他刚创办翱翔时，刚刚毕业的安心在他面前试跳的情景。她的舞蹈感觉太好了，不但基础极为扎实，而且饱含激情。刚跳了十分钟，他就决定要她了。她曾经是他最钟爱的骨干员工，他早就想好了给她开个人舞室。可惜命运捉弄人！不是他狠心，创业是辆高速行进的列车，谁掉队，他都不可能停下来等他……看看这利落的转身、下腰、踢腿吧，看她妖娆似蛇、矫健如豹，谁能相信这居然是一个双腿截肢的人？这三年，她到底踏过怎样的满途荆棘，跨过怎样的刀山火海，才走到现在啊？郑校长强抑着自己的感情，不动声色。

三支舞跳完了，安心的胯骨和腰隐隐作痛。穿着假肢跳舞，需要大腿和腰部更加有力，方能带动假肢。健身房的训练是有效的，但远远不够。她会更努力摸索那微妙的用力方式。她迟早能摸索出最舒服的方式。

音乐停了，教室一片安静。郑校长面无表情，安心内心忐忑。郑校长是专家级别的，十八岁就拿了“桃李杯”民间民族舞男子个人组一等奖，岂能看不出她的某些动作偷工减料了？

她硬着头皮说：“校长，以我这些年的上课经验，百分之九十来学舞蹈的人，是完全的路人水准，零起点。我们几个老师经常开玩笑说，我们是大炮打蚊子。我现在这样的水准，是完全可以胜任普通教学的。再说了，我要的是管理和招生岗位，一般的上课也用不到我。”

校长仍没有说话，安心想，她是不是把话说得太不客气了？赶紧又说：“不过我不会放弃自己，因为我太爱舞蹈了。哪怕不上课，我也会一直练舞。而且假肢技术每年都在发展，我会不断去定制更换国际上最先进的假肢，相信会跳得越来越好。”

校长站起来，看着安心的金属腿。她的提议非常诱人，这的确是个好故事。企业做大到一定规模，品牌形象宣传便成了非常重要的事情，学会讲故事的技巧成了创始人的必修课。某种程度来讲，故事甚至可以成就创业。如果不是深谙“故事”的魅力，他怎么会试图把秀芳变成翱翔的故事？如今看来，安心是更优质的故事。而且他对她仍有感情。她是陪他一起创业的老员工，和他一起走过公司由弱小逐渐壮大的风雨征程。加上隐约的那点愧疚之心，他差点一口答应，但有个直觉阻止了他。故事是把双刃剑。这些年劳动法太严格了，安心是一个残疾人，他不得不考虑得周密一点，避免所有可能的劳务纠纷和道德包袱。对于有上市抱负的企业而言，劳资纠纷是绊脚石。

安心见校长一直沉默，只是来回踱着步，越来越心凉了。这个计划她酝酿了那么久，为的就是一击即中。

“您看这样行不行？第一，当天的马拉松，请您拭目以待。如果我没有成功跑下来，您可以不聘请我。第二，新校区的教职，我们拟定一个一年的试用合同。我不行，您按合同解除劳务关系，我没有怨言。能不能给我这个机会？”

她，程安心，这辈子从来没有说过这样乞求的软话。从前她都是高傲被动的，想要什么东西都是默默地使劲，安静地承受结果。此刻，她用眼角余光扫见镜子里的自己，身形微微前倾，假肢弯成卑微的曲度，脸上是讨好的笑容。去他的面子和尊严吧，她终于放下了。对于一个残疾人来说，什么才是最彻底的康复？不是身体机能恢复，而是就业。不能重返社会，废还是废。她不可能余生就躺在那套商铺上等死。

校长踱到她面前，终于开口了："你还应聘管理岗位呢？《中华人民共和国劳动合同法》规定，试用期最长只能签六个月，哪里来的一年？"

安心羞得脸一下红了，挠挠头，笑道："我这不是怕您不答应嘛。"

校长道："我答应你。试用期三个月。"

安心紧绷了几个月的弦终于松了下来，长出了一口气，开心地笑着，校长也笑了。笑着笑着，安心捂住脸，肩膀抖动着。少顷，有液体从手指缝里渗出。

校长叫道："安心。"他也动感情了。

安心终于哭出声来了，号啕大哭。

安心把这件事告诉母亲，秀芳呆住，说："你能上班？"

安心穿着跳舞的假肢，跳了一下，转了个圈，做着Wave，手臂柔软地摇摆着，问道："有那么多戴着假肢的人去当驴友，去攀岩，去跳伞。有个叫夏伯渝的残疾登山家四次攀登珠穆朗玛峰，电影《攀登者》还以他为原型，在剧情里安排了这样一个角色呢。和他们比，我只不过是干回老本行而已，为什么不行？"

秀芳道："就算郑校长愿意要你，你平时生活怎么办？"

安心不以为意道："我现在在家里需要你照顾吗？"现在安心可以自己上洗手间，晚上她已经很久没有起夜的需求了。这是她刻意养成的习惯，睡前少喝水就是了。她甚至可以独立洗澡，只不过洗澡的时候她把贵的假肢摘下来，换上之前的那一副。

秀芳无言。安心说得条条在理，看样子她想了很久了。安心以为她还在担心，道："去新校区有大巴，有高铁，来回很方便的。再说，我迟早要去考个残疾人驾照，出行也不成问题。你就放心吧。"她的雪佛兰报废了，但她会去买一辆新车，在油门踏板和刹车踏板处加装上长长的连接杆，用手控制加速和减速。残疾人的车怎么改装，她全部打听好了。

秀芳问："你就不能申请总部的工作吗？"

安心摇摇头："妈妈，我这样的人要再就业太困难了。别的行业我也不愿意做，翱翔新校区是我最好的选择。越是没有人愿意去，我越是有竞争力。我必须有百分百的说服力，才能让郑校长选择我。"

其实秀芳的沉默里除了惊喜和担忧，还有失落。她本以为女儿从此需要她照顾一辈子，这是负担，却也是陪伴。她从未试过一个人生活，本质上来讲，她和女儿谁更需要谁，还说不好呢。但马上，秀芳想到了若华和秀丽，心里咯噔一下。她抽秀丽鞭子的时候，可是冠冕堂皇地骂过"子女是你的奴隶吗？你是奴隶主，生了孩子就拴在家里陪着你吗"这样的话，看来人都是双标的。说别人是一回事，轮到自己时又是另一回事。

秀芳想到妹妹有多讨人厌，最重要的是讨她自己亲生女儿厌，而那样的下场有多可怜，于是说："好，我支持你。"

安心搂住母亲，把头靠在她的肩膀上，撒娇道："我就知道妈妈最好了。"

秀芳一阵庆幸，幸好女儿没察觉到她那一瞬间的自私，幸好安心对她从头到尾挑不出一点毛病。她不曾对安心怀有二心，安心从小就知道。

第二十二章　如果奔跑是我的宿命

十月一号上午十点，迎国庆全民健身十公里马拉松活动在郊区的森林公园启程。因为它是市民活动而非正规赛事，而且主办方知道参加的人越多，场面越浩大，活动越有影响力，所以报名条件非常宽松，中签率很高。秀芳、安心、老王父子和天宇都如愿报上名了。安心和老老王这样自备新闻亮点的人，主办方尤其欢迎。不过秀芳和老王还是事先被叫去签了份监护人参赛声明。

主办方把安心母女和老王父子放在起跑线的第一排，四人站定后发现，这一排全是各路“怪力乱神”，有怀孕五个月的孕妇，有一脸稚气的女孩和她的妈妈，据说这孩子才十岁，跑龄已有三年。有穿着汉服的年轻男子，据说是狂热的汉服爱好者，跑马拉松是为了宣传汉服文化。还有一对穿着情侣装的七十岁老夫妻，他们专门征战各类马拉松，在跑圈已小有名气。两个人推了一模一样的平头，穿着同款红色运动服，一脸夫妻相，简直就像龙凤胎兄妹，在人群中非常抢眼。周围全是媒体，所有镜头都对着他们噼里啪啦地拍。两个人已经很有经验了，不时对着镜头变换着各种姿势。

看来第一排是新闻的主阵地，安心有点犯嘀咕。她来之前还以为亮出这“刀锋战士”的一对假肢，准保抢尽风头呢，没想到“故事”的竞争这么激烈。不知道自己算不算这场马拉松里最精彩的“故事”。

老王左右环顾了一下，说：“爹，先声明，我不一定能跑下来。”想想那份为父亲签的监护人参赛声明，老王有点哭笑不得。这十公里，还不知道谁监护谁呢。

老老王道：“你个龟儿子，还没跑呢就想着往回缩。当初你不也说考不了驾照吗？给老子跑，少废话。”

天宇活动着脚腕，道：“说实话，我也没跑过十公里。估计跑完我得趴下了。”

老老王道：“你们哪，就想着我得跑，不能停。无论多累，哪怕天上下刀子，不想别的，只管跑跑跑，就一定能跑到头儿。”

正说着，发令枪啪的一声响了，所有人冲了出去，秀芳紧跟着安心，随后是天宇。

十公里现在对秀芳来说太简单了，去年她自己在人民公园跑过十公里，掐表一算，才花了50分钟。老老王告诉她，她这个成绩已经达到十公里马拉松标准里三十五岁年龄组里的精英级了。

如果是自己跑，秀芳会很享受御风而行的感觉，并被激起竞速的好胜心。但和女儿一起跑，她只有一个念头：在女儿倒下的任何时候，她都必须在身边。是，安心配了最顶尖的假肢，在人民公园跑过最长七公里。但那一次回去之后她的残肢端破皮红肿出血，持续发炎了一周才愈合，胯骨也疼了很久。吴教练强烈反对她这样高强度地长跑，说她求成心切，会毁了自己尚存的那部分好腿。自那以后秀芳就阻止安心练习十公里。开赛前，她看到女儿脸上掠过惶恐和不认输的表情。人们对于没把握的事情才会如此，不是吗？

开始第一公里，安心跑得还是很轻松的。跑着跑着，身后有个声音道：“你胆子太大了。”

她扭头一看，是吴教练，他居然也参加了。安心吃一惊，速度慢了下来。

吴教练道："继续，既然任性，就任性到底。"他脸上没有责备，是鼓励的微笑。安心放松了不少。正值秋高气爽，树木葱茏，沿途绿化带点缀着一盆盆迎国庆的矮牵牛和玫瑰花，她的前后左右是秀芳、老王父子、天宇，这回又加上个吴教练，不像跑马拉松，倒像是朋友们一起出去玩。此时安心暂时忘了这一趟马拉松有多悲壮，这是她奔向新生的道路。她能跑七公里，就能跑十公里。"刀锋战士"假肢无比轻便，"脚底板"一落地，仿佛有助力般，使再度抬腿带着轻微的弹性，跑起来更加省劲儿。

安心已经跑了四公里了，微有点出汗，但腿不感到累。她心里有数了，看来这一程是可以完成的。旁边的孕妇看着安心，又敬又羡，冲她竖起大拇指，同时速度渐渐慢下来。安心其实更佩服她，心太大了。为什么要在孕期跑步呢？转念又想，别人也许认为自己更奇怪。都截肢了，为什么一定要逞能跑马拉松呢？每个人的生活都有不能为他人理解的部分，但那里一定有着合理的成分。每个人的生活，都是逻辑自洽的。

已是正午，太阳越来越炽热，秋老虎开始发威，每个跑动的人都汗流浃背。又跑了两公里，马拉松跑道拐了个弯，到了一段坡路。这里不但有点陡，而且路不平。安心从未在这样的路面上跑过步，秀芳等人向她围了过来，都要她小心一点。

吴教练说："不行就用走的吧。反正咱们只要完成全程就可以了，不要一味追求速度。"

安心于是小心翼翼地，把速度降下来，几乎是走路一样，快走过这段路。

秀芳密切注意着安心，见她眉头微皱，左腿微微有点瘸。秀芳问："怎么了？"

安心的胯骨正在隐隐作痛。秀芳要她在路边停下来休息一会儿，安心拒绝。跑步就是这样，疲倦的时候不能停，要坚持，度过这个阶段，就能一鼓作气跑下来。如果中途休息，再跑就会格外吃力。

终于跑完这一段八百米的小坡，眼前是平坦的柏油，一直延伸至远方。再跑3公里就到终点了，安心刚长出了一口气，不小心踩到一块小石头，脚下一滑，重重摔倒在地，脸磕到地上，痛得她大叫一声。众人大吃一惊，赶紧过来把她扶起来，其他选手也停下来，关切地围过来询问情况。安心的左脸磕得瘀青破皮，渗着小血珠，原本梳得平顺的头发也因跑步而有点毛了，非常狼狈，此时越发觉得残肢端在潮湿闷热的接受腔里一涨一涨地疼。不用问，它们准定红肿出血了。这些日子，她跳舞、长跑、健身，把它们使得太狠了。而她的胯骨和腰部因为刚才摔倒的重重一击，加上这些日子的负荷，已经在剧烈地疼痛了。她吸着气，见母亲忧虑地看着她，便指指脸上的磕伤处，意思是这里疼。

大家留下来陪安心，坐在马路牙子上，看着眼前奔跑而过的人群。老王满脸通红，用脖子上挂着的那永恒的绿毛巾擦着汗，把上衣卷起来，让汗津津的白肚皮吹着风。小女孩和妈妈跑过去了，汉服男子跑过去了，穿情侣装的老夫妻跑过去了。人渐渐少了，连那个孕妇也挺着肚子慢慢从他们面前走过。看来他们将是最后到的人。安心用湿纸巾捂着伤处，心急如焚。

天宇看出安心的焦虑，道："十公里马拉松一个半小时内跑完就可以，你别着急。反正咱们也不是为了争名次，重在参与嘛。"

安心想的却是另外一件事，她此次前来本就醉翁之意不在酒，是为了博取媒体眼球的。如果她慢腾腾走到头，这么大的太阳，之前拍够了的媒体早就散了，这样的"胜利"还有什么意义？

安心站起来，做出轻松的表情道："我休息好了，跑吧。"

秀芳看着她，一脸不赞同。

安心安慰道："我心里有数。"

安心跑了起来，一边回头，笑着，手心朝上，朝所有人勾勾手，意思是“快跟上”。她这副样子，不像是别人为了她停下来，倒像是她很耐心地陪别人休息了一阵子。大家还没来得及说什么，她已经往前快速跑去，跑得比之前快很多。秀芳和天宇、吴教练紧随其后。

老老王站起身，见老王岿然不动，道：“跑啊。”

老王一手撑在马路牙子上，一手上下掀动着衣服扇风，白肚皮上汗水闪着光，苦着脸：“爸，我跑不动了，七公里，我真够意思了。你自己跑吧。”

老老王喝道：“不跑到头就等于没跑，懂吗？”

老王道：“没跑就没跑吧。我都六十四了，你去打听打听，一般这岁数的老头谁能跑七公里？”

老老王踢了他一脚，老王哎哟一声，瞪着老老王，爆发地喊道：“你说我为什么要这么辛苦？我跑给谁看？证明给谁看？到底有什么意义啊？你为什么总是逼我啊？”

老老王骂道：“你证明给谁看？你跟着我健身这两年，虽然三天打鱼两天晒网的，那血压、血糖、血脂是不是全正常了？我不逼你，你能学会开车？你就是条癞皮狗，别人踢你一脚，你动一动。我看你就跟赵秀丽一样，欠一顿鞭子抽。”

老王擦着不停往下淌的汗，又蔫了。他跟父亲只能这样，偶尔扯着喊一嗓子。其实他跟所有人都只能这样，仿佛喊过后所有的脾气就都没有了。这样好歹他不算泥人儿，也算有脾气的。

老王脱下鞋，在地上磕着，倒着鞋里的小石子儿，快快道：“我就不跑了，您爱跑就跑吧。提醒一下，天气热，您小心着点儿。万一出点什么事儿。”

老老王突然说：“我得肺癌了，中晚期，半年前确诊的。就是你开始学车那时候。医生说我年纪太大，不适合化疗，建议保守治疗，吃一吃止痛药和抗感染、止咳平喘的药。”

老王又脱下另一只鞋，正磕着呢，傻了。

老老王却是一脸的平静："不过你不用担心，因为我年纪大，发展得也慢。而且这几个月不痛了，复查的时候医生说癌细胞没有再扩散，他也觉得奇怪。我问过他，是不是能继续锻炼。医生说，只要自己觉得舒服，可以保持原来的生活状态。而且他觉得就是因为我一直在锻炼，身体底子好，才扛到现在的。"

老王的泪和汗珠混在一起，大滴大滴地往下流，最后鼻涕也流下来了。他呼哧呼哧地吸着鼻子，叫着："爸！"

老老王不耐烦道："老子还没死呢，用不着孝子贤孙哭丧。说实话，我就是讨厌看到你这副哭哭啼啼的模样，才不想告诉你的。你听着，老子就是死，也要死在跑道上，绝不死在病床上。要是死之前，看到你身体棒棒的，去锻炼，去交朋友，开着车四处逛，活得高高兴兴的，不再一个人闷在家里孤孤单单哼哼唧唧。你爹我就能闭眼了。"

老老王转身向前跑去。老王站起身，跟在老老王身后跑了起来。边跑边涕泗横流。

安心这次跑得比之前快很多，腿越来越疼，简直回到了第一天刚穿假肢时。但她强忍着。她知道此刻自己的表情肯定不好看，龇牙咧嘴，因为痛，因为喘不上气，五官都扭曲了，一看就是在强撑。是，她就是在强撑，可也许撑着撑着，自己信了，连身体也能骗过呢？截肢的人，终身都要与各种疼痛为伍：接受腔壁长期对骨突起部位皮肤的摩擦，易引发滑囊炎；残肢骨末端容易生骨刺；残肢端闷在接受腔里容易引起毛囊炎，或由于各种霉菌的感染引发皮癣，由于长期挤压而容易得淋巴瘀滞性炎症。这还没提腰胯部由于超负荷而产生的各种损伤。她必须习惯这些。其实活着的每一个人谁不在强撑？谁不在一边疼痛，一边奔跑？

这段路程已进入市区，车辆和行人多了起来。安心跑过了一个公里标志牌，她脚底生风，越来越快，超过了原先跑在她前头的一些人。秀芳被她落在后面，扯着嗓子喊着“安心，你慢点儿”，但她充耳不闻。她浑身绷成一张弓，从眼神到身形，都是要跟自己玩儿命。曾经在考舞蹈系之前，为了体重达标，她也这般发狠过；大学四年，练功房里，她们这些人，哪一个不曾在镜子里看到自己这副模样？脚下流着血，脸上流着汗，人像被投入蒸笼一般，体力已透支到极限，却还在恶狠狠地压榨着自己。除了压榨自己，她可还有别的选择？

又跑过一个公里标志牌，进入中山路。加油，就剩一千米了，终点拱门就在不远处等着了。这是本市最繁华的街区，商铺林立，门口的海报写着庆国庆全场五折酬宾，高楼上的露天LED屏滚动着影城最新影讯，孩子们边走边吃冰激凌，咖啡厅里临窗而坐的姐妹淘举着手机嘟着嘴自拍，糖炒栗子铺散发着香甜的轻烟，果汁店榨汁机隆隆响……

这繁华热闹的大街，到处都是体面人，一个残疾人也见不着，连绿化带一盆盆怒放的菊花都那么壮实完满，一片黄叶子、一朵残蕾也没有。他们这样的群体，就是意识到了整个社会故意用遗忘来表达嫌弃，才知趣地待在家里的。但除了她。她就是要公然裸着假肢，行走在这繁花似锦的大地间。这么好的人间，必须有她的份儿。哪怕到处都缺乏残疾人无障碍设施，她也要七扭八歪地挤进去。她必须有份工作，上班下班，挣着不多不少的工资，满足地活着，节假日逛街看电影，趁着商场打折捡漏，攒一笔小小的钱长假去旅游。她要具体而微地活着，她从来没有觉得这具体而微的琐碎是这么美好。

秀芳在安心后面，眼见着她脚下闪光，矫健如风，冲向终点。秀芳的眼泪唰唰地流了下来。安心截肢以来，秀芳从来没有想过，自己会有追不上她的那一天。她知道女儿做到这一点有多疼。这假肢上的残躯，每一寸血肉都是她生下来的，故她与她同呼吸，共跳动。此刻她清晰地感知到，那疼正一跳一跳地蹿向安心全身，她几乎是靠着强大的意志力在支撑着。

围观的人群向跑步的人微笑招手，更多的人举着手机拍安心，拍她脚下疾驰闪光的假肢。这刀锋战士的脚太无情了，是金属才会这样漠然，这样冰冷而狰狞。每落下一步都像是血肉镶嵌在刀尖上，用力踩向大地，刺疼大地的同时也刺痛自己，疼得她耳朵嗡嗡响，眼前发黑，只能听到隐约的喝彩和掌声。她使劲眨眨眼，抹一把迷住眼睛的汗，见围栏外的观众越来越多，终点临近了。

媒体的长枪短炮咔嚓咔嚓，今天新闻点太足了，现在的人都太懂得媒体要什么了。镜头一时像一个饥饿的人闯进自助餐盛宴一样，顾此失彼。而临近终点的人们也都加快了冲刺的步伐。虽然只是个嘉年华性质的活动，并无比赛的意味，而且头奖奖金只有象征性的五千块钱。但既然挂了马拉松的名头，就多少算进了跑圈了，当然想争个高低。

可是，都别跟我抢啊。你们来跑马拉松，只是给生活增加点情趣，而于我，则是重返社会的生死线。你瞧，郑校长在终点大门的左侧人群中，和学校的摄影师在一起，紧紧地盯着我。我必须抢在你们前面跑到终点，以自强自立的残疾人身姿，如一颗子弹般，率先射进媒体的镜头，让它们帮我向郑校长呐喊：你没看错，程安心值得新校区教务主管这份工作！

终点的彩带被安心碰到，飘然落地。情侣老夫妻紧随她后，就差一秒。刹那间，镜头的闪光灯闪成一片白炽的海洋，向安心涌来。她睁不开眼睛，一阵眩晕，看不清眼前的一切，只觉得腿正在被刀一片一片生割着，再也无法承受。活剐的痛也无非如此吧？她踉跄了几步，腿一软，斜斜地往旁边倒去，其他人赶紧架住她。镜头更加亢奋了，这是多么感人的一幕啊。残疾跑友发奋图强，社会各界温暖相助，再也没有比这张图更适合上国庆新闻的社会头条了。

安心在巨大疼痛造成的恍惚中看见郑校长朝她走来，一下子清醒了。她牢记自己的使命，任何时候都可以现出强撑的狼狈，只有这一刻不可以露出破绽。于是她站直，挺起胸，微笑着，脸上是长跑后的畅快的疲惫，简直是享受了。疼痛是头饥饿的巨狼，打着滚，咆哮着扑向她，血盆大口中獠牙闪着寒光。但她不动声色地一脚踢翻它，跟着扑了上去，牢牢地钳住它的喉咙。来吧，看谁打得过谁！

话筒都向安心伸过来，母亲、小姨和表妹、天宇、老王父子、吴教练、进击的老太太们，所有人都看着她，一脸的崇拜。她的眼角余光看到人群中的郑校长满脸放光，对旁边的人小声说："这是咱们学校新校区的校长程安心。"

安心对着如饥似渴的镜头，一时竟失语了。

十月六号，若华要返京了，临走时安心请大家吃饭，用马拉松第一名的那笔五千块钱奖金，还是在那个酒店。既是为若华饯行，也是向大家辞行，她过不久就要去新校区上班了。今天她坐着轮椅来，残肢端在马拉松中磨损红肿，她得让可怜的两条腿好好休养生息。好在新校区还在装修散味儿，要十天之后才能正式启用，伤口届时早已愈合。这真是天意。

酒过半巡之后，天宇说："国庆后我就跟郑校长说，我也去新校区。"

安心逗他："谁说过坚决不去来着？"

天宇含情脉脉道："有英明神武的程校长领导，我非常愿意。"

大家笑了。

天宇已不掩饰他对安心的追求之意，安心好像也接受了大家默认他们是一对。是啊，有什么能阻止他们在一起呢？

安心跑马拉松之前，没有告诉天宇她伟大的计划。他有点失落。如果他知道，马拉松的时候他会更加呵护她。看样子她的心还是没有敞开。她为什么不明白？他从来没有嫌弃过她，哪怕她的脸细看那疤还存在，哪怕他的父母强烈反对。他上个月跟父母说过安心的存在，说有这么一个女人，他从见第一面起就爱上她了，一直守到她离婚。虽然她年纪比他大，脸上留了道疤，双腿截肢，但她是他见过的最坚强、最有魅力的女人。这辈子他非她不可。

老王一脸愁苦，闷闷不乐。秀丽因为若华在身边，又解开了母女之间的结，心情大好，问他："喂，你不是说避开高峰期，国庆之后开车带我去上海玩，顺便见见你儿子吗？"

老王道："不去了，我得陪我爹。"他看着老老王，满眼的深情。

众人大奇，老老王一仰脖，喝了半杯啤酒，道："你呀，你干什么都为了自己，千万别为了别人。至少我不需要。"

众人私底下想，老老王终究是老了，头发和前年比雪白中略带点黄，像是缎子放久了。他很久不抽煤气罐儿了，吴教练也不让他举杠铃和哑铃了。因为上一次杠铃从他手中脱落，险些砸到他的脚。不过他还是坚持练拉力器和长跑，还是精神抖擞，说话大嗓门，虽然声音较之前有点沙哑。

正吃着，秀芳手机突然响了，她寒暄着，听着听着，她神色一变，应道："好的好的，我考虑一下。"

挂完电话，她笑着对众人道："上次街舞大赛的导演马上要搞一台关于全民健身的晚会。他在抖音上看到咱们跳舞的视频了，发现居然是我，高兴得不得了，想让咱们去上晚会。怎么样，去不去？"

老太太们激动地互视了一下，包玉琴毫不犹豫道："去，干吗不去呢？我们能在社区表演，就能在电视上表演。有什么区别吗？"

"没有。"其他老太太异口同声道。

这就是秀芳喜欢她们的原因。她们明明只是普通家境的女人，有的甚至只是家庭主妇，却不知道哪里来的天分，可以如此蔑视规则，她们尤其蔑视岁月。岁月对一般人形成规则，但对她们一点用也没有。也许是生命进入岁月的倒计时使她们恍然大悟，原来一切的规则，不过是画地为牢。

秀芳道："好，我回去之后就给导演回复。一、全程报销差旅费用和食宿；二、每人每天劳务费五百。不同意任何一条，我们就不去。"跳舞数年，她们也不是什么让人自寻开心的路人甲，一听上电视就受宠若惊。老太太们举起酒杯，各干了一大杯。

饭后大家各自散去，天宇说要和安心说一下关于新校区的事儿，说完了他送安心回去。秀芳有点紧张，又有点期待。她看出这次谈话绝不仅仅是关于工作。安心用眼神示意她没事，秀芳坐老王的车走了。

天宇推着安心去了饭店旁边的咖啡厅。已是晚上九点多，咖啡厅人很少，倒是说一些话的好地方。两个人坐下，各点了一杯奶茶。其实哪里喝得下？不过是拿它当思考和冷场的屏障。

还是冷场了很久，一杯奶茶不够天宇踌躇的。他把一杯奶茶都喝完了，还在东拉西扯，始终没有切入正题。安心不动声色。

天宇终于磕磕绊绊地开口了，脸都红了，看得出他有多紧张。他说他如何对安心一见钟情，如何无望地等待，又替她的伤残感到十指连心般的痛。但他并不在意她的伤残，在他心目中，她比任何人都要完美。她去新校区开疆拓土的道路上，将一如既往有他的陪伴。现在，她是不是可以接受他的爱？

天宇今晚没开车，为了喝酒。喝了酒有些话他才敢说。虽然安心今非昔比，但在他心中依然神圣。她脸上的疤不是疤，倒像是光荣的勋章。站在马拉松终点拱门下的她，简直像战斗天使阿丽塔一样，一样美丽灵动，一样气势爆棚、所向无敌。想到能够陪着她，一同战胜未来日子里的苦难，他心中涌起悲壮的豪情。他胆怯地触碰到安心的手，见她没有反感，就把它握住，握得紧紧的。这是第一次，他们这样的肢体接触，从前的那些都不算。安心眼皮低垂，从头到尾没有出声。这像是一种表态，一种承认了。天宇心中狂喜的浪潮翻涌着。她应该也像自己这样激动吧？或者更甚。毕竟她这样的情况，被表白，算是一种意外之喜。如果她退缩，他将用更加猛烈的攻势洗清她的自卑。他要用炽热如太阳般的爱，扫清她余生所有的阴霾。

安心终于抬头，天宇看出她只是脸上在笑，心里却是万分平静。他隐约觉得不对，这不是此情此景该有的模样。

安心开口："天宇，我的子宫在车祸中被毁，这辈子都不能生孩子了。你能接受吗？"

她清清楚楚看到他眼睛和嘴巴都微动了一下，紧握她的手松开了。除若华外，所有人都不知道她自杀的原因，她和母亲也从来没有对其他人说起过。

这一刻，她有了答案了，和她意料中的一样。如果天宇的爱有他声称的那样百分百，那她愿意一试。她没有那么高傲，一则天宇各方面条件都很好，二则她对他也很有好感。虽然她知道那不是爱。

安心自杀被救回来后，秀芳有天专门带着她去检查了子宫，医生看着检查结果说，不是百分百不能生，只是说怀孕和保胎要比正常人费劲得多。生殖技术日新月异，不要悲观。秀芳如获至宝，她还是非常想让安心重归结婚生子的经典轨道。安心却想，谁知道医生是不是只是为了安慰她？而且，为了生个孩子吃尽苦头，何必呢？第一，疼痛这种滋味她难道还没尝够吗？第二，谁和她在一起都要忍受这个不确定性，她为此还要担着因对方悲壮的牺牲而带来的心理包袱。真的够了。

安心现在对爱非常疑惑，或者说，秦峰之前，她从来没有搞懂过什么是男女之间的爱。大学她谈过一次恋爱，舞蹈系男女同学难免在练舞时耳鬓厮磨，那是爱，还是荷尔蒙，很难说得清。大学毕业后，那个男同学就回外地老家了。接着就是工作后各路人马的追求，同事朋友们撺掇的相亲。那些追她的人只见过两面，就敢开口说爱，这让她对爱的概念非常模糊。为此她有一度对爱这个词非常轻视，什么叫爱？他们只不过爱她年轻貌美、舞姿翩跹罢了。她同时也看不起自己，她爱秦峰，难道不也正因为他英俊且比自己富有吗？

秦峰让她终于明白，爱始于荷尔蒙，落实于人生道路的风雨同舟、甘苦与共。真正的爱应该是接纳一切，包容一切，带着宗教意味。这太难了，但这才是爱。如果没有这些，爱不过是肤浅的性冲动而已。所以死过第二次后她明白了，此生她可能找不到爱了。因为世间一般意义上的爱所依托的外部条件，她通通没有了。不带任何一丝目的的那种神圣的爱，可能只有母亲对孩子才做得到吧？而且也只可能是部分母亲，看看小姨是怎么对待若华的吧。

也许这次车祸，是上天要她审视自己：她是女人，所以让她不能生；她是美人，所以让她的美严重残缺；她是舞蹈老师，所以断了腿。上天把这些东西通通拿走，并时时刻刻大声问她：你是谁？你是谁？长达两年的时间里，安心回答不出来。她日夜忧心，辗转反侧，殚精竭虑，失眠得筋疲力尽，找不到正确答案。

但某个时刻，就像突然开窍了，安心终于悟出一个道理：人不需要注脚，人应该就是她自己本身。她是程安心，行走在大地上、沐浴着阳光的最本质的存在。

安心后来那样坦荡，也是因为泯灭了所有的幻想，决意把自己身上的女性终极属性，也就是交配与繁衍彻底剥离掉。从此，她尚存的美——起伏的身体曲线，有弹性的皮肤，柔润的双唇，都将是最纯粹的存在，不带任何一丝非本质的目的性，不指向任何一位异性。

来吧，看看，剥离掉这个，还会有几个男人爱她？

天宇沉默了半晌，重新握住她的手，这一次，是两只手。

“我觉得我愿意试一试……试着说服我父母。”

安心从他的手中抽出手来。他分明是自己犹豫，却要说是因为父母。她感谢他的挣扎，但是没有必要了。她这辈子，绝不想再目睹一次秦峰式的心路历程：先是勇敢地牺牲，渐渐觉得不值得，觉得吃亏了，开始委屈，接着轻慢，再来冷漠，最终变成嫌恶……她这样好好的一个人！

因为没有指望过，所以这个结局看在安心的眼里，并不感到凄凉。夜深了，也没有让她觉得孤清。她甚至觉得平静而放松。真好，她终于扫除了最后的一丝心理障碍，这障碍曾经有个名字，叫希望。

十月六号上午，若华要走了，母亲送她到楼下，等着网约车来。一开始气氛不错，母慈女孝。若华叮嘱母亲，多和大姨她们一起玩，要是王大爷找她玩，他现在有车，可以带她兜风，也就答应吧。总比自己闷在家里强。

这话听在秀丽耳里，却变了味。秀丽想，若华这是要把母亲往外推，把自己摘干净呢。她有人陪了，女儿不就省心了？广阔的北京城，她吃喝玩乐，倒放心把老母亲抛在脑后？再说了，最近老王忽然变得很孝顺，一直陪着老老王，也不来找她了。难道叫她去找他吗？她可从来没对男人主动过。

秀丽这样想着，没头没脑地脱口而出："你现在工资那么高了，从下个月起，每个月必须交给我两千块钱。你看谁家孩子工作了，不往家交钱呢？"这个钱秀丽不会花的，会替若华存起来。但这话她不说，不能惯坏了孩子，她想，规矩还是得有。如果若华不想着给她打钱，她与若华的联系就会越来越淡。

若华本来想跟母亲说，我给你发到微信上的订火车票教程你要看啊，一定要学会。你什么时候想来北京找我，你买张票就来。这时突然失去了兴致。

秀丽见她不说话，接着说："还记得吗？你爸当时就不让你上高中，想让你读幼师。是我拼命求他的，咱们家那会儿多难啊，就他一份收入，你弟弟又小。说实话，我难道不知道你去读幼师，早早出来工作，我能早一天享福吗？可我就为了你，宁愿自己吃苦受罪。你读高中那三年，我落了你爸多少冷眼和埋怨，一件新衣裳都没有添过，一条毛巾我用了两年，牙刷秃得不像样了我都舍不得换一支。要说，政府讲的是九年义务教育。九年，就是说培养你到初中毕业，我们就算功德圆满了。但我寻思自己的孩子嘛，只要她能过好，我当妈的牺牲奉献算什么？高中三年，我没苦过你吧？学费一分不差地准时交上吧？大学，那头一年也是厚厚的钞票让你赶上开学了吧？这要跟人家美国人学，十八岁你就该独立了，撵出门去自谋生路，学费你都得贷款。我寻思外国人也太狠心了，怎么着扶上马送一程还是应该的。扪心自问，我对你这个女儿，真的算可以了。”

若华心里呵呵两声。“外国的孩子十八岁就撵出去自谋生路”这个说法，全国人民奔走相告，害得父母也动不动就把它搬出来对自己谆谆教导，也不知道出处在哪里。敢情比尔·盖茨的孩子们是贷款上的学，股神巴菲特的音乐家儿子靠在餐厅刷盘子才成为音乐家，奥巴马女儿靠打零工才攒够哈佛学费的？但是如果外国的孩子都自力更生，绝不花家里的钱，也不继承家族产业，那怎么会有那么多世界著名的百年老企业、老品牌，怎么会有遗产税呢？默认财富在当事人死后全捐给国家了，收什么税啊？那么多避税的这基金那基金，不就是为了把财富传承给子孙吗？不过若华不想再掰扯下去了。真可笑啊，还以为母亲重新做人了呢。此刻她不想与母亲再多说任何一句话。

秀丽催促：“听到没有啊？”

若华说：“回去吧。”

秀丽不满，她这是听到还是没听到啊？无论同意与否，至少也该应一声吧？要在以前她就会斥责一句，但现在的若华好像不能再随便呵斥了。在远方工作的若华身上有一种令她畏惧的气质，这就是她讨厌远方的原因。这世道怎么回事？人们随随便便在手机上一点，就能买一张票，去到远方，杳无音讯。那种新闻不是总有吗？老父母独居，儿女在外，平时仅靠电话联系。等某天想起回去看老人时，才发现他们已成一堆白骨。每次看到这类新闻，秀丽都要掩面大哭一场。

孩子对父母难道一点责任也没有吗？父母在，不远游，这是古训啊古训，怎么现在的人一点也不遵守呢？这更是她讨厌手机购物的原因。事情不该变得如此随意、简单，否则生活就变得太不可掌握了，人与人就不再珍惜彼此之间的关系了。

若华把行李放到车后备厢，上了车，关上车门。门砰的一声关上，母亲被拦在了车外，车往前驶去，若华没有回头。在母亲说那句话之前，即使有多怨恨母亲，若华也会牵挂她。但母亲那话说出口后，她清晰地看到心底对母亲开着的门的最后一条缝没了，大门轰然关上。她去到了新世界。这个世界里她是赤条条的一个人。从此她要学习怎么样一个人就能圆满，这将是她毕生的功课。

秀丽没有等到若华的报平安微信，她忍着。既然母女已经恢复关系了，她愿意有点耐心。可是第二天也没有，她终于主动给若华发微信，却发现自己已经被女儿拉黑了。

秀丽回溯了一下与女儿说过的每一句话，没发现自己有什么破绽，除了临走时管她要钱那件事。她有点后悔，想给若华打个电话解释一下，自己是怕她年轻，刚入社会大手大脚乱花钱，想帮她攒着而已。可是提示一直是“您拨打的电话无法接通”，看来也被拉黑了。

秀丽哭了一夜，第二天早上决定，她要去北京找若华，当面解释，她不是那个意思。她喋喋不休地和女儿算账，其实某种意义上来说已经输了，是一种乞讨爱的表现。有威严的父母都是直接命令，她没有威严，才要碎嘴。现在她要追到北京去解释，这更是输得彻底。不过，输给自己女儿，这有什么好丢脸的？

秀丽来找秀芳，说若华把她拉黑了，让帮着解释一下。

秀芳问清缘由之后道：“你为什么要跟她说那些话呢？”

秀丽死鸭子嘴硬，道：“说这个怎么了？本来我们就是供她供得很辛苦，她不该回报吗？”

秀芳冷笑道：“你供她什么了？九年义务教育，你不用花钱。

高中三年，她给你当半个使唤丫头。若轩一哭，你就大喊若华；若轩尿了，你也喊若华。你自己要生的儿子，为什么要你女儿帮你带？要脸吗？”

秀丽强辩道：“这叫什么话？长姐如母，我忙不开，她帮着带一下弟弟，这不是很正常吗？”

秀芳道：“那你自己生的女儿，你供她上个大学，这不也很正常吗？再说了，你就供了四分之一，人家后面不但没有花你钱，一个学生打五份工，不但养自己，还往家拿钱。有你们这样不但不知羞，还觍着脸索恩的父母吗？”

秀丽讪笑道：“那几年她是辛苦了些，不过苦难是财富嘛，你看她一去北京就找到了工作，工资那么高。要不是从小到大的磨炼，她怎么会这么能干？这不也是好事吗？”可能“苦难是财富”这句话给了她信心，她的尴尬没了，声音又高了起来，眼睛鼓了出来。

秀芳兴味索然：“别再说下去了行吗？说多错多，反正我要是若华，也会跟你断联。”

秀丽避开话头：“你在微信上跟若华打个招呼，我要去北京。”

秀芳警惕道：“你去干什么？不会又是去拖她后腿的吧？”

秀丽说：“不是的，我也想去看看天安门，看看故宫、长城。”

秀芳很生气，想拒绝，又觉得心里过不去，只好在微信找出若华，开始打着字。

秀丽探着头看她发微信，又说：“你顺便帮我把票买了吧。”

秀芳头也不抬：“自己买。手机微信就能买。”

秀丽道：“那你教我。”

秀芳抬头，见妹妹还是那样，梗着脖子，偏着头，半仰着脸。她连让别人帮忙都要这样倔强，像是很丢脸一样。秀芳叹了口气，谁让她是她的妹妹呢？

这日，秀芳与安心在高铁站分道扬镳。安心去邻市的新校区，秀芳和老太太们去省城电视台。包玉琴给大家网购了统一的行头，统一的行李箱。团服是红色T恤加黑牛仔裤，是个网红潮牌。包玉琴得意地说这牛仔裤是个门槛，以后再增加新团员，凡是腰围超过两尺二的都不能收。因为这个牌子的裤子就没有大过两尺二的。鞋子是国产牌子的黑色旅游鞋。行李箱是银灰色的，小小的，足够塞下出门几天的衣物。T恤后面写着团名“进击的老太太”，是买回来后请打印社烫印上去的。她们穿着这一身，拉着行李箱出现时，轰动了整个高铁候车室，而这些东西全部加起来不超过七百块钱。候车室有人在偷拍她们，她们不但不生气，反而冲着镜头摆着各种可爱的Pose。组团的意义，不就在于这些点点滴滴吗？真正跳起舞来不过那一两个小时，之前的准备、协调、沟通，路上的奔忙，受人瞩目，更是乐趣所在。

安心坐在候车椅上，笑吟吟地看着她们一会儿自拍，一会儿合拍，叽叽喳喳。真快乐啊。她们直到这个岁数才懂得寻点乐子，虽然晚了，也算亡羊补牢。母亲呢？身边的母亲是这些人当中最沉默的一个，安心知道她为什么这样。因为担心自己。从小到大，除了大学四年，母亲与她从来没有分离过。

安心拍拍秀芳的手：“妈，你看她们多快乐啊，怎么不去和她们拍照呢？”

秀芳看着安心，心想，她永远不可能快乐，因为她最爱的女儿残废了。直到死的那一刻，她心底的这道伤口也不可能愈合。就像现在，对面坐着的女孩一直偷偷打量着安心长裙下的金属假肢，一脸的同情，并与同伴交头接耳，也许说的就是“这女的好可怜啊，长得那么漂亮，却是个残废”。虽然事情发生到今天三年多了，但每一次遇到这样的情景都会让秀芳心里一痛。

但秀芳愿意竭力快乐起来，至少表面上是这样的。秀芳明白，从今天起，她得热爱生活，热爱除女儿之外的别的什么东西。从前，她是为了女儿才健身和跳舞的，现在，她得为自己！她不知道自己能不能做到，但她会竭力去尝试。这是爱女儿最好的方式。为此她一路都在极力地克制着自己，不要讲出“我不去了，我要跟着你去新校区，和你生活在一起，照顾你”这样的话。

秀芳笑道：“好啊。记得给我的朋友圈点赞。”

秀芳过去加入自拍，老太太们把她簇拥在中间，包玉琴举起自拍杆，大家喊着：“一二三，有钱。”手机咔嚓一声，拍下这兴高采烈的大合照。这时，广播响起，她们的检票时间到了。老太太们吵吵闹闹，收起手机，拉起行李箱，往检票口走去。秀芳走回安心身边，提起行李箱，要走，脚步顿了顿。

安心微笑道：“去吧。”

安心孤孤单单地坐在候车室，偌大的候车室里有那么多人，但她就一个人。可是秀芳不能犹豫，她转身，快步朝老太太们走去，拼命忍住泪，忍住回头的欲望。

为了女儿，秀芳要学习如何热爱生活。她迟早会去死，但不是现在。现在她才六十三岁，还有很多事情要忙，没有时间去死。